T0204179

BESTSELLER

Robin Cook estudió medicina en la Universidad de Columbia y efectuó sus prácticas profesionales en Harvard. Como escritor, está considerado el creador y más brillante autor de literatura de terror inspirada en la ciencia médica. Sus novelas, traducidas a más de cuarenta idiomas, se convierten invariablemente en best sellers mundiales y muchas de ellas han sido adaptadas al cine. En sus libros explora la implicación ética de los desarrollos médicos y biotécnicos más actuales. Entretiene a sus lectores y a la vez les descubre cómo los adelantos de la medicina están en manos de grandes empresas cuya prioridad será siempre sacar el máximo beneficio. Es autor de éxitos como *Miedo mortal*, *Signos vitales*, *Cromosoma 6*, *Toxina*, *Vector*, *Abducción*, *ADN*, *Crisis*, *Cuerpo extraño*, *Intervención*, *La cura*, *Polonio 210*, *Nano*, *Infección*, *Anestesia total* e *Impostores*, entre otros. Actualmente vive y trabaja entre Florida, New Hampshire y Boston.

Para más información, visita la página web del autor:
www.robincook.com

Además, puedes seguir a Robin Cook en Facebook:
 Robin Cook

Biblioteca

ROBIN COOK

Impostores

Traducción de
Mª del Puerto Barruetabeña Diez
Carlos García Varela
Raúl Sastre Letona

DEBOLS!LLO

Título original: *Charlatans*

Primera edición en Debolsillo: octubre de 2019
Segunda reimpresión: noviembre de 2020

© 2017, Robin Cook
Todos los derechos reservados,
incluidos los de reproducción
total o parcial en cualquier formato.
© 2018, 2019, Penguin Random House Grupo Editorial, S. A. U.
Travessera de Gràcia, 47-49. 08021 Barcelona
© 2018, M.ª del Puerto Barruetabeña Diez, Carlos García Varela
y Raúl Sastre Letona, por la traducción

Printed in Spain – Impreso en España

ISBN: 978-84-663-4795-2 (vol. 183/29)
Depósito legal: B-17.390-2019

Compuesto en Comptex & Ass., S. L.

Impreso en QP Print

P 347952

Penguin
Random House
Grupo Editorial

A mi familia, toda, y a mis amigos

Agradecimientos

Me gustaría darles las gracias a mi gran familia y a mis amigos, que siempre están dispuestos a darme su opinión y a criticar con sinceridad los borradores. Gracias por vuestra inestimable ayuda y apoyo.

Prólogo

27 de junio, Boston, Massachusetts

Debido a la inclinación del eje de la Tierra, el amanecer del 27 de junio llegó con rapidez a Boston, Massachusetts, en claro contraste con las mañanas más frías de invierno, cuando la trayectoria del sol quedaba baja sobre el cielo del sur. Desde las 4.24, una luz veraniega cada vez más brillante llenaba con premura las calles del Italianate North End, los estrechos senderos del elegante Beacon Hill y los anchos bulevares de la señorial Back Bay. Exactamente a las 5.09, el disco solar al completo apareció en el horizonte sobre el océano Atlántico e inició su ininterrumpido ascenso por el despejado cielo matinal.

De los diversos capiteles del Boston Memorial Hospital, el BMH, el primero que recibió los rayos dorados fue el más alto del Stanhope Pavilion, el pabellón central de veintiún pisos. La moderna torre de cristal era la novedad más reciente del batiburrillo de estructuras que constituían el hospital universitario especializado de Harvard, que se elevaba sobre el puerto de Boston. Su silueta definida contrastaba enormemente con los viejos edificios bajos de ladrillo, cuya antigüedad se remontaba a más de ciento cincuenta años.

El vanguardista Stanhope Pavilion contaba con todos los elementos de cualquier hospital moderno, incluida una zona de veinticuatro quirófanos de última generación, los «quirófanos híbridos del futuro», cada uno de ellos equipado con la tecnología más puntera y con el aspecto de haber sido diseñado como un decorado de *Star Trek*, nada que ver con los quirófanos estándares más antiguos. El complejo lo formaban dos conjuntos de doce quirófanos dispuestos en torno a dos puestos de mando centrales. Unas ventanas permitían a los supervisores ver el interior de cada quirófano, además de a través de las imágenes ampliadas de los monitores.

Dentro de cada uno de estos quirófanos híbridos, en los cuales podían llevarse a cabo gran variedad de operaciones, desde cirugía cerebral hasta operaciones cardíacas o trasplantes rutinarios de rótula, había varios aparatos enormes colgados del techo a los que se accedía con comodidad, que representaban lo más puntero de la tecnología médica. Gracias al sistema de suspensión, se podía disponer al instante de cualquier equipo, a la vez que el suelo se dejaba libre para facilitar el movimiento del personal y acelerar las transiciones entre procedimientos. Uno de los soportes sostenía el equipo de anestesia; otro, un equipo de perfusión cardiopulmonar; el tercero contaba con un microscopio funcional y, por último, un sistema de arco en C que incluía un escáner biplano que, mediante una combinación de luz infrarroja y rayos X, generaba imágenes tridimensionales en tiempo real de la estructura interna del cuerpo humano. Cada quirófano contaba además con varias filas de pantallas de vídeo de alta definición conectadas al sistema de información clínica del hospital, que permitían que se vieran a la vez los datos de los pacientes y otras imágenes de interés médico, como las de rayos X, y que se activaban al instante por voz.

La razón de contar con este equipamiento ultramoderno y tan desproporcionadamente caro obedecía al propósito de incrementar la rapidez y eficacia de los procedimientos quirúrgicos y aumentar la seguridad del paciente. Sin embargo, en aquel hermoso día de finales de junio, toda aquella brujería tecnológica y diseño racional no iban a constituir una garantía contra las consecuencias involuntarias y los fallos humanos. Pese a la buena intención de los entregados trabajadores del departamento de cirugía del BMH, en el quirófano híbrido número ocho de Stanhope se estaba fraguando un desastre humano.

Tan pronto la luz inundó la entrada para vehículos del Stanhope Pavillion a las 5.30 de la mañana, empezaron a aparecer coches y taxis en fila ante la entrada porticada, y al abrirse las puertas se apeaban pasajeros con bolsas para pasar la noche. No había mucha conversación entre estos pacientes inminentes y los familiares que los acompañaban, mientras entraban en el hospital y subían en ascensor hasta la sección de admisiones diurnas de la cuarta planta. Hubo un tiempo, años atrás, en que se admitían pacientes el día antes de la operación, pero la práctica había quedado casi relegada al olvido por culpa de lo que dictaban las aseguradoras; aquella noche de más en el hospital se consideraba demasiado cara.

La primera remesa de pacientes representaba las primeras operaciones del día. Aquellos que habían sido programados como casos «de seguimiento» se les exigía que llegaran dos horas antes de lo que estipulara el horario. Aunque la duración de las operaciones podía calcularse de antemano hasta cierto punto, la estimación nunca era cien por cien segura. Si se producía un error de coordinación siempre redundaba en beneficio del hospital, no de los pacientes. A veces estos se veían obligados a pasar largas horas en las zonas de espera; para algunos esto suponía un problema, porque obligaban a todos a estar en ayunas desde la medianoche anterior a la operación; solo podían beber agua, y poca.

Aquel día, uno de los casos «de seguimiento» era una reparación de hernia inguinal abierta a la que tenía que someterse un hombre fortachón de cuarenta y cuatro años, sano, inteligente y sociable, llamado Bruce Vincent. Como el procedimiento tenía previsto empezar a las 10.15, le habían dicho que se presentase en el área de admisiones quirúrgicas a las 8.15. A diferencia de otros pacientes del día, no le preocupaba la inminente operación. Su indiferencia —en comparación— no se debía solo a la relativa simplicidad de la intervención; tenía más que ver con lo familiarizado que estaba Bruce con el BMH. Para él, el hospital no era un inframundo misterioso y siniestro, porque llevaba veintiséis años yendo allí casi cada día. Lo habían contratado nada más graduarse en el Instituto de Charleston, donde se había hecho popular gracias al deporte, para unirse al departamento de seguridad. Había sido una herencia simbólica: la madre de Bruce había sido auxiliar de enfermería en el hospital durante toda su vida, y su hermana mayor era una de las enfermeras con título.

Con todo, el hecho de ser empleado del hospital y de estar acostumbrado al entorno no era lo único que le hacía mantener la sangre fría aquella mañana. Estaba tan tranquilo porque, tras veintiséis años de profesión, se había hecho amigo de casi todo el mundo: médicos, enfermeras, administradores y personal de apoyo. En el ínterin, había aprendido muchísimo de medicina, sobre todo de medicina hospitalaria, hasta el punto de que los empleados del hospital decían en broma que se había graduado en la inexistente facultad de medicina del BMH. Bruce era capaz de mantener una conversación sobre una técnica quirúrgica con cirujanos ortopédicos, sobre la mala praxis con los de administración y sobre la dotación de personal con las enfermeras. Y lo hacía con frecuencia.

Cuando le dijeron que le tendrían que administrar anestesia espinal para una operación de hernia que a lo sumo duraría una hora, ya sabía perfectamente lo que era la anestesia espinal y por qué era más segura que la general. No había ningún misterio en aquello. Y además, tenía confianza plena en su cirujano, el legendario William Mason. También sabía que el voluble doctor Mason, a quien llamaban a escondidas «el Salvaje Bill», era uno de los cirujanos con más renombre del hospital. El propio doctor Mason se encargaba de mantener aquella reputación y de que se supiera que cada semana atendía a pacientes que venían de todas partes del mundo para encomendarse a sus habilidosas manos y para añadirse su increíble historial de éxitos. Mason era catedrático de cirugía en Harvard, jefe del departamento de cirugía gastroenterológica y director asociado del afamado programa de residencia quirúrgica del BMH. Su subespecialidad era la agotadora cirugía del páncreas, un órgano encajado en lo más profundo del abdomen que era especialmente difícil de operar debido a su consistencia, su función digestiva y su ubicación.

Cuando Bruce contaba que era Mason quien lo iba a operar de la hernia, todos se sorprendían. Era bien sabido que Mason no había llevado a cabo ninguna reparación de hernia desde que había sido residente de cirugía hacía treinta años. Se jactaba de dedicarse solo a las operaciones de páncreas más complejas y difíciles. Algunos se habían quedado perplejos hasta el punto de preguntarle a Bruce cómo había logrado lo imposible: que el doctor Mason se dignara a efectuar una operación tan nimia, apta para un neófito y tan impropia de su dignidad. Y Bruce lo había explicado con alegría.

Año tras año, Bruce había ido ascendiendo de forma paulatina en el departamento de seguridad gracias a su dedicación absoluta al hospital y a su personalidad extrovertida. Bruce Vincent adoraba su trabajo, y todos adoraban a Bruce Vincent, por su actitud y por el hecho de, en apariencia, conocer a cada uno por su nombre. También les gustaba que fuera padre de familia, que se hubiera casado con otra empleada alegre y popular del BMH, que trabajaba en el servicio de catering. Habían tenido cuatro hijos; uno de ellos era apenas un bebé. Y como las fotos de los hijos de los Vincent estaban siempre colgadas en el tablón de avisos de la cafetería, a toda la comunidad médica del centro le parecía que eran la familia del hospital por excelencia.

Aunque Bruce había gozado de gran popularidad desde el principio, esta se disparó cuando le asignaron la difícil tarea de gestionar la zona de aparcamiento. Gracias a su esfuerzo, unas dificultades que parecían insalvables se esfumaron, sobre todo cuando convenció a la junta directiva de que se construyera un aparcamiento de varios pisos para médicos y enfermeras, dentro de las obras del Stanhope. La guinda del pastel era que Bruce no se encerraba en su cubículo de «amo del aparcamiento», sino que siempre estaba al pie del cañón desde el alba hasta bien entrada la tarde, con su sonrisa y su comentario personalizado. Siguiendo su ejemplo, los demás empleados del aparcamiento trabajaban con la misma dedicación y simpatía. Con su capacidad de supervisarlo todo, Bruce había conseguido entablar amistad con el doctor William Mason, por lo demás bastante solitario.

Cuando Mason se había comprado su Ferrari rojo, cuatro años atrás, todo el hospital se había enterado. Circularon algunas insinuaciones subrepticias sobre la crisis de los cuarenta, porque aparte de aquel deportivo chillón, se había puesto muy pegajoso con algunas de las mujeres más jóvenes y atractivas del departamento de cirugía; sobre todo enfermeras, pero también con una de las residentes. Bruce se enteró por cotilleos de la conducta de Mason y de sus comentarios subidos de tono, pero los atribuyó a la envidia. En cuanto al Ferrari, en lugar de considerarlo inadecuado o fuera de lugar entre los monótonos y conservadores Volvos, Lexus, BMW y Mercedes, Bruce lo puso por las nubes y se ofreció a aparcarlo personalmente para que no se abollara. Así pues, cuando su médico de cabecera de Charleston le dijo que debía someterse a una operación de hernia —que le había dado la lata de vez en cuando pero que ahora le ocasionaba molestias por momentos, sobre todo a su sistema digestivo—, se limitó a preguntarle a Mason si la llevaría a cabo él. Bruce le soltó la pregunta de improviso, cuando Mason le dio las llaves del Ferrari. Para sorpresa de todos —incluido Bruce, como más tarde confesó— Mason se mostró conforme al momento, y le prometió que, cuando quisiera, le haría un hueco en su apretada agenda llena de famosos, magnates, aristócratas europeos y jeques árabes.

Aunque le habían dado la cita aquella misma mañana, Bruce se había presentado en la oficina a las cinco, como cualquier otro día. Y tal y como llevaba años haciendo, fue saludando a los empleados según iban llegando. Hasta aparcó el Ferrari de

Mason. Este se quedó bastante sorprendido al verlo, y se lo comentó, preocupado por si le estaba fallando la memoria.

—Tengo la operación programada en segunda ronda, así que no me tengo que presentar en admisiones hasta las ocho y cuarto —se limitó a explicar Bruce.

Pero la dedicación profesional de Bruce acabó teniendo consecuencias justo aquella mañana: tras gestionar un problema causado por un empleado, que no se había presentado a trabajar y no había avisado, llegó tarde al área de admisiones quirúrgicas del Stanhope 4.

—Llega usted con casi cuarenta minutos de retraso, Bruce —le dijo nerviosa Martha Stanley. Era la jefa de la sección de admisiones de cirugía. No solía registrar ella misma las entradas, pero había estado esperando a que Bruce apareciera—. Tenías que haber llegado a las ocho y cuarto. Ya nos han llamado de quirófano para saber dónde leches estabas.

—Perdone, señorita Stanley —le contestó él, tímido—. Me ha retenido un problema de personal en el aparcamiento.

—Quizá no debería haber trabajado hoy —le recriminó Martha con un gesto de desaprobación.

La había sorprendido verlo vestido de uniforme cuando había entrado en el garaje aquella mañana, enterada como estaba de que tenía programada una operación de hernia inguinal. Abrió su fichero y examinó el contenido para comprobar que su historial y su último chequeo seguían allí, así como un análisis de sangre reciente y un electrocardiograma. Observó luego la pantalla del ordenador para cerciorarse de que constaba la misma información.

—Por si no lo sabe, el doctor Mason no soporta tener que esperar, y esta mañana le quedan aún dos operaciones de cáncer de páncreas para los pacientes VIP.

Bruce puso una expresión de remordimiento, casi de sufrimiento.

—¡Lo siento! Seguro que detesta esperar. A lo mejor podemos acelerar el ingreso; no es una operación complicada, solo una hernia.

—Cada operación es importante y ha de ceñirse a las normas —masculló Martha mientras registraba la entrada—, pero será mejor que le metamos en quirófano más pronto que tarde. No habrás comido nada, ¿verdad?

—Me ponen anestesia espinal —replicó Bruce—. Un colega del doctor Mason, el doctor Kolganov, me lo dijo cuando me sometió al chequeo y redactó mi historial.

—Da igual lo que le hayan programado. ¿Ha comido? Le dijeron que nada de comer después de medianoche. Es lo mismo para todo el mundo.

—No; va bien. Que empiece el espectáculo.

Bruce se miró el reloj y el corazón le dio un vuelco. De pronto lo invadió el temor de que Mason cambiara de opinión y se negase a operarle. Y era lo último que quería.

—Vale —admitió Martha con un punto de reticencia—. Tanto el historial como el examen que le ha hecho el colega del doctor Mason han sido negativos, así que quizá podamos evitar que el residente de cirugía vuelva a examinarlos y dé su opinión. Durante la última media hora ha habido una especie de avalancha de visitas, así que está desbordado y tardaría un buen rato en visitarlo. ¿De qué lado lo van a operar?

—Del derecho —contestó Bruce.

—¿Alergias?

—Ninguna.

—¿Lo han anestesiado alguna vez?

—No, nunca he estado ingresado en un hospital.

—Fantástico.

Martha llamó a uno de los auxiliares que se encargaban de llevar a los pacientes a los cambiadores, donde se quitaban la ropa y se ponían la bata de hospital. Le tendió a Bruce su fichero personal.

—Suerte —le deseó—. Y para la próxima, ¡sea puntual!

Bruce levantó un pulgar en gesto de aprobación y esbozó una sonrisa culpable antes de seguir al auxiliar.

Tras haberse desnudado y conseguir ponerse la bata de hospital, Bruce se quedó tumbado en una camilla y se tapó con una sábana hasta las axilas. Apareció otra enfermera, vestida con uniforme de cirujana; una de las pocas a las que no conocía. Se presentó como Helen Moran y le preguntó lo mismo que Martha. Luego le dibujó una X con rotulador permanente en la cadera derecha, tras haber confirmado de qué lado tenían que operarlo.

—Tengo órdenes de trasladarlo con la máxima rapidez —le aseguró—. Avisaré a anestesia de que va de camino; han estado buscándolo.

Bruce asintió. Se sentía cada vez más avergonzado de haber llegado tarde al área de admisiones, y agradecido por la atención adicional que le estaban prestando por ello. Se imaginó que era debido en gran parte al hecho de que su cirujano fuese el doctor Mason. Justo cuando Helen se marchó, apareció un camillero que desbloqueó la camilla y la condujo por el pasillo. Se llamaba Calvin Wiley. Bruce no lo conocía, pero Calvin a él sí.

—Es usted un famoso —le dijo Calvin mientras guiaba la camilla por la tortuosa ruta que los conducía hasta los quirófanos—. Me dijeron que Mason lo iba a operar y que tenía que llevarlo hasta la sala de espera de preoperatorio.

—Casi un famoso —matizó Bruce, complacido. Tal y como había previsto, que Mason fuera su cirujano era una ventaja importante. Solo esperaba que su retraso no lo mandara todo al traste.

Calvin dejó a Bruce en la zona de espera preanestésica, en un cubículo enmarcado por cortinas. Apenas se marchó, aparecieron dos enfermeras: Connie Marchand y Gloria Perkins. Bruce las conocía a ambas, porque las dos iban y volvían del centro en coche. Tras un poco de charla, centrada sobre todo en los hijos de Bruce, Gloria se marchó. Connie revisó los papeles, comprobó la marca de la cadera derecha de Bruce y le repitió las mismas preguntas que le habían hecho Martha y Helen. Satisfecha de encontrarlo todo en orden, Connie le dio a Bruce un apretón cariñoso en el brazo y dijo que iba a anunciar su llegada a los anestesistas.

—Me imagino que alguno de los anestesistas estará al llegar —dijo—. Ya nos han llamado varias veces preguntando por usted. Al doctor Mason no le gusta esperar.

—Estoy al tanto —reconoció Bruce—. *Mea culpa*, ¡lo siento! He llegado un poco tarde al área de admisión de cirugía. ¿Irá todo bien?

—Debería —le aseguró Connie.

Unos minutos después, se descorrió la cortina y una mujer joven de ojos azules y claros y cutis bronceado se plantó junto a Bruce. Se presentó, directa y simpática, como la doctora Ava London, del equipo de anestesistas, y añadió:

—Señor Vincent, estaré junto al doctor Mason esta mañana, cuidando de usted. Me he enterado de que es usted bastante popular y de que esas fotos tan bonitas del tablón de anuncios de la cafetería son de sus hijos.

—Controlo el aparcamiento del hospital —explicó Bruce, a quien la atractiva y cercana anestesista ya le caía bien—. Me sorprende no conocerla. ¿Es usted nueva?

—Más o menos —admitió Ava—, aunque ya casi son cinco años.

—Entonces no es nueva —apuntó Bruce, un poco dolido, pues se enorgullecía de conocer al personal del centro médico—. Me imagino que no usará usted el aparcamiento.

—No me hace falta; puedo venir andando —explicó Ava examinando los papeles de la carpeta que había a los pies de la camilla de Bruce—. Vivo aquí cerca, en Beacon Hill.

Al instante, Ava advirtió que faltaba la conformidad de un residente que no fuera de primer año de cirugía. Le preguntó a Bruce por qué.

—A Martha Stanley le pareció que no hacía falta, porque el compañero del doctor Mason ya se había ocupado del historial y de mi chequeo hace unos días. Para ser sincero, admito que es culpa mía. Llegué tarde a admisiones y querían traerme aquí lo más pronto posible.

Ava asintió. Un médico que hubiera terminado el período

de residencia estaría, sin duda, más cualificado que un residente. Hojeó el historial y los resultados de los análisis. No señalaban ningún problema médico, excepto una hernia inguinal normal y corriente. Satisfecha al ver que estaba todo en orden, volvió a dejar el dosier en la camilla y estableció contacto visual con Bruce.

—Parece que está usted sano.

—Creo que sí. ¿Podemos acelerar un poco? No quiero que el doctor Mason se enfade por tardar con el registro.

—Es importante hacerlo bien. Tengo varias preguntas para usted. Veo que en su historial no hay constancia de problemas médicos, en concreto nada relacionado con el corazón o los pulmones.

—Nada.

—¿Y nunca le han puesto anestesia?

—Nunca.

—Y está en ayunas desde medianoche.

—El colega del doctor Mason dijo que me administrarían anestesia espinal.

—Correcto. La secretaria del doctor Mason nos informó específicamente de que él había solicitado anestesia espinal. ¿Le parece bien? ¿Sabe lo que es?

—Sí. De hecho, conozco a la mayoría de los anestesistas y a sus ayudantes, y me lo han contado casi todo sobre el proceso.

—¡Un paciente informado! Desde luego eso es de gran ayuda. Pero entenderá que necesitemos su consentimiento para emplear anestesia general si la espinal comporta cualquier problema.

—¿A qué clase de problema se refiere?

—Las probabilidades son mínimas, pero debemos estar preparados. Por ejemplo, si la operación se alarga más de lo previsto y la anestesia espinal pierde efecto, hemos de estar listos para administrarle anestesia general. Por eso necesitamos su consentimiento ante cualquier eventualidad. Por eso nos interesa saber si ha tenido usted problemas de corazón o en los pulmones.

—No he tenido nada en los pulmones.

—¿Y reflujo?

—¡Estoy bien! De verdad que lo estoy. ¿Seguro que no estamos haciendo esperar al doctor Mason?

—No pasa nada por que espere un rato, créame. Y volviendo al tema de la anestesia espinal, ¿sabe que le tendremos que clavar una aguja en la espalda para administrarle el agente anestésico?

—Sí, lo sé todo al respecto. El colega del doctor Mason me lo explicó de cabo a rabo, y me aseguró que no sentiría nada de nada.

—Correcto. No sentirá ningún dolor durante la operación, me aseguraré de ello. Pero dígame, ¿padece algún problema de espalda del que debería estar al tanto?

—Tampoco. Mi espalda está estupenda.

—Perfecto. En cuanto lo metamos en el quirófano, le pediremos que se siente en la mesa de operaciones, con la cabeza apoyada en un soporte. Notará un pinchazo cuando le administre la anestesia local, en la zona baja de la espalda, antes de introducir la aguja espinal. Una vez inyectada la anestesia en la espina dorsal, le ayudaremos a tumbarse en la mesa. Otra pregunta: durante la operación, ¿quiere quedarse despierto, con la posibilidad de ver, si al doctor Mason le parece bien? ¿O prefiere estar dormido? Sea como sea, no sentirá dolor, y yo estaré con usted mientras dure todo.

—¡Quiero estar dormido! No quiero ver nada.

Por muy relajado que Bruce se sintiese en el hospital, no quería ni por asomo ver cómo lo rajaban.

—De acuerdo. Dormirá, pues. Le repito mi pregunta anterior: ¿ha comido algo desde ayer a medianoche?

—No.

—¿Y no tiene alergias conocidas a ningún medicamento?

—Cero.

—¿Se está medicando, ya sea por prescripción facultativa o por su cuenta?

—No.

—Excelente. Voy a colocarle una vía y a llevarlo hasta el quirófano. Me han confirmado que el doctor Mason ya está preparado para recibirle. ¿Desea hacerme alguna pregunta?

—No se me ocurre ninguna —respondió Bruce.

Por primera vez, una sombra de miedo le erizó parte del vello de la nuca. Empezaba a ser consciente de que lo que iba a afrontar era real. Se había puesto en manos del equipo de cirujanos, y ya no tenía control sobre su vida.

La doctora London colocó la vía con tanta habilidad y rapidez que Bruce se sorprendió de que tardase tan poco. Por muy cómodo que se sintiese en el entorno del hospital, reconocía sin pudor que nunca le habían gustado las inyecciones, y siempre miraba hacia otro lado cuando le pinchaban.

—¡Vaya! —exclamó—. Casi ni me he enterado. Imagino que ya habrá hecho esto varias veces.

—Unas cuantas —reconoció Ava. Sabía que se le daba bien, así como la anestesia en general. También era sensible al estado mental de sus pacientes, y detectó un ligero cambio en la conducta de Bruce—. ¿Qué tal está? ¿Nervioso?

—Un pelín —admitió Bruce. Su voz, que antes había sonado firme y confiada, vaciló un poco.

—Le puedo dar algo para que se tranquilice, si quiere —dijo Ava ante aquel indicio de agobio.

Bruce no dudó.

—Por favor.

Mediante una jeringuilla y un vial que llevaba en el bolsillo a tal efecto, le administró a Bruce cuatro miligramos de su medicamente preoperatorio favorito, midazolam. Puso en orden todo lo que necesitaba para suministrarle la anestesia, quitó el freno a la camilla y, sin esperar a que la llamaran, empujó a Bruce hasta la sala principal que desembocaba en los quirófanos.

—Ya noto el efecto de lo que me ha dado —confesó Bruce mirando las lámparas empotradas del techo. El miedo que lo atenazaba hacía un rato había desaparecido como por encanto.

Sintió la necesidad de hablar—. ¿Cuándo veré al doctor Mason?

—Ya pronto. Me han dicho que nos está esperando; por eso le llevo directamente a quirófano yo misma, sin esperar a que me lo ordenen.

Si alguien le hubiera preguntado, Bruce habría dicho que se sentía achispado cuando entró en el quirófano ocho y contempló el panorama. Hacía casi un año que lo habían llevado a visitar los nuevos quirófanos híbridos, una vez estuvieron acabados, así que no se sorprendió al ver las jirafas de color crema que colgaban del techo ni los monitores de vídeo ni la ventana que daba al mostrador principal. Cuando la camilla quedó en paralelo a la mesa de operaciones, vio que la enfermera llevaba ya puesta la ropa quirúrgica y la mascarilla, y estaba preparando los aparatos. No la reconoció, pues casi no se le veía la cara, pero a la otra, alta, que se paseaba por la sala, sí: era Dawn Williams. Sabía que conducía un Ford Fusion blanco. Ella, a su vez, también lo reconoció.

—Bienvenido, señor Vincent —lo saludó Dawn risueña, acercándose al extremo de la camilla para ayudar a Ava a subirlo a la mesa de operaciones—. Vamos a cuidar muy bien de usted, igual que hace usted con nuestros coches.

Dejó escapar una risita ahogada.

—Gracias —dijo Bruce colocando las piernas a un lado de la mesa para encarar el soporte con forma de rosquilla que le sujetaría la cabeza. Examinó la sala en busca del doctor Mason, pero este no estaba. Preguntó por él.

—Llegará en cuanto le avisemos de que está usted listo —le explicó Dawn.

—¿Aún sigue con la primera operación del día? —preguntó Ava al tiempo que Dawn y ella colocaban a Bruce.

Por regla general, el proceso de anestesia no empezaba hasta que el cirujano se hallaba presente y se procedía al llamado «corrillo» preoperatorio: el cirujano, el anestesista y la enfermera repasaban el caso para cerciorarse de que todos contaban con los mismos detalles. Por desgracia, el doctor Mason no siempre procedía así, igual que otros miembros de la alta jerarquía quirúrgica, que se saltaban algunas reglas para maximizar la productividad. Y el problema era que se salían con la suya.

—Sí; en el quirófano catorce —explicó Dawn—, pero el supervisor de quirófano nos ha avisado de que quiere que vayamos preparando al señor Vincent.

—De acuerdo —contestó Ava resignada.

Se puso los guantes esterilizados y empezó a preparar la espalda de Bruce. No le agradaba empezar sin haber visto a Mason, y no era la primera vez que se encontraba en una situación similar por culpa del cirujano. En cinco ocasiones, había insistido en que comenzara con la anestesia antes de aparecer siquiera por quirófano. A Ava le gustaba seguir el protocolo, pues creía que era clave para la seguridad del paciente, y administrar la anestesia sin que el cirujano estuviese presente le parecía una flagrante violación de lo que consideraba una buena praxis.

A decir verdad, a Ava no le gustaba trabajar con el egocéntrico doctor Mason. Le incomodaba que se sintiera con derecho a transgredir las normas por ser una estrella de la cirugía. Sabía, por intuición, que si alguna vez surgía un problema durante una operación, él no se haría responsable, y que ella cargaría con las culpas en calidad de anestesista. Y por si eso fuera poco, había otra razón que no le dejaba disfrutar cuando trabajaba con él. Era una de las pocas anestesistas del personal hospitalario, y la más joven, y Mason se le había insinuado en más de una ocasión, igual que había hecho con otras enfermeras y anestesistas. Había llegado a llamarla a casa varias veces —se suponía que para comentar una operación inminente— y le había propuesto que dieran una vuelta porque andaba por su barrio, a lo que Ava siempre había puesto reparos. Sin embargo, aunque aquella conducta la horrorizaba, nunca había expresado lo que sentía por miedo a enemistarse con aquel hombre. Tampoco había dicho una palabra al jefe de anestesistas, el doctor Madhu Kumar, quien la había contratado, porque estaba en la misma liga que

Mason, de coloso en su campo, y los dos tenían muy buena relación. Era el doctor Kumar quien se ocupaba de la anestesia de los pacientes VIP que llegaban a Mason desde todas partes del mundo, y ese día estaba precisamente haciendo eso. En cambio, para pacientes de menos rango, que no despertaban el interés de Kumar, como Bruce Vincent, Mason solía requerir a Ava.

Lo primero que hizo Ava tras preparar la región lumbar de Bruce fue administrar una pequeña dosis de anestesia local en el punto donde iba a aplicar la aguja espinal. Se aseguró de que el estilete estaba bien colocado e introdujo la aguja en la espalda de Bruce.

—Notará una ligera presión —le informó.

Segundos después, oyó el sonido de la aguja al penetrar en el ligamento flavo, y un segundo después, cómo esta atravesaba la duramadre que cubría el canal espinal. Cuando se hubo asegurado de que la aguja estaba en la posición correcta, le administró el anestésico: bupivacaína. Como de costumbre, el proceso se desarrolló sin ningún contratiempo. Un momento después, ella y Dawn colocaron a Bruce en decúbito supino sobre la mesa de operaciones.

—No noto nada distinto en las piernas —dijo Bruce. Se veía que le preocupaba que la anestesia no le hiciera efecto.

—Tardará unos minutos —le explicó Ava mientras lo conectaba a todos los dispositivos de seguimiento que tenía a mano. Cuando terminó y comprobó que todo era normal, incluidos el electrocardiograma, la respiración y el nivel de anestesia, le inyectó la dosis adecuada de propofol, como somnífero. Exactamente a las 9.58 de la mañana, Bruce Vincent perdió la consciencia y cayó dormido. Por acto reflejo, Ava comprobó de nuevo las constantes vitales del paciente. Todo seguía igual, y empezó a tranquilizarse; el comienzo de una operación siempre era lo que más nerviosa la ponía.

Durante los siguientes cuarenta minutos, Ava se fue sintiendo cada vez más irritada. A pesar de las repetidas llamadas al mostrador para consultar la hora a la que iba a llegar el doctor

Mason, y de que cada vez le aseguraban que estaba a punto de aparecer, el cirujano todavía no se había presentado. A medida que avanzaba el tiempo, Ava se culpaba por haber administrado la anestesia espinal en el momento en que lo hizo. Aunque sabía que la dosis tendría efecto durante dos horas más, tiempo suficiente para una sencilla reparación de hernia, le parecía poco considerado para con el paciente el hecho de esperar al cirujano, que debería haber estado allí desde el principio.

—¡Dawn! —gritó Ava, casi al límite de su paciencia—. ¡Sal al mostrador y exige que te digan qué coño pasa y cuándo va a venir el doctor Mason! Habla directamente con Janet Spaulding. Que sepa que el paciente lleva con anestesia espinal más de media hora.

Janet Spaulding era la supervisora de quirófanos y una persona de peso a la que temer. Si alguien podía poner las cosas en marcha, era ella. Era fija en los quirófanos y no aguantaba lindezas de nadie.

Ava cruzó una mirada de exasperación con Betsy Halloway, la enfermera instrumentista, que había estado todo el tiempo parada, con las manos enguantadas cruzadas sobre el pecho. Tenía el instrumental preparado y cubierto con una gasa esterilizada. Llevaba preparada más tiempo incluso que Ava. Volvió a comprobar las constantes de Bruce. Todo era normal, incluida la temperatura corporal. Pidió a Dawn que lo tapara con una manta en cuanto se hizo patente que Mason se iba a retrasar.

Dawn volvió al vuelo.

—Buenas noticias —anunció—. El Salvaje Bill va a venir en un momento. Acaba de salir del quirófano catorce. Se ha producido una anomalía congénita inesperada del árbol biliar en el primer paciente que lo ha retenido más de lo previsto.

—Dios bendito —masculló Ava. Miró hacia atrás, por la ventana, para ver si Mason estaba junto al fregadero, pero no había nadie—. ¿Y dónde coño está?

—Ha ido al quirófano dieciséis; su segundo equipo está operando al segundo paciente de pancreatitis.

—Es decir, que ahora mismo es responsable de tres pacientes anestesiados —se burló Ava.

—Pero Janet me ha dicho que vendrá en un segundo. Lo ha prometido.

—¿Y el doctor Kumar?

—Ni idea. Estará yendo y viniendo de un quirófano a otro. A veces lo hace.

—Dadme un respiro —dijo Ava para sus adentros, mientras pensaba que menos mal que el público general no sabía que ocurría esa clase de cosas en un hospital universitario de renombre.

Con el rabillo del ojo atisbó un movimiento en los fregaderos. Giró la cabeza y vio al doctor Mason poniéndose una mascarilla quirúrgica, charlando y riendo con otro joven a quien no reconoció. Inspiró hondo para tranquilizarse.

Cinco minutos después, el doctor Mason entró volando en la sala.

—Hola a todos —dijo presuroso—. Quiero que saluden al doctor Sid Andrews. A partir del uno de julio será mi nuevo becario, pero se ha ofrecido voluntario hoy para echarme una mano con esta reparación de hernia. Hace ya tiempo que no me ocupo de ninguna, así que no me parece descabellado.

Se echó a reír, como si acabara de decir algo absurdo: que él precisamente necesitase ayuda.

El doctor Andrews venía detrás de él, con las manos entrelazadas a la altura del pecho, como es costumbre tras el lavado quirúrgico. Saludó con una de ellas. Era un hombre alto y delgado de veintitantos años, con un rostro tan bronceado como el de Ava. En todos los aspectos, salvo en la altura, era la antítesis del doctor Mason, que era robusto y de cuello ancho, con las manos especialmente grandes y de dedos gruesos, que le daban más aspecto de albañil que de reputado cirujano. Además, Mason doblaba en edad a Andrews y lucía una tripa un tanto abultada.

—Sid es australiano —prosiguió el doctor Mason, mientras

Betsy le ayudaba a ponerse los guantes. Echó un vistazo a Ava—. ¿Has estado abajo, cielo? Ahí abajo, me refiero.

—Pues sí —respondió ella. Se le erizó el vello al oír la palabra «cielo», y también ante el doble sentido de la pregunta—. ¡Óigame! El paciente lleva más de una hora con anestesia espinal.

No estaba de humor para salidas de tono, si era lo que Mason pretendía, ni para charlar de viajes, si no iba por aquella vía.

—El trabajo siempre es lo primero. ¡Ah! —exclamó Mason con retintín—. Sid, quiero presentarte a una de las mejores anestesistas del BMH, y sin duda la más sexy, aunque lleve puesto ese holgado uniforme.

Volvió a reírse, al tiempo que entrelazaba los dedos para que los guantes quedaran bien ajustados.

—Encantado —saludó el doctor Andrews mientras Betsy lo ayudaba con los guantes.

—¿Podemos empezar? —preguntó Ava.

—Cuidado con ella, Sid —comentó Mason, como si Ava no pudiera oírlo.

El cirujano se acercó al lado derecho de la mesa de operaciones y observó cómo preparaban la zona inguinal de Bruce. Sid se colocó a la izquierda. Pocos minutos después, entre bromas sobre las bondades de la Gran Barrera de Coral, cubrieron al paciente con un paño quirúrgico. Ava tomó uno de los bordes del paño y lo aseguró con pinzas hemostáticas a la pantalla del anestesiómetro, ignorando los reiterados intentos de Mason para que se uniera a la conversación.

En cuanto comenzó la operación, tras la primera incisión cutánea, Ava recobró la compostura lo suficiente como para suspirar aliviada. Se sentó en el taburete y miró el reloj. Había pasado una hora y doce minutos desde que había puesto la anestesia espinal. Le alegró saber que el paciente no había respondido a la incisión, lo cual significaba que la dosis era la adecuada. Esperaba que todo transcurriera rápido y sin complicaciones. Por desgracia, no iba a ser así.

El primer indicio de problemas fue un arranque de Mason treinta minutos más tarde.

—Mierda, mierda, mierda —repetía con obvia irritación—. No me lo puedo creer.

Aunque ninguno de los dos cirujanos no había hablado de problemas técnicos, era obvio que estaban batallando con algo.

—Intenta liberar el intestino desde ahí —le pidió el doctor Mason a Sid.

Ava lo vio inclinarse y meter el dedo por la incisión. Al parecer se guiaba por el tacto.

—¿Hay algún problema?

—Es obvio que sí —le espetó Mason como si hubiera preguntado una estupidez.

—No puedo —admitió Sid retirando la mano.

—Lo que faltaba —se quejó Mason levantando las manos asqueado—. Intentas hacerle un favor a alguien y te dan una bofetada con toda la palma.

Ava miró a Betsy y ambas pusieron los ojos en blanco; las dos sabían qué quería dar a entender Mason: fuera cual fuese el problema, estaba claro que era culpa del paciente.

—Tendremos que entrar en el abdomen —le dijo Mason irritado—, así que hará falta que esté bien relajado.

De pronto, se oyó por megafonía:

—Doctor Mason, disculpe la interrupción. Le habla Janet, de la sala de control. Los dos residentes de cirugía requieren su presencia en quirófano; se trata de los dos pacientes con pancreatitis. ¿Qué les digo?

—¡Por el amor de Dios! —gritó Mason sin dirigirse a nadie en concreto. Mirando hacia el altavoz de la pared, añadió—: Dígales que se estén quietos, que iré en cuanto pueda.

—De acuerdo —respondió Janet Spaulding.

—Si tiene que trabajar con el abdomen, hay que cambiar a anestesia general —informó Ava.

En cierto modo, aquel cambio era un alivio: cada vez le preocupaba más que la anestesia espinal fuese insuficiente. El paciente daba signos, aunque muy leves, de que disminuía su efecto, y de una ligera alteración de la respiración. Ava suministró a Bruce otra píldora de propofol y controló el ritmo y la intensidad de su respiración.

—Como quiera. Es su problema; usted es la experta.

—Soy anestesista —puntualizó Ava—. ¿Puede decirme qué problema hay?

—Que no podemos reducir la protusión del intestino que provoca la hernia —le explicó Mason irritado—, así que tendremos que proceder hacia el abdomen. Hay que liberarla, y es la única manera. De todas formas, debería haber utilizado anestesia general desde un principio, dados los síntomas gastrointestinales del paciente.

—Desde su despacho se requirió de forma expresa anestesia espinal —repuso Ava para dejar las cosas claras, en tanto que preparaba todo lo necesario para pasar a anestesia general por inhalación.

Para empezar, tomó la máscara negra que estaba siempre a mano y conectó el oxígeno. Con destreza, colocó la máscara sobre el rostro de Bruce. Quería hiperoxigenar al paciente durante al menos cinco minutos antes de administrarle un relajante muscular. Pensó en usar succinilcolina como agente paralizador, por lo rápido que hacía efecto y se disipaba. Luego emplearía una vía aérea con mascarilla laríngea o intubación endotraqueal. Mientras sopesaba los pros y los contras de ambos métodos para las vías respiratorias del paciente, su mente reparó en la última parte del comentario de Mason, la de los síntomas gastrointestinales. No recordaba haber visto ninguno en su historial, y el paciente tampoco había mencionada nada al respecto. Para asegurarse, agarró la máscara con una mano mientras abría con la otra el dosier de Bruce y consultaba el historial y los resultados del chequeo. Tras echar un vistazo, sus sospechas se confirmaron. Lo recordaba bien: no mencionaban síntomas gastrointestinales. De lo contrario, la anestesia general quizá le habría parecido mejor opción.

—No se menciona ningún síntoma gastrointestinal, ni en el historial ni en el chequeo —dijo Ava interrumpiendo la charla del cirujano, que ahora giraba en torno a las zonas áridas de Australia.

—Pues deberían mencionarse —le espetó Mason—. Por eso el médico de cabecera ha recomendado la cirugía.

—Acabo de comprobarlo de nuevo —replicó ella—. No se menciona en ninguno de los documentos que salieron de su despacho.

—¿Y en la nota del residente de segundo año? —preguntó Mason—. ¿La ha mirado, por el amor de Dios?

—No hay ninguna nota.

—¿Y por qué coño no? —estalló Mason—. Siempre la hay.

—Pues esta vez no —dijo Ava— El paciente llegó tarde al mostrador de admisiones. Su colega lo había chequeado y había redactado el historial hacía unos días. Imagino que en admisiones le darían el visto bueno. Quizá la orden venía de arriba. No conozco todos los detalles, salvo lo que me dijo el paciente. Fue su colega quien especificó al paciente que le iban a poner anestesia espinal.

—Como quiera. —Mason hizo un gesto de desprecio con la mano—. No vamos a convertir este cambio de anestesia en el momento cumbre de su carrera, ¡por favor! ¡Hágalo y que continúe el espectáculo! Ya ha oído a la señorita Spaulding, me reclaman en dos operaciones de verdad.

—Si hubiera estado aquí antes de empezar, se podría haber evitado todo esto —murmuró Ava entre dientes.

—¡Oiga! —tronó Mason—. ¿Me está sermoneando? ¿Se le ha olvidado quién soy?

—No es más que un comentario —repuso Ava tratando de quitar hierro—. Precisamente para eso nos reunimos antes de comenzar.

—Ah, ¿de veras? —se mofó Mason—. Gracias por informarme. Siempre me he preguntado el porqué de esas asambleas, aunque la idea en origen fue mía. ¡Dígame! ¿Cuánto vamos a tener que esperar para volver al trabajo?

—Un minuto más al cien por cien de oxígeno —respondió Ava, agradecida por cambiar de tema.

Ya se estaba reprochando a sí misma por haber provocado a Mason. ¿En qué estaba pensando? Inspiró hondo para aclararse las ideas y centrarse de lleno en el problema más evidente, y en especial en las vías respiratorias: cuando se empleaba anestesia general, eran el elemento crucial. La máscara laríngea era más rápida y fácil de utilizar, pero no era segura. Obedeciendo más que nada a su instinto, se decantó por el tubo traqueal; le daba confianza. Más tarde tendría motivos para preguntarse por qué había llegado a esa conclusión.

Mientras sujetaba la máscara con una mano, Ava tomó el tubo adecuado, así como el laringoscopio que utilizaría para colocarlo. Comprobó la succión para asegurarse de que funcionaría si era necesario. El pitido de fondo del oxímetro, leve pero agudísimo, le confirmó que el paciente estaba bien oxigenado. Miró la hora. Habían pasado cinco minutos. Por suerte, Mason ya se había olvidado de la discusión. Charlaba con el asistente sobre submarinismo.

Apartó la máscara y le administró a Bruce cien miligramos de succinilcolina por vía intravenosa. El rostro de Bruce acusó cierta fasciculación, nada fuera de lo normal. Lo más importante, el pulso y la presión arterial, no se alteraron. Tras inclinar hacia atrás la cabeza del paciente, Ava insertó el pulgar derecho en la boca de Bruce para abrir la mandíbula inferior, e introdujo el laringoscopio de la mano izquierda por detrás de la lengua. Apartó la derecha y buscó el tubo endotraqueal.

Aunque Ava ya había utilizado el laringoscopio y colocado tubos endotraqueales miles de veces, el proceso siempre la ponía nerviosa, la apremiaba y le recordaba por qué amaba la labor de anestesista, aunque la mayor parte del tiempo fuese pura rutina. La sensación le recordaba a la vez que la habían convencido para que se lanzase en paracaídas. Tenía la mente alerta, los sentidos agudizados y notaba en las sienes el pulso acelerado. Aunque el paciente ya estaba más que oxigenado desde que el nivel de oxígeno había llegado al cien por cien, no podía respirar por la parálisis que le provocaba el relajante muscular, así que el tiempo era de vital importancia. Tenía entre seis y ocho minutos para iniciar la respiración artificial, antes de que el oxígeno extra se agotase y Bruce empezara a asfixiarse.

Con pericia, Ava introdujo la hoja del laringoscopio más adentro, en la depresión sobre la epiglotis de Bruce, y lo levantó, con cuidado pero con firmeza, hacia el paladar para abrirle la boca y hacerle adelantar la lengua. Al instante se vio recompensada con una vista perfecta de las cuerdas vocales y de la apertura de la tráquea. Sin apartar la vista de su objetivo, cogió el tubo endotraqueal con la derecha con la intención de insertar la punta en la tráquea, pero la imagen desapareció. Para su horror, la boca del paciente se había llenado, de repente, de fluidos y de una mezcolanza de comida sin digerir.

—¡Dios mío! —profirió mientras se le aceleraba el corazón.

Por lo visto, el hombre había regurgitado el contenido de un estómago lleno; se suponía que eso no podía suceder, habida cuenta de que le habían prohibido comer y beber después de medianoche, a menos que fuera un poco de agua. Sin duda, había desoído las indicaciones y había creado una emergencia anestésica gravísima. Aunque Ava nunca se había enfrentado a tal cantidad de vómito con un paciente vivo, Ava había practicado innumerables veces en un simulador para tener claro qué hacer en situaciones similares. Primero ladeó la cabeza del paciente para dejar salir todo lo que pudiera echar por la boca, y al mismo tiempo inclinó la mesa para que la cabeza quedase por debajo del cuerpo. Tomó el succionador y aspiró los restos de vómito de la faringe de Bruce. Lo que más le preocupaba era la cantidad que hubiese podido pasar a la tráquea.

—Pero ¿qué coño...? —estalló Mason alarmado, cuando la mesa comenzó a inclinarse de improviso. Rodeó la pantalla de éter y fulminó a Ava con la mirada.

Dawn, la enfermera, se levantó de un salto de su taburete, que estaba en la esquina, y fue hasta el otro extremo de la sala.

Ava los ignoró a los dos; estaba demasiado ocupada. Retiró el laringoscopio y el tubo endotraqueal y repitió la operación. Esta vez logró introducir correctamente el tubo. En cuanto quedó bien colocado y sellado, puso una boquilla más estrecha y flexible en el tubo de succión, lo fue metiendo por el tubo endotraqueal y aspiró el máximo de vómito al tiempo que iba avanzando con el tubo hacia el pecho del hombre. Echó un vistazo al electro y vio que el corazón había entrado en fibrilación, lo que significaba que había dejado de bombear. Un segundo después saltó la alarma de presión arterial, que indicaba que esta estaba cayendo en picado. El pitido del oxímetro se volvió más grave a medida que caía la saturación de oxígeno.

—¡Pide ayuda! —gritó Ava a Dawn.

Betsy colocó de inmediato un paño esterilizado sobre la incisión abierta, en tanto que Mason y Andrews retiraban los otros paños que cubrían al paciente y los doblaban dejando al descubierto el tórax del paciente. Andrew subió el paño hasta el cuello de Bruce, y el torso quedó a la vista desde el pecho hasta el ombligo. Mason le propinó una fuerte palmada en el esternón con la mano abierta y con tanta fuerza que el cuerpo entero se sacudió. Todos fijaron la vista en el electrocardiograma, a la espera de que reflejara un ritmo normal, pero no se produjeron cambios. Ava seguía aspirando vómito de la tráquea de Bruce hasta llegar casi a los bronquios. Mason volvió a golpear el pecho de Bruce, esta vez con el dorso del puño. Nada cambió. Andrews se inclinó sobre el paciente y comenzó a darle un masaje cardíaco.

La puerta del quirófano se abrió de golpe y varios residentes de último año de anestesiología entraron con un desfibrilador. Ava gritó que el paciente estaba fibrilando. Mason y Andrews se apartaron de la mesa cuando dos recién llegados procedieron a administrarle electrochoque. Para gran alivio de todos, el ritmo sinusal volvió a la normalidad de inmediato. El tono del oxímetro empezó a tornarse más agudo, indicando un aumento en el nivel de oxígeno en sangre. A su vez, la alarma del presurómetro se apagó, aunque la presión ascendió tan solo a 90 sobre 50.

Satisfechos ante su éxito, los doctores David Wiley y Harry Chung apartaron el desfibrilador y se unieron a Ava a la cabeza de la mesa. Mientras observaban el electrocardiograma para asegurarse de que el ritmo cardíaco era estable, ella les contó lo sucedido.

—Regurgitación masiva y aspiración cuando traté de intubarlo. El paciente ha desayunado fuerte esta mañana, es obvio, aunque negase haber ingerido nada. Me mintió descaradamente, a mí y a la enfermera de admisiones. Como verán, he retirado más de trescientos centímetros cúbicos de fluidos y alimentos indigeridos, incluidos trozos de beicon y más material apenas masticado.

Retiró el catéter de succión y conectó un respirador manual al tubo endotraqueal. El respirador estaba conectado a oxígeno al cien por cien. Intentó hacer que el paciente respirara apretando y soltando el respirador.

—¡Jesús! —se quejó el doctor Mason—. Se suponía que esto iba a ser una simple hernia.

—¿Han pasado ocho minutos más o menos desde que le administró el relajante muscular? —preguntó Harry observando los registros del anestesiómetro e ignorando a Mason.

—Sí, más o menos —confirmó Ava—. Tengo la esperanza de que a ese respecto todo esté controlado. Le he administrado oxígeno puro durante cinco minutos, antes de la succinilcolina.

—¿Qué resistencia presenta a la respiración asistida? —preguntó David.

—Mala —admitió ella. Tenía en mente la resistencia justo cuando David la mencionó. Era leve, pero lo notaba. Su sensibilidad nacía de la experiencia con miles de pacientes, en todo tipo de circunstancias. Una vez aplicada la succinilcolina, los pulmones deberían oponer muy poca resistencia a una expansión—. Para asegurarnos, pruebe usted y yo le auscultaré el pecho.

David tomó el respirador y Ava se empleó con el estetoscopio.

—La respiración suena bilateral.

—Estoy de acuerdo en cuanto a la resistencia —afirmó David—. Tendrá los bronquios llenos de vómito y gravemente obstruidos. No creo que tengamos muchas opciones. Habrá que hacer una broncoscopia.

De pronto, el tono del oxímetro bajó de nuevo, señal de que a la sangre llegaba muy poco oxígeno, por culpa del bloqueo bronquial, a pesar de los esfuerzos de David.

La puerta volvió a abrirse y entró corriendo Noah Rothauser, un residente de cirugía de último curso que a partir del 1 de julio, en menos de una semana, se convertiría en el jefe de residentes. Se estaba poniendo la mascarilla quirúrgica. Casi todos conocían a Noah. La opinión general lo tenía por el mejor residente de cirugía del BMH. Algunos compañeros celosos cuestionaban esa pericia, pues siempre había obtenido las mejores notas de los exámenes bianuales de la Junta Estadounidense de Cirugía. Era un trabajador incansable, con un conocimiento amplísimo para ser residente, decidido y muy cordial en su trato como cirujano. Ciñéndose a su profesionalidad, en cuanto supo que se había declarado un código en el ala de cirugía, salió corriendo para ver si podía echar una mano.

La escena con la que se topó no auguraba nada bueno. Los dos cirujanos estaban plantados rígidos a dos pasos de la mesa, que se inclinaba hacia abajo por la cabecera. Tenían las manos unidas ante el pecho. El paciente estaba en decúbito, desnudo de la cabeza hasta el ombligo, con el paño quirúrgico arrebujado bajo la barbilla. Tenía un tono de piel azul grisáceo y el pecho parecía inmóvil. En torno a su cabeza se arremolinaban tres anestesistas, y uno de ellos le gritaba a la enfermera que le alcanzase un broncoscopio mientras trataba de utilizar un respirador manual.

—¿Qué pasa aquí? —se apresuró a preguntar Noah, mientras Down corría hacia la puerta para hacerse con el equipo de broncoscopia.

Noah oyó el pitido descendente del oxímetro y, un segundo después, cómo se apagaba la alarma del presurómetro. Por una mezcla de instinto y experiencia, supo que la situación era gravísima, y que estaba en juego la vida del paciente.

—Tenemos una emergencia de narices —estalló Ava, confirmando las impresiones de Noah—. El paciente ha aspirado gran cantidad de contenido gástrico y está en parada cardíaca. Tiene los bronquios gravemente obstruidos; no le llega suficiente oxígeno y ya ha sufrido un paro respiratorio.

Noah miró enseguida a los otros dos anestesistas, a Mason y a Andrews y a continuación al paciente. El color de este empeoraba por momentos

—No hay tiempo para una broncoscopia —espetó.

Su personalidad intuitiva, de cirujano dinámico, había tomado el control de su mente. Aunque no era más que un residente junto a un afamado cirujano que se ocupaba de un caso privado, asumió el control. Lo primero que hizo fue activar otra alarma antes de que se produjese otra parada cardíaca, al parecer inminente. Se dio la vuelta, miró por la ventana hacia el mostrador principal y, consciente de que le oirían si armaba bastante jaleo, pidió socorro tres veces.

—¡Un cirujano cardíaco, un perfusionista y un equipo de toracotomía! ¡Ya! —Sin asomo de duda, tomó unas tijeras de la bandeja de instrumentos esterilizados, con la mano desnuda, y cortó el paño colocado bajo la barbilla de Bruce. Tiró a un lado las tijeras—. Heparinícenlo mientras el corazón aún late —gritó a los anestesistas—. Hay que ponerlo en baipás cardiopulmonar. —Sin guantes, pues no quería perder el tiempo, aplicó una buena cantidad de antiséptico sobre el pecho de Bruce. El fluido negro se extendió por gran parte del pecho y cayó al suelo.

Ava y los otros dos anestesistas dudaron un instante y se pusieron manos a la obra. Estaba claro que Noah tenía razón. La única posibilidad de salvar al paciente era conectarlo a una bomba. Necesitaba oxígeno más que ninguna otra cosa, y de inmediato: el nivel de saturación estaba por debajo del cuarenta por ciento, y en descenso. La broncoscopia tendría que esperar.

Poco después regresó Dawn, acompañada de otra enfermera con el equipo de toracotomía y de Peter Rangeley, un perfusionista, que se encargaría de la bomba. Por suerte, en aquel quirófano híbrido el equipo estaba colocado en uno de los soportes que colgaban del techo. Peter Rangeley tenía que reactivar el sistema por medio de una solución cristaloide y asegurarse de que las arterias quedaban libres de aire.

En cuanto Betsy abrió y dejó preparado el equipo de toracotomía, Noah no se demoró, por mucho que no hubiese llegado un cirujano cardíaco. Con las manos todavía desnudas, Noah agarró un escalpelo que le tendió Betsy y practicó una incisión en el esternón de Bruce, cortando hasta el hueso para ahorrar tiempo. Con una presión arterial tan baja, casi no hubo hemorragia. Noah agarró la sierra esternal y se empleó en el esternón, de arriba abajo. Sangre y trozos de tejido le salpicaron el pecho. Cuando estaba a punto de terminar con la ruidosa sierra se activó la alarma cardíaca.

—¡Ha entrado en fibrilación ventricular! —gritó Ava.

—La solución cardiopléjica se ocupará de la fibrilación —respondió Noah—. No respira, así que no hay tiempo para desfibrilar. —Noah tomó el retractor esternal y empezó a separar las dos hojas. Chilló hacia los altavoces—: ¿Han encontrado a algún cirujano cardíaco?

—No sé si la heparinización se habrá completado con esta fibrilación —dijo Ava.

—El doctor Stevens está de camino —se oyó por megafonía.

—Dígale que venga directo, sin lavarse, o será demasiado tarde —respondió a gritos Noah—. Estoy metido en el tórax, con el corazón a la vista. —Había tardado menos de dos minutos en abrir la caja torácica. El corazón estaba en fibrilación descoordinada—. ¡Dawn, solución salina fría! Controlará la fibrilación hasta que la bomba esté lista. ¿Cómo va la bomba, Peter? —Noah metió la mano desnuda en el pecho y comenzó a dar un masaje cardíaco a tórax abierto, apretando y soltando el órgano resbaladizo de forma alternativa. Le parecía oportuno aprovechar el oxígeno que aún hubiese en sangre; las células cerebrales eran infinitamente sensibles a la falta de oxígeno.

—Ya estoy casi listo —informó Peter.

Había preparado el equipo cardiopulmonar a un ritmo frenético con la ayuda de un compañero. Ambos sabían que el tiempo era crucial, e intentaban hacer en pocos minutos lo que como norma requería una hora.

—¿Ha oído lo que he dicho de la heparina? —preguntó Ava.

—Sí, pero no podemos hacer nada al respecto —le espetó Noah—. Esperemos que salga bien.

Dawn reapareció con una botella de un litro de solución salina fría. Noah le indicó que procediera a derramarla sobre el corazón mientras él se dedicaba al masaje. Comenzó con cautela.

—¡Más! —la apremió Noah—. Cuanto más rápido se enfríe el corazón, antes dejará de fibrilar.

Dawn obedeció. Echar solución salina sobre un corazón expuesto era una experiencia nueva para ella, aunque llevaba veinte años ejerciendo de enfermera de quirófano.

—Funciona —dijo Noah. No necesitó mirar el electro; sentía que la fibrilación desaparecía.

La puerta se abrió de nuevo y por ella entró el doctor Adam Stevens, cirujano cardíaco. Se quedó plantado un segundo, traspuesto por un momento al ver la escena: un paciente desnudo hasta la cintura con el pecho abierto, mientras la enfermera echaba un líquido en la herida y un residente sin guantes masajeaba el corazón. Betsy se levantó del taburete y le pasó una bata a Stevens, que metió las manos por ella al tiempo que pedía una explicación. Noah y Ava le hicieron un resumen mientras Betsy le ayudaba a ponerse los guantes esterilizados.

—De acuerdo —dijo Stevens—. Adelante con la bomba. ¿Listo, Peter?

—Creo que sí —respondió el aludido.

—Adam, gracias por venir —le dijo Mason—. Siento que

anestesia haya armado este lío. Por desgracia me necesitan en otro sitio; si no, me quedaría a ayudar. El doctor Andrews sí se queda; puede echarle una mano. ¡Suerte!

Con una última mirada gélida a Ava, se marchó. Solo Andrews se despidió, con la mano. Los demás estaban demasiado ocupados, pero lo habían oído.

—Interrumpa el masaje —conminó Adams a Noah—. Será inútil casi seguro, teniendo en cuenta que la saturación de oxígeno es tan baja. Por cierto, buena idea lo de la solución salina; no solo para detener la fibrilación, sino también para lavar la herida. ¡Póngase una bata y guantes! Sacaré algunos paños estériles.

Tras un momento, Noah estaba de nuevo al otro lado de la mesa, junto a Andrews. Stevens y Andrews tenían dos cánulas arteriales, una para el corazón y otra venosa en el campo operatorio, y Stevens las estaba colocando. Comenzó por las arteriales. Una en la aorta, que sirvió para estabilizarla, y la otra en el corazón para la solución cardiopléjica que impediría que el corazón latiese y reduciría la necesidad de oxígeno. La última cánula, la venosa, quedó colocada en la vena principal que desembocaba en el corazón. Pasaron unos minutos y cuando Bruce ya estuvo conectado del todo al equipo cardiopulmonar, los niveles de oxígeno y la presión sanguínea aumentaron enseguida.

—Quiero que se enfríe hasta por lo menos 32 grados —pidió Ava a Stevens. Los dos anestesistas del desfibrilador ya se habían ido, convencidos de que Ava tenía la situación controlada dentro de sus posibilidades. Los había reemplazado un neumólogo, o especialista de los pulmones, llamado Carl White, que había acudido a hacer la broncoscopia y a limpiar los bronquios.

—Adelante con la broncoscopia —ordenó Stevens—. Cuanto antes, mejor, y cuanto menos tiempo se pase conectado a la bomba, también.

La broncoscopia salió bien. Se determinó con rapidez que ambos bronquios habían quedado obstruidos casi por completo con un bolo de pan sin digerir, que fue retirado con facilidad bajo visualización directa. Resuelto ese bloqueo, Ava consiguió llenar y vaciar los pulmones con facilidad.

—Todo bien —informó.

Estaba contenta. Las constantes vitales eran estables, así como el nivel de ácido en sangre, que había corregido antes. También había solicitado una cantidad importante de sangre, que estaba a su disposición en caso de ser necesario, aunque dudaba que lo fuera porque había habido muy poca pérdida de sangre.

El ambiente del quirófano, antes tenso, se relajó cuando Stevens y Noah se prepararon para desconectar a Bruce del equipo cardiopulmonar, al cabo de poco más de diez minutos. Ava tenía al paciente ventilado con un cien por cien de oxígeno, y todo parecía excelente, incluidos los electrolitos, el equilibrio ácido-base y las constantes vitales. Lo que urgía era calentar el corazón y retirar la solución salina que le impedía latir; para ello, se dejó fluir la sangre a temperatura normal, hasta que pasó por el corazón. A continuación, Stevens aflojó de forma gradual la presión sobre la aorta, con lo que el flujo sanguíneo de las arterias coronarias aumentó, ayudando a calentar el corazón. Llegado ese punto, Stevens esperaba que el corazón comenzase a latir, como en la mayoría de los casos de baipás. Por desgracia, eso no ocurrió. Probó a utilizar un marcapasos interno, pero ni siquiera eso funcionó.

—¿Qué cree que puede ser? —preguntó Noah. Notaba el desaliento de Stevens.

—No lo sé —admitió Stevens—. Nunca me he topado con un corazón que ni siquiera responda a un marcapasos en estas circunstancias. No es buena señal, cuando menos.

—Apenas transcurrieron unos minutos entre la administración de heparina y la fibrilación —dijo Noah—. Así que quizá la sangre no estuviera del todo anticoagulada. ¿Será eso?

—Puede ser, supongo… —Stevens se volvió hacia Ava—. ¡Comprobemos de nuevo los electrolitos! —Notaba que lo invadía la exasperación cada vez más. Había probado con todos los trucos que conocía, incluidos los estimulantes cardíacos y la lidocaína por vía intravenosa.

Ada extrajo otra muestra de sangre y la envió a analizar.

—No me gusta —dijo Stevens diez minutos después—. Algo me da mala espina. El corazón debe de encontrarse en un estado deplorable. ¿Cuánto tiempo ha estado fibrilando mientras lo abrías, Noah?

—Unos minutos, creo. La solución salina fría lo atajó casi al instante.

Stevens miró a Ava.

—¿Y el primer episodio? ¿Cuánto duró?

—Diría que dos o tres minutos; fue lo que tardó en llegar el equipo de electrochoque. —Examinó el registro de anestesia para asegurarse—. De hecho, menos de dos minutos. No duró demasiado porque la cardioversión se produjo durante el primer intento.

—En ambos casos, no mucho tiempo —comentó Stevens—. Estoy perdido. El corazón tendría que haber sufrido un daño importante para no responder siquiera a un marcapasos. Nos quedamos sin opciones. Además, tengo que irme y ocuparme de mi propia operación.

Nadie respondió al último comentario. Todos sabían lo que quería dar a entender: quizá hubiera llegado la hora de rendirse. El paciente no podía funcionar gracias a un baipás de manera indefinida.

El altavoz volvió a sonar:

—Tengo los resultados de los electrolitos —anunció una voz femenina. Procedió a su lectura. Eran hasta cierto punto normales, sin cambios con respecto a la primera muestra.

—Bueno, pues no son los electrolitos —dijo Stevens—. Bien. Intentémoslo de nuevo.

Durante las siguientes horas, Steve volvió a poner en práctica todos los trucos que conocía. No se produjo la más mínima respuesta.

—Nunca he visto un corazón con un baipás que no responda a un marcapasos de este modo. El electrocardiograma ni se ha movido.

—¿Y un trasplante? —sugirió Noah—. Es relativamente joven y saludable. Podríamos ponerlo en oxigenación por membrana extracorpórea.

—La OMEC no es una solución a largo plazo —apuntó Stevens—. La realidad es que cada día hay tres mil personas esperando un corazón. El tiempo de espera, de media, es de cuatro meses. Y varía según el grupo sanguíneo. ¿Cuál es el suyo, Ava?

—B negativo.

—Ya lo ven. Tan solo esa circunstancia limita las oportunidades de encontrar alguno compatible. Además, como este esfuerzo titánico comenzó en circunstancias de no esterilidad, es probable que haya contraído una infección postoperatoria. Hemos hecho cuanto estaba en nuestra mano, pero es hora de afrontar la realidad. ¡Peter, desconecta la bomba! Hemos terminado.

Stevens se apartó de la mesa y se quitó los guantes y la bata quirúrgica.

—Gracias a todos. Ha sido entretenido. —Suspiró en respuesta a su propio sarcasmo, saludó con la mano y salió del quirófano.

Durante un momento, nadie se movió. Los únicos sonidos que se percibían venían del pulsómetro-oxímetro y del ventilador.

—Pues se acabó, creo —dijo Peter. Desconectó el equipo cardiopulmonar, como había ordenado Stevens y se puso a recoger.

Ava hizo lo propio: apagó el ventilador y desconectó el monitor.

Noah se quedó en el sitio, mirando al corazón flácido que les había fallado a todos, sobre todo al paciente. Aunque no había cuestionado la decisión de Stevens de que ya era hora de dejarlo correr, Noah quiso que quedara aún algo por probar, en beneficio del paciente y de sí mismo. Su intuición le decía alto y claro que cabía la posibilidad de que aquel caso desafortunado le causase problemas en cuanto se convirtiese en el jefe de residentes de cirugía en menos de una semana. Como jefazo le tocaría a él investigar y presentar el fallecimiento en la sesión quincenal de morbilidad y mortalidad, donde tenía todas las papeletas para convertirse en objeto de profundo debate. Por lo que había podido averiguar sobre la doctora London, el paciente había incurrido en culpa, al no avisar de que había desayunado aquella mañana a pesar de las indicaciones que le habían dado, y el doctor William Mason también, por no haber transmitido información clave, en parte debido a que estaba supervisando otras dos operaciones simultáneas.

Para Noah, lo más preocupante de la situación eran dos verdades desafortunadas. Una, que el Salvaje Bill era conocido por ser marcadamente narcisista, agresivamente celoso de su reputación y notoriamente vengativo. No iba a gustarle verse implicado si se hacía pública la operación, y buscaría chivos expiatorios, entre los que podría contarse Noah. La segunda, que Mason era uno de los pocos miembros de la alta jerarquía quirúrgica a quienes no impresionaba Noah, y además era el único que le tenía una aversión manifiesta. Mason lo había dicho más de una vez, y como director asociado del programa de residencia quirúrgica, ya había intentado despedirlo hacía un año, tras un encontronazo serio.

Noah miró a la doctora London, y ella le devolvió el gesto. Por lo que Noah pudo ver, su cara, casi siempre morena, estaba pálida, y tenía los ojos como platos, fijos en el vacío. Le pareció que estaba tan conmocionada como él mismo. Las muertes inesperadas eran una carga difícil de soportar, en especial cuando se trataba de un individuo que estaba sano y que se había sometido a una sencilla intervención optativa.

—Lo siento —se disculpó Noah, sin saber muy bien por qué; más bien por la necesidad de decir algo.

—Ha sido un esfuerzo valiente —reconoció la doctora London—. Gracias por intentarlo. Ha sido una tragedia que no debería haber ocurrido.

Noah asintió, pero no respondió en voz alta. Siguió a Stevens fuera del quirófano.

Libro primero

1

Sábado, 1 de julio, 4.45 h

La alarma del smartphone sonó a las 4.45 de la mañana en casa de Noah Rothauser, un apartamento pequeño y mísero de una habitación en un edificio de tres plantas de Revere Street, en el barrio bostoniano de Beacon Hill. Como residente de cirugía del Boston Medical Memorial Hospital, se levantaba a esa hora todos los días, salvo los domingos, desde hacía cinco años. En invierno, la oscuridad era absoluta y el frío intenso, pues la calefacción no se encendía hasta las siete. Por lo menos en verano resultaba un poco más fácil salir de la cama, porque ya había luz en el cuarto y la temperatura era agradable, gracias a un ruidoso aparato de aire acondicionado colocado sobre una de las ventanas que daban a la parte trasera del edificio.

Estirando los músculos adormecidos, Noah se metió desnudo en el baño minúsculo. Durante un tiempo había llevado pijama, como cuando era niño, pero había abandonado la costumbre cuando se dio cuenta de que el pijama era una prenda más que lavar, y no le gustaba dedicar su tiempo a hacer la colada, pues tenía que caminar una manzana hasta una lavandería automática y quedarse esperando. Lo que lo desquiciaba era la espera. Como era un residente quirúrgico con dedicación absoluta, su elección implicaba disponer de poco tiempo para todo lo demás, incluidas sus necesidades personales.

Vio su reflejo en el espejo y admitió que tenía peor aspecto que de costumbre. La noche anterior había bebido un par de copas, algo extraño en él. Se pasó los dedos por la cara y decidió no afeitarse hasta después de la primera operación del día. Solía hacerlo a menudo en el vestuario de quirófanos para llegar con mucho más tiempo al hospital. Pero se acordó de que aquel día no era normal, así que no había motivo para darse prisa. No solo era sábado, el día en que por lo general había menos operaciones programadas, sino que además era 1 de julio, el primer día del año hospitalario, el llamado «Día de los Cambios», cuando una nueva remesa de residentes empezaban su formación, y los que ya lo eran avanzaban un peldaño en el escalafón. Para los de quinto año, que además eran considerados residentes supervisores, era distinto. Ya habían completado su formación y comenzaban una nueva etapa. Todos menos Noah. Por votación del equipo de cirujanos, podía decir con orgullo que lo habían seleccionado como jefe de residentes, y que se encargaría de la gestión diaria del departamento de cirugía del Boston Medical Hospital, como un policía en un cruce muy concurrido. En la mayoría de los programas de residencia quirúrgica, el rango de jefe de residentes iba rotando entre los residentes de quinto año. En el BMH, las cosas eran distintas: implicaba un año extra. Con ayuda de la supervisora del programa, Marjorie O'Connor, y de dos coordinadores subalternos, Noah tendría que encargarse de coordinar todas las rotaciones de los residentes de las distintas especialidades, de asignarles responsabilidades en quirófano, de gestionar las simulaciones y los deberes de cada uno. Aparte, era responsable de los turnos de trabajo, de las rondas supervisadas y las diversas conferencias, reuniones y seminarios semanales, quincenales y mensuales que constituían el programa del departamento de cirugía. Como una gallina con sus polluelos, debería asegurarse de que todos los residentes cumplían con sus responsabilidades clínicas, asistían a todas las lecciones y soportaban la presión del trabajo.

Sin la habitual prisa por llegar al hospital, abrió el botiquín que estaba encima del lavabo y sacó crema de afeitar y una cuchilla. Mientras se aplicaba la crema, se vio sonriendo. Su nueva labor auguraba una carga brutal de trabajo y mucho esfuerzo, sobre todo habida cuenta de que a la vez él tendría también pacientes y operaciones quirúrgicas, pero sabía que le iba a encantar. El hospital era su mundo, su universo, y como jefe de residentes se convertiría en el macho alfa de los residentes. Era un honor y un privilegio que lo hubieran seleccionado, sobre todo porque una vez acabara, según los precedentes, le esperaba una plaza a tiempo completo en el cuerpo de cirujanos. Era una pasada. Para Noah, la oportunidad de ser cirujano a tiempo completo en una de las instituciones médicas y académicas más renombradas, asociada con una de las universidades más importantes del mundo, era la recompensa a todos sus esfuerzos. Había sido su objetivo desde que tenía memoria. Por fin todo el sudor, esfuerzo, sacrificio y las luchas en el instituto, en la facultad de medicina y como residente iban a dar su fruto.

Con rápidas pasadas logró domar la sombra de barba que le había crecido desde la noche anterior y luego se metió en la minúscula ducha. Un momento después, estaba fuera, secándose con ganas. No cabía duda de que iba a ser un año muy ocupado, pero lo positivo era que no tendría que volver a encargarse del turno de noche, aunque, conociéndose, se pasaría la mayoría de las noches en el hospital. La diferencia sería que estaría haciendo lo que quería hacer, con operaciones interesantes que podría escoger. Igualmente, tampoco se vería inmerso en multitud de tareas pesadas, las típicas tareas a las que se enfrentaban los enfermeros y los residentes, en especial los de cirugía, que siempre tenían algo que hacer: cambiar a un paciente, desatascar un fregadero o desbridar una herida gangrenada. Noah podría delegar en otros todas aquellas tareas. Para él, las oportunidades de aprendizaje iban a ser incalculables.

La única pega, o más bien pegote, era una preocupación acuciante y persistente: la responsabilidad que tenía de cara a la puñetera sesión clínica de morbilidad y mortalidad, la M&M. Era distinta de todas las demás, porque no tendría la opción de cargar parte de la responsabilidad a otros residentes. Debía cargar con ella él solo, investigar y presentar todos los casos con resultado negativo, en especial los que habían terminado con el fallecimiento del paciente.

El miedo a la sesión clínica no era una preocupación irracional. Como el tema eran las operaciones que no habían salido bien, lo que solía implicar errores y fallos individuales, en un ambiente cargado de emoción en el que se aireaban los trapos sucios, las culpas y las acusaciones eran la norma, no la excepción. Dada la actitud altiva de muchos cirujanos, el ambiente servía de campo de cultivo para los rencores, y acababan surgiendo enemistades si no se encontraba un chivo expiatorio. Noah lo había visto durante los últimos cinco años, y el chivo solía ser el mensajero, es decir, el jefe de residentes, a cargo de la charla. Le preocupaba que fuera a pasarle lo mismo a él, ahora que le habían dado el puesto, sobre todo tras el desastre de Bruce Vincent. La operación tenía grabada a fuego la palabra «problema» por muchas razones, una de las cuales era que Noah había estado implicado. Aunque nunca había cuestionado su decisión de aplicar un baipás de emergencia, sabía que otros sí lo harían.

Para mayor preocupación, la muerte del popular amo del aparcamiento había puesto en pie de guerra a todo el centro, y los cotilleos estaban a la orden del día. Antes de lo ocurrido, Noah ni siquiera conocía al hombre, porque no tenía coche y nunca había tenido que ir a ninguno de los tres aparcamientos del complejo. Iba andando al trabajo, y cuando hacía mal tiempo se quedaba en las dependencias del hospital, más amplias y apetecibles que su propio apartamento. Había visto las fotos de los hijos de Vincent en el tablón de la cafetería, pero no sabía quién era el padre. Sin embargo, ahora entendía que pertenecía a la minoría que no era fan de Bruce Vincent. La sesión clínica iba a estar, por consiguiente, llena a rebosar.

El motivo principal de su miedo era que en el caso de Vincent estaba involucrado el doctor Mason, y Noah sabía que era egocéntrico, rápido en culpar a los demás y abiertamente crítico con él. Durante los últimos dieciocho meses, Noah había procurado cruzarse en su camino lo menos posible, pero ahora, con la sesión a menos de dos semanas vista, sus trayectos acabarían chocando como aquel barco con el iceberg. Lo que Noah descubriese al investigar sobre la operación iba a ser, y era consciente, una pesadilla diplomática. Por lo poco que la anestesista había dicho en su día, Noah creía que gran parte de la responsabilidad recaía sobre Mason, quien además dirigía al mismo tiempo otras dos operaciones; solo este último detalle era una patata caliente emocional dentro del departamento.

Noah volvió al dormitorio y se acercó a la cómoda de la ropa interior y los calcetines. Solo había tres muebles en el cuarto: la cómoda, una cama de ochenta por dos metros y una mesita de noche con una lámpara y un montón de revistas médicas. No había cuadros en las paredes ni cortinas en ninguna de las dos ventanas que daban al patio trasero. Ni alfombras en el suelo de parquet. Si alguien le hubiera preguntado por la decoración, la habría descrito como espartana. Pero nadie le preguntaba. No recibía visitas y ni siquiera pasaba mucho tiempo allí, razón por la cual seguramente ya había vivido varias incursiones desde la marcha de Leslie. Al principio aquellos episodios le habían molestado, porque los consideraba violaciones de su intimidad, pero como no tenía casi nada que perder, llegó a aceptarlos como parte inherente a la vida en una ciudad repleta de estudiantes sin blanca que visitaban a los inquilinos de los pisos superiores. Y, sobre todo, no quería invertir tiempo ni esfuerzo en buscar otro apartamento. En muchos sentidos, ni siquiera lo consideraba un hogar. Era más bien un sitio en el que dejarse caer cinco o seis horas unas cuantas veces por semana.

Durante una época, varios años atrás, se había sentido distinto, y el apartamento había sido cálido y acogedor, con cosas como tapetes, reproducciones de obras de arte enmarcadas en las paredes y cortinas en las ventanas. También había habido un escritorio pequeño, cubierto de fotografías, y una segunda mesita de noche. Pero toda aquella parafernalia hogareña pertenecía a Leslie Brooks, la novia de Noah durante mucho tiempo, que se había mudado con él desde Nueva York para estudiar en la Escuela de Negocios de Harvard tras graduarse ambos por la Universidad de Columbia, ella en económicas y él en medicina. Había vivido con Noah hasta terminar ella los estudios, hacía dos años, pero había vuelto a Nueva York con todas sus cosas al recibir una oferta de trabajo importante en el campo de las finanzas.

La marcha de Leslie lo había sorprendido, hasta que ella le explicó que se había dado cuenta, a lo largo de tres años, de que su implicación laboral era tal que para ella casi no había espacio. La mayoría de los residentes de cirugía lograban pasar cada vez más tiempo con sus familias a medida que ascendían en el escalafón, pero Noah no. Cada año trabajaba más horas, por decisión propia. No hubo rencores por ninguna de las dos partes cuando sus caminos se separaron, aunque Noah se había quedado desolado en un principio, pues había llegado a pensar que en algún momento acabarían casándose. Con todo, tardó poco en darse cuenta de que Leslie tenía razón, y de que había sido un egoísta con su tiempo y con su poca atención. Por lo menos hasta que terminó su formación de estudiante, que él consideraba una actividad que debía consumir veinticuatro horas al día siete días a la semana, en sentido metafórico estuvo casado con la medicina, y había pasado muy poco tiempo en casa y con ella.

En ocasiones echaba de menos a Leslie y ansiaba la llamada mensual por FaceTime, que ella se esforzaba en continuar manteniendo. Se consideraban el uno al otro buenos amigos. Noah era consciente de que ella estaba comprometida, y cada vez que lo pensaba se le encogía el corazón. Al mismo tiempo, agradecía que ella hubiese declarado con franqueza sus necesidades, y se sentía aliviado al ya no ser responsable de su felicidad. Por lo menos hasta que acabó la etapa de residencia, la medicina fue siempre su exigentísima amante. A fin de cuentas, le deseaba sinceramente lo mejor.

Sacó del armario una camisa blanca y una corbata y volvió al baño para ponérselas. En cuanto quedó satisfecho con el nudo, lo cual requería por lo común varios intentos, se centró en el pelo rubio oscuro, que llevaba corto; se hizo la raya a la izquierda y se peinó hacia atrás y hacia la derecha. De adolescente, había sido presumido, le preocupaba su aspecto. Se había pasado una eternidad queriendo creer que era un machote, como le habían llamado una vez un par de chicas. Aunque no tenía muy claro qué habían querido decir, se lo había tomado como un gran cumplido. Ahora no le preocupaba su aspecto, sino para parecer al máximo un médico, lo cual implicaba según él una manicura decente y un atuendo limpio y planchado. Despreciaba a los residentes que llevaban la ropa arrugada o manchada de sangre como si fuera una medalla, sobre todo los de quirófano, quienes con eso pretendían dar a entender que trabajaban un montón.

Noah medía poco más de metro ochenta y aún tenía pinta de deportista, aunque desde que se había graduado de la universidad no tenía tiempo para entrenar. Se mantenía en sus setenta y cinco kilos y, a diferencia de varios amigos del instituto, nunca había ganado peso, a pesar de la falta de ejercicio aeróbico. Achacaba su buena suerte a que apenas si tenía tiempo para comer y a una genética aceptable, que le venía de padre, quizá lo único bueno que había heredado de él. En cuanto a la apariencia, lo que más lo enorgullecía era la nariz cincelada que separaba dos ojos de color esmeralda, unos ojos que eran un regalo de su madre pelirroja.

El paso final al vestirse antes de marcharse al hospital consistía en ponerse los pantalones y la bata blanca, prendas que, como todos sabían, se cambiaba varias veces al día aprovechando el servicio de lavandería del hospital. En cuanto estuvo listo, con la tableta informática en el bolsillo lateral, se miró en el espejo del salón, que había sido de Leslie. Ella nunca había explicado por qué razón lo había dejado allí; Noah tampoco había preguntado. El mobiliario lo componían un sofá hecho jirones, una mesilla de café, una lámpara de pie, una mesa y dos sillas plegables y una pequeña estantería. Sobre la mesa, un portátil obsoleto como único retazo de su amor adolescente por los videojuegos. Lo único que decoraba las paredes del cuarto era una repisa enladrillada pintada de blanco y el espejo. Al igual que las paredes del dormitorio, las de la salita carecían de cortinas. Daban a Revere Street y a los típicos edificios de ladrillo de Beacon Hill de la acera de enfrente.

Cuando salió del edificio eran poco más de las cinco de la mañana. Un día cualquiera, cuando no dedicaba tiempo a afeitarse, salía siempre antes de las cinco, lo cual demostraba la eficacia de sus hábitos matutinos. En esa época del año, hacía una temperatura agradable y era casi de día, aunque el sol aún no había salido. Con todo, le gustaba el paseo en cualquier estación, porque le daba tiempo para pensar y planificarse la jornada.

Siguiendo la ruta habitual, giró a la izquierda y enfiló Beacon Hill, una colina de verdad, no solo el nombre del barrio. Al llegar a Grove Street, cruzó a la paralela Myrtle Street y continuó hacia arriba. Como de costumbre, no vio a ningún peatón hasta que ganó la colina y, como por arte de magia, se materializó la gente, sobre todo personas que paseaban perros y corredores, aunque también había algunas en bicicleta. Al pasar por el parque de Myrtle Street lo inundaron los sonidos del verano. Aun en el centro de una gran ciudad, la población de pájaros era importante, y el aire se llenaba de trinos, gorjeos, cantos y gorgoritos.

Mientras caminaba, no se sacaba de la cabeza la puñetera M&M. Lo que más le fastidiaba era el miedo pertinaz que le inspiraban las figuras autoritarias: directores, decanos de las escuelas universitarias y las facultades de medicina, profesores influyentes y miembros poderosos del equipo de cirugía. En resumen, cualquiera que pudiera arruinar su carrera hacia el éxito como cirujano consumado. Siempre había sabido que no se trataba de una fobia del todo racional, porque había sido un estudiante de diez desde la secundaria, pero aun así se sentía agobiado. Durante su época de estudiante siempre le habían inspirado terror las figuras autoritarias, y la sensación se había acrecentado en su época universitaria y agravado durante su etapa de residente, sobre todo el segundo año, porque le pilló desprevenido.

A Noah le pilló por sorpresa la ironía de que su total entrega a la condición de residente de cirugía le hubiera causado problemas, amén de los sacrificios sociales —también con respecto a Leslie— que había tenido que hacer. Con cierta consternación, tras el primer año de residencia se dio cuenta de que había aspirantes que lo tenían por demasiado apasionado, en concreto los cirujanos más abiertamente narcisistas, como el doctor William Mason. Dan Workman, jefazo de cirugía en aquel tiempo, le comentó en un aparte que quizá le conviniera echar el freno y limitarse a un simple grado. Sin nombrar a nadie en concreto, le confió que algunos miembros del profesorado lo consideraban demasiado bueno, demasiado ambicioso, objeto de excesivos aplausos y necesitado de humildad.

Noah se había quedado de piedra hasta que comprendió el origen de aquella hostilidad. Durante el primer año como residente, había empezado a inmiscuirse en las operaciones privadas de cierto cirujano, movido por su atención al detalle. Gracias a su meticulosidad, poseía la asombrosa capacidad de detectar problemas adicionales cuando se encargaba de los historiales y de los chequeos en admisiones. Estos hallazgos no solo provocaron la cancelación de varias operaciones, sino que además daban a entender que el trabajo inicial pecaba de parcial o de torpe, hecho que a algunos adjuntos les fastidiaba descubrir y que se aireara. De muchas maneras, era un ejemplo más de que se le echaban las culpas al que informaba.

Al principio Noah había ignorado el problema, convencido de que anteponía las necesidades de los pacientes a cualquier otra cosa (lo que se suponía que debía hacer un médico). En cualquier caso, las críticas lo espoleaban y se esforzaba más, hasta que alguien le bajaba los humos. Por su nivel de entrega y atención a los pacientes, que se reflejaba en el esfuerzo y el empeño que ponía en admisiones, pasaba demasiado tiempo en el hospital. Siempre estaba allí, disponible, incluso cuando no era su turno. Cada vez que otro residente le pedía cambiar de turno, accedía. Ni siquiera se había tomado ningún día libre hasta que el mandamás del departamento se lo ordenó.

Era plenamente consciente de que su actitud constituía una violación continuada de los límites impuestos por el Consejo de Acreditación para la Formación Médica, y aun así creía que la racionalización de límites en aras de la seguridad del paciente no le concernía. Dormía poco, rara vez estaba cansado y, a diferencia de más de la mitad de los residentes, no estaba casado ni tenía hijos. Por aquel entonces, creía que Leslie lo entendía y lo apoyaba.

Con el tiempo, alguien expuso las prácticas laborales de Noah ante Edward Cantor, director del programa de residencia quirúrgica. El resultado fue una advertencia personal, que tuvo un efecto moderado en Noah durante unos días, antes de volver a sus hábitos de siempre. Entonces, como diría Noah, se armó la gorda. En dos ocasiones lo habían llevado ante el Consejo Asesor de Residencia, una auténtica vergüenza dada su pertenencia al propio consejo, para ser sometido a la votación de sus compañeros, y tuvo que recusarse a sí mismo. La primera vez recibió una segunda advertencia y le dijeron que su conducta pondría en peligro todo el programa educativo del hospital si la prensa llegaba a enterarse.

Trató de reprimirse durante unas semanas, pero le resultaba difícil. Estar en el hospital era como una adicción. No podía alejarse de él. A las tres semanas, volvió a comparecer ante el consejo; los profesores presentes estaban furiosos. Para su completo horror, lo amenazaron con expulsarlo, y le comunicaron que desde aquel momento quedaba sujeto a supervisión: una infracción más y estaría de patitas en la calle.

Se le bajaron los humos, y bien. Desde aquel momento se comportó con sumo cuidado e ideó toda clase de estrategias creativas, como salir canturreando por una puerta para entrar de nuevo por otra. Por fortuna, con el paso del tiempo, la amenaza de expulsión se fue relajando. Para cuando hubo terminado el tercer año, comenzó a preocuparse menos por aquellas estrategias para pasar desapercibido, porque a los residentes mayores no se les prestaba la misma atención que a los jóvenes. En cuanto a las vacaciones, nunca había tenido, y nadie pareció darse cuenta.

Eran ya las 5.26 de la mañana cuando pasó por la puerta principal del Stanhope Pavilion. Como siempre, un escalofrío de emoción lo recorrió de arriba bajo al cruzar el umbral. Cada día era una experiencia nueva; cada día veía algo que nunca había visto; cada día aprendía algo que lo convertía en un médico mejor. Para Noah, llegar al hospital era llegar a casa.

2

Lo primero que hacía nada más atravesar la puerta giratoria era montar en uno de los ascensores y subir hasta la unidad de cuidados intensivos de cirugía, en Stanhope 4, la misma planta en la que estaban los quirófanos. La UCI era siempre la primera parada en su ruta, ya hubiera pernoctado en casa o en la sala de guardia para los médicos de turno, que también estaba en la cuarta planta. Por motivos obvios, los pacientes de la UCI eran los que más graves estaban y más cuidados requerían.

Al igual que en los quirófanos, los cubículos de la UCI estaban dispuestos de manera circular, separados por mamparas de cristal, en torno a un mostrador central desde el que la supervisora podía ver el interior de cualquiera de ellos girando sencillamente la cabeza. La supervisora del turno de noche era Carol Jensen, una enfermera especializada en cuidados intensivos. No toleraba las tonterías, al igual que sus homólogos, sobre todo cuando estaba cansada, y cuando el turno tocaba a su fin, todos los enfermeros de la UCI estaban agotados. Era una de las labores más exigentes del hospital.

—Es usted el sol del hospital, doctor Rothauser —lo saludó Carol en cuanto Noah llegó por detrás del mostrador, que era circular, al igual que la sala donde se encontraba.

—Siempre es de agradecer sentirse apreciado —dijo Noah con alegría.

Se sentó en una de las sillas giratorias. Comprendió lo que Carol quería decir con su aduladora metáfora: que su llegada anunciaba el fin de su turno y que pronto estaría camino de casa. Noah se lo tomó a la vez como un cumplido. En más de una ocasión le habían dicho, incluida la propia Carol, que era uno de los residentes favoritos de los enfermeros. Ella le había explicado que todos apreciaban que estuviera siempre disponible al momento y con una sonrisa en los labios, sin importar la hora del día o de la noche, a diferencia de otros empleados que se ponían ariscos cuando estaban cansados (y casi siempre lo estaban, si les tocaba turno de noche). Incluso cuando estaba en medio de una operación, dejaba claro que podían llamarlo por el intercomunicador para cualquier consulta de emergencia sobre un paciente. Para los enfermeros, en especial los de cuidados intensivos, como Carol, poder contactar con el médico era de vital importancia, porque los problemas podían presentarse rápido y debían tomarse decisiones cruciales, o el paciente saldría perjudicado. Lo que Carol no dijo, y a Noah ni se le pasó por la cabeza, era que todas las enfermeras lo consideraban un tanto misterioso: era uno de los residentes solteros más atractivos, pero nunca había salido de su boca una insinuación de índole sexual ni un doble sentido, una costumbre bastante extendida en la cultura del hospital.

Noah echó un vistazo a la unidad. Vio que en cada cubículo había un enfermero o más, todos ocupados. Los pacientes estaban todos encamados, muchos de ellos con respiradores como único indicio de vida. Para Noah, que no hubiera médicos a la vista era un consuelo y una señal de tranquilidad.

—Ya veo que lo tienes todo bajo control a las mil maravillas —comentó.

El otro motivo por el que caía bien a los enfermeros era porque valoraba su trabajo y la función que desempeñaban. A menudo afirmaba que los enfermeros se ocupaban del noventa por ciento de las tareas del hospital, y que los residentes solo estaban para echar una mano.

—La noche ha ido mejor que de costumbre —le dijo Carol.

—¿Algún problema del que deba estar al tanto? —Noah volvió a centrarse en la supervisora; se sorprendió al ver cómo lo miraba.

—Creo que no. Déjame que te pregunte una cosa: ¿cómo es que siempre llevas la bata tan limpia y tan bien planchada?

—Me la cambio con frecuencia —le respondió riendo.

—¿Por qué motivo?

—Creo que los pacientes lo agradecen. Si yo fuera paciente, lo agradecería.

—Qué curioso —comentó Carol—. Tal vez estés en lo cierto.

—Hoy entrarán varios residentes nuevos.

—No me lo recuerdes.

Para los enfermeros, el 1 de julio solía ser un día complicado, sobre todo en cuidados intensivos, donde el aprendizaje se hacía cuesta arriba para los residentes novatos. Los enfermeros de la unidad se pasaban una o dos semanas bromeando; decían que tenían que prestar tanta atención a los residentes como a los pacientes para que aquellos novatos no metieran la pata.

—Si hay cualquier problema, avísame —dijo Noah.

Carol se limitó a reír. Claro que habría problemas. Siempre había.

—Digo problemas más graves de lo normal —matizó él.

En la unidad había dos pacientes a quienes Noah había tenido que intervenir. Ambos habían sido operados en hospitales públicos y habían tenido que pasar de nuevo por quirófano. Los habían trasladado en helicóptero y en estado crítico, y ahora los dos estaban conectados a respiradores. Noah habló con los enfermeros encargados de cada uno, examinó a los pacientes por encima, fijándose sobre todo en las incisiones suturadas y en los drenajes, y echó una rápida ojeada al cuadro clínico de cada uno, colgado a los pies de cada cama. Tardó apenas unos minutos, pero le dedicó la máxima atención para asegurarse de que no se le escapaba nada. Cuando estaba en el segundo cubículo empezaron a llegar los residentes que pasarían el día en la UCI. En sus rostros se adivinaba el cansancio.

En cuestión de residentes, la UCI era una especie de Naciones Unidas en miniatura. Cuidados intensivos se había convertido en una especialidad por derecho propio, con su propio programa de residencia. Al mismo tiempo, aún imperaba la costumbre de rotar a los residentes de primer año y hacerlos pasar por la unidad para adquirir experiencia. En anestesia pasaba lo mismo. Para Noah esto implicaba cierto grado de diplomacia, porque técnicamente carecía de autoridad sobre unos u otros residentes.

Lorraine Stetson y Dorothy Klim eran las dos residentes de cirugía a quienes se había asignado la UCI el mes anterior, y al ver a Noah se le acercaron de inmediato. Aunque el número de mujeres había aumentado muchísimo en la última década, era poco común que hubiese dos mujeres en el mismo turno de residentes de cuidados intensivos de cirugía. Lorraine era una residente de primer año que de la noche a la mañana y de forma milagrosa se había transformado en una de segundo año gracias a que era 1 de julio. Del mismo modo, Dorothy ya estaba en su tercer año. Noah se llevaba bien con ambas, aunque por lo general Dorothy lo incomodaba. No sabía el motivo exacto, pero suponía que tenía que ver con su aspecto. A Noah le parecía más bien una actriz que interpretaba el papel de residente, aunque reconocía que esa opinión era sexista.

—Perdona que no estuviéramos aquí cuando has llegado —se disculpó Dorothy.

—¿Por qué lo dices? Aquí todos somos unas máquinas, y las rondas en la UCI no empiezan hasta las seis.

—Aun así tendríamos que haber estado ya listas cuando has llegado.

—No hay problema; no importa. Lo que importa es que vais a ceder el testigo a una residente de primer año recién llegada, llamada Lynn Pierce. Y a Ted Aronson, a quien conocéis de sobra. Quiero que me informéis de cualquier clase de problema, sobre todo si tiene que ver con la señorita Pierce.

A los residentes de primer año solía estresarlos el hecho de entrar en la UCI antes de empaparse del programa académico en sí.

—Conocimos a Lynn Pierce anoche, en la fiesta de cambio de curso —explicó Lorraine—. Me parece que todo irá bien. Está emocionada de verdad por lanzarse de cabeza a la piscina donde cubre. Lo dijo con esas palabras. Cree que ha entrado por potra.

La fiesta en cuestión la organizaba el departamento de cirugía una vez al año en el cercano hotel Boston Marriott Long Wharf la noche del 30 de junio, sin importar el día de la semana en que cayera. El propósito principal era despedir a los residentes de quinto año con una celebración puramente divertida, que incluía la proyección de vídeos caseros descarados que se solían burlar de los adjuntos del BMH, aunque en realidad eran un homenaje hacia ellos y hacia la institución. Para agradar a sus superiores, Noah había asistido tanto a la de aquel año como a las anteriores, pero las fiestas no eran santo de su devoción. Para socializar e intentar relajarse, había tomado unas copas, y aquella mañana no estaba al cien por cien.

Aunque la fiesta de cambio de curso era un homenaje a los residentes que dejaban el hospital, también constituía una oportunidad para dar la bienvenida a los veinticuatro nuevos residentes de primer año que pasarían a integrarse en la familia del BMH. Solo ocho de los veinticuatro iban a cursar el programa completo de cinco años en formación quirúrgica. Los otros dieciséis pensaban quedarse uno o dos años y cursar después una especialidad, como, por ejemplo, ortopedia o neurocirugía.

Durante la noche y a pesar de sentirse como pez fuera del agua, como le pasaba siempre que se encontraba entre demasiada gente, Noah intentó saludar a algunos de los nuevos residentes de cirugía; a uno o dos los había conocido en las entrevistas previas a la aceptación de sus solicitudes. Lynn Pierce era uno de ellos, y la chica lo había impresionado, aunque le había causado el mismo efecto que Dorothy, lo que le hacía plantearse si el atractivo físico se había convertido en un criterio de admisión.

—¿Vas a quedarte en la UCI haciendo rondas? —preguntó Dorothy.

—No, por lo visto no hace falta, y tengo mucho que hacer antes de la ceremonia de bienvenida de hoy. Vendréis, ¿no? Recordad que se supone que todos tienen que asistir.

—No nos la perderíamos por nada del mundo —respondió Dorothy sonriente—. A no ser que el tejado de la UCI se venga abajo, claro.

—Espera sentada —se burló Noah—. ¡Nos vemos!

La ceremonia de bienvenida estaba tan planeada como la fiesta de cambio de curso, pero era mucho menos divertida. Supuestamente servía de recibimiento a los nuevos residentes de primer año, pero Noah la consideraba más una oportunidad para que los mandamases del departamento pudieran perorar y escucharse a sí mismos. Con los años había comprendido que entre los encargados de los programas quirúrgicos más renombrados del país había muchas ansias de quedar bien de cara a la galería. El departamento de cirugía del BMH no era una excepción. Entre los profesionales de la academia de medicina la competitividad estaba a la orden del día, sobre todo en el terreno de la cirugía, y nunca se relajaba. Por suerte, a Noah le parecía que aquello se le daba bien.

Como le había pasado con las cuatro ceremonias anteriores, no tenía demasiadas ganas de asistir. La primera había sido distinta, porque estaba deseoso de empezar el programa de residencia; tanto que el mes de junio de cinco años atrás se le había hecho casi insoportable. Parecía que, tras graduarse en la facultad, los días habían pasado con cuentagotas hasta el 1 de julio, por mucho que él hubiera estado ocupado buscando el apartamento de Revere Street y arreglándolo con Leslie.

Desde su punto de vista, la ceremonia de aquel año se le iba a hacer más cuesta arriba que las anteriores, dado que no iba a poder quedarse sentado de brazos cruzados y en silencio, como los últimos cuatro años. Como nuevo jefe de residentes de cirugía, el doctor Carmen Hernandez, jefe del departamento, le había pedido que diese un pequeño discurso. Por desgracia, no sería antes de que el director del programa de residencia, el doctor Edward Cantor, hubiera agotado al auditorio con peroratas tediosas y extensas sobre la historia e importancia de la cirugía y del BMH para el desarrollo de la medicina moderna. Noah tenía claro que para cuando le tocara hablar a él, el público estaría casi en estado comatoso.

Entendía, por supuesto, que su discurso no carecía de sentido, porque iba a ser el jefe de los residentes en el día a día. La estructura del programa de residencia quirúrgica era tan sencilla que parecía medieval. Los de primer año eran los siervos o, en términos de la casa, «los curritos»; Noah, su señor feudal, y Hernandez, el rey. Cada año los residentes ascendían en el rígido escalafón, con el subsiguiente aumento de beneficios y responsabilidades.

A Noah nunca le había gustado hablar en público, sobre todo en entornos formales. En los informales, como las rondas de cirugía, no lo hacía mal, por no decir que se le daba la mar de bien, pues con su dominio de la literatura médica era capaz de reforzar cualquier idea que hubiese enunciado. Su incomodidad frente al discurso público venía dada por su entrega y competitividad en pos de la excelencia, que a sus ojos peligraba en circunstancias como aquella. Siempre tenía miedo de quedarse en blanco, o de decir alguna barbaridad. No era un miedo racional, pero era real, igual que su miedo a los eventos sociales como la fiesta del cambio de curso. Para más inri, había estado tan ocupado preparándose para asumir el papel de jefe de residentes que no había estructurado lo que quería decir. Le iba a tocar improvisar, con lo cual aumentaban las probabilidades de soltar alguna tontería delante de los jerarcas de la cirugía.

Salió de la UCI bastante antes de las seis y subió en ascensor hasta cirugía general, en la octava planta. Hasta las 6.30 no empezaban las rondas de trabajo con los residentes, así que tenía tiempo para reunirse con Bert Shriver, un residente de fiar que se había encargado del turno de noche. Como todos, Bert había ascendido un peldaño en el escalafón de la noche a la mañana, aunque solo fuera de nombre. Ya era residente de quinto año. Hizo a Noah un resumen rápido de la noche: dos cirugías, ambas apendicectomías de urgencia, y los pacientes estaban estables. Con los pacientes quirúrgicos ingresados no se habían dado problemas. Se había realizado una consulta desde medicina interna para abrir a un paciente que necesitaba una vía, pero que no tenía venas superficiales.

—Vendrás a la ceremonia de bienvenida, ¿no? —preguntó Noah. Como nuevo jefazo, las ausencias eran ahora responsabilidad suya.

—No me la perdería por nada del mundo —respondió Bert con sarcasmo—. Me muero por oír qué perlitas soltarás.

Noah le hizo una peineta y lo miró con cara de odio exagerado.

Como aún le quedaba tiempo antes de que empezaran las rondas, Noah llamó por teléfono desde la sala de enfermeros a quirófanos para ver si habían programado alguna operación a sus espaldas. Lo había comprobado la noche anterior, antes de la fiesta, y le habían dicho que hasta las 10.30 no habría ninguna. Lo que le preocupaba era que durante la noche hubieran programado alguna otra, lo cual requeriría la ayuda de los residentes y el encargado de dirigirlos sería él. Para su alegría, no habían añadido ninguna. Por una vez, había corrido la voz y todo el departamento de cirugía estaba al tanto de la ceremonia de bienvenida. Noah se alegraba por un lado, y por otro estaba más nervioso. Las consecuencias de que hubiera más público que de costumbre lo agobiaban todavía más.

Se encaminó hacia los tres pacientes privados a quienes había operado. Le parecía importante visitarlos dos veces al día por lo menos para tener contacto directo con ellos cara a cara. Aunque los volvería a ver durante las rondas, no era lo mismo, porque lo acompañaría todo el equipo de residentes. Nunca había sido paciente, pero de haberlo sido, le hubiera encantado pasar unos minutos a solas con el médico cada día. Su postura respecto a la importancia de la comunicación era uno de los motivos de su gran popularidad.

Dos de los tres pacientes seguían dormidos cuando entró en sus habitaciones, y tuvo que despertarlos. Durante sus dos primeros años de residente no lo hacía, pues pensaba que si les dejaba dormir les hacía un favor. Una reprimenda por parte de un paciente le hizo cambiar de opinión. Los pacientes valoraban mucho el contacto personal e individual.

Los tres estaban bien, y a uno le iban a dar el alta aquella misma tarde. Noah se demoró un poco más con él para recordarle lo que tenía permitido y lo que no. El paciente, a su vez, le informó de que quería que el seguimiento lo realizase él y no otro residente. El hombre llevaba años acudiendo al BMH y sabía cómo funcionaban las cosas. A veces, a medida que los residentes iban rotando, perdían el contacto con los pacientes de quienes se habían encargado en rotaciones anteriores. Noah siempre se aseguraba de que a él no le ocurriera lo mismo. Era una de las ventajas de pasar incontables horas en el hospital, algo que los residentes casados o con hijos no se podían permitir. No le molestaba ese esfuerzo adicional; de hecho, consideraba que la oportunidad redundaba en su beneficio.

Las rondas de trabajo se sucedieron sin ningún percance por una serie de razones, la principal, que no había operaciones problemáticas que exigiesen una deliberación sobre los pasos a seguir. Además, era sábado, y los cirujanos no solían acudir para convertir las rondas de trabajo en rondas de formación, cuyo objetivo era instruir o, al menos, pontificar. Las rondas de trabajo, por definición, servían para revisar el caso, lo que se había hecho hasta el momento y lo que se haría en un futuro cercano, y después se pasaba al próximo paciente.

El motivo definitivo de que las rondas fueran a buen ritmo aquella mañana era que se encargaban de ellas los que ya eran residentes de segundo año, y por lo tanto sabían cómo funcionaban las cosas. Ya habían aprendido cómo informar sobre las operaciones, excepto Mark Donaldson, que a ojos vistas no estaba preparado o, lo que era peor, no había logrado discernir qué era importante y qué no durante el año anterior. Noah le ahorró el mal trago de recibir un toque de atención allí mismo, un método pedagógico corriente que algunos cirujanos de plantilla convertían en una tortura. Cuando Noah era residente de primer año, detestaba que le sermonearan, aunque pocas veces había ido dirigida a él la reprimenda. Aun así, se había jurado no comportarse nunca de ese modo con los residentes, si algún día ascendía en el escalafón. Convencido de que la persuasión era una técnica didáctica muy superior al ridículo, tenía previsto tener una conversación a solas con Mark en el momento propicio, seguramente a lo largo del día, y hablar con él en serio.

Como era sábado y no iba a haber rondas didácticas, le quedaba un poco de tiempo libre. La ceremonia de bienvenida no comenzaría hasta las ocho y media, y aún eran las siete. Les recordó a los demás residentes que asistieran al acto, e introdujo sus observaciones sobre los tres pacientes en sus respectivos historiales antes de tomar el ascensor y bajar a la tercera planta, a administración. En marcado contraste con el resto del hospital, que funcionaba las veinticuatro horas del día, la planta de administración estaba casi desierta los sábados por la mañana.

Su destino eran las oficinas del programa de residencia quirúrgica, al final de un pasillo enmoquetado donde se encontraban los despachos de los docentes de las distintas especialidades. Cuando llegó a su puerta, rebuscó en el bolsillo la llave solitaria que la abría. Se la había encomendado hacía unos días la doctora Claire Thomas, su homóloga saliente, que había sido la responsable de hacer añicos varios techos de cristal significativos. Era la primera mujer afroamericana en ocupar el puesto de jefe de cirugía en el BMH, y desde aquel día, la primera mujer afroamericana del equipo de cirujanos. Noah sabía que iba a ser difícil estar a la altura, porque todos la apreciaban y la respetaban, incluso el doctor Mason. El doctor Cantor, director del programa de residencia quirúrgica, nunca la había llevado ante el consejo asesor de residencias.

Noah abrió la puerta. Traspasó el umbral y la cerró. Se quedó allí plantado un momento, estudiando el despacho. Había cinco escritorios. Uno era el de Marjorie O'Connor, la supervisora del programa, que gestionaba toda la parte burocrática. Otro, de menor tamaño, era el de la coordinadora, Shirley Berensen, encargada de los complicados requisitos de evaluación para controlar el nivel y el progreso del programa y de los estudiantes. El tercero era el de Candy Wong, también coordinadora, que supervisaba la complicada coordinación entre las horas de trabajo de los residentes y los horarios de las guardias. Noah se había esforzado mucho por evitar llamar la atención de Wong, que lo había amenazado en su primer año por exceder el número de horas que le correspondían. Le resultaba algo irónico que ahora fueran a trabajar codo con codo.

Había otras dos mesas, más pequeñas que las de las coordinadoras. Una era la de la secretaria, Gail Yeager, y otra, la de Noah. Al mirarlas, no pudo menos que sonreír ante la ironía de que él y su secretaria fueran a ser casi seguro los más atareados de los cinco y, en cambio, tuvieran las ubicaciones menos vistosas. Aunque lo peor, a ojos de Noah, no era el tamaño de su escritorio, pues para él no tenía ninguna importancia, sino que el suyo era el único abierto por los cuatro costados, es decir, que carecía de privacidad, salvo los fines de semana o cuando hacía horas extra. Para tareas como la conversación que necesitaba mantener con Mark Donaldson, aquello era del todo inapropiado; se vería obligado a improvisar.

Dos días antes, cuando Claire le había entregado la llave del despacho, había llevado material de oficina y una importante cantidad de papeles entre los que figuraban sus ideas para la elección de los mentores para los residentes de primer año. A cada residente se le asignaba un mentor. Aunque Noah no había recurrido al suyo más que para cenar unas cuantas veces en su casa, reconocía el mérito al programa. Todos los años había uno o dos novatos a los que les costaba adaptarse al desafío que suponía ser residente de cirugía. Ser residente era completamente distinto de ser estudiante.

Se sentó frente al escritorio y aprovechó la insólita tranquilidad que reinaba en el despacho. Sacó los listados de residentes de primer año y de docentes que se habían ofrecido para ser mentores y volvió a intentar emparejar a unos con otros. Enseguida se hizo patente que el proceso requería una buena dosis de intuición, pues Noah sabía muy poco de los recién llegados. Lo único que sabía a ciencia cierta era el sexo de cada uno y las facultades de donde provenían. Por otra parte, conocía a los docentes bastante bien; a algunos, quizá demasiado.

Noah hizo lo que pudo, y cuando acabó se dedicó a organizar y a planificar la avalancha de reuniones y conferencias inminentes. Le preocupaba en particular el seminario de bioquímica médica semanal, porque era la primera de la que se encargaba y tendría lugar en menos de una semana. Se celebraba todos los viernes a las siete y media de la mañana, y aún tenía que decidir el tema para la primera, y quién se encargaría de darla. Lo que no admitió fue que estaba evitando pensar siquiera en la M&M, más preocupante que la científica.

El tiempo pasó volando, y antes de que se diera cuenta sonó la alarma de su móvil, que de repente lo devolvió a la realidad. Eran las ocho y cuarto. Había puesto la alarma por si no lo llamaban, escribían o requerían en alguna parte del hospital para solucionar cualquier problema, lo que era de esperar. A primera hora de la mañana siempre pasaba algo que requería su atención. Si se hubiera quedado en cirugía, quizá no habría dado abasto. Aprovechando al máximo la paz y la tranquilidad del despacho, había avanzado mucho y ya tenía listas las tres primeras conferencias científicas y había enviado correos a los posibles conferenciantes solicitando su ayuda.

Dejó a un lado los papeles y salió. Su destino era el anfiteatro Fagan, en el Wilson Building, al que se accedía por un puente peatonal que lo conectaba con la segunda planta de Stanhope.

3

Sábado, 1 de julio, 9.27 h

—Gracias y bienvenidos a unos de los mejores programas de residencia quirúrgica del mundo —comenzó el doctor Edward Cantor esgrimiendo una sonrisa burlona como para reconocer que exageraba.

Era un hombre alto y delgado, de facciones angulosas, en forma y con una inteligencia autoritaria. Recogió sus notas del atril y volvió a ocupar el asiento que había dejado veinte minutos antes, uno de los cinco que había sobre la tarima. Ocupaban los otros tres el doctor Carmen Hernandez, jefe de cirugía, y los doctores William Mason y Akira Hiroshi, directores asociados del programa de residencia quirúrgica. Saltaba a la vista que la quinta silla estaba vacía.

La ceremonia había comenzado a las ocho y media en punto, como estaba programado. Noah había entrado con antelación en el auditorio desde la segunda planta, con varios minutos de margen, y había visto que Hernandez estaba plantado ante el atril, esperando a que llegara la hora. Era un hombre compulsivo y controlador hasta el extremo con la hora. La sala era el clásico anfiteatro en semicírculo de las facultades de medicina, con filas de asientos escalonados que ascendían desde la base, o arena, dándole al conjunto un aspecto de teatro griego o romano. La sala estaba casi a tope, con los veinticuatro residentes de primer año, recién nombrados, sentados en la zona central de la primera fila, visiblemente impacientes. Llevaban unas batas impecables, blancas y almidonadas, al igual que Noah. En toda la sala reinaba un murmullo de conversaciones sorprendentemente alto, prueba de la excelente acústica del recinto.

Cuando Noah empezó a bajar una de las empinadas escaleras que dividían la bancada en tres partes iguales, su llegada atrajo la atención del jefe de cirugía, que lo saludó y le señaló la única silla que quedaba libre en la tarima. Noah indicó enseguida que prefería sentarse entre el público. Había sido una decisión repentina, que había tomado al ver que aquel asiento estaba junto al del doctor Mason. Nervioso como estaba por tener que hablar delante de todo aquel auditorio, lo que menos le interesaba era agobiarse más por tener que relacionarse con el asistente que menos le agradaba; así que se sentó en la fila doce. El hecho de que la silla vacía estuviese también junto a Cantor tuvo algo que ver. Desde que él lo amenazó con la expulsión por pasar demasiado tiempo en el hospital durante su primer año de residencia, Noah nunca se había sentido cómodo en presencia de aquel hombre.

El acto se desarrolló tal como Noah había predicho. El doctor Hernandez habló durante casi media hora, y la mente de Noah se puso a repasar todas sus nuevas responsabilidades. Incapaz de ignorar a Mason, sentado allá abajo, con aquella típica mueca de desinterés desdeñoso que ponía cuando no era el centro de atención, Noah se dio cuenta de que no paraba de darle vueltas a la puñetera M&M, y a cómo coño iba a atravesar el campo de minas que representaba. Había conseguido evitar pensar en ello toda la mañana, hasta que la presencia de Mason se lo impidió.

Una vez hubo acabado de hablar el jefe de cirugía, el director del programa tomó la palabra del mismo modo predecible, tanto es así que Noah se sorprendió de que nadie cayera dormido entre el público. Diría que al doctor Mason no le entusiasmaba demasiado el programa, porque no paraba de removerse en el asiento y de cruzar y descruzar sus pesadas piernas.

En cuanto Cantor tomó asiento, el doctor Hernandez se levantó y volvió al atril. Tras bajar el micrófono hasta que le quedó a su altura, se aclaró la garganta y anunció:

—Quiero presentarles ahora a nuestro jefe de residentes, el doctor Noah Rothauser —anunció señalándolo.

Noah se puso de pie y comenzó a bajar los escalones empinados que conducían a la arena; sintió que el vello de la nuca se le erizaba y que el pulso empezaba a martillearle en las sienes. Hubo una salva de aplausos, algunos gritos burlones y risas divertidas entre el público. Noah no solo era popular en el departamento de enfermería, sino también entre los demás residentes. Una de las razones era práctica: si alguien necesitaba que otro cubriera su turno por cualquier motivo, todos sabían que Noah no diría que no, fuera cual fuese la hora o el día de la semana.

Permaneció con la vista baja y se concentró en no caerse, porque nunca se habría perdonado semejante escena. Los peldaños no solo eran increíblemente empinados, sino que además no había pasamanos. Una vez abajo, fue directo al atril y sintió que se sonrojaba. El doctor Hernandez había vuelto a sentarse.

Tras subir el micrófono se inclinó y levantó la vista hacia los veinticuatro nuevos residentes. Comenzó a hablar, pero la voz le salió como un chirrido sobrenatural y le obligó a carraspear. Cuando empezó de nuevo, la voz sonó hasta cierto punto normal, al menos a él se lo pareció.

—Me gustaría dar también la bienvenida a todos ustedes —dijo mirando a los ojos a cada uno de los residentes y ganando confianza a medida que lo hacía—. Tenía planeado un discurso largo y pormenorizado sobre la historia de la cirugía, pero creo que nuestros queridos catedráticos, que son gigantes en sus respectivas especialidades, ya han abundado de un modo adecuado en el tema.

Se dio la vuelta e hizo un gesto hacia Hernandez y Cantor, que le sonrieron complacidos mientras el público soltaba risitas de alivio. Evitó mirar a Mason y a Hiroshi, aunque no tenía nada contra este último, puesto que apenas había tratado con él.

—En lugar de eso, me gustaría decir solo que van ustedes a empezar la etapa más emocionante y exigente de su dilatada formación, y dejarlo ahí; no sin añadir que ojalá pudiese decir que la puerta de mi despacho está siempre abierta para cualquier visita que me quieran hacer, aunque por desgracia no tengo despacho.

Unas cuantas carcajadas dieron paso a una risa general, en reacción a la pomposidad de las ponencias anteriores. Noah también sonreía, aunque temía que su improvisado intento de comedia pudiera ofender a Hernandez. De reojo comprobó que el jefe por lo menos sonreía.

—Con despacho o sin él —continuó—, estaré siempre disponible para cualquier cosa. ¡No sean tímidos! Es fácil localizarme. La cirugía en el BMH es un trabajo en equipo, y queremos que todos formen parte de él. Ya les han sido asignados sus primeros turnos, así que tras el café y los dulces que se servirán ahora aquí al lado, en el Broomfield Hall, nos pondremos todos a trabajar. ¡Gracias! Y les deseo un año estupendo.

Se dio la vuelta y quedó frente a Hernandez, que se había puesto en pie. Era un hombre corpulento, en cierto modo parecido a Mason pero en tamaño reducido, con el pelo más oscuro y grueso, la tez aceitunada y un imponente bigote. En contraste con el aspecto bravucón de Mason, de Hernandez brotaba un aire de serena confianza que no perdía aunque se enfrentase a un exigente reto en quirófano o en la sala de juntas del consejo asesor.

—Espero que mi intento de broma no le pareciera una queja.

—En absoluto —lo tranquilizó Hernandez—. Era inesperado, así que resultó gracioso. Pero tienes despacho...

—Tengo escritorio —lo corrigió Noah—, no despacho.

—Ya veo —comentó el doctor Hernandez antes de que un cirujano captara su atención y se lo llevara aparte para hacerle una consulta rápida.

Noah vio que varios de los residentes, entre ellos Lynn Pierce, bajaban por la grada en dirección a él. No pudo evitar fijarse en que Lynn llevaba un vestido amarillo muy chillón debajo de la bata. Con una punzada de pánico, miró hacia la salida, pero antes de que pudiera huir notó que le tocaban el hombro. Se dio la vuelta y se encontró cara a cara con una enfermera vestida con uniforme quirúrgico a la que había visto algunas veces, pero con la que nunca había cruzado palabra.

—Doctor Rothauser, soy Helen Moran.

—Hola, Helen —saludó él.

—No quiero robarle mucho tiempo. Sé que está ocupado, pero me gustaría hablar con usted un momento acerca de la operación de Bruce Vincent. Soy una de las pocas personas que no le conocía en persona, pero tomé parte en su admisión. Corren rumores de que fue una víctima del sistema de operaciones simultáneas. ¿Es cierto?

Noah respiró hondo y trató de ordenar las ideas y confeccionar una respuesta. A decir verdad, no quería decir nada; había intentado no pensar siquiera en Bruce Vincent. Sin embargo, al fijarse en los ojos indignados de Helen Moran, supo que no tenía aquella opción. Era obvio que lo habían arrastrado ya al campo de minas que tanto lo atemorizaba. En la prensa generalista se habían publicado varios artículos poco halagüeños sobre las operaciones en simultáneo.

—Aún tengo que investigar qué ocurrió —respondió Noah con vaguedad.

—Espero que trates lo ocurrido en la sesión clínica de esta semana.

—Tenlo por seguro —confirmó Noah—. Fue una tragedia que es preciso publicar para ver si podemos aprender lo que sea para evitar que vuelva a ocurrir en el futuro.

—¿No tenía Mason dos operaciones simultáneas a la misma hora? Es lo que he oído.

—Me aseguraré de si es cierto o no.

—Eso espero. Resulta que sé a ciencia cierta que fue así, y personalmente creo que no se deberían permitir operaciones simultáneas ni aquí ni en ningún sitio. En la época en la que vivimos, no.

—A mí tampoco me gusta esa práctica —afirmó Noah—. Y ahora, si me disculpas, tengo que volver a Broomfield Hall.

Durante su breve conversación con Helen Moran, la bandada de residentes de primero que había visto acercarse se había congregado a su alrededor. Tan pronto se vio libre, se desató un torrente de preguntas simultáneas sobre los turnos. Noah levantó las manos en plan de broma, como si necesitara protegerse, y señaló la salida.

—¿Y si cruzamos esa puerta y nos tomamos un café? Les prometo que contestaré todas sus preguntas.

Mientras veía cómo Helen se alejaba en dirección a la puerta, otra mano le tocó el hombro, esta vez con bastante más fuerza, lo cual lo obligó a dar un paso al frente para no perder el equilibrio. Un tanto molesto, se dio la vuelta para quejarse, pero acabó tragándose las palabras: estaba frente a frente con el doctor Mason. La expresión de su rostro había pasado del aburrimiento a una mueca ceñuda.

—He oído lo que le ha respondido a esa mujer —gruñó Mason—. Le voy a decir una cosa, amigo. Ándese con ojo con respecto a la operación de Vincent, o se meterá en un buen lío.

Para añadir énfasis a sus palabras, Mason le clavó el índice en el pecho, varias veces.

—¿Perdone? —consiguió decir Noah. Había oído bien, pero le hizo falta un momento para procesar lo que a todas luces era una amenaza.

—Ya me ha oído, puñetero mojigato. No se atreva a convertir la operación de Vincent en una causa célebre contra las operaciones simultáneas. Si lo hace, estará enfrentándose a los cirujanos más poderosos del BMH, que tienen que doblar las citas para satisfacer la demanda. ¿Me ha oído? Le voy a recordar una cosa: los peces gordos de administración opinan igual que yo, porque somos nosotros los que generamos dinero para que este lugar siga funcionando. ¿Ha entendido?

—Le entiendo —acertó a responder Noah. Miró fijamente a los ojos negros e imperturbables de Mason. El hombre tenía el protuberante mentón replegado, como el de un bóxer—. Investigaré lo ocurrido a conciencia y presentaré los hechos tal cual. Eso es todo.

—Y una mierda, amigo. ¡No me tome por imbécil! Puede usted tergiversar los hechos todo lo que se le antoje, pero se lo advierto, la cagada es de anestesia, así de simple y claro, por administrarle la anestesia incorrecta, y también por culpa del paciente, lo cual debió descubrirse en admisiones. No la líe o le juro que se verá de patitas en la calle.

—No tergiversaré los hechos —dijo Noah, ahora con una pizca de confianza. Sabía por mera intuición que Mason se equivocaba al tratar de determinar el resultado de la M&M. Aun así, siendo realista, Noah sabía también que estaba en un campo de minas metafórico

—¿En serio? —preguntó Mason, altivo—. Le diré otra cosa. Bruce Vincent estaba vivo cuando usted llegó en el último segundo y le abrió el pecho en canal. El único problema es que mató usted al paciente. Y eso es un hecho.

Noah tragó saliva. Se le había secado la boca. Había cierta verdad en las palabras de Mason, pero si Noah no le hubiera abierto el pecho «en canal», Vincent habría muerto en tres o cuatro minutos. Había sido una apuesta, pero no ganadora. Aun así, alguien podría argumentar que Noah se había precipitado, y que quizá se debería haber practicado una desfibrilación externa y una broncoscopia de urgencia.

—¡Más vale que se lo piense largo y tendido! —gruñó Mason.

Le dio un último golpe, con fuerza suficiente para hacerlo trastabillar. Se dio la vuelta, se abrió paso a codazos en la tarima abarrotada de gente y salió del auditorio como una motora en un puerto transitado, dejando a Noah al final de la turbulenta estela.

4

Miércoles, 5 de julio, 10.48 h

Caía una ligera llovizna mientras la furgoneta Ford negra último modelo, de morro achatado y faros angulosos, entraba en una oscura calle residencial de Middletown, Connecticut. En el anodino vehículo con matrícula de Maryland no había rótulo alguno. Los faros se apagaron, pero el motor siguió encendido. Solo había un peatón a la vista, cerca del final de la calle, paseando un perrito blanco. Se metió rápidamente en una de las casas, por lo que la calle quedó desierta. En muchas de las casas de dos plantas que flanqueaban la calle las luces estaban encendidas, aunque casi todas en el piso de arriba; en la mayoría de los hogares era ya hora de dormir.

En los asientos delanteros de la furgoneta había dos hombres vestidos con trajes ligeros de verano y corbatas negras: la de George Marlowe era gris oscura; la de Keyon Dexter era negra. Los dos tenían treinta y muchos años, complexión atlética y un impecable aspecto de tipo militar, con el pelo corto y la cara afeitada. Los dos habían estado en la Marina y destinados en Irak, donde se habían conocido, en una unidad de ciberseguridad. Keyon era afroamericano, de piel tostada; George era blanco y rubio. Miraban por el parabrisas hacia una casa de principios de siglo con columnas de punta estrecha que sustentaban un porche con tejado, situada a dos manzanas en la acera de enfrente. De las ventanas de la planta baja se filtraba una luz incandescente, pero la luz del porche estaba apagada y el segundo piso estaba a oscuras.

—Mira a ver si está conectado —dijo Keyon desde el asiento del conductor—. Y ya que estás, comprueba otra vez las coordenadas del GPS. No vayamos a detener al tío equivocado.

Se rieron mientras George abría el portátil, lo encendía y escribía con dedos rápidos en el teclado. Estaba claro que le gustaba teclear.

—Está conectado —dijo George al punto—. Seguro que metiéndose con la gente y haciendo gamberradas, como de costumbre. La casa es la correcta, no hay duda.

Cerró el ordenador, estiró el brazo y lo colocó sobre el asiento trasero. La parte de atrás de la furgoneta estaba llena de sofisticados equipos informáticos y de vigilancia.

—Por fin conoceremos a Savageboy69 —dijo Keyon.

—¿Qué te juegas a que no es ningún semental? —repuso George—. Te apuesto diez contra uno a que es un tío soso y pálido de mediana edad.

—Eso seguro —reconoció Keyon—. Qué te apuestas a que es un corderito, a pesar de su perfil en internet.

Volvieron a reírse. Sabían que, en la jerga actual, *savage boy* equivalía a lo que los adolescentes hiperconectados y los raperos llamaban *fuck boy*. Ninguno era capaz de definir el término con precisión, aunque ambos sabían lo que significaba: algo así como la idea que tenía sobre la pornografía, término que también les costaba definir, pero que reconocían cuando la veían.

—Espero que esté solo en casa —dijo Keyon—. Así todo será más rápido y más limpio.

Ya habían buscado la casa en varias bases de datos, hasta dar con el actual propietario. Se trataba de Gary Sheffield, cuarenta y ocho años, divorciado desde hacía cinco y empleado en una compañía de seguros como estadista. No tenía antecedentes penales ni hijos.

—¿Listo? —preguntó George.

—Más que nunca.

Keyon apagó el motor. De pronto llegó a sus oídos el sonido de los grillos, que se amplificó cuando abrieron las puertas de la furgoneta. Era una noche estival cálida. Por todas partes se oía el ronroneo de los aires acondicionados de las ventanas.

Caminaron deprisa pero no demasiado, subieron los tres peldaños de la entrada y se colocaron juntos ante la puerta principal. Eran profesionales y habían hecho lo mismo muchas veces. George llamó al timbre y su soniquete se oyó al otro lado de la puerta.

Esperaron. Justo cuando George se disponía a llamar de nuevo, se encendió la luz del techo del porche. Un momento después se entreabrió la puerta, dejando a la vista un ojo que miraba desde el otro lado a través de la rendija.

—¿Puedo ayudarles? —preguntó Gary Sheffield.

—Creo que sí —respondió Keyon—. ¿Es usted Gary Sheffield?

—Sí. ¿Y ustedes quiénes son?

—Soy el agente especial Dexter, del FBI, y este es el agente especial Marlowe —contestó Keyon. Sostuvo en alto la placa para que Gary la viera, y George hizo lo propio—. Queremos hablar unos minutos con usted.

La puerta se abrió del todo. El rostro de Gary se había quedado lívido.

—¿De qué quieren hablar?

—Formamos parte del Equipo contra la Delincuencia Cibernética del FBI —explicó Keyon—. Han llegado a nuestro departamento informaciones sobre actividades delictivas en internet que se han perpetrado desde esta ubicación, y hay que investigarlas.

—¿Qué clase de actividades delictivas? —preguntó Gary con voz trémula e insegura. Era de estatura media, corpulento pero no obeso, con indicios de dermatitis y el pelo lacio; tal y como los visitantes habían supuesto. No era un semental.

—De eso precisamente queremos hablar con usted —prosiguió Keyon—. Podemos arrestarle y llevarle a las dependencias del FBI, o puede dejarnos entrar, hablar, y quizá hasta aclarar el asunto. Usted elige.

Gary retrocedió, sin soltar el picaporte.

Keyon y George entraron en un pequeño recibidor. Gary cerró la puerta. Temblaba de forma perceptible.

—Podemos sentarnos en el salón —acertó a decir señalando hacia la izquierda.

—Nos quedaremos de pie, siéntese usted —ordenó George apuntando hacia el sofá en cuanto entraron en la anodina estancia. Había un portátil abierto sobre una mesita de centro, con un salvapantallas de una imponente cordillera. Había también una botella de cerveza.

Gary hizo lo que se le ordenaba. Fue hasta el portátil y lo cerró.

—En primer lugar, ¿está usted solo en casa en estos momentos?

—Sí —confirmó Gary.

—Bien, bien —dijo George—. Segundo, ¿está usted familiarizado con las penas por delitos cibernéticos aquí en Connecticut?

Gary asintió. Tragó saliva sin disimulo.

—Se considera un delito grave, penado con hasta veinte años de prisión.

Gary miraba sin parpadear.

—¿Hay algún otro ordenador en la vivienda, aparte del portátil que está sobre la mesita? —preguntó Keyon—. ¿Un ordenador de sobremesa, u otro portátil?

—No.

—Bien. Quizá tengamos que confiscarle este, porque sospechamos que ha sido utilizado para actividades de ciberacoso y amenazas a una niña de trece años llamada Teresa Puksar. ¿El nombre le dice algo?

—Puede ser —dijo Gary con un hilo de voz.

George y Keyon intercambiaron miradas cómplices.

—Por lo visto la actividad cibernética en cuestión ha sido

desarrollada por un individuo que responde al nombre de usuario Savageboy69 —prosiguió Keyon—, cuyo perfil de Facebook está a nombre de Marvin Hard. ¿Le suena alguno de estos nombres?

Gary volvió a tragar saliva. Asintió.

—Bien, muy bien —dijo Keyon—. Progresamos. Es alentador.

—¿Son sus dos apodos en internet? —preguntó George.

Gary volvió a asentir.

—¿Utiliza algún otro?

—Usé Barbara Easy durante un tiempo, hace bastante.

—Qué interesante —comentó George con una sonrisa burlona—. Inversión de los roles de género, muy inteligente. ¿Le funcionó?

Gary no contestó.

—Vayamos a los hechos —prosiguió Keyon—. Como Marvin Hard, logró obtener la dirección IP de Teresa Puksar y la usó para averiguar su dirección postal. Se valió de esa información para amenazarla con pegarle una paliza si no le enviaba fotos desnuda. ¿Es una descripción precisa de sus actividades?

—¿Debería hablar con un abogado? —preguntó Gary, sin convicción.

—Está en su derecho —confirmó Keyon—. Pero si quiere implicar a un abogado en un estadio tan temprano de la investigación, tendremos que arrestarlo, confiscarle el portátil y trasladarlo hasta las dependencias del FBI. Pasadas entre veinticuatro y cuarenta y ocho horas, podrá llamar a su abogado, si tiene uno. ¿Quiere que procedamos así? Usted decide.

—No lo sé —admitió Gary. Se sentía entre la espada y la pared.

—Como le he dicho en la puerta, queremos aclarar todo este asunto y seguir con nuestro trabajo. Su detención nos ocasionaría un montón de papeleo, y preferiríamos evitarlo. Debemos terminar esta investigación y asegurarnos de que entiende los riesgos que asume con su comportamiento en internet y de que se enmienda. Juega a su favor el hecho de que no haya intentado reunirse con la menor. Eso es bueno. Al mismo tiempo, amenazarla atenta con claridad contra la ley. Lo que se disponía a hacer con las fotografías pornográficas es otro tema completamente distinto. Por suerte, en este punto, podemos ignorar el problema de la pornografía infantil. Pero tenemos que hacerle varias preguntas.

—¿Sobre qué?

—Sobre un punto clave —contestó Keyon—. ¿Trabaja usted con alguien más? ¿Ha informado a alguien sobre todo lo que ha descubierto acerca de Teresa Puksar a lo largo de las conversaciones y los mensajes que ha intercambiado con ella? ¿Algo que ella le haya revelado, o que haya averiguado?

—No —respondió Gary—. Lo que hago en internet es privado. No lo comparto con nadie.

—Dado el contenido de algunos de sus mensajes, que he leído, me parece una idea prudente, señor Sheffield —dijo Keyon—. Se hizo pasar por un universitario de veinte años ante la señorita Puksar, aunque a mí me parecía incluso más joven que ella. Sea como sea, lo que nos interesa ahora es una pregunta en concreto: ¿ha compartido con alguien más la dirección, IP o postal, de la chica? ¡No me conteste aún! Quiero que se lo piense un momento, porque es muy importante. ¿Ha comunicado a alguien la ubicación de la señorita Puksar, o cualquier información sobre su residencia?

—No tengo que pensármelo —respondió Gary—. No se lo he dicho a nadie.

—¿Ha escrito la dirección en algún papel, la ha almacenado en algún dispositivo o la ha añadido a su lista de contactos? ¡Piense, señor Sheffield!

—Solo está en este ordenador —dijo Gary señalando el portátil de la mesita.

—¿Y en su móvil? —apuntó Keyon.

—En mi móvil no está. —Gary empezaba a espabilarse, consciente de que estaba agradando a los interrogadores y de que aquel desagradable episodio tocaba a su fin.

—¡Muéstremelo! —pidió Keyon.

Gary estiró la pierna derecha y se sacó el smartphone del bolsillo. Accedió a los contactos y buscó a Teresa Puksar. Era un teléfono con prefijo 617. Le enseñó la pantalla al agente, que asintió.

Keyon miró a George. Hubo un intercambio de comunicación no verbal mientras trataban de decidir si la entrevista ya había acabado. Ambos asintieron para indicar que se daban por satisfechos, pues habían descubierto lo que necesitaban. Keyon formó una pistola con la mano, con el índice extendido y el pulgar levantado. Apuntó a George.

Este comprendió y, en un visto y no visto, sacó de debajo de la solapa una Smith & Wesson calibre treinta y ocho especial, que llevaba en una funda sobaquera. Una fracción de segundo después el revólver apuntaba a la frente de Gary. La detonación resonó con fuerza en la salita de paredes y techo enyesados. La bala de punta roma le dio de lleno en la frente, echándole la cabeza hacia atrás y manchando la pared de detrás del sofá de sangre y sesos.

Con un vaivén de la mano para disipar el olor a cordita, George se adelantó y cogió el portátil y el teléfono.

—Llevémonos alguna mierda más aparte de la electrónica para que parezca un robo que ha salido mal.

—De acuerdo —dijo Keyon mientras se ponía un par de guantes. Colocó el cadáver de lado y le sacó la cartera del bolsillo. A continuación le quitó el Rolex.

5

Viernes, 7 de julio, 10.02 h

Noah salió de la zona de quirófanos a través de las dobles puertas batientes y se metió en la sala de espera de la sección de cirugía. Se encontró un poco más animado tras haber pasado por cada quirófano a echar un vistazo a los residentes y ver de primera mano cómo les iba en su papel de asistentes, sobre todo a los de primer año. Aunque hasta cierto punto confiaba en que no habría problemas, puesto que ninguno de los cirujanos y enfermeros se había quejado de nada, le gustaba comprobarlo en persona, porque él había sido el encargado de asignar los turnos. No había nada comparable a meterse por casualidad en un quirófano y escuchar el diálogo espontáneo entre el cirujano y los residentes para empaparse del ambiente general. Podían deducirse muchas cosas, sobre todo si la visita se acompañaba de una charla con los enfermeros de turno que lo corroborara. Aunque algunos de los cirujanos advertían su presencia con el rabillo del ojo, la mayoría no; era como si fuera su propio agente encubierto.

En la sala de espera se sintió lo bastante relajado como para coger una taza de café y mirar por la ventana, al ajetreado puerto de Boston, mientras bebía. Aunque la mayoría de las actividades marítimas eran comerciales, había también algunos barcos de recreo con gente que disfrutaba del tiempo estival. Se imaginó un momento cómo serían las cosas cuando terminase su formación —larga, ardua e intensiva— en menos de un año y alcanzase la tan ansiada meta. Aunque le encantaba su papel de residente de cirugía, sabía que, en términos metafóricos, llevaba siendo un prisionero en el hospital desde hacía cinco años, un hecho que se había vuelto dolorosamente cercano con la partida, inesperada pero comprensible, de Leslie. Fuera del hospital no tenía vida, y en su mente iba convirtiéndose poco a poco en una especie de recluso social. Cuando ya no hubiera nada más que decir o hacer, ¿conseguiría recuperar la capacidad de socialización normal y disfrutar, como hacía la gente de los barcos bajo la luz del sol, o estaría destinado a ser siempre un adicto a su profesión? No tenía ni idea. Necesitaría mucho tiempo y esfuerzo, y quizá un poquito de suerte. Tenía la esperanza de conocer algún día a una mujer a la que no le importase demasiado su dedicación casi exclusiva a la profesión.

Noah suspiró y dio la espalda al paisaje exterior para echar un vistazo a la gente que poblaba su realidad. Sin operaciones programadas, podía tomarse un rato libre por primera vez desde que había llegado al hospital a las cinco y cuarto para pensar en cómo le iban las cosas en su mundo aislado. Desde un punto de vista profesional, para su sorpresa, todo iba bien. La mañana había sido ajetreada, como de costumbre, pero sin incidentes. La UCI estaba tranquila y Carol Jensen había sido incluso agradable con Lynn Pierce, la nueva residente primeriza. La residente que supervisaba el turno de noche no tenía quejas de los residentes de primer año que se habían quedado durante su turno. Las rondas habían ido bien, y hasta las presentaciones de los de primer año habían sido asombrosamente coherentes y concisas, una muestra más de que el comité de admisiones había hecho un trabajo de diez. Incluso el primer seminario de bioquímica médica de las siete y media de la mañana había ido bien, según le habían informado *a posteriori*. Por último, las rondas con los jefes de servicio habían ido mejor de lo que nunca se hubiera imaginado. El doctor Hernandez había llegado a darle una palmadita en la espalda al acabar, un cumplido muy poco común, pero bienvenido.

Noah estaba lo bastante bien como para servirse otro café. Era capaz de imaginarse un escenario mejor para la mañana o para la primera semana, aunque llevaba seis días sin pasar por casa. Los únicos baches habían sido unas cuantas rarezas en la difícil asignación de turnos, pero Candy Wong y él lo habían dispuesto todo a gusto de todos. Había podido hablar incluso con los veinticuatro residentes nuevos de forma individual, grabarse sus nombres en la cabeza, hacerse una idea de sus intereses y aspiraciones y asignarles los mentores adecuados. Hasta ese escollo estaba ya superado.

Tras aclarar la taza, pensó en aprovechar aquella pausa inesperada en sus responsabilidades para cambiarse de uniforme y leer en la biblioteca los artículos que había seleccionado para la rueda de prensa del martes. Pero sus planes se vieron frustrados de golpe cuando se encontró acorralado junto al fregadero.

Sin previo aviso, Dawn Williams, la enfermera que había participado en la operación de Vincent, se había situado detrás de él a esperar con toda la paciencia del mundo a que terminase con la taza. Con sus casi dos metros y un ligero sobrepeso, costaba perderla de vista fácilmente, sobre todo cuando la tenía tan cerca que sus narices estaban a palmo y medio de distancia. Sabía que era una enfermera trabajadora, tozuda y sincera.

—¿Tiene un momento, doctor Rothauser? —susurró con la voz entrecortada, lo que Noah interpretó al momento que no era una buena señal.

—Creo que sí —dijo Noah; no estaba muy seguro de querer que su tranquilidad inesperada se viera perturbada.

Era evidente que la mujer estaba alterada. Noah miró a un lado y a otro. La sala estaba concurrida pero no llena. En aquel momento nadie les prestaba atención.

—Quería darle mi opinión sobre el caso de Bruce Vincent —prosiguió Dawn sin subir el tono.

Noah no pudo evitar darse cuenta de que la enfermera no pestañeaba.

—¿Y si vamos a algún sitio menos abarrotado? —le sugirió.

La mención del nombre de Vincent había sido suficiente para acelerarle el pulso. Una situación más que le inducía a desear tener despacho propio. Estaba claro que lo que Dawn quisiera decirle le concernía solo a él.

—Aquí estamos bien —dijo Dawn—. Nadie nos escucha.

—De acuerdo. Soy todo oídos.

—Sé que se encargará usted de la sesión clínica de la semana que viene, y quería asegurarme de que estaba al corriente de que el doctor Mason no apareció por quirófano hasta una hora después de que se administrara la anestesia. No estuvo presente durante el preoperatorio. Cosas así no deberían suceder, simple y llanamente, y si hubiera estado allí el resultado podría haber sido distinto.

—Estoy al tanto de que se produjo un retraso —comentó Noah, con tacto.

—Tenía tres pacientes anestesiados a la vez —le espetó Dawn levantando el tono. Al darse cuenta de que había alzado la voz, se tapó la boca con la mano y miró en derredor para asegurarse de que nadie los miraba—. Disculpe.

—No pasa nada —la calmó Noah—. Aún no he concluido mis averiguaciones, pero quiero hablar con todos los involucrados, incluida usted, por si tiene algo que añadir. Gracias por haberse adelantado.

—Sé que hay un debate abierto en el departamento sobre las operaciones simultáneas —prosiguió Dawn en un susurro—, pero el caso del señor Vincent supera los límites de lo aceptable. Quería asegurarme de que lo supiera. Creo que alguien tiene que decirlo.

—Le agradezco que me dé su opinión, y me aseguraré de exponer todos los detalles del caso, incluido el retraso.

—Gracias por escucharme —dijo Dawn—. El señor Vincent era un hombre maravilloso. Su muerte es una tragedia que no debería haber ocurrido. Así lo siento yo, al menos. Lo echo de menos cada mañana cuando llego al aparcamiento. En fin, gracias por su tiempo. Y buena suerte. Hay mucha gente molesta por este asunto.

—Y no es para menos —admitió Noah—. Es una tragedia que alguien muera durante una operación, sobre todo una persona joven y sana, miembro de la comunidad del hospital. Gracias de nuevo por haber hablado conmigo.

—De nada.

Dawn asintió ligeramente, se dio la vuelta y se encaminó a la salida.

Maldiciendo por lo bajo, Noah la observó. Su cabreo repentino no iba dirigido a ella, sino a sí mismo, por haber pospuesto el caso del señor Vincent y haber mentido diciéndole que estaba a punto de darle carpetazo cuando casi no había empezado a trabajar en él. Debería haber comenzado por ser sincero, tras su leve rifirrafe con el doctor Mason en el anfiteatro Fagan. Y, en cambio, había hecho como un avestruz: había escondido la cabeza en el suelo con la vana pretensión de que aquella minipesadilla se esfumase de forma milagrosa. En vista de que no iba a ser así, tenía que ponerse las pilas y llevar a cabo los trámites necesarios, porque la M&M tendría lugar el miércoles, solo cuatro días después.

Tras renunciar de mala gana a su paseo hasta la biblioteca, Noah descartó la idea de vestirse de paisano. Para ahorrar tiempo, fue a por su bata blanca y se la puso encima del uniforme quirúrgico antes de bajar las escaleras hasta Stanhope 2, en dirección a su escritorio abierto al público. La idea de ir a la biblioteca a prepararse para su presentación ante el Club de Lecturas Médicas había quedado descartada. La inesperada conversación con Dawn había sido la llamada de atención que necesitaba. El tiempo libre era un lujo poco frecuente para él.

Había comenzado los preparativos para la M&M tras la incómoda experiencia con el doctor Mason. Había redactado una lista de todos los implicados en la operación del señor Vincent, ya tuviera previsto hablar con ellos o no. Pero ese no era un verdadero comienzo, sino una forma de controlar su rabia y su agobio inmediatos. Una vez hubo acabado, había metido la hoja de papel en un cajón de su escritorio y se había olvidado de ella, cosa fácil dado el aluvión de responsabilidades inminentes que lo inundaban como jefe de residentes.

Al llegar al despacho, saludó al vuelo a todo el mundo. Sentado ante el escritorio, encontró la lista y tachó a Dawn Williams y a Helen Moran, porque tal vez ya no le haría falta hablar con ellas. Aún quedaban los nombres de Martha Stanley, Connie Marchand, Gloria Perkins, Janet Spaulding, Betsy Halloway y los doctores Ava London, David Wiley, Harry Chung, Sid Andrews, Carl White y William Mason. Puso unos signos de interrogación junto a Wiley, Chung, Andrews y White, pues solo eran actores secundarios de la obra, y hablar con ellos, probablemente, no añadiría nada al tema central sobre la regurgitación gástrica.

El último nombre de la lista no correspondía a una persona en concreto, sino a una organización. Noah quería contactar con el despacho del examinador médico jefe. Al tratarse de una muerte durante una operación, el cuerpo se había trasladado al citado despacho por requisito legal. Lo que Noah esperaba averiguar era por qué coño no había vuelto a latir el corazón tras el baipás, ni siquiera tras aplicarle un marcapasos interno. Tenía la esperanza de que le dieran una explicación. Sabía que el tema saldría a colación si un doctor Mason airado quería convertir a Noah en cabeza de turco.

Encendió el monitor que había sobre el escritorio y sacó el teclado. Tras introducir su contraseña, tecleó el nombre de Bruce Vincent para acceder a su historial electrónico. No decía mucho, salvo lo relacionado con su reciente operación.

Accedió al historial de admisiones y a los datos del chequeo. Reconoció al autor como un colega del doctor Mason, a quien conocía. Aunque por norma general trataba de evitar a Mason, no podía prescindir de él del todo cuando entraba en juego su deseo de especializarse en cirugía pancreática. En varias ocasiones Noah había tenido que tragarse el orgullo y operar junto al reconocido cirujano para aprovechar su talento y aprender su técnica. Trabajar con él había implicado trabajar también con sus colega el doctor Aibek Kolganov, de Kazajistán. No le había impresionado por varias razones, y ahora que tenía delante el historial de Bruce Vincent, menos aún. Le parecía el típico trabajo de copiar y pegar que podía encontrarse sin esfuerzo en internet.

Mientras revisaba la extensísima lista de negativos, encontró de pronto dos positivos referidos al sistema gastrointestinal. Uno, referido al reflujo leve, y el otro, a una leve inflamación con estreñimiento. Lo que de verdad le llamó la atención, sin embargo, fue que los dos positivos estaban escritos con un tipo de letra diferente del resto del informe. Al investigar un poco más a fondo, llegó a la conclusión de que ambos habían sido añadidos ¡después de la operación!

Noah miró al vacío tratando de asimilar lo que había descubierto. Cambiar un registro médico tras un suceso desafortunado era algo que, desde el punto de vista legal, era un «no» como una casa. Una risotada corta y vacía de humor escapó de sus labios. Negó con la cabeza al pensar en las implicaciones.

—Qué desastre —murmuró.

—¿Algo va mal? —preguntó Gail Yaeger, la secretaria para ser amable. Era una persona sensible. Su escritorio estaba frente al de Noah, a tres metros y medio más o menos.

—Puede ser —respondió Noah vagamente—. Gracias por preguntar. Ya lo veremos.

En realidad sabía que tenía un problema. Es decir, que el hospital tenía un problema que podía desembocar en una demanda multimillonaria, y una vez más Noah sería el mensajero que descubriría la mala noticia. Otra mina potencial. La operación parecía llevar un cartel enorme con la palabra PROBLEMA.

Se centró de nuevo en la pantalla y busco sin éxito la nota del residente para ver si se mencionaban el reflujo o la inflamación. Para su sorpresa, no había ninguna nota. Soltó un gruñido. Otro problema más. ¿Dónde estaba el informe del residente para la admisión?

Pasó al registro de anestesia, que era sobre todo una transcripción directa del registro de la máquina. Examinó las constantes vitales y el electrocardiograma. Todo era normal hasta el primer episodio de fibrilación ventricular. En el electro se veía con claridad la hora de la descarga del desfibrilador y la vuelta a la normalidad del ritmo cardíaco, tras el segundo episodio. Poco después Noah vio que el corazón dejaba de fibrilar, pero que no había actividad eléctrica cuando se le había administrado solución salina fría sobre el corazón tembloroso.

Bajó más con el ratón y llegó a una serie de entradas escritas por la doctora Ava London, la anestesista, que tenía una sintaxis interesante plagada de superlativos, y sin siglas ni abreviaturas. La primera entrada era anterior al episodio mortal de regurgitación y decía que el paciente no tenía alergias, no requería medicación diaria, no había comido ni bebido desde la noche anterior, no se le había administrado nunca anestesia y... De pronto, los ojos de Noah se detuvieron. Se habían topado con un negativo que era una prueba en especial convincente: por lo visto, el paciente nunca había tenido problemas en el tracto digestivo, tales como reflujo o acidez. Es decir, que London había preguntado en concreto por aquellos síntomas, y el paciente le había dicho que no, igual que había negado que había desayunado, aunque estaba claro que lo había hecho.

Noah sabía que se trataba de un detalle significativo que con toda probabilidad exoneraba a anestesia de toda responsabilidad, aun en contra de las acusaciones de Mason. Si el paciente hubiera sido sincero, tal vez seguiría vivo. Además, llamaba la atención las dos entradas del historial que habían sido introducidas después de la operación, al parecer obra del colega de Mason. Noah soltó un gruñido sordo. ¿Cómo iba a presentar todos aquellos datos sin enemistarse por completo con Mason? Por desgracia, no tenía ni idea.

Tras volver a la entrada inicial de London, leyó que Bruce

93

Vincent había mencionado una ligera ansiedad, asociada con la preocupación que le generaba haber llegado tarde a admisiones y que el doctor Mason se fuese a enfadar. Noah no pudo menos que reírse, consciente de que Mason había dejado al paciente ya anestesiado y al equipo en espera durante más de una hora.

El resto del informe de London era directo y preciso: le había administrado midazolam para la ansiedad, luego le había puesto la anestesia espinal sin ningún problema utilizando bupivacaína y había dormido al paciente con propofol.

La segunda anotación de la doctora London era un poco más elaborada y en términos más clínicos. Mencionaba regurgitaciones masivas, aspiración y una parada cardíaca repentina durante la colocación del tubo endotraqueal, cuando se estaba efectuando la transición entre la anestesia espinal y la general. Luego pasaba a describir la desfibrilación, la administración de heparina como anticoagulante, el baipás cardiopulmonar y, finalmente, la broncoscopia. Enumeraba todos los medicamentos que se habían probado sin éxito para que el corazón volviese a latir. La última frase registraba la hora en la que se había apagado la bomba cardiopulmonar y se había declarado la defunción.

Noah respiró hondo. Solo con leer acerca del incidente, lo revivió con toda claridad, al menos la parte en la que había estado presente. Había sido un caso delicado en extremo para todos.

Se centró en las notas de la enfermera y leyó lo que Martha Stanley había consignado desde admisiones. La conocía desde su primer año de residencia. Con las abreviaturas de costumbre, Martha había anotado que el CP, el ECG y los análisis de sangre estaban en orden. También que el paciente no tenía alergias, ni se medicaba ni le habían anestesiado nunca, que estaba en ayunas desde la medianoche y que tenía la hernia en el lado derecho. No se mencionaba el reflujo.

Había más notas escritas por las otras enfermeras que se habían ocupado de la admisión: Helen Moran y Connie Marchand. Ambas indicaban que le habían hecho a Vincent las mismas preguntas que Martha Stanley y habían obtenido idénticas respuestas, en concreto a la pregunta de si el paciente había ingerido algo. Ninguna de ellas hacía tampoco mención al reflujo. Lo único especial de la nota de Helen Moran era la indicación de que había sido ella la que había marcado la cadera derecha con rotulador permanente para asegurarse de que lo operaban en el lado correcto.

Noah pasó entonces a los informes de la operación. Había cuatro. El primero, del doctor Sid Andrews, describía el intento de reparación de la hernia inguinal. Era directo hasta llegar al tramo de intestino que había quedado atrapado y los intentos fallidos de reducirlo. El segundo informe estaba redactado por el doctor Adam Stevens, y describía el baipás. También era directo y conciso. La tercera redacción corría a cargo de Noah, y se refería a la incisión en el pecho. No le hizo falta leerlo. La última entrada era del doctor White, el neumólogo, que describía la broncoscopia y la eliminación del material aspirado por el paciente.

Como parte final de su examen del historial electrónico, Noah comprobó los niveles en sangre, en particular los de electrolitos. Todo era normal, incluida la muestra que se le había tomado tras el baipás. Era frustrante, porque aún no tenía ni idea de por qué el corazón no había vuelto a latir tras la broncoscopia. En el momento, había abrigado la esperanza de que se debiera a un problema de potasio, lo cual habría tenido cierto sentido y podría haberse atajado. Sin embargo, como no sabía cuál era el problema, ignoraba también si había algo que debería haber hecho de forma distinta.

Se apoyó en el respaldo de la silla. La cuestión era cómo proceder ahora, y con quién hablar primero. Le costaba decidir, pero tenía claro quién iba a ser el último: el doctor Mason. Estaba convencido de que cualquier conversación con él sería hostil desde un principio, así que necesitaba tener todo controlado para entonces. Según las palabras que le había dirigido Mason en el anfiteatro, era más que evidente que no pensaba cargar con un gramo de culpa, y que su intención era echársela a otro, sobre todo a anestesia, a admisiones y al paciente. Con esta idea en mente, Noah decidió que lo mejor sería entrevistar a Ava London casi la última. No la conocía demasiado porque siempre la había encontrado amigable pero distante. Vistas las intenciones de Mason de convertirla en cabeza de turco, iba a ser casi tan difícil conversar con ella como con el médico, máxime cuando ella ya había expresado su opinión: que el principal responsable era el doctor Mason. La idea de estar en medio de fuego cruzado entre dos adjuntos del hospital anunciaba un desastre con todas las letras, al menos en lo concerniente a Noah.

Decidió empezar por el principio, a saber, por la primera fase del fatal viaje de Bruce Vincent: admisiones. Se levantó decidido a encaminarse a la cuarta planta para ver a Martha Stanley. Pensó que lo mejor era aparecer sin avisar. Pero cambió de planes en cuanto le sonó el móvil en el bolsillo. Era el doctor Arnold Wells, un nuevo residente de último año que estaba de guardia en urgencias.

—¡Gracias a Dios que me respondes! —estalló Arnold—. Noah, estoy desbordado, tengo un volet costal y un traumatismo craneoencefálico severo por colisión. Es un desastre. ¡Necesito ayuda!

—¡Voy para allá! —gritó Noah sobresaltando al despacho en pleno.

La ruta más directa a urgencias eran las escaleras, que bajó de dos en dos y tres en tres mientras luchaba por no perder el estetoscopio, la tableta ni la colección de cables y demás enseres que querían salir volando de los bolsillos. Aunque no quedaba lejos, cuando llegó le faltaba el aliento. No tuvo que preguntar dónde estaba el paciente, porque un empleado le señaló de inmediato la sala de traumatismos 4. Se coló entre un grupo de técnicos de emergencias médicas que salían de la sala.

El paciente estaba que daba pena verlo. Le habían cortado la ropa por delante y la habían retirado a un lado. Los brazos y las piernas, sueltos, se convulsionaban salvajemente. Tenía insertado un enorme vial. El traumatismo visible más grave estaba localizado en la cabeza y en el rostro, cuya cuenca derecha estaba vacía y sangraba. Un tajo profundo hasta el hueso le atravesaba la frente y se extendía hasta el cuero cabelludo. Varios trozos amarillentos de lo que podía ser el cerebro quedaban a la vista. Arnold intentaba utilizar una mascarilla con bolsa para estimular la respiración, pero el hombre tenía un horrible golpe en el centro del pecho y la respiración era paradójica.

—Dios bendito —murmuró Noah. El cerebro le echaba chispas, pues era un caso de vida o muerte.

6

Por segunda vez aquel día, Noah empujó las dobles puertas de salida de la sala de quirófanos. La primera había sido a media mañana, cuando había pasado revista a todos los residentes de primer año que se encontraban en quirófano. Recordaba que se había sentido aliviado al ver que todo iba bien. Esta vez estaba incluso mejor, aunque tuviera un aspecto horrible y llevara el uniforme manchado de sangre. En esta segunda ocasión, disfrutaba de la sensación irrepetible que solo la cirugía, y nada más, podía generar. Se había enfrentado a un caso, sin duda, difícil, la operación de John Horton, cuarenta y tres años, que había llegado a urgencias a las puertas de la muerte debido a un traumatismo provocado por una colisión en la Interestatal 93. Como el hombre inteligente y culto que era, como Noah supo después, que trabajaba de analista en una empresa de inversiones, John tendría que haber llevado puesto el cinturón, pues conducía un coche clásico sin airbags. Pero, por desgracia, no lo llevaba. En consecuencia, su cuerpo se empotró contra el volante a casi cien kilómetros por hora; la colisión le había fracturado el esternón antes de salir catapultado a través del parabrisas.

Cuando llegó a la sala de traumatismos, su mente, bien entrenada, había analizado la situación y había actuado siguiendo sus reflejos con la misma decisión que lo había empujado a abrir a Bruce Vincent en canal. Sabía por instinto que el oxígeno iba a ser un factor determinante en la vida del paciente, y solicitó un equipo de traqueostomía y la administración de fentanilo como anestésico. Mientras Arnold luchaba con la mascarilla, conectada al cien por cien de oxígeno, Noah terminó la traqueostomía y conectó al paciente a un respirador a presión positiva. El oxígeno en sangre aumentó de inmediato hasta un nivel razonable, lo cual dio tiempo a Noah para examinar al paciente mediante varias placas de rayos X. Era evidente que había sufrido múltiples fracturas costales, fractura del esternón, del cráneo y graves lesiones internas.

Tras haber estabilizado al paciente todo lo posible mediante varias transfusiones, hizo que lo subieran a quirófano. Con la ayuda del residente supervisor de neurocirugía, que se ocupó de la fractura craneal, y de un oftalmólogo que localizó el ojo en el seno maxilar, Noah se dedicó al abdomen y extrajo el bazo dañado y operó el hígado. Para entonces, ya se había localizado al médico de cabecera privado del adinerado paciente; aquel avisó a un cirujano torácico y a un neurocirujano, ambos empleados del BMH, que relevaron a Noah.

Al margen de lo que le pasara a John Horton, Noah tenía la reconfortante sensación de que Arnold y él habían salvado la situación y mantenido con vida al paciente en las horas más cruciales. Poseer el conocimiento y la capacidad para acometer tales hazañas era lo que le había conducido a la medicina en general y a la cirugía en particular. Sabía que quienes se dedicaban a la medicina interna tenían negada aquella sensación. En ocasiones podían curar a alguien con la terapia adecuada, pero nunca de forma tan inmediata como un cirujano; por ello era más difícil atribuirse el logro. Noah ignoraba si John Horton viviría o moriría, teniendo en cuenta el alcance de las lesiones craneales y las contusiones pulmonares y cardíacas. Sin embargo, al menos sabía que tenía una oportunidad de luchar, gracias a la intervención de Noah. Era una sensación embriagadora y satisfactoria que justificaba todos los sacrificios que había hecho para llegar hasta donde estaba.

Por desgracia, la euforia le duró solo diez minutos más, hasta que llegó al vestuario y vio que del bolsillo de la bata sobresalía la lista de gente con la que tendría que hablar sobre Bruce Vincent. Tras ponerse un uniforme limpio, salió del vestuario completamente motivado para volver a enfrentarse a aquel problema. A pesar de aquella operación de emergencia, reconoció que aplazar más el asunto no era ya una opción. Aprovechó que estaba en la cuarta planta para ir hasta admisiones de cirugía.

—Para ti siempre tengo tiempo —le dijo Martha cuando apareció por la puerta de su despacho y le pidió permiso para hablar.

Martha era una mujer agradable, pero de aspecto anodino y de edad indefinida, con el pelo encrespado y rubicunda. A Noah le gustaba que se pusiera casi siempre el uniforme de quirófano, porque anunciaba que formaba parte integral del equipo de cirujanos.

—¿En qué puedo ayudarte? —preguntó en cuanto Noah estuvo sentado.

El jefe de residentes expuso a grandes rasgos lo que sabía sobre la operación de Bruce Vincent y mencionó que había leído sus notas en el historial electrónico, y que debía presentar el caso en la M&M de la semana siguiente. ¿Había algo que ella creyese digno de saberse?

Marta jugueteó con un sujetapapeles mientras le daba vueltas a la pregunta de Noah.

—Supongo que querrás saber por qué no hay un informe firmado por un residente.

—Sería de gran ayuda. Me di cuenta de que faltaba y seguro que el tema saldrá a colación.

—Varios pacientes ingresaron justo antes de que apareciera Bruce Vincent, así que el residente iba con retraso. Con mucho retraso. Como el señor Vincent había llegado cuarenta minutos tarde, a mí ya me habían llamado de quirófano para preguntar dónde coño estaba. El Salvaje Bill estaba como loco por empezar, y todos sabíamos qué podía depararnos aquella actitud. Para acelerar las cosas, ordené el ingreso del señor Vincent sin que lo hubiera examinado el residente, que ni se enteró de que tenía una operación. Había un chequeo reciente firmado por el colega de Mason, y en rigor era todo lo que hacía falta.

—Correcto, pero lo habitual es que un residente de primer o segundo año se encargue del chequeo adicional. Esta operación es la prueba concluyente de que debe ser así.

—Lo entiendo, pero dadas las circunstancias me pareció correcto trasladarlo sin más. El historial no contenía nada preocupante.

—Veo que le preguntaste directamente si había comido algo.

—Por supuesto. Qué duda cabe; lo hago siempre. Me mintió, está claro. La pregunta es por qué, pues tuvo que hacerlo de forma deliberada; es decir, que no es que se le olvidara no comer. Si tuviera que adivinarlo, diría que fue porque Vincent creía saber más de lo que en realidad sabía.

—No entiendo.

—Estaba un poco agobiado por el retraso cuando le recordé el mal humor de Mason cuando alguien le hacía esperar, y que encima tenía dos operaciones de páncreas aquella mañana, además de su reparación de hernia. Sin embargo, en cuanto a la operación, Vincent estaba tranquilo como un mar en calma, y mencionó que podía haber comido lo que se le hubiera antojado. Es un claro ejemplo de que demasiada formación puede ser peligrosa. Tengo la sensación de que Vincent creía que sabía lo suficiente sobre anestesia para hacer un poco de trampa.

—Quizá tengas razón —le dijo Noah asintiendo.

Noah no pensaba tratar de adivinar lo que había pasado por la cabeza de Bruce Vincent aquella aciaga mañana. Ahora bien, las palabras de Martha tenían cierta lógica, aunque Noah creyera que comer un desayuno pesado antes de una operación era un acto suicida.

—¿Y sobre el reflujo? ¿Le preguntaste?

—No. No suelo hacerlo. Quizá debería cambiar, pero creo

que es mejor que lo haga el anestesista para determinar la intensidad de la anestesia.

—Puede ser —reconoció Noah sin mojarse. No le había dado muchas vueltas al asunto, pero quizá compensaría sacarlo a colación durante la M&M para alejar el debate de zonas más pantanosas.

—¿Sabías que Bruce Vincent había trabajado en el aparcamiento del hospital la mañana de su intervención, como en un día normal? Lo vi yo misma.

—No lo sabía —respondió Noah.

—Por eso se retrasó —explicó Martha—. Al parecer se había tenido que ocupar de un problema de personal, porque uno de los empleados no se había presentado. ¿Puedes creértelo?

—Ciertamente no —admitió él. El asunto se volvía más extraño por momentos, pues la mayoría de las personas implicadas habían sido objeto de amenazas aquella mañana—. En fin, gracias por tu tiempo. Si se te ocurre algo más antes del miércoles, no dudes en decírmelo.

Noah se levantó.

—De acuerdo. Buena suerte. Me da la sensación de que este tema va a levantar ampollas.

—A mí también me lo parece. ¿Vas a ir a la sesión clínica el miércoles por la mañana?

—No me la perdería por nada. Creo que va a estar a reventar. Por lo menos es lo que se oye decir. La gente está muy cabreada; era un tío muy popular.

—Fantástico —ironizó Noah, y dejó escapar un gemido. Notaba que se iba agobiando por momentos.

Del despacho de Martha fue directo a la zona donde los pacientes se cambiaban de ropa. Volvió a hablar un instante con Helen Moran y no descubrió nada nuevo, aunque le sirvió para acordarse de que era ella la que había dibujado la marca en la cadera derecha de Vincent para evitar que lo operaran del lado que no era. Así las cosas, Noah pensó que operar en el lado contrario podría haber sido la única manera de que las cosas estuvieran peor de lo que estaban. En la zona de preanestesia, buscó a Gloria Perkins y a Connie Marchand. Gloria tenía el día libre, pero consiguió hablar con Connie. Le dijo que le había hecho a Vincent todas las preguntas habituales, incluida la de si había hecho ayuno total.

—Me imagino que te dijo que sí —aventuró él.

—Por supuesto.

—¿Hay algo que deba saber que no figurase en el historial? —preguntó Noah

—Creo que no —dijo Connie, pero rectificó—: Ahora que lo pienso, no mencioné que nos habían llamado varias veces de quirófano preguntando por él, y que con cada llamada nos recordaban de buenas maneras que al doctor Mason no le gustaba que le hicieran esperar.

—A Martha Stanley la llamaron por lo mismo. ¿Es una situación corriente?

—Digamos que no es raro que desde quirófano se compruebe por qué el paciente llega más tarde de lo normal. No suele suceder, porque los pacientes pocas veces se retrasan.

—¿Y por qué me lo mencionaste la primera vez?

—Porque había oído por ahí que el doctor Mason hizo esperar al paciente durante una hora con la anestesia espinal ya administrada. Personalmente no me parece bien, y sé que un montón de gente piensa como yo, sobre todo después de que preguntaran por él desde quirófano.

Noah notó otra incómoda punzada de agobio. El caso se estaba convirtiendo con claridad en una argumentación contra las operaciones simultáneas, y a Mason y a otros cirujanos del alto mando iba a sacarlos de sus casillas. Noah sabía muy bien quién acabaría pagando el pato.

7

Viernes, 7 de julio, 15.05 h

Tras encasquetarse un gorro y una mascarilla, Noah entró directamente en quirófano para echar un vistazo al monitor en el que se enumeraban las operaciones del día. Cada entrada incluía la hora precisa o aproximada de la operación, el nombre del paciente, el procedimiento, el cirujano, el encargado de la anestesia, el responsable de enfermería y el enfermero de apoyo. Una vez acabada la operación, el color de la pantalla pasaba de azul a amarillo.

El objetivo de Noah era encontrar a la doctora Ava London para intentar hablar con ella cuando acabase de trabajar, y sabía que sería más o menos a las tres. Aunque la mayoría de los anestesistas se quedaban a propósito un rato después de acabar de operar para charlar con los compañeros en la salita de espera, nunca la había visto hacerlo en los cinco años que llevaba de residente, que era además el tiempo aproximado que llevaba London en plantilla. A pesar de que siempre se había mostrado amistosa cuando habían trabajado juntos, lo cual había sucedido unas cincuenta veces a lo largo de aquellos años, la consideraba una persona reservada por defecto y celosa de su privacidad, cualidades que Noah respetaba porque consideraba que él también las tenía; al igual que Ava, y al contrario que la mayoría de los residentes, nunca se entretenía en las charlas postoperatorias. Se sentía incómodo hablando de su vida social, porque no la tenía, aunque sospechaba que había una gran diferencia entre él y la doctora London. Sempiternamente bronceada, aun en la época más cruda del invierno, rechazaba por sistema dar explicaciones o presumir ante nadie, y el hecho de que fuera delgada y estuviera en forma hacía suponer a Noah que llevaba una vida bastante activa fuera del hospital.

Encontró su nombre asignado al quirófano 8, el mismo donde se había desatado la catástrofe de Vincent. La habían convocado para «gasear» —ese era el término que empleaban los anestesistas para referirse en plan gracioso a su labor— en una operación bariátrica que había comenzado a la una y media. Mientras Noah leía el registro, este cambió de color y pasó al amarillo, una indicación oportuna de que la operación había terminado.

Pensando que Ava aparecería pronto por la sala de reanimación, se dirigió hacia allí. La mayoría de las camas estaban ocupadas, una prueba de la ingente cantidad de operaciones que se desarrollaban en el hospital, incluso para ser viernes por la tarde. Noah tenía la intención de esperar a que apareciera la doctora London, que estaría al llegar. Le sorprendió encontrarla allí firmando. Se acercó a los pies de la cama. El paciente era una mole. A ojo, pesaría más de ciento treinta kilos; se le daba bien adivinar el peso de la gente tras su paso por los turnos de cirugía bariátrica cuando era residente de último año. Era plenamente consciente de que ocuparse de aquel tipo de pacientes era una tarea muy exigente para los enfermeros.

Se quedó escuchando mientras London daba las últimas instrucciones a la enfermera de la sala de reanimación y a continuación ella hizo algo que lo sorprendió: le dio su número a la enfermera pidiéndole que la llamara si surgía cualquier problema. Noah se quedó a cuadros. Un seguimiento tan de tú a tú no era la norma, porque había anestesistas disponibles en el hospital las veinticuatro horas del día.

Cuando hubo terminado, Ava se volvió de golpe y casi se dio de bruces con él. Noah supuso que la doctora estaría deseando marcharse, y lo interpretó como una señal muy poco propicia. Como los viernes por la tarde empezaba el fin de semana para la mayoría de la gente, le preocupó de inmediato no poder hablar con ella hasta el lunes.

—Perdón —se disculpó London. Su voz era suave y clara, pero con un deje que Noah nunca había sido capaz de identificar.

—Para nada —replicó—. Culpa mía, por acorralarla sin previo aviso.

La doctora London se quedó mirándolo con aquellos ojos llamativamente azules, como si el comentario la hubiera pillado por sorpresa.

—Bueno, a decir verdad no la he acorralado —se corrigió él—. Pero quería pedirle si podemos hablar un momento.

Tras un vistazo a su reloj, que indicaba que quizá tenía un compromiso más o menos urgente, London le preguntó de qué quería hablar.

—De la operación de Bruce Vincent —respondió—. Tengo que presentar el caso en la sesión clínica del próximo miércoles y es importante que me dé usted su opinión.

London se limitó a mirar a la enfermera que se ocupaba de su último paciente y a las demás que circulaban por la estancia. Estaba claro que se sentía incómoda.

—El caso de Bruce Vincent me ha dejado desolada —le confesó en voz baja pero tensa de la emoción. Sus ojos apuntaron a Noah como un láser—. Fue mi primer fallecimiento durante una operación. He revisado el caso una docena de veces y no he encontrado nada, nada en absoluto, que pudiera haber hecho de forma distinta. Bueno, eso no es del todo cierto. Podía haber esperado a que llegara el doctor Mason antes de administrar la anestesia. Pero siempre insiste en lo contrario y cuenta con el apoyo del doctor Kumar. Las cosas son como son, así que no creo que pueda añadir nada más. Estoy segura de que el resultado no tuvo nada que ver con algo que yo hiciera o dejara de hacer.

—De acuerdo —la tranquilizó Noah. La vehemencia de la doctora London lo había pillado por sorpresa. Clavó la vista en él sin disimulo—. Créame que empatizo con usted por el hecho de ser el primer fallecimiento. Y lo siento mucho, de verdad; sé que puede resultar difícil. Pero he de advertirle que el doctor Mason planea echarle las culpas a anestesia. Me lo dijo sin cortapisas. Querría evitarle problemas a usted y a su departamento, pero necesito su ayuda.

—No estamos en buen lugar para hablar —dijo la doctora London—. ¿Tiene despacho privado?

—No —respondió Noah, deseando de nuevo que las cosas fueran distintas.

—Yo tampoco. Quizá estemos tranquilos en la sala de espera de cirugía; podremos sentarnos, en vez de quedarnos aquí plantados como dos estacas.

—De acuerdo —accedió Noah.

La idea le parecía absurda si de lo que se trataba era de tener privacidad, pero recordó que los viernes por la tarde la sala estaba mucho menos concurrida que durante la semana, sobre todo en verano, puesto que muchos de los médicos y los enfermeros salían a pasar el fin de semana en la cercana Cape Cod y en las islas.

—Le veo allí dentro de diez minutos, más o menos —dijo London—. Tengo que acabar un par de cosas.

Al llegar a la sala de espera, Noah se dio cuenta de que sus miedos eran fundados. La habitación había sido tomada para celebrar una fiesta improvisada en honor a una de las enfermeras de quirófano, que se iba de crucero. Había incluso letreros de BUEN VIAJE colgados en las ventanas. A pesar de sus dudas en cuanto a que a London le fuera a parecer un sitio mejor que la sala de reanimación, Noah apartó un par de sillas hacia la esquina más alejada del grupito principal. Gran parte de los asistentes estaban agrupados en torno a unos aperitivos que descansaban sobre la encimera que había al fondo, junto a una cocina muy básica.

Como había prometido, la doctora London no tardó en aparecer, y Noah adivinó que no le gustó encontrarse con una fiesta a punto de empezar. Aun así, se dirigió a Noah, que le hacía señas con la mano para llamar su atención. La miró mientras se le aproximaba. Su manera de andar reforzaba la impresión de mujer esbelta y en forma que tenía de ella, y a la vez dejaba entrever seguridad y confianza. Se puso a pensar en lo poco que sabía de la doctora London, a pesar de las veces que habían trabajado juntos. Lo único que sabía era que se trataba de una anestesista acreditada por la junta muy competente que trabajaba en uno de los principales hospitales de atención especializada de todo el país, es decir, que había sido sometida a rigurosísimos exámenes. Por las conversaciones que había mantenido Noah con los demás, le daba la impresión de que nadie la conocía demasiado. Aunque pudiera parecer cordial, era una persona reservada en extremo.

—No era lo que tenía en mente —comentó London al sentarse en diagonal a Noah y echar un vistazo a la algarabía por encima del hombro.

—Por lo menos están a lo suyo —comentó Noah justo cuando Janet Spaulding, la supervisora de quirófanos, reparó en ellos y se les acercó.

—Vaya, vaya. Si no lo veo no lo creo —se burló—. Mis dos aguafiestas favoritos comparando apuntes. —Rio para dar a entender que estaba de broma—. Me alegro de veros a los dos charlando. Creo que nunca había visto por aquí ni al uno ni al otro. Sea como sea, por favor, uníos a la fiesta. No os quedéis al margen. Vamos a darle a Janet la despedida que se merece.

—Gracias, pero me voy en breve —se adelantó London—. Tengo un compromiso y ya llego tarde. El doctor Rothauser y yo necesitamos intercambiar unas palabras acerca de una operación.

—Bueno, si cambiáis de opinión, estamos bien servidos —repuso Janet señalando la comida y las bebidas. Saludó a medias y volvió a la fiesta.

Noah y la doctora London se miraron.

—Aquí no va a poder ser —dijo ella quitándose el gorro quirúrgico y dejando al aire una melena larga con mechas rubias, que salía de su prisión de los días laborables.

Casi como un acto reflejo, Noah aspiró un poco de aire y contuvo el aliento. Un tanto consternado, hubo de reconocer que la doctora London era una mujer sorprendentemente atractiva que se preocupaba por su aspecto, era obvio. Nunca la había visto como una mujer atractiva, porque nunca se había quitado la mascarilla ni el gorro en su presencia. Aunque había varias mujeres entre el personal que le llamaban a veces la atención, pues algo de su aspecto conseguía hacer tilín en su cerebro reptiliano, como lo llamaba él, con London nunca le había ocurrido. No sabía por qué; de repente, en aquella sala funcional y tan poco seductora, ella le parecía un ser de un encanto excepcional. El halo de pelo casi totalmente rubio enmarcaba un rostro en el que dominaban sus intensos ojos azules, una nariz respingona como de hada, unos labios carnosos y unos dientes cuya asombrosa blancura contrastaba con su complexión perfecta y saludable. Inconsciente del efecto que ejercía sobre él, Ava se peinó con los dedos. A Noah incluso aquello le pareció un acto de coquetería.

—¿Se le ocurre algún otro sitio? —preguntó la doctora London. Ante la falta de respuesta, repitió la pregunta alzando un poco la voz.

—Perdone —se disculpó él rehuyéndole la mirada—. ¿Otro sitio? Vamos a ver...

—Antes dígame una cosa —lo interrumpió ella—. ¿Qué le dijo exactamente el doctor Mason sobre mí, en relación con el caso de Bruce Vincent?

Noah se esforzó por reprogramar su mente. Sentía una vergüenza increíble por comportarse como un adolescente enamorado. Dejó de mirarse las manos, que tenía en el regazo, y alzó la vista.

—Pues no la nombró a usted en concreto. Dijo que la cagada era de anestesia.

—¿No mencionó que desde su despacho se requirió un tipo determinado de anestesia, ni que nadie sabía que el paciente tenía síntomas de problemas gastrointestinales asociados a una obstrucción?

—Creo que no —aventuró Noah. No estaba seguro. En caliente, no conseguía recordar. Su mente no funcionaba a la velocidad adecuada.

—Yo no la cagué —le espetó London, con una emoción que rayaba en la ira—. Como le he dicho, procedí con extremo cuidado. Salvo por esperar a Mason para anestesiar al paciente, no habría hecho nada de otra forma.

—Mason dijo que el paciente y admisiones tuvieron algo que ver —comentó Noah recordando las palabras de Mason.

—Eso es quedarse corto, si tenemos en cuenta que el paciente acabó vomitando —replicó London. Se inclinó hacia Noah, tanto que este pudo oler su colonia—. Había desayunado fuerte. Pero le diré una cosa: me alegro de que me lo haya consultado. Dadas las palabras del doctor Mason, era imperativo que hablásemos, porque tendrá que presentar el caso con mucha cautela si no quiere que se convierta en una debacle para los dos.

Noah asintió. Estaba sorprendido pero contento. Había esperado que London se pusiera a la defensiva, distante, hasta recelosa, o que rehusase colaborar. Bien al contrario, daba la impresión de estar por completo de parte de Noah, de que veía la M&M igual que él: como una calamidad en potencia.

—Por desgracia, creo que no deberían vernos hablando juntos del tema dentro del hospital, porque podría dar la impresión de que conjuramos, o de que conspiramos incluso —advirtió London—. ¿Comprende usted?

—Por supuesto. Y espero que comprenda que estaré en la cuerda floja y que necesito toda la ayuda de la que pueda disponer.

—A mi modo de ver, ambos estaremos en la cuerda floja.

—¿Por qué lo cree usted? —preguntó Noah. Estaba perplejo—. Me ha dicho que ha repasado el caso y que no haría nada de forma distinta. Es una anestesista acreditada. Mason no puede tocarle un pelo. Mi caso es distinto. Solo soy residente de cirugía, y no le caigo bien desde el primer día. Además, forma parte de la alta jerarquía del programa de residencia quirúrgica.

—Lo considero una persona con la que es difícil tratar —admitió London—. A decir verdad, creo que padece un trastorno de la personalidad, pero ahora eso no toca. El problema es que él y mi superior, el doctor Kumar, son amigos del alma. Y para más inri, tampoco yo le caigo bien a Mason.

—¿Por qué dice eso? Según tengo entendido, siempre la convoca a usted cuando opera.

La doctora London hizo un gesto con la mano, como si espantase una mosca.

—De eso ya hablaremos. Le propongo una cosa: ¿está libre esta noche?

—Más o menos —respondió Noah, sorprendido por la pregunta—. Como jefe de residentes, nunca estoy libre del todo. Hoy hay un residente de último año y uno de primer año para el turno de noche. Tengo que estar a mano por si se produce algún desastre.

—Está bien —contestó la doctora London—. Vivo cerca de aquí, en Beacon Hill. En concreto en Louisburg Square.

—Conozco el sitio —dijo Noah enderezándose ligeramente—. Yo también vivo en la colina, en Revere Street.

—Entonces somos casi vecinos —comentó London. Se acercó a él y bajó el tono un poco más—. Le propongo lo siguiente: cuando termine en el hospital, pásese por mi casa. Es el número dieciséis. Allí podremos hablar con libertad. ¿Qué me dice?

—Gracias —respondió Noah, de piedra. Era un ofrecimiento inesperado. Además, había dicho «casa», no «piso». Las viviendas unifamiliares eran la excepción en Beacon Hill—. Estaré encantado de pasarme. Gracias por ofrecerse.

—De nada —respondió London poniéndose de pie—. Le voy a dar mi móvil para que me escriba si le surge cualquier cosa y no puede venir.

Se acercó a la mesa y garabateó algo en un papel. Noah la observó. Se había quedado patidifuso. No esperaba una cosa así. Cuando ella volvió donde estaba él con el papel en la mano, Noah se dio cuenta de que tenía un cuerpo atlético, a juzgar por cómo se movía. Lo notaba incluso a pesar del holgado uniforme, y a pesar de no haber reparado nunca en ello.

—Nos vemos luego —se despidió la doctora London—. Espero que venga.

Le tendió el papel y desapareció en dirección al vestuario femenino.

Por primera vez desde que había empezado a agobiarlo la conferencia, vio un destello de esperanza: quizá pudiera sobrevivir a la presentación y salir casi indemne. Por lo menos ahora sabía que un adjunto estaba de su parte; tal vez fuera incluso una especie de colaboradora, dispuesta a refutar la interpretación de Mason y su aparente deseo de desviar la atención de los problemas importantes. Se preguntó vagamente por qué creería ella que no le caía bien a Mason, y si lo averiguaría aquella noche, en caso de que pudiera salir del hospital. Al menos su casa estaba cerca, si tenía que salir corriendo.

Miró el reloj para comprobar que disponía de tiempo de sobra antes de las rondas de tarde y se metió en el quirófano. Tenía la intención de buscar a los dos residentes de anestesia, Wiley y Chung. Necesitaba descubrir los intríngulis, la versión de los residentes respecto al caso Vincent, y si la sensación entre los anestesistas coincidía con lo que la doctora London pensaba acerca de su propio papel en la operación. En un cotilleo entre residentes había siempre más verdad que en la versión del médico que se había encargado del caso.

8

Todavía había luz cuando Noah salió de su edificio para dirigirse a Louisburg Square, una de las zonas más elegantes de Beacon Hill, bien distinta de la modesta Revere Street y sus alrededores. En cuanto salió del hospital, decidió volver volando al apartamento para quitarse la inmaculada ropa de médico y darse una ducha rápida. Al fin y al cabo, llevaba quince horas sin parar.

Se había puesto unos vaqueros y un polo más o menos limpios. Había escogido ese atuendo porque pensaba que le quedaba bien. Primero había pensado ponerse su única americana y una corbata, pero descartó la idea por anticuada y formal. Mientras se vestía, reconoció que estaba lleno de energía y a la vez nervioso por la inminente visita a Ava London, más allá de la necesidad de preparar la puñetera M&M. Aquel *tête à tête* en la sala de espera de cirugía lo había dejado desubicado, y ahora que efectivamente estaba en camino, sentía lo mismo. En vez de intentar comprender su propia reacción, se concentró en su destino. En los cinco años que llevaba en Boston, había pasado por Louisburg Street incontables veces, y se había preguntado cómo serían las casas por dentro. Por fin iba a averiguarlo. También sentía curiosidad por la doctora London, y por cómo se comportaría en su casa.

Noah esperaba salir del hospital mucho antes, y le había

preocupado cada vez más que la doctora London hubiera hecho planes y cambiase de opinión con respecto a su encuentro. El problema había sido una consulta quirúrgica que había ido mal, y que le había obligado a calmar al residente supervisor de medicina interna que se la había solicitado. Acabó siendo más un choque de personalidades que otra cosa, pero Noah necesitó tiempo para resolver el problema sin que nadie quedara mal. Para él supuso otra experiencia más de aprendizaje que ponía de relieve la importancia de la diplomacia como tarea principal de un jefe de residentes; una capacidad que, estaba seguro, iban a poner a prueba durante la M&M.

Mientras caminaba por Pinckney Street, pensó en lo que le habían dicho las dos residentes de anestesia cuando las había acorralado: que se había hablado largo y tendido de la operación y que todo el mundo sin excepción apoyaba la versión de la doctora London. La mayoría achacaba el desastre a la actitud arrogante del doctor Mason, y a que le pareciera bien tener a tres pacientes anestesiados mientras iba cambiando de un quirófano a otro. Cuando enfiló la colina, se preguntó durante un momento si debería mencionar sus descubrimientos a la doctora London, pues reforzaban su versión, pero de inmediato decidió no hacerlo. Como apenas se conocían, consideró que no sería diplomático admitir que la espiaba a sus espaldas.

Al llegar a la plaza rectangular, hizo una parada lo bastante larga como para apreciar su condición de oasis repentino en medio del laberinto de bloques de ladrillo, aceras adoquinadas y pavimento de macadán que constituía el resto de Beacon Hill. Con sus altísimos olmos, la plaza era un rincón oculto de naturaleza exuberante, rodeada por una imponente valla de hierro forjado. Unos niños jugaban en el césped interior, y sus gritos reverberaban sobre las fachadas de ladrillo de las casas cercanas.

El número dieciséis estaba en la parte de la plaza que caía en pendiente, orientada en perpendicular a la colina. Tras subir media docena de escalones de granito, Noah se encontró ante una monumental puerta de caoba. Buscó un timbre, pero al no encontrarlo entró en el recibidor. Allí encontró el timbre. Lo pulsó. Como no parecía ocurrir nada, estuvo tentado de repetir el gesto mientras se sobreponía al temor de que London le diera plantón. Al fin y al cabo, ella no tenía su teléfono. Había pensado enviarle un mensaje para avisarla del retraso, pero no lo había hecho en parte por motivos supersticiosos.

De repente, la puerta se abrió tan rápido que levantó un ligero soplo de aire que le revolvió el pelo. Ante él, al pie de una elegante escalera enmoquetada, estaba la doctora London, muy distinta de como estaba acostumbrado a verla. En vez del holgado uniforme de quirófano, llevaba unos pantalones ceñidos y un top de deporte. Temeroso de quedar en ridículo, se centró en los ojos azules de la mujer para no mirar hacia otro sitio.

—Bienvenido, doctor —saludó London con un gesto grácil, señalando una puerta en arco que tenía a la derecha—. Entre, por favor.

En marcado contraste con su frialdad dentro del BMH, daba la impresión de ser de lo más hospitalaria. Ni una pizca de la condescendencia del empleado de plantilla hacia el residente.

—Gracias, doctora London —consiguió decir Noah, agradecido de poder pasear la vista por el interior.

Estaba en un salón de techo alto que abarcaba desde las ventanas frontales de tres metros de alto hasta la parte trasera de la casa, con sus puertas acristaladas. La decoración era sobria, de estilo georgiano, con molduras de época. A ojos de Noah todo estaba como nuevo, como si acabaran de construir la casa. En la pared que daba al sur había un par de chimeneas de mármol negro. Una hilera de columnas corintias dividía parte de la estancia en dos ambientes. En la sección que daba a la plaza había dos sofás enormes de color verde oscuro, colocados uno frente al otro. Entre ellos se interponía una mesita de café de mármol con varios montones de libros enormes, de colores. De la pared colgaba una colección de óleos con marcos dorados, y al fondo, más allá de las columnas, había un piano de cola. El aire era fresco y deshumidificado.

—Lo primero y más importante —dijo London mientras lo seguía—, prescindamos ya de formalidades. Llámame Ava, por favor. Supongo que yo puedo llamarte Noah.

—Claro que sí.

Noah se recreó observando a su anfitriona, pero de inmediato dirigió la vista a cuanto le rodeaba. Tardaría unos minutos en acostumbrarse a su atuendo, que parecía pintado con espray sobre la piel. Ya había intuido que tenía un cuerpo atlético, pero ahora estaba seguro. Los definidos músculos de las piernas eran una muestra, al igual que los brazos, aunque estos en menor medida. Un movimiento repentino sobre las escaleras captó su atención. Dos gatos de tamaño considerable irrumpieron a la carrera en la sala. Se pararon y olisquearon cautelosos las piernas de Noah.

—Espero que no seas alérgico —dijo Ava.

—No, en absoluto. —Se agachó y dejó que los gatos le olieran la mano. Uno de ellos era gris azulado, con imponentes ojos amarillos; el otro, gris veteado de blanco y con ojos azules—. Son preciosos.

—Gracias. Son mis colegas. El de los ojos amarillos es Oxi, de «oxígeno», y el de los ojos azules es Carbi, por «dióxido de carbono».

—Qué erudita —señaló Noah—. ¿Hace mucho que los tienes?

—No mucho. Los rescaté de un refugio.

—Pues han tenido suerte.

—Creo que he salido ganando yo —dijo Ava—. ¿Te traigo algo de beber? Hay un bar aquí a la derecha, en la biblioteca.

—¿Tienes biblioteca? —preguntó él. No tenía claro si le estaba tomando el pelo. Lo de tener biblioteca no formaba parte de su visión del mundo.

—Claro. Es una casa bastante grande, aunque desde fuera parezca sencilla. Sobre plano, se extiende en forma de ele, hacia atrás.

—Yo no la calificaría de «sencilla».

Ada soltó una carcajada sincera y cristalina.

—Todo es relativo.

—¿La casa entera es tuya?

—¿A qué te refieres?

—¿Hay apartamentos?

—Ah. Ya entiendo... —Ada volvió a reírse—. No, no se alquila por partes. Es una casa unifamiliar. Pero resulta que mi familia es de una persona y dos gatos.

—¿Cuántos pisos tiene?

—Seis.

—¡Caramba! —soltó Noah asombrado—. Es increíble. Me gusta la decoración de época.

La casa era mucho mayor de lo que había imaginado desde fuera, pues la fachada invitaba a pensar en tres plantas, no en seis. Se preguntó cómo sería vivir en un sitio así, considerando que su apartamento cabría entero en la sala donde se encontraba.

—¿Te interesan la arquitectura y el diseño? —preguntó Ava.

—Supongo —respondió él, aunque nunca había pensado mucho en el tema, como era evidente a juzgar por su propio apartamento.

—¿Quieres ver la casa? —preguntó ella—. Me gustaría hacerte una visita rápida. Darle forma ha sido para mí un acto de amor. Como paso mucho tiempo aquí cuando estoy en Boston, quería que reflejara mi personalidad y mi estilo de vida: soy muy hogareña. La reforma la acabé hace menos de un año.

—Me encantaría verla.

Empezaron por la planta inferior, el sótano, que era desde donde se accedía al jardín trasero. Le enseñó un estudio de invitados completo, con cocina. Después, una sala de ejercicio con varias bicis estáticas, una cinta, media docena de máquinas de levantamiento de peso y un soporte lleno de pesas.

—En esta sala me paso la tarde todos los días entre las seis y media y las siete y media, cuando estoy aquí —le contó ella—. Hoy también. Por eso llevo aún la ropa de deporte. Tenía miedo de ducharme por si aparecías justo cuando entraba en la ducha.

—¿Sales mucho de la ciudad?

—Sí, tanto como puedo. Casi cada fin de semana, de hecho. Exprimo al máximo mi libertad. Uno de los beneficios de especializarse en anestesia. Cuando salgo del trabajo, salgo de verdad.

—Bien dicho —dijo Noah—. ¿Y qué haces con los gatos?

—María, la asistenta, viene todos los días cuando yo no estoy. Adora a Oxi y a Carbi.

—¿Y adónde sueles ir?

—Depende de si es por negocios o por placer.

—¿Negocios? ¿A qué te refieres? —Se le escapó la pregunta sin pensar si era apropiada o no—. ¿Eres anestesista en otro hospital?

—Claro que no —dijo Ava sin ofenderse—. No podría: el doctor Kumar no me lo permitiría. Soy asesora empresarial.

—Interesante —comentó él.

Quería preguntarle más cosas, pero le pareció un atrevimiento, y además Ava ya subía las escaleras hacia el piso de arriba.

La segunda planta, medio soterrada en Louisburg Square, incluía una cocina moderna totalmente equipada, un comedor y una habitación de servicio.

—No tengo criada —aclaró Ava ante la expresión sorprendida de Noah—. Cuando renové la casa, tenía en mente la idea de venderla, aparte de mis necesidades.

—Interesante —repitió Noah.

Estaba más que impresionado. Tenía unas nociones mínimas del mundillo inmobiliario, y dudaba de que Ava pudiera permitirse vivir en aquella mansión, aun con su salario de anestesista. Su otro trabajo debía de resultarle muy rentable. O eso o había heredado una fortuna.

El tercer piso era por donde Noah había entrado, así que siguieron escaleras arriba, hasta el cuarto. Fue el que más lo asombró. El grueso de la planta, sin contar la prolongación trasera, lo formaban dos habitaciones. La de delante, ligeramente mayor que la trasera, era un estudio acogedor de color verde oscuro, con varios escritorios, una librería que llegaba al techo, una zona de butacas mullidas con escabel, una mesita extensible con coloridos libros, una serie de fotografías de Ava en varios eventos deportivos y un montón de luz, que entraba a raudales por las enormes ventanas. Noah se imaginaba pasando mucho tiempo en una estancia así.

—¿Te importa que mire las fotos?

—En absoluto —contestó Ava, riendo encantada ante el interés que mostraba él.

Noah las recorrió todas con la vista: cada una era más interesante que la anterior. La mayoría se las había sacado con un palo selfie. Unas cuantas eran fotos de grupo y en otras salía ella sola sonriendo a la cámara y feliz como una perdiz. En todas parecía tener la misma expresión, y el pelo siempre perfecto. Tenían un punto de impersonalidad que resultaba extraño.

—Me atrevo a decir que eres una entusiasta del deporte.

—De deporte y de los viajes —apuntó Ava—. Te voy a enseñar otro cuarto.

Le señaló el pasillo.

En contraste con la parte posterior, la habitación trasera era poco acogedora, y estaba a oscuras hasta que Ava encendió la luz. Y entonces el rostro de Noah se iluminó como el de un niño en Navidad, cuando contempla el árbol por primera vez. Toda la estancia la ocupaba un equipo informático que Noah no había visto nunca, más que en sueños.

—¡Qué envidia me das! —dijo mientras atravesaba el umbral de la puerta.

Había tres monitores sobre un ancho escritorio apoyado contra la pared, colocados de manera que quien se sentase ante ellos pudiera ver los tres girando apenas la cabeza. En una estantería a mano izquierda había un conjunto de aparatos electrónicos, entre ellos un servidor. Había instalados unos altavoces enormes en los extremos del escritorio, y encima, varios auriculares de realidad virtual de última generación. Las ventanas traseras de la casa estaban cerradas para impedir la entrada de luz, y el techo estaba cubierto de aislante acústico.

—Es mi parte favorita de la casa —reconoció Ava, orgullosa, al percatarse de la reacción de Noah—. Aquí me paso las noches cuando estoy en Boston, a veces hasta cuatro horas. Pierdo la noción del tiempo.

—Es fácil ver por qué es tu favorita. Creo que para mí también lo sería, si tuviera tiempo. ¿Juegas a videojuegos?

—No tanto como cuando era adolescente —respondió ella—, pero muy de vez en cuando sí, sobre todo al League of Legends, a pesar de la misoginia subyacente. Por tu reacción deduzco que también juegas.

—Antes sí. Jugaba al League of Legends cuando salió, mientras estaba en la facultad, pero desde que soy residente no. No tengo tiempo.

—Yo tampoco jugaba cuando era residente —reconoció Ava.

—Por todo este arsenal, me atrevo a decir que juegas más que de vez en cuando. ¿A qué nivel llegaste?

—Plata II, pero no aguanté. Me gusta más la realidad virtual. La utilizo todos los días para mantener la certificación de nivel. ¿Te suena?

—Claro.

Noah sabía que los diversos consejos de cada especialidad médica exigían una prueba de nivel a sus miembros cada diez años. Podía hacerse a través de internet, pero le constaba que la mayoría de la gente la posponía hasta los últimos meses y luego se daba un atracón a estudiar. Que Ava se sometiese a ella todos los días era una señal de verdadera abnegación.

—¿De verdad la haces todos los días? —preguntó Noah para asegurarse.

—Todos los días sin excepción. Incluso cuando estoy de viaje. Tengo que estar al día de las nuevas tendencias. Por decirlo en plata, me esfuerzo mucho para ser la mejor anestesista posible.

—Te creo. Yo siento lo mismo con respecto a la cirugía. Parece que estamos igual de entregados a nuestras especialidades. Como dos gotas de agua.

Ava se rio de esa manera suya tan singular.

—¡Dos gotas de agua! Me encanta la expresión. Compartimos similitudes, desde luego, vista tu reputación. Pero a decir verdad, solo invierto media hora al día en la certificación. Aquí me dedico sobre todo a las redes sociales, casi todos los días. Sé que esto es algo exagerado para un objetivo así, pero qué quieres que te diga.

—¿Redes sociales? ¿Como Facebook?

—Todo el espectro: Facebook, mi canal de YouTube, Snapchat, Twitter, Instagram, Tumblr, Pinterest... lo que sea. Pero sobre todo Facebook, que me tiene enamorada. Si te soy sincera, las redes se han convertido en mi droga. En los noventa, cuando era adolescente, me enganché a SixDegrees y a AOL Instant Messenger, por motivos sociales y para mantener mi reputación, o eso creía yo. A toro pasado me parece un desastre, porque me consumía la vida. Ahora soy una adicta a ellas como pasatiempo, y porque estoy conectada con el mundo. Me fascinan, como a tantos otros. Las redes son el faro de nuestra cultura actual.

—¿Quieres decir que te conectas a diario?

—Normalmente, sí. Incluso cuando estoy en el hospital aprovecho para mirar el móvil entre una operación y otra para responder snaps o tuitear. Cuando estoy en casa, o bien hago ejercicio, o bien me formo, como o me meto en las redes. ¿Qué quieres? Soy una adicta, lo admito, pero te diré una cosa: he aprendido más acerca de mí misma en las redes que si me hubiera pasado años con un psicoanalista.

—¿En serio? —preguntó Noah, escéptico—. Creo que me lo tendrás que explicar. O sea... Yo utilizo Facebook y Snapchat, un poquito, pero no creo que me hayan enseñado nada sobre mí mismo.

—Me encantaría explicártelo, pero eso requiere tiempo; creo que ahora deberíamos centrarnos en el problema de la sesión clínica.

—Tienes toda la razón. —Noah sintió que se le aceleraba el

pulso. Se lo estaba pasando bien con Ava y con su magnífica casa, pero había olvidado por un momento para qué había ido allí—. ¿Dónde nos sentamos?

—Antes de entrar en materia, ¿quieres ver algunas de las funciones de mi arsenal informático? Sobre todo en cuanto a realidad virtual. Si te interesa, solo tardaremos un momento.

—Claro. ¿Por qué no?

Ava lo hizo sentarse en una silla ante las tres pantallas. Inclinada sobre su cabeza, la doctora inició el sistema. Noah reparó sin querer en que no había establecido una contraseña de seguridad decente, pues había tecleado seis veces el número uno para encender el ordenador. Pero no se sorprendió. Cuando había entrado, también se había fijado en que la casa contaba con un sistema de seguridad moderno y puntero.

Durante los siguientes sesenta segundos, apareció ante él una serie de gráficos y sonidos que lo dejaron sin aliento.

—Me has convencido —dijo cuando acabó la demostración. Levantó las manos, como si se rindiera—. Es alucinante y me da muchísima envidia. Antes de morir tengo que hacerme con un sistema así.

Ava se rio. Se sentía halagada.

—Puedo pasarte el contacto de los que me lo instalaron, si vas en serio.

—Dentro de un año, quizá —dijo él; soñar era gratis.

—En cuanto estés listo. —Ava señaló escaleras arriba—. Hay dos plantas más, pero solo tienen dormitorios y cuartos de baño, un aburrimiento. Sin embargo, estaré encantada de enseñártelos, si quieres.

—Gracias pero no, gracias —repuso Noah—. Ya estoy bastante impresionado.

—De acuerdo. Manos a la obra. ¿Y si vamos al despacho? Es mi habitación favorita para cuando tengo que relajarme o no hacer nada.

—Me parece bien.

Salieron de la sala de ordenadores y volvieron al estudio. Ya estaba oscureciendo, y a través de las ramas de los olmos Noah vio que en los edificios de enfrente se habían encendido las luces.

—No me has dicho qué quieres beber. —Antes de que Noah pudiera hablar, añadió—: ¡Espera! Qué anfitriona más terrible soy. Ni siquiera te he preguntado si has cenado.

—No, no he cenado —admitió él.

Muchas noches se saltaba la cena al volver del trabajo.

—Yo tampoco. ¿Y si solucionamos eso? ¿Te gusta la comida tailandesa?

—¿Y a quién no?

—Voy a llamar al King & I, el de Charles Street, y a pedir la cena. Si no te importa acercarte a recogerla, me dará tiempo a ducharme y ponerme un poco más presentable.

—Iré encantado —dijo Noah.

De repente, se dio cuenta de que se moría de hambre.

9

Viernes, 7 de julio, 21.42 h

Cuando llegó con la cena, Ava lo recibió vestida mucho más elegante, con una blusa blanca ajustada hecha a medida y un par de vaqueros gastados. El conjunto consiguió que se sintiera mucho más cómodo que ante los pantalones de deporte y el top. Habían cenado junto a una encimera de la cocina con vistas al jardincito. La conversación no había tocado el tema de la M&M, y se había centrado en por qué a los dos les gustaba evitar los vínculos con otros empleados del hospital. Coincidieron en que era una especie de incesto profesional y en que a la larga solo creaba problemas, dado el nivel de cotilleos que había en el BMH.

Después de cenar, se habían retirado al estudio, habían bebido vino y se habían acomodado en los butacones de terciopelo, colocados en diagonal uno frente al otro. A pesar de que en la fiesta de cambio de curso se había tomado un par de copas, Noah rara vez bebía alcohol, pues nunca estaba seguro de si lo reclamarían desde el hospital. Sin embargo, dado que uno de sus mejores residentes de último curso estaba a cargo del turno de noche, sabía a ciencia cierta que no lo llamarían.

—Bueno —comenzó Ava una vez se hubieron acomodado—. ¿Por dónde empezamos?

—Me gustaría retomar primero una cosa que me dijiste en el hospital: que no le caías bien al doctor Mason. No quiero meterme donde no me llaman, pero ¿me puedes decir por qué te lo parece? Todo el mundo sabe que muchas veces te reclama como anestesista cuando opera.

—No te metas donde no te llaman. Pero antes de explicártelo, recuerda que también te dije que creo que padece un trastorno de la personalidad. En concreto, creo que tiene un problema de narcisismo grave. De hecho, lo sé seguro. ¿Conoces los síntomas?

—Más o menos —contestó Noah.

Sabía un poco sobre el tema, como cualquiera que hubiera pasado por la facultad de medicina, aunque la asignatura de psiquiatría la había cursado en segundo, hacía más o menos ocho años.

—Te refrescaré la memoria. Tengo el tema bastante reciente, porque tratar con gente como Mason me ha obligado a examinar de nuevo el perfil típico. Pero antes de seguir, necesito dejar clara una cosa: lo que te voy a decir es a título personal. Quiero que entiendas que no debes decirle nada a nadie, sobre todo a nadie del hospital. ¿Te parece bien?

—Perfecto —dijo Noah convencido.

Cada vez apreciaba más a Ava London. Había ido a su casa sintiéndose un guerrero indefenso y solitario contra una crisis inminente, con la esperanza de encontrar apoyo. Ahora se sentía junto a una camarada, una empleada de plantilla que ya conocía los entresijos del hospital. No le cabía duda de que podían prestarse ayuda mutua, pues ella parecía avispada, muy inteligente e incluso tan entregada a la medicina como el propio Noah. Además, su compañía era mucho más grata de lo que esperaba, y hasta mirarla era un placer ahora que se había duchado y puesto ropa que no lo incomodaba. Noah se fijó en que se había tomado tiempo para maquillarse ligeramente, solo para acentuar sus ojos y sus facciones.

—La gente con trastornos graves de narcisismo son como elefantes en una cacharrería —dijo Ava—. Le causan problemas a casi todo aquel con quien se relacionan, sobre todo si no satisface su hambre insaciable de admiración, o peor, si los insulta o los critica. Y al mismo tiempo pueden gozar de tremendo éxito: Mason es el ejemplo perfecto. Es un cirujano de primerísimo nivel, no hay duda, y goza de gran renombre; pero eso no es suficiente. Las personas como él nunca satisfacen esa necesidad. Quizá sea un cirujano de páncreas fantástico, pero también es de lo más arrogante, creído, dominante y vengativo, y capaz de estallar ante la mínima provocación.

—Por eso lo llaman «el Salvaje Bill» —apuntó Noah.

—Exacto. Es una bomba de relojería con patas.

Noah asintió; estaba de acuerdo. Lo que Ava le estaba diciendo coincidía del todo con su opinión sobre Mason y era la razón por la que le aterraba la inminente M&M. No le cabía duda de que el voluble doctor lo tendría en el punto de mira.

—Por desgracia, yo me cuento entre quienes lo han insultado —dijo Ava.

—¿Literalmente?

—No, literalmente no. Se me ha insinuado varias veces, y ha llegado a llamarme a casa, por la noche para que me reuniera con él con el pretexto de que andaba cerca y quería charlar sobre un paciente. Nunca me ha interesado relacionarme con nadie del hospital, y mucho menos con alguien como Mason. No le permitiría entrar en mi vida de ninguna manera, y menos sabiendo que está casado. He intentado ser diplomática, pero cuesta, porque es engreído e insistente y no acepta una negativa. Seguro que se ha tomado mis rechazos como un insulto reiterado, sobre todo ahora que está contra las cuerdas por la operación de Bruce Vincent y necesita una cabeza de turco.

—Lo siento —se compadeció Noah.

—No lo sientas. Lo que más me preocupa es que Mason y Kumar se llevan a las mil maravillas. No quiero quedarme en paro, y corro el riesgo de quedarme si Mason me culpa de la muerte de Vincent. Perder el trabajo sería un desastre a nivel personal. Desde mi primer año de carrera mi sueño ha sido siempre trabajar en plantilla en el BMH.

—Lo siento, porque es acoso sexual.

—Estoy de acuerdo. Gracias por reconocerlo.

—Lo que me resulta irónico de tu historia —prosiguió Noah— es que el principal motivo por el que Mason me desprecia tiene también un origen romántico.

Ava se quedó boquiabierta. Miró a Noah con cara de sorpresa total.

—¡No, no! —Noah levantó las manos como para repeler un ataque, y se rio—. No me entiendas mal. No hay ninguna aventura a la vista entre Mason y yo.

—De acuerdo —dijo Ava recobrando la compostura—. No quiero sacar conclusiones precipitadas, pero imagino que sabrás que han corrido rumores sobre ti y tus preferencias personales. Se te considera un buen partido, pero también se sabe que no tonteas con ninguna empleada de quirófano.

—Conozco los rumores, y no me molestan. No soy gay, aunque no pasaría nada si lo fuera.

—Muy bien. Has dicho que no le caes bien a Mason. Explícate. Me extraña, porque es de sobra conocido que eres uno de los mejores residentes del hospital.

—¿Te acuerdas de Margery Green, Meg Green? —preguntó Noah—. Fue residente de cirugía hace casi tres años.

—Sí. ¿Qué tiene que ver? Recuerdo que se marchó de la noche a la mañana.

—Y tanto que tiene que ver. La expulsaron del programa. Lo que nadie sabe es que ella y Mason tenían una especie de lío. Nunca trascendieron los detalles, pero debió de ser así por fuerza.

—¿La expulsaron por liarse con un cirujano? No me parece lógico.

—No, lo del lío se supo después —aclaró Noah—. La expulsaron porque abusaba de los opiáceos, y fui yo quien la descubrió. El mensajero, por así decirlo, y Mason nunca me lo ha perdonado. O sea que tengo un miedo terrible a que me vuelva a culpar en la M&M. No quiero enemistarme con él, a ser posible. Pero eso requiere planificación y diplomacia, porque creo que tienes razón: los dos responsables últimos de la muerte de Bruce Vincent fueron el doctor Mason y el propio paciente.

—Vale, ya veo que hay antecedentes. A fin de cuentas todo se reduce a esto: ni tú ni yo le caemos bien al Salvaje Bill.

—Yo usaría palabras más fuertes, por lo que a mí respecta —dijo Noah—. Lo que más me preocupa es que es director asociado del programa de residencia quirúrgica. Sabiendo que es tan vengativo, no me sorprendería que intentara que me despidieran.

—Desde mi punto de vista, no deberías preocuparte por eso —lo tranquilizó Ava—. Todos los demás te respetan demasiado.

—Sé que en general sí, pero eso no hace que me sienta mejor. Por desgracia siempre he tenido un miedo exagerado a las figuras autoritarias, desde que tengo memoria. Sobre todo desde que decidí en el instituto que quería ser cirujano.

—¿Y ves a Mason como una figura autoritaria?

—Totalmente. Está claro que lo es.

—Si no te importa que te lo pregunte, ¿has tenido problemas con tu padre?

—Mi padre murió cuando estaba en el instituto —dijo Noah.

—Vaya. Qué coincidencia —comentó Ava, meneando la cabeza con incredulidad—. El mío también.

—Lo siento.

—Yo también.

Noah cambió de tema:

—Bueno, hablemos de lo que nos interesa y pasemos a los pormenores. He de decirte que he revisado el historial electrónico de Bruce Vincent y he hablado con todos los implicados clave, salvo con el doctor Mason. Como soy un miedica, he dejado ese calvario para el final.

—Bien pensado —dijo Ava—. Hablar con él quizá sea más complicado que la sesión en sí.

—Así me lo parece a mí también. Tengo que estar bien preparado para las dos cosas. Lo que necesito es que me digas algo que consideres importante y que quizá mis otras fuentes no me hayan dicho.

Ava se quedó pensativa frunciendo los labios.

—Te fijarías en que en el registro electrónico no había ni una anotación del residente sobre el chequeo o el historial preoperatorios.

—Claro —afirmó Noah—. Martha Stanley me dijo que el residente estaba ocupado cuando Vincent llegó, con cuarenta minutos de retraso.

—Y también habrás visto que en el historial y en el chequeo redactados desde el despacho de Mason no se mencionaban ni el reflujo ni los síntomas obstructivos relacionados con la hernia.

—Eso no es del todo cierto —apuntó Noah—. Figuraban ambas cosas.

—No —repuso Ava con repentina emoción, casi con ira.

—Sí, pero los habían añadido después —aclaró Noah—. Lo supe porque el tipo de letra era distinto al del resto del historial. Creo que se añadieron para que no se notara que el historial estaba copiado y pegado de uno de internet.

—¡Por Dios! —exclamó Ava—. Esto se pone peor por momentos. ¿Crees que fue obra de Mason?

—No creo —reconoció Noah—. Él lo habría hecho mejor. Más bien me parece que fue su colega, el doctor Aibek Kolganov. No puedo hablar con él porque se ha vuelto a Kazajistán, pero si el tema sale a colación, y no seré yo quien lo mencione, lo culparé a él.

—Estaría bien —dijo Ava.

—Sería una forma de descargar a Mason de culpa, aunque en última instancia sea responsable del proceder de su colega.

—A lo mejor deberías sacar el tema al principio del debate. Como los abogados del hospital querrán cortar toda referencia a una mala praxis, Hernandez quizá pida que se hable de la siguiente operación.

—Seguro que el debate no se ciñe solo al caso de Vincent —dijo Noah—. Hay otros muchos que son de capital importancia. Pero no nos desviemos; volvamos al desconocido historial de reflujo del paciente. ¿De veras le preguntaste si lo padecía?

—Por supuesto que sí. Nunca lo habría registrado en el historial si no me lo hubiera dicho. Siempre pregunto. El paciente me mintió descaradamente, al igual que cuando le pregunté si estaba en ayunas.

—¿Y sobre la obstrucción gastrointestinal? ¿También le preguntaste sobre eso?

—No. Para eso está el chequeo previo. Dime una cosa: ¿sabes que desde el despacho de Mason se especificó el anestésico que él quería?

—Sí. Solicitó anestesia espinal. Y sé que se había informado al paciente el día anterior.

—Le di bastantes vueltas a la cuestión de la anestesia, como hago siempre, y decidí que no existían contraindicaciones para ponerle la espinal. Supongo que sabes que durante el preoperatorio en quirófano Mason no estuvo conmigo ni con el resto del equipo.

—Lo sé —contestó Noah—. Y sé que no se presentó hasta una hora después de que le administraras la espinal con el visto bueno de Janet Spaulding, que contaba con la autorización de Mason. Pero no voy a sacar a relucir nada de esto porque sería campo abonado para debatir sobre las operaciones simultáneas, y Mason me ha advertido de manera explícita que ni se me ocurra.

—Va a ser difícil no mencionar un retraso de una hora cuando el paciente ya estaba anestesiado —dijo Ava—. Todo el personal de quirófano sabía qué sucedía, porque Mason tenía a otros dos pacientes anestesiados al mismo tiempo. Era como una cadena de montaje que se hubiera parado de golpe.

—Lo sé. Ahí es donde más me la juego; no quiero sacar el tema. Quizá surja de alguien del público y pueda cargar él o ella con las culpas.

—Quiero dejar una cosa clara. —Ava se enderezó en la silla

y se inclinó hacia delante—. Emocionalmente, este caso me ha dejado destrozada. Como te he dicho, es el primer paciente que se me muere durante una operación, y espero que el último.

—No es fácil aceptar la muerte. Sé cómo te sientes; durante el primer año de residencia, yo también lo viví. Nunca te acostumbras, pero puedes aprender a aceptarla como algo que puede suceder en cualquier momento, sin importar que lo hayas hecho todo bien. Sobre todo en algunas especialidades, como la oncología.

—En anestesia no me lo esperaba —repuso Ava—. Pensaba que bastaría con atender a los detalles y estar al día de los últimos avances.

—La muerte es parte de la condición humana, como lo es de toda la vida —sentenció Noah.

—Volviendo a la operación, te diré que he repasado cada detalle con otros anestesistas, incluido el doctor Kumar. Y como ya he dicho, aparte de esperar al doctor Mason para administrar la espinal, no habría hecho nada de forma distinta.

—Te creo. Déjame que te pregunte sobre mi parte de culpa en todo este desastre. Tras haber repasado el caso a conciencia, ¿crees que hice bien cuando puse al paciente en baipás?

—Sí. Sin ninguna duda. Si no, habría muerto antes de que le hubiéramos practicado la broncoscopia para que el oxígeno le llegara a los pulmones. La saturación de oxígeno era deplorable. Estaba en parada cardíaca. El baipás era necesario, y tu decisión fue heroica. Deberían elogiarte por ello, aunque no haya funcionado.

—Mason me amenazó con dar a entender que fui yo quien mató al paciente —dijo Noah, embargado por la emoción.

—Bobadas —le espetó Ava—. Lo diría porque le daba vergüenza no haberlo hecho él. Se quedó allí plantado retorciéndose las manos, mientras el nivel de oxígeno se desplomaba.

—Gracias por darme tu opinión. Me reconforta.

—¿Cuándo vas a hablar con Mason?

Noah se encogió de hombros.

—En cuanto pueda. Tiene pacientes ingresados ahora mismo, y en ese caso suele venir incluso los sábados. Intentaré hacer acopio de valor para hablar mañana con él.

—Ándate con ojo, amigo —le dijo Ava, con obvia empatía.

Noah esgrimió una sonrisa forzada.

—¡Que me ande con ojo! Esa misma expresión utilizó el doctor Mason cuando me advirtió de que tuviera cuidado con mi ponencia.

—Perdona —se disculpó ella—. Déjame que lo cambie a «¡Ve bien preparado!». Para ayudarte, deberíamos reunirnos otra vez cuando hayas hablado con él. Este fin de semana me quedo aquí, así que avísame si lo consigues. Entretanto le daré más vueltas a este enredo. Y sé que tú también lo harás. Cuanto más preparado vayas, mejor. ¿No estás de acuerdo?

—Al cien por cien.

—Es un caso inquietante para los dos. Con todo, me ha encantado hablar contigo. Gracias por haber venido a mi casa. Estoy contentísima de que te me acercaras. Había pensado en hablar contigo antes, pero no me decidía, no sé por qué. —Se encogió de hombros—. No perdamos el contacto. Ya te he dado mi teléfono. ¿Y si me mandas un mensaje para que guarde yo el tuyo? ¿Tienes Facebook o Snapchat?

—Facebook lo uso un poquito más que Snapchat —respondió Noah—. A decir verdad, sobre todo FaceTime.

—Podemos usar Facebook. Mi nombre de usuario es Gail Shafter.

Ava le indicó que pasara delante cuando salieron de la habitación. Enfilaron la escalera principal.

—¿No usas tu verdadero nombre?

—No —admitió ella—. En LinkedIn sí, pero en las demás redes no. Ya te lo explicaré algún día, si te interesa.

—Claro que sí.

—Creo que no deben vernos hablar en el hospital el lunes, cuando entre en mi nuevo turno. Seguro que se desatarían los cotilleos, y ni tú ni yo los soportamos. Además, no queremos que a Mason le lleguen rumores de que hemos estado charlando. ¿Te parece bien?

—Me parece perfecto —dijo Noah—. Una última cosa: si consigo acorralar a Mason mañana, ¿a qué hora quieres que nos veamos?

—¿Por la noche a la misma hora, sobre las ocho? Si te apetece podemos incluso pedir otra vez comida para llevar.

—Sería estupendo. Si no hay ningún desastre imprevisto en el hospital, aquí estaré.

Habían llegado a la puerta principal, y como el inadaptado social que era, Noah se sintió nervioso y cohibido. No esperaba que la doctora London le fuera a caer tan bien. ¿Le daba la mano, un abrazo o qué? Por suerte, Ava acudió en su rescate. Se inclinó hacia delante y pegó su mejilla a la de él, primero a una y luego a la otra, susurrando al aire un beso; estaba claro que Ava era mucho más cosmopolita que él, advirtió Noah.

—Gracias de nuevo por haber venido —dijo Ava irguiéndose—. Me has alegrado la noche.

Noah notó que se ponía colorado.

—Tú a mí también —acertó a decir—. Ha sido un placer. —Hizo acopio de valor y añadió—: Una última pregunta. Tienes un acento precioso pero no consigo ubicarlo. ¿De dónde eres?

—Qué mono eres —dijo Ava entre risas—. De Lubbock, Texas. ¿Y tú?

—De Scarsdale, Nueva York. Condado de Westchester.

Con miedo a comportarse como un adolescente enamorado, le deseó buenas noches con un murmullo. Cuando había bajado medio tramo de escaleras, se dio la vuelta y le dijo adiós con la mano. Ella le devolvió el gesto y cerró la puerta.

—Menudo imbécil —farfulló Noah, reprendiéndose por su ineptitud social.

Con todo, estaba de muy buen humor. Mientras volvía a su apartamento en la cálida noche estival, lo invadió una emoción que no sentía desde el instituto, cuando había conocido a su primer amor, Liz Nelson. Acababa de estar con una persona a la que lo unía un fuerte vínculo a raíz de sus intereses compartidos, en concreto su entrega incondicional a la medicina, no como profesión, sino como modo de vida. Se había quedado impresionado cuando había oído que le daba su número a la enfermera en la sala de reanimación, y cuando le había contado que se entregaba religiosamente a diario a la certificación. También le había sorprendido que hubiera rescatado a dos gatos de un refugio. Y por encima de todo tenía que admitir que era un placer mirarla, y que incluso llegaba a ser seductora. No tenía ni idea de si la amistad continuaría o se intensificaría incluso tras la M&M, pero de ser así estaba seguro de que nunca tendría que explicarle por qué tenía que pasar tanto tiempo en el hospital. En aquel importante sentido, Ava sería lo contrario de lo que había sido Leslie Brooks, quien nunca lo había comprendido.

Al llegar al edificio de Revere Street, Noah dudó antes de meter la llave en la cerradura. Por un instante se planteó volver corriendo al hospital para ver cómo iba todo, pero reconoció que sería un comportamiento demasiado obsesivo. De haber un problema que Tom Bachman, el residente que estaba al mando, no pudiera afrontar, lo habría llamado. Pensó que presentarse sin avisar y sin que lo hubieran llamado podría interpretarse como una falta de confianza hacia Tom, y no quería transmitir algo así. De nuevo se daba cuenta de hasta qué punto la diplomacia y la psicología eran necesarias en su puesto.

Entró en el apartamento, cerró la puerta y se quedó allí quieto un momento mirando el cuarto. En comparación con la casa de Ava, la suya era de chiste. El tamaño minúsculo, la falta de muebles o decoración, y sobre todo la ausencia de cualquier toque personal, resultaban alarmantes. No pudo evitar acordarse de las fotos que Ava tenía en el estudio. Aún las tenía en mente: aquellos estadios deportivos, las pistas de esquí, las zonas de buceo. Había una de ella a punto de lanzarse en paracaídas, y otra a punto de hacer puenting, actividades que Noah consideraba auténticas locuras. Al mismo tiempo, le reconocía el valor de ser una aventurera, pues él no se habría prestado a ninguna de aquellas actividades. Las demás fotos eran selfies en los que salía sonriente en varios entornos turísticos: el Coliseo de Roma o el Taj Mahal de Agra. Se preguntó vagamente si habría viajado sola, y, de no ser así, por qué no salía acompañada en ninguna de las fotos.

Al pensar en su mansión y en el dinero que conllevaba, volvió a preguntarse qué clase de contactos laborales tendría para mantener aquel tren de vida, pues cuanto más lo pensaba más seguro estaba de que el salario de anestesista no era suficiente. La explicación que le había dado sobre que era asesora empresarial era poco clara. ¿Tendría algo que ver su otro trabajo con la anestesia? Si la amistad entre ellos se afianzaba, se lo preguntaría. Una de las cualidades que más le gustaban de Ava era su aparente confianza en sí misma y su franqueza, algo que sentía que a él le faltaba, salvo en lo referente a su labor de médico.

Tratando de refrenar la emoción que le causaba la perspectiva de una posible relación con una mujer atractiva, sexi y extremadamente inteligente que compartía con él intereses y sistema de valores, Noah se sentó ante la mesita plegable y encendió el portátil HP. Ávido de más información, tenía ganas de ver la página personal que Ava tenía a nombre de Gail Shafter. Mientras el ordenador, un tanto viejo, se esforzaba por arrancar, Noah se sonrió al comparar aquel portátil con los equipos de Ava. Eran tan diferentes como sus propias formas de vivir.

Cuando estuvo cargada la página de Gail Shafter, Noah se quedó maravillado. Había montones de fotos que se remontaban hasta la niñez de Ava. También algunas de las imágenes que había visto en la pared del estudio, como si Gail Shafter también fuera una aventurera. Entró en la categoría de «amigos» y se quedó impresionado: tenía 641, cosa que lo hizo reír cuando pensó en su propio perfil. No se acordaba con exactitud, pero más o menos creía que tenía diez. Entró en la sección de «Información» y vio que Gail Shafter había cursado la secundaria en Lubbock, Texas, y que ahora trabajaba en la consulta de un dentista en Iowa. Lo más interesante era tratar de decidir qué era verdad y qué no.

Otra cosa le llamó la atención. Había una página de fans a la izquierda de la pantalla. Al hacer clic, apareció la página de «Nutrición, ejercicios y belleza», por Gail Shafter, que contenía varios vídeos de una Ava bastante irreconocible dando consejos sobre todo tipo de temas, tales como maquillaje, ejercicio y salud en general. Sin embargo, lo que lo dejó de piedra fue constatar, cuando hizo clic en los «Me gusta», que tenía nada más y nada menos que 122.363 seguidores. Por eso se pasaba tanto tiempo en las redes: eran una actividad que exigía tiempo.

Después buscó su perfil de LinkedIn, que era totalmente profesional. Su interés creció al leer que había estudiado en la Universidad de Brazos, en Lubbock, Texas, una licenciatura combinada con especialidad en nutrición. Después había pasado a la residencia de anestesia en el Centro Médico de la Universidad de Brazos. Noah pensó que especializarse en nutrición era una opción interesante para una estudiante de medicina, pues era una de las materias que no se impartían con demasiado empeño en la carrera en general. Le parecía una elección inteligente, y se preguntó si su trabajo de asesoría tendría algo que ver con aquel campo.

Mientras miraba por encima el resto de su currículum, se echó a reír a carcajadas. Entre la gente que había certificado sus capacidades y su experiencia estaba Gail Shafter, que había avalado su pericia como anestesista.

—¿Y por qué no? —dijo en voz alta.

Sabía que lo que había encontrado era un ejemplo de *sockpuppeting*, la suplantación de la identidad en internet con fines fraudulentos. Había quien lo desaprobaba, pero a él en aquel contexto le pareció gracioso.

Apagó el ordenador, se levantó y se desperezó. Se fue derecho a la cama, consciente de que las 4.45 no tardarían nada en llegar.

10

Hasta el momento la mañana había ido de perlas, pero Noah sabía que estaba a punto de empeorar. Se encontraba en el puente peatonal que conectaba el Stanhope Pavilion con el Young Clinic Building, donde William Mason tenía un despacho. Se disponía a asistir a una reunión semiimprovisada con el Salvaje Bill, a las once. La habían concertado cuando Noah se encontró a Mason de casualidad en la planta de cirugía general, hacía menos de una hora. Cuando le preguntó si podía robarle un momento, Mason le respondió de un modo brusco que sobre las once estaría disponible en su despacho unos instantes. Noah no sabía muy bien qué esperar, pero la posibilidad de que la interacción resultase agradable era básicamente nula.

Había llegado al hospital a la hora de costumbre, sobre las cinco, y se había ido directo a la UCI de cirugía. Tenía especial interés en ver cómo le iba a John Horton, aunque fuera un paciente privado y estuviese atendido en todo momento por el personal del módulo. Le reconfortó constatar que estaba bien, dentro de lo razonable. Lo mismo podía decirse de los demás pacientes. También le había gustado oír que Carol Jensen, en calidad de supervisora, seguía alabando a los nuevos residentes.

Al salir de la UCI, Noah se había reunido con los residentes que habían pasado la noche en el hospital. Ningún problema. Las rondas del sábado por la mañana habían ido bien, aunque con los residentes nuevos habían sido mucho más lentas que de costumbre. Cuando se encontró con el doctor Mason a eso de las diez, las rondas todavía no habían terminado, aunque habían empezado a las siete y media. Como era de esperar, los nuevos tenían que aprender aún la técnica: paradas cortas pero exhaustivas con cada paciente. Dicho esto, y en general, Noah estaba muy contento con su primera semana como jefe de residentes. No le sorprendía: siempre había aprendido muy rápido. Era la segunda semana la que le preocupaba, y estaba al caer.

Los sábados la clínica era una sombra de lo que era un día entre semana, y en comparación el Young Building estaba vacío. Noah era el único ocupante del ascensor cuando subió hasta la quinta planta, donde se encontraba la clínica de cirugía general. Aunque no ardía en deseos de vivir los próximos quince minutos, se sentía respaldado por la sensación de camaradería encubierta que le proporcionaba Ava. Era reconfortante no estar solo ante la inminente M&M.

Fue directo al lugar donde Mason tenía un despachito, que también se utilizaba como sala de examen. Su verdadero despacho estaba en el Franklin Building, notablemente más lujoso y más acorde con las exigencias de los jeques árabes, los multimillonarios y los jefes de Estado, y llevaba el nombre de un antiguo paciente de Mason, que había financiado su construcción.

Noah llamó a la puerta abierta y se quedó en el umbral. El doctor Mason llevaba una chaqueta de sirsaca azul clara, camisa blanca, pajarita y pantalones oscuros. Estaba sentado frente al pequeño escritorio empotrado, tecleando. A su derecha había una mesa de examen. Al oír los golpes en la puerta, se dio la vuelta y señaló una de las anodinas sillas de plástico. No dijo nada; se echó hacia atrás y entrelazó las manos sobre el ancho pecho. Tenía el ceño medio fruncido y los labios apretados. No era una buena señal para Noah.

El residente tomó asiento en la silla indicada y quedó frente a frente con su peor pesadilla, debatiéndose sobre por dónde empezar. La entrevista al cirujano implicado formaba parte de la investigación. En realidad, no esperaba descubrir nada que no supiera ya.

—Gracias por recibirme —dijo, esperando que la conversación se desarrollara de un modo afable y con respeto mutuo.

En lo más hondo de su mente, oía la descripción que del hombre había hecho Ava. Que definiera a Mason como un narcisista grave le parecía un acierto, así que dadas las circunstancias tenía cero posibilidades de mantener una conversación razonable. No solo suponía que el hombre aún estaba furioso con él por airear el asunto de su supuesta amante, sino que desaprobaba la ética laboral de Noah y tenía celos de su éxito.

Como Mason ni respondió ni cambió de expresión ante su agradecimiento, Noah inspiró hondo e insistió:

—He repasado el historial de Bruce Vincent y he hablado con la mayoría de los implicados, salvo con usted. Quería preguntarle si desea contarme algo que quizá no sepa.

—Supongo que veía que no había ninguna nota escrita por un residente —le espetó Mason.

—En efecto —contestó Noah—. Y sé por qué. He hablado bastante con Martha Stanley, y me ha dicho que...

—Ya lo sé —lo interrumpió Mason—. Que el pobre diablo estaba hasta arriba de trabajo. Y una mierda, esa excusa. —Mason cortó el aire con su grueso dedo índice—. La cagó, sin más ni más. Le voy a decir una cosa: es alucinante que con los residentes que tenemos hoy en día ninguno de nosotros, los mayores, podamos hacer nada. Cuando yo era residente, esto no habría sucedido, y eso que atendíamos a más pacientes que ustedes y hacíamos guardia noche sí, noche no.

Noah sabía que varios cirujanos mayores se quejaban de lo fácil que lo tenían los residentes actuales, pero no cuestionó la afirmación. Con intención de aplacar a Mason, que ya estaba como loco, dijo:

—Por lo que yo entiendo, fue la señora Stanley la que decidió obviar la falta de un historial previo escrito por un residente. El residente no sabía, ni supo *a posteriori*, que el señor Vincent había pasado por admisiones.

—Muy bien, entonces la culpa es de la señora Stanley. Si el residente hubiera hecho lo debido, nada de esto habría pasado.

—Según el protocolo se necesita un historial y un chequeo actualizados, y estos sí que existían. Su colega el doctor Kolganov había hecho uno el día anterior.

Noah pensó en sacar a colación las deficiencias de aquel documento que no era más que un trabajo de corta y pega con unas cuantas frases añadidas después de la operación, pero decidió al punto no hacerlo. Supuestamente, Mason había supervisado el trabajo de Kolganov, y en última instancia era el responsable. Una vez más, la culpa caería sobre sus hombros.

—Pues habrá que cambiar el sistema —ladró Mason—. Que los residentes vean a todos los pacientes antes de las operaciones, sobre todo el mismo día de la operación.

—Puede ser un buen tema para el debate sobre la operación.

—Claro que lo es —coincidió Mason.

—¿Vio y examinó usted al paciente antes de la operación?

Mason se echó hacia atrás tan de repente que la silla chirrió.

—¿Qué insinúa con esa pregunta? Joder, claro que lo vi. Veo a todos mis pacientes antes de la operación.

—No insinúo nada —repuso Noah a la defensiva—. Pero no sabía qué parte de las diligencias preoperatorias había delegado usted en el doctor Kolganov.

—Tenga por seguro, mi precipitado amigo, que examino a todos mis pacientes a conciencia. Sobre todo en este caso, dado que el doctor Kolganov no iba a estar presente en el quirófano; lo necesitaban para otras operaciones de mayor urgencia.

—Entonces usted sabía que el señor Vincent presentaba síntomas de obstrucción gastrointestinal —dijo Noah, haciendo caso omiso del comentario condescendiente de Mason.

—Por supuesto. Hasta lo mencionaba la nota que nos remitió su médico de cabecera. Por eso lo operamos, joder.

—¿Y aun así usted se decantó por la anestesia espinal?

—No me decanté por ninguna en concreto. Para eso están los anestesistas. Ellos no se meten en mi terreno durante las operaciones, ni yo en el suyo.

—Pero desde su despacho se requirió que se administrara la espinal —apuntó Noah.

Sabía que el tema acabaría por salir de todos modos, y tenía que enterarse de los detalles.

—En las pocas operaciones de hernia que he realizado a lo largo de los años, siempre se ha usado anestesia espinal. Estoy seguro de que eso fue lo que se indicó desde mi despacho. Pero toca a los anestesistas decidir si hay una opción mejor.

—Quizá tenga razón —concedió Noah, callándose lo que iba a decir: que los anestesistas necesitaban toda la información, y que esta no estaba disponible en su totalidad en aquel caso por varias razones, entre ellas que Mason no había estado presente durante el encuentro preoperatorio en quirófano.

—¿Qué más? —exigió Mason. Se había vuelto a apoyar en el respaldo y había cruzado los dedos. La furia anterior se había disipado, y los labios y el ceño volvían a estar fruncidos.

—Desde mi punto de vista —dijo Noah tratando de ordenar sus ideas y de ser lo más diplomático posible— que el paciente no se tomó la operación tan en serio como hubiera debido.

Mason soltó una carcajada burlona.

—Decir eso es quedarse muy muy corto. Me consta que llegó cuarenta minutos tarde a admisiones. El tío trabajó aquella mañana, lo vi con mis propios ojos. Incluso me aparcó el coche. Y lo que es peor, desayunó como un lobo y luego mintió. Uno intenta hacerle un favor a alguien y le dan una patada en los morros.

Mason volvió a inclinarse hacia delante y clavó la vista en Noah, que se retiró instintivamente todo lo que le permitía la silla.

—Le dije que de la operación me encargaba yo —añadió Mason remarcando cada palabra—. De lo que le entrase en su cerebro de mosquito, ya no tengo ni idea. Pero oiga usted, amigo, estamos perdiendo el tiempo. ¿Ha hablado usted con esa zorra pedante, Ava London?

—Sí —admitió Noah intentando poner cara de póquer. Sabiendo lo que sabía, lo dejó planchado la expresión que había utilizado Mason.

—Pues ella es la principal responsable de esta catástrofe —sentenció Mason—. Y a decir verdad, no sé si debería seguir trabajando aquí en plantilla. No creo que esté cualificada.

—Tiene un certificado en anestesiología —apuntó Noah.

—Ya. No sé hasta qué punto trabajarán bien los comités calificadores para permitir que entre alguien como ella en la profesión. Nunca me ha impresionado, ni London ni ningún otro anestesista. He intentado ser amable con ella, pero su personalidad tiene ciertas deficiencias. Para serle franco, es una frígida.

«Seguro que has intentado ser amable con ella», pensó Noah con sarcasmo, aunque no lo dijo.

—Quiero que quede bien claro en la sesión clínica que a este paciente tendría que habérsele administrado anestesia general desde un principio. Si se hubiera hecho así, podríamos haber operado el abdomen cuando se presentó la necesidad. Y admito que quizá el paciente hubiera regurgitado de igual modo, porque tenía el estómago lleno, pero ¿quién sabe? Por lo menos, habría sucedido al principio de la operación y no en plena faena, y se habría considerado una muerte por error anestésico, no quirúrgico. Me exaspera que esta operación me haya jodido las estadísticas.

—¿Cree usted que la responsabilidad recae únicamente sobre anestesia? —preguntó Noah intentando no denotar incredulidad.

—Casi toda —afirmó el doctor Mason—. Claro que el paciente no ayudó, y que en admisiones se tendría que haber detectado que había desayunado. Cerciorarse de que el paciente está en ayunas es una de sus responsabilidades, lo sabe todo el mundo.

—Gracias por su tiempo.

Noah se puso en pie.

—Se lo advierto una vez más, amigo: no convierta la sesión clínica en un debate sobre las operaciones simultáneas. El problema no es ese. Que yo me retrasase unos minutos en otra operación importante por culpa de una anomalía congénita no fue un factor que desencadenase la muerte de Bruce Vincent. ¿Me comprende usted?

—Creo que sí.

—Muy bien. Me alegra que sea usted el jefe de residentes. Sería una desgracia que terminase el curso antes de tiempo.

En el rostro de Mason se dibujó una sonrisa cruel. No se levantó.

Noah inclinó la cabeza, dio media vuelta y salió del despacho. Cuando llamó al ascensor de un puñetazo, ya en el pasillo, se dio cuenta de que el corazón le latía desbocado. Aunque sabía que no tenía por qué sorprenderse, no esperaba una amenaza tan concreta de Mason. Lo peor que le podía pasar a Noah era perder su plaza en el BMH a tan poco tiempo de concluir lo que había sido una odisea y un sueño.

De nuevo estaba solo en el ascensor. Con manos temblorosas, sacó el móvil del bolsillo y escribió a Ava: «He estado con el enemigo. Mal, como era de esperar. Esta noche te doy detalles». Casi de inmediato apareció bajo el mensaje un bocadillo con tres burbujas. Justo cuando se abrió la puerta del ascensor, se cargó la respuesta: «Por lo menos ya está hecho. Me muero por oírlos». Tras el texto había un emoticono sonriente.

Animado hasta cierto punto por el mensaje de Ava, y a pesar de la reunión con Mason, Noah salió del ascensor en la segunda planta del Young Building, donde se llevaban a cabo los protocolos de intervención para los servicios clínicos. Tenía intención de volver a Stanhope por el puente y llegar a la cuarta planta para intentar localizar al residente supervisor de anestesia. Llevaba ya varios días sopesando la opción de entrevistarse con el doctor Kumar, pero después de lo que le había contado Ava

—que él y Mason eran buenos amigos—, descartó la idea. Aunque los doctores Wiley y Chung habían respaldado la versión que Ava daba del desastre con Vincent, Noah quería que alguien de arriba se lo confirmara para estar seguro.

11

Sábado, 8 de julio, 19.39 h

A sabiendas de que llegaba con tiempo, Noah refrenó el paso al llegar a Louisburg Square. Se fijó en que había mucha más luz que el día anterior, porque el sol estaba más alto. Quedaba aún media hora para el ocaso. Había más niños jugando en el recinto de hierba, y sus gritos y risas reverberaban en el espacio cerrado. La luz del sol bañaba las fachadas de las casas ubicadas en la parte superior de la colina, y las de la pendiente, donde se encontraba el número dieciséis, estaban sumidas en una relativa penumbra.

A pocas puertas de llegar a su destino, Noah se detuvo y consultó el reloj preguntándose qué debía hacer. Iba a llegar con veinte minutos de antelación y no quería parecer desesperado. Claro que, desde luego, lo estaba, admitió. A medida que pasaba el día, la perspectiva de volver aquella noche a casa de Ava lo fue animando más y más. No solo por la emoción que le causaba hablar sobre la M&M, aunque también tenía su importancia. Se moría de ganas de pasar más tiempo con Ava, de estar con ella sin más, una sensación que no había vivido desde que era adolescente. Pero como ella le había dejado claro que no quería entablar relaciones con ningún trabajador del hospital, sabía que tenía que ir con cautela para no asustarla. Si llegaba temprano, podría dar a entender algo que no quería.

Mientras vacilaba allí plantado, vio que la puerta de Ava se abría. Invadido por el pánico, intentó decidir qué hacer: si darse la vuelta y huir, o no. Ni siquiera se había movido cuando Ava bajó al rellano, lo vio y lo saludó.

Noah, indeciso, le devolvió el saludo y se puso a andar hacia ella. Un instante después, una segunda figura salió de la casa. Era un hombre menudo, bien acicalado, de unos cuarenta años, pero lo que más llamó la atención de Noah fue que parecía estar más en forma incluso que Ava, y eso era decir mucho. Llevaba pantalones de deporte holgados y negros, y una camiseta con cuello en uve que parecía de una talla menos. Incluso desde su posición, Noah vio que los bíceps del hombre tensaban las mangas. Se sintió un inepto al comparar mentalmente su propio cuerpo con el de aquel adonis. Eran el día y la noche. Cuando Noah llegó al pie de las escaleras, el hombre bajó. Caminaba con paso muy ligero. Con una sonrisa amable saludó a Noah con la cabeza. Este le devolvió el saludo y subió.

—Mañana a la misma hora —le gritó Ava al desconocido.

El hombre no respondió; ni siquiera se dio la vuelta. Se limitó a levantar el brazo y se metió en un utilitario deportivo de color negro que estaba aparcado frente a la casa.

—Llegas pronto —saludó ella alegremente cuando Noah subió el último escalón.

—Lo siento —se disculpó—. Tenía miedo de llegar tarde y he venido volando. Supongo que no hacía falta, pero es que no he podido salir del hospital hasta pasadas las siete.

De hecho había ido a casa a toda prisa, casi corriendo durante todo el camino. Se había duchado en un abrir y cerrar de ojos con un miedo terrible a retrasarse, y al final había llegado demasiado temprano. Se había pasado todo el día entusiasmado, y aún lo estaba.

—Has llegado a buena hora —le dijo Ava—. ¡Pasa! Perdona que lleve la ropa de deporte otra vez. Nos hemos excedido con el tiempo y no esperaba que vinieras hasta dentro de veinte minutos.

—«¿Nos?» —preguntó Noah al entrar por el portal. La siguiente puerta estaba abierta del todo.

—Es mi entrenador personal —aclaró Ava, y siguió a Noah.

—Así que crees en los entrenadores personales —comentó él. Le aliviaba saber que aquel musculitos era un trabajador.

—Sí. ¿Tú no?

—No mucho. Todo el mundo puede decir que es entrenador personal. Creo que hay un montón de farsantes. —Se reprendió en voz baja por sentir celos.

Ava rio con aquella risa cristalina.

—¿Y diferencias a unos de otros?

—No soy capaz, ese es el problema —admitió él—. Hay un título oficial, pero no todos son titulados. Creo que uno debe andarse con ojo si quiere tener el servicio que paga.

—Mi entrenador tiene el título, estoy segura. Es muy bueno y me motiva mucho.

Se pararon al pie de las escaleras. Igual que en su anterior visita, Noah se esforzó por mirarla a los ojos y evitar que la mirada vagara hacia otros derroteros. Le gustaban aquellos pantalones, pero no quería ponerse en evidencia. Aparecieron los dos gatos, olisquearon a Noah con desdén y desaparecieron.

—Estamos igual que anoche —dijo Ava, coqueta—. Tengo que ducharme y cambiarme. Estás en tu casa, escoge la habitación que prefieras, o hacemos lo que hicimos ayer.

—¿El qué?

—Dijimos que pediríamos comida. Ya sé que ayer fuiste tú a por ella y que sería injusto pedírtelo de nuevo, pero...

—Iré con mucho gusto —se ofreció él.

—Fantástico. ¿Y si hoy probamos el Toscano?

—No sabía que servían comida para llevar.

Noah conocía el italiano de Charles Street y sabía que era de los lugares favoritos para los residentes de Beacon Hill. Incluso había cenado allí varias veces, con Leslie.

—Y tanto que sí —confirmó Ava—. Les he encargado comida muchas veces. Llama y pide lo que quieras, y lo mismo para mí. No soy exigente. Tengo un blanco italiano buenísimo en la nevera que irá de perlas. ¿Qué tal el equipo de guardia de hoy? ¿Tan bueno como el de ayer?

—Estarán bien —Se había asegurado, por si surgía un imprevisto. La residente que estaba al mando aquella noche era Cynthia Nugent, que a Noah le parecía tanto o más competente que Tom Bachman. Tenía de nuevo la seguridad de que no le llamarían a no ser que hubiera una catástrofe.

—Entonces querrás tomar una o dos copitas de vino.

—Con mucho gusto.

Se sentía la mar de bien estando con alguien que comprendía sus responsabilidades sin tener que explicárselas.

Poco menos de una hora después, Ava y Noah estaban sentados ante la encimera de la cocina. Se había hecho de noche, y el jardincito de Ava, con su fuente incluida, estaba iluminado por un foco. Como las puertas acristaladas estaban abiertas, se oía el rumor del agua por encima de la música clásica que salía de unos altavoces ocultos. Noah había pedido todo un banquete, y Ava había abierto una botella de falanghina greco.

—¿Te fastidiaré la cena si hablamos de cosas serias? —preguntó Ava con una sonrisa burlona.

Llevaba un vestido de verano, casi todo blanco y con estampado de mariposas, que a Noah le parecía arrebatador. Él, en marcado contraste, llevaba casi la misma ropa que la noche anterior. Tras la ducha había estado un rato cavilando si ponerse otra ropa, pero no tenía muchas opciones. Pensó en llevar la bata blanca de hospital, porque era la prenda con la que se sentía más cómodo y que creía que más le favorecía, pero descartó la idea por ser de lo más ridícula. Se había burlado de sí mismo por ser tan penosamente inseguro.

—Como quieras —respondió. También a él le interesaba quitarse el tema de encima.

—En tu mensaje decías que te había ido mal, como era de esperar. ¿Me lo explicas un poco?

Noah dejó la copa en la encimera y respiró hondo.

—Tal y como nos temíamos, nos tiene en el punto de mira.

Me amenazó con hacer que me despidieran si convierto la sesión clínica en un debate sobre las operaciones simultáneas.

—Madre de Dios —dijo Ava, sobrecogida—. ¿De verdad que te amenazó con despedirte?

—No fue tan explícito. Lo que dijo fue que sería una desgracia que terminase el curso antes de tiempo. Para mí, es lo mismo.

—Qué hijo de puta —estalló Ava—. Perdón. ¿Y de mí? ¿Habló de mí en concreto o de anestesia en general?

—Me temo que de ti —respondió Noah—. Qué razón tenías anoche cuando dijiste que tenía un trastorno narcisista de la personalidad. Es un caso de libro. Tal y como sospechas, es obvio que se ha tomado tu rechazo como un insulto. Está fuera de control.

—Pero ¿qué te dijo exactamente? No me lo edulcores, podré soportarlo. Solo quiero saber a qué me enfrento.

—Volvió a repetir que eras la máxima responsable de lo ocurrido —dijo Noah bajando el tono, como si alguien estuviera a la escucha—. Está claro que es incapaz de aceptar cualquier tipo de culpa. Y además de culparte, creo que cuestiona que tengas un puesto en el hospital.

—¿Por qué, por mi personalidad o por mis títulos?

—Un poco por las dos cosas —contestó Noah a su pesar. Lo último que quería era herir los sentimientos de Ava, pero sentía la obligación de contarle la verdad—. Mason dijo que eras una frígida, y sabiendo lo que sé, tuve que morderme la lengua.

—Gracias —dijo Ava con sinceridad.

—De nada. Con respecto a tu cualificación, le recordé que te habías sacado los títulos, y cuestionó la labor de los comités. De verdad te lo digo: ese hombre está fuera de control.

Ava se quedó unos instantes mirando la fuente del jardín. Para Noah era obvio que se sentía molesta y que estaba asimilando mentalmente aquellas noticias. Noah se sintió mal por ella y peor por sí mismo. Seguía sin parecerle probable que Mason la despidiera, aunque fuera amigo del jefe de ella. En cuanto a él, sí que temía que consiguiera echarlo, o por lo menos que peligrara su puesto, si se lo proponía. Al fin y al cabo era director asociado del programa de residencia, uno de los tres jefazos.

Ava volvió a centrar su atención en Noah.

—Déjame que adivine —le dijo—. El doctor Mason cree que debería haber usado anestesia general, aunque a mí se me había dicho que él quería espinal.

Noah asintió.

—Me dijo que no había requerido la espinal, y que lo incluyó su secretaria porque era la que se había usado en su última operación de hernia, hace cien años. Y que determinar el tipo de anestesia era trabajo del departamento; a él le da igual cuál se utilice.

Ava respiró hondo.

—Te lo va a poner difícil de verdad.

—Como si no lo supiera —reconoció Noah—. Sigo pensando que va a ser como recorrer un campo de minas.

—¿Sacó a colación el tema del paciente y su papel en la tragedia?

—Y tanto que sí. De hecho, de todos los implicados en el asunto, Mason quizá sea el que más furioso está con el paciente. Lo describió como un cerebro de mosquito, a pesar de su reputación en todo el hospital. Muy en el fondo, Mason sabe que fue culpa del paciente, por haber desayunado fuerte y haber mentido. Pero también culpa a admisiones, por no haber sido más inquisitivos y porque se les pasó por alto.

—Bien —dijo Ava, de pronto motivada—. Vayamos al grano. —Bebió un sorbo de vino y tomó un bocado de su plato—. Le he dado muchas vueltas al asunto desde ayer. Primero, creo que tienes que entender que va a ser contraproducente discutir con ese hombre, porque si se cabrea saldremos los dos perdiendo. Tendrás que presentar el caso teniendo en cuenta esta restricción.

—Es más fácil decirlo que hacerlo —se quejó Noah—. Esta mañana se ha puesto como una fiera, y he intentado ser diplomático al máximo.

—Pero ¿por qué se enfadó? Analicémoslo.

En aquel momento sonó el móvil de Ava. La llamaban. Ella cogió el teléfono, vio el nombre de quien llamaba y se levantó.

—Perdona. Tengo que contestar.

—No hay problema.

Noah la miró mientras salía de la cocina, preguntándose quién la llamaría después de las nueve un sábado por la noche. Si le hubiera pasado a él, habría sido fácil de adivinar: llamada del hospital. Pero sabía que Ava los sábados no estaba disponible. Jugueteó con la comida, pensando que era de mala educación comer sin que ella estuviera. A lo lejos, apenas se oía su voz, aunque en un momento subió de tono, como si se hubiera enfadado.

Pasaron unos cinco minutos y Ava volvió, dejó el móvil sobre la encimera, boca abajo, y se volvió a sentar.

—Disculpa la interrupción —dijo—. Sé que aceptar llamadas me convierte en una anfitriona menos que perfecta, pero ¿qué le vamos a hacer? A veces los negocios interfieren en la vida.

—¿Va todo bien?

—Va bien —dijo ella con un aspaviento de la mano. Le sonrió para confirmarlo—. ¿Por dónde íbamos?

—Me preguntabas por qué se había cabreado Mason en concreto esta mañana.

—Es verdad. Venga, dímelo.

—He de decir que cuando más furioso se puso fue cuando le mencioné que no había un historial de un residente, porque el residente estaba ocupado. Mason es un cirujano de la vieja escuela, convencido de que en la actualidad los residentes lo tienen mucho más fácil que él y sus coetáneos, que se dejaban la piel.

Ava asintió.

—Conozco a los que son así. Me resulta interesante que se centrase en eso. Creo que deberemos recordarlo. ¿Qué más le cabreó? ¿Qué cosas en concreto?

—Cuando le pregunté si había examinado él en persona al paciente.

Ella se rio.

—Con lo que sabemos de su carácter, ¿te sorprende que se enfadara por una pregunta así?

—No, creo que no —admitió Noah. La risa de Ava le había sacado una sonrisa a él.

Pensando en la entrevista, se reprochó el no haber sido más prudente. Tendría que haber utilizado otras palabras para que Mason no hubiera interpretado la pregunta como una crítica. Cuando se trata con un narcisista, es crucial evitar cualquier insinuación de culpabilidad.

—Intentaba ser diplomático, pero no lo conseguí.

—¡Vaya que no! —se burló Ava—. Dime una cosa: ¿volvió a culparte de la muerte del paciente por haber puesto al paciente en baipás cardiopulmonar? —Noah negó—. Al menos es un consuelo Ya empiezo a hacerme una idea de cómo tendrás que presentar la operación.

—¿Ah, sí? —Noah se enderezó. Ava volvía a impresionarlo, y se moría de ganas por oír lo que tenía en mente.

—La clave es evitar que se enfade. Eso para empezar. Segundo, tendrás que conducir el debate sin tocar el tema de las operaciones simultáneas. Por tu propia seguridad. Y tercero, procurarás no decir que anestesia, o sea, yo, tomó una decisión equivocada cuando se decantó por la espinal y no por la general.

—Ya te lo he dicho, es más fácil decirlo que hacerlo. Los hechos son los hechos, y no puedo cambiarlos.

—Lo que debes hacer es alejarte de los hechos problemáticos —insistió ella—. Por ejemplo, no hay por qué mencionar que el paciente llevaba anestesiado una hora, o más. Por malo que fuese, eso no contribuyó al fallecimiento. Más bien céntrate en los dos factores que más alteran a Mason: la ausencia del historial de residente, y que el paciente desayunó y admisiones no lo detectó. Si eres listo y escoges bien tus palabras, puedes pasarte una hora hablando de esos dos temas y ninguno más. Dime: ¿cuántas operaciones van a tratarse durante la conferencia?

—Hasta ahora hay cinco, pero podría haber más.

—Perfecto —dijo Ava—. ¡Escúchame! La operación de Vincent resérvala para el final. Como la sesión tiene que durar hora y media exacta, porque hay operaciones programadas y todos tendrán que entrar en quirófano, puede faltarte tiempo. ¿Qué te parece?

Noah jugó con la comida mientras consideraba la propuesta de Ava. Cuanto más lo pensaba, más le gustaba, porque podría funcionar. La organización temática dependía en exclusiva de él. Al principio había pensado en tratar la operación de Vincent en primer lugar, debido al interés que suscitaba, pero nada le impedía dejarla para el final. Además, si nadie sabía que iba a ser la última, nadie, como el doctor Hernandez, podría quejarse o intentar cambiarla. Había muchas posibilidades de que, fuera lo que fuese lo que se estuviera tratando, hubiera que darlo por terminado antes de tiempo.

—Me parecen buenas ideas —dijo Noah.

—A mí también —convino Ava. Tomó la copa y se acercó a Noah. Brindaron—. Nos quedan algunos días para planearlo todo, pero creo que estamos avanzando bien. ¡Chin, chin! ¡Por que tengas éxito!

Tras quitarse de encima el asunto más serio, Ava y Noah pasaron a charlar de cosas más mundanas mientras acababan de cenar y fregar los cacharros. Ava dirigía la conversación, porque tenía muchísimas historias sobre sus viajes recientes y sus logros deportivos, como su última excursión para hacer puenting. Noah se quedó impresionado al enterarse de que había volado hasta Nueva Zelanda, aunque también había aprovechado para bucear entre tiburones, metida en una jaula, en la costa meridional de Australia. Noah estaba obnubilado, pero también intimidado, porque su vida parecía aún más anodina y atada al hospital. Había viajado por última vez hacía dos años, hasta Nueva York. Había ido con Leslie a ver una obra de teatro, y solo se habían quedado en la ciudad un sábado por la noche. En su momento, no quería ir, porque tenía varios pacientes recién operados en el hospital. Aunque había conseguido que le cubrieran los turnos, no le parecía bien, porque le era imposible no ponerse en la piel de los pacientes.

—¿Y si subimos al estudio y nos relajamos? —sugirió Ava cuando la cocina quedó limpia y ordenada—. Si quieres, podemos tomarnos una copa.

—Gracias, pero creo que paso de la copa. Lo siento. Dos vasos de vino ya son suficientes.

—No te disculpes. Me asombra tu autocontrol. La dedicación que pones en tu trabajo es impresionante. Quiero que algún día seas mi médico.

—Gracias.

Detrás de Ava, mientras subían el segundo tramo de escaleras desde la cocina, Noah reunió coraje y le preguntó:

—Oye, y cuando viajas ¿vas sola o con amigos?

Lo dijo como si se le acabara de ocurrir, aunque había estado preguntándoselo desde que le había hablado de sus viajes la noche anterior. No sabía qué respuesta quería oír.

—Depende —contestó ella—. Los viajes de placer, por ejemplo el de Nueva Zelanda o el anterior, a la India, los hice sola. Cuando viajo por negocios, suelo ir acompañada.

—Me parece que sería más divertido al revés.

—Dices bien —reconoció ella—. ¿Te interesaría venir conmigo cuando vuelva a Nueva Zelanda a hacer puenting?

Se rio a su manera única y encantadora.

—Ojalá —dijo Noah—. No quisiera parecer impertinente, pero los viajes de negocios ¿tienen algo que ver con tu formación en nutrición?

Ava se detuvo a varios peldaños del descansillo que conducía al estudio, se dio la vuelta y se quedó mirando a Noah, que se vio obligado a detenerse.

—¿Me has estado espiando? —preguntó en un tono acusatorio, aunque sonreía.

—En cierto modo sí —confesó él—. Me metí en tu perfil de LinkedIn. Me sorprendió que te especializaras en nutrición. Me parece una especialidad infravalorada por los médicos.

—Estoy de acuerdo. —La voz de Ava volvía a ser normal—. Por eso la escogí en la carrera. Y respondiendo a tu pregunta, mis viajes de negocios, efectivamente, tienen que ver con la nutrición, aunque sea de forma indirecta.

No añadió nada más; se dio la vuelta y continuó subiendo la escalera. Noah la siguió hasta el estudio. Se moría por preguntarle más sobre aquellos «negocios», que suponía bastante fructíferos, pero no se atrevió. No quería forzarla. En tanto que ella agarraba una botella de Grand Marnier y una copa de una estantería, él se sentó en la misma butaca de terciopelo que la noche anterior. La observó, fascinado ante sus movimientos, que el vestido con vuelo acentuaba. Toda ella lo tenía hipnotizado.

—¿Seguro que no quieres un sorbito? —dijo Ava levantando la botella en dirección a Noah. Se sentó en la otra butaca.

—No, gracias —dijo él—. También entré en tu perfil en Facebook, el de Gail Shafter, y en la página de fans. Aluciné con la cantidad de seguidores que tienes.

—He de admitir que me lo paso muy bien con ese perfil. Incluso me han ofrecido que anuncie varios productos.

—¿Y lo has hecho?

—No. Lo hago por placer, no por negocios.

—Me hizo gracia ver que Gail Shafter había validado tu perfil de LinkedIn.

Ava le regaló otra de sus carcajadas.

—Me declaro culpable. Es que no pude evitarlo.

—Anoche me dijiste que me explicarías por qué usas un nombre falso en Facebook. Si quieres, soy todo oídos.

—Se trata puramente de un acto de libertad —explicó Ava—. La belleza del mundo virtual radica en el anonimato. Usar un nombre inventado magnifica esa sensación, y aumenta mi libertad. Seguro que alguna vez lo has oído: «En internet nadie sabe que eres un perro».

Ahora fue Noah el que se rio.

—Pues no, nunca lo había oído. Pero lo he captado.

—Si uso un nombre falso, puedo desprenderme de mis propios complejos. No tengo que ser yo. Puedo proyectar en Gail Shafter todas las identidades que quiera. Y con mi avatar, con mi yo tecnológico, puedo hacerlo sin miedo a que me juzguen. Si a alguien no le cae bien mi yo digital y se comporta como un trol, lo puedo bloquear. En la vida real, no. Las redes pueden ser muy muy dinámicas, en tanto que las interacciones sociales reales suelen ser estáticas.

—Nunca había oído eso de «yo tecnológico». ¿Es un término nuevo?

—En el mundo de la tecnología, nada es nuevo. En cuanto aparece algo nuevo, una aplicación o lo que sea, al día siguiente ya es viejo. Las cosas cambian a una velocidad de vértigo. Así que no, no es nuevo. De hecho, los estudios sobre el yo tecnológico se han ganado una categoría propia en la investigación académica. Es el rumbo que ha tomado nuestra cultura. Nos estamos convirtiendo en cíborgs con nuestros dispositivos, sobre todo con los móviles.

—Haces que me sienta un carroza.

—Para la mente adolescente, lo eres. Son ellos quienes marcan el paso.

—Has dicho que de adolescente eras una adicta a las redes y que era un desastre. ¿En qué sentido?

—Me obsesioné con mi reputación digital en detrimento de todo, incluidos los estudios. Llegué a sufrir ciberacoso en Six-Degrees, hasta el punto de que estuve una semana sin ir a clase. Bueno, no lo llamaban ciberacoso, solo acoso. Pero fue un desastre. Saqué tan malas notas que ni siquiera me planteaba ir a la universidad cuando terminara la secundaria. Tenía que trabajar, así que me empleé con un dentista. Menos mal que tardé poco en ver la luz.

—¿Por eso Gail Shafter trabaja en la consulta de un dentista?

—Ahí le has dado. Es un mundo que conozco.

—¿Y qué me dices de las aplicaciones o las webs de citas? ¿Las usas?

—Claro. ¿Por qué no? Son de lo más divertido, sobre todo ahora, con eso de deslizar a la izquierda o a la derecha. ¡Es un juego divertidísimo!: «Sexy o no». Hasta el lameculos más patético se cree poderoso. En internet, cualquiera que tenga inteligencia digital puede volverse popular, o famoso. Mira las Kardashian.

—¿Y alguna vez has quedado con alguien en la vida real después de conocerlo en una aplicación?

—¡Claro que no! No haría eso ni en un millón de años. Todo el mundo miente. A mí me gusta divertirme, pero nunca busco nada en Tinder ni en ninguna otra aplicación. Quedar con alguien que has conocido en internet sería muy arriesgado. Además, se desmoronaría la cuestión del anonimato.

—¿No te preocupa que alguien que se obsesione con Gail Shafter y que cuente con los conocimientos adecuados pueda conseguir su dirección de Louisburg Square?

—Hace un tiempo sí que podría haber ocurrido algo así, porque tenía un servidor proxy que funcionaba fatal. Pero los informáticos me lo arreglaron instalando un sistema de encriptación. Ahora no he de preocuparme. ¿Y tú qué?

—¿Qué de qué?

—¿Has usado alguna vez una aplicación para ligar?

Noah no respondió de inmediato. Las había usado, como casi todo el mundo, pero no sabía si debía reconocerlo delante de Ava. Lo que lo decidió a hacerlo fue que ella había admitido que las usaba, así que no lo juzgaría.

—De hecho durante dos semanas me metí en OkCupid, cuando salió. Así que lo usé una vez.

—Vaya, vaya —se burló ella. Sonrió con malicia—. La cosa se pone seria. ¿Conociste a alguien online con quien luego quedaras en persona?

—Sí —admitió él—. Se llamaba Leslie Brooks. Estudiaba en Columbia. Acabamos viviendo juntos durante mi último año de universidad, y luego se vino a Boston conmigo para asistir a la Escuela de Negocios de Harvard.

—Qué bonito —dijo Ava, sincera—. Supongo que a veces todo sale bien. ¿Seguís juntos?

—Nop. Se marchó hace dos años a Nueva York, por trabajo.

—Cuatro años juntos. Impresionante. ¿Seguís viéndoos?

—No —se limitó a decir Noah—. No se adaptó nunca a mi compromiso con la medicina, y no la culpo. Ahora creo que Leslie tenía la esperanza de que me redujeran horas a medida que ascendía en el escalafón, como le pasa a casi todo el mundo. Pero por desgracia aumentaron, así que se largó. Ahora está prometida.

—Creo que solo los médicos entendemos esa entrega. Y ahora ¿con quién sales?

—Con nadie —dijo Noah. En el fondo se avergonzaba: ¿y si Ava lo tenía por un inepto social?

—Para un hombre sano como tú, no es muy adecuado —comentó ella con una leve sonrisa maliciosa—. Como compañera de profesión, me gustaría preguntarte cómo te las arreglas.

Noah se quedó de piedra. Sintió un momento de angustia, mientras pensaba si morder o no el anzuelo.

—Tengo mis recursos —dijo tras una pausa—. Siempre quedan las páginas porno.

Ava soltó una tremenda carcajada y empezó a dar palmas.

—Es usted único, doctor Rothauser. Ahora tendré que adivinar cuál de los dos es más adicto a internet.

—Yo no soy adicto en absoluto —repuso Noah. Se contagió de la alegría de Ava y se rio de sí mismo, a pesar de preguntarse por qué había dicho aquello. Agradecía que ella se hubiera tomado el comentario con humor y sin prejuicios.

Ava dejó su licor y se inclinó hacia delante.

—Anoche te enseñé casi toda la casa. Pero hay una cosa genial que no has visto aún. ¿Quieres verla?

—Claro —respondió Noah encogiéndose de hombros—. Dame una pista.

He instalado un mirador en el tejado y tiene unas vistas que son para morirse. Y hoy hace una noche de verano fantástica.

Noah la siguió por dos tramos de escalera que subían en espiral desde la primera planta.

—Con todas estas escaleras no te hace falta ejercicio —dijo Noah fingiendo que le faltaba el aliento cuando llegaron al sexto y último piso.

—A veces subo en ascensor —repuso Ava.

—¿Ascensor? No sabía que tenías.

Noah nunca había estado en una casa particular que tuviera ascensor.

—Las puertas están camufladas para no desentonar —explicó Ava. Señaló la pared que tenía a la derecha—. Aquí hay una.

Todo lo que Noah veía era un contorno rectangular, una muesca del tamaño de una puerta que incluso cortaba el friso y la moldura.

—Vaya. Nunca lo hubiera imaginado. Pero no hay botón para llamarlo.

—Funciona con wifi —explicó Ava—. Bienvenido al mundo tecnológico.

Cuando la siguió hasta dentro de la habitación, se reprendió por haberse comportado como un simplón. Miró en derredor y adivinó que estaban en el dormitorio principal.

Era un espacio amplio que ocupaba todo el ancho de la casa. La pared occidental estaba cubierta de puertas acristaladas. A través de ellas se veían las luces de la ciudad, por encima de la hilera de edificios de la siguiente calle, que caía en pendiente.

—Este es mi dormitorio —comentó Ava orgullosa.

—Es precioso —dijo Noah.

En realidad pensó que era más que precioso. La habitación tenía techo alto a dos aguas y la cama era cuanto menos de dos por dos, colocada contra la pared septentrional; los dos gatos estaban acurrucados junto a unos almohadones. Detrás de la cama había un mural con un trampantojo de una ventana abierta sobre un paisaje montañoso. En la pared sur había una chimenea de mármol de época, similar a las de la sala de estar. Una segunda puerta en la pared este daba al baño principal, de mármol. La media luz transmitía a la estancia una sensación de reposo.

—Las vistas son estupendas —añadió Noah.

—Aún no has visto nada —se burló Ava.

Abrió una de las puertas acristaladas, salió a un balcón estrecho e indicó a Noah que la siguiera.

Al salir del cuarto aclimatado, Noah sintió el calor y la humedad del verano. Contempló las vistas y se dio cuenta de que se veían varios apartamentos de los edificios de la acera de enfrente.

—Es precioso —repitió.

—Ven por aquí —dijo Ava, y lo tomó por el brazo.

En el extremo norte del estrecho balcón había una escalera circular de hierro forjado negro que conducía a las tinieblas. Cuando Noah subió detrás de Ava, sintió un prurito de vértigo. Tras el pasamanos, no muy alto, se veía el jardín comunal, seis pisos por debajo. Un instante después se encontró en la azotea, de pie sobre una plataforma que tenía un pasamanos mejor. Las vistas era espléndidas: buena parte de la ciudad de Boston se extendía ante él. Desde su posición podía ver por encima de los edificios que estaban en primer plano. No muy lejos destacaba un tramo ancho del río Charles que parecía más un lago que un río.

—Tienes razón, esto es para morirse —reconoció Noah.

—Estás mirando directamente al MIT —dijo Ava.

—¿Dónde? —A pesar de que había pasado dos años en la famosa institución haciendo el doctorado, era difícil distinguir los detalles del panorama que tenía ante los ojos.

—Mira en línea recta —le indicó. Señaló con la mano izquierda mientras ponía la derecha sobre el hombro de Noah para acercarlo a ella. Se pegó a él para que pudiera seguir la línea de su brazo.

—Vale —consiguió decir Noah.

Sin embargo, no estaba intentando encontrar el MIT entre los miles de edificios que se veían, sino que estaba pensando en la mano que Ava le había pasado por el hombro, y en el antebrazo que le presionaba contra la espalda. Pensó también, y más, en que Ava tenía el cuerpo pegado al suyo. Ella estaba ocupada describiéndole varios edificios para que pudiera localizar el campus del MIT, pero Noah no escuchaba su voz, sino a su propio cuerpo, que mandaba alarmas a su cerebro. Y los mensajes no iban destinados a la parte de la mente que controlaba el pensamiento racional.

—¿Ves la cúpula? —preguntó Ava, refiriéndose al edificio situado justo en el centro del MIT.

Como si lo controlara una fuerza externa, Noah dio media vuelta y se quedó mirando a Ava a los ojos, embobado. Como eran más o menos de la misma altura, los rostros quedaron cerca. Ava respondió al gesto y giró su cuerpo hacia él.

—Me llegan mensajes de que no te interesa demasiado mirar el MIT.

Noah no contestó. Se inclinó hacia delante despacio, girando la cabeza hacia un lado. Ava inclinó el cuello hacia atrás. Un momento después, sus labios se tocaron mientras se abrazaban.

Fue un beso largo y continuado. Al acabar, Noah se inclinó lentamente hacia atrás, aunque seguían entrelazados. Sus ojos estaban fijos en los de Ava, pero en aquella penumbra solo podía suponer que el gesto era recíproco. Noah sintió un impulso abrumador de hacer el amor con ella. Hacía mucho tiempo que no sentía algo así, y la pura intensidad de aquel deseo lo sorprendió. Antes le había preocupado asustarla por llegar demasiado temprano. Ahora le preocupaba que Ava tuviera miedo de verdad al ser consciente de la pasión que ardía en él; era tan intensa que el propio Noah sentía algo de miedo.

—Creo que es mejor que vayamos a mi habitación —dijo Ava—. ¿Conseguirás bajar las escaleras?

—Creo que sí —graznó Noah. A regañadientes, la soltó.

La advertencia no había sido en vano. Bajar por la estrecha escalera de caracol fue más difícil que subir. Se tomó su tiempo, agarrando con una mano la empinada barandilla y con la otra mano pegada al poste central, sobre todo en el tramo que miraba a los seis pisos de diferencia, al patio vecinal de granito.

Para asombro y alivio de Noah, una vez que entraron en el dormitorio y se cerraron las puertas acristaladas, Ava se puso tan agresiva como él

Tras deshacerse de los almohadones y de los gatos, se desnudaron mutuamente con rapidez y cayeron sobre la cama de Ava.

Varios minutos después, como si recobrara el conocimiento, Noah se dio cuenta de repente del entorno. Las luces estaban encendidas y las cortinas descorridas. Preocupado por si a Ava la situación le resultaba insostenible, pues se trataba de su casa y de sus vecinos, Noah se apoyó de lado sobre el codo. Cuando miró a Ava ella le sonrió, y Noah pensó que nunca había visto a una mujer tan guapa y tan sexy.

—¿Apago la luz? —preguntó, casi en un susurro. Lo último que deseaba era cargarse la atmósfera reinante, pero no quería que ella se sintiera incómoda.

—Qué más dará la luz. —Ava levantó una mano y atrajo a Noah hacia sí.

Aquella fuerza y aquella pasión, que parecían un reflejo de las suyas propias, le impresionaron mucho. «Olvídate de la luz», pensó, y se dejó llevar.

Casi una hora después, descansaban uno en brazos del otro. Tras unos minutos, Ava se disculpó.

—Enseguida vuelvo —dijo, y añadió, juguetona—: ¡Y no te muevas!

Sin darle mayor importancia a su desnudez, salió de la cama y se metió en el baño. Ni siquiera se preocupó de cerrar la puerta.

Noah estaba delirante, casi ebrio de placer. Contempló la habitación. Era como un sueño, demasiado perfecto para ser verdad. Nunca había tenido el placer de estar con una mujer que se sintiera tan cómoda con su cuerpo. Leslie no habría hecho el amor con las luces encendidas por nada del mundo, y las pocas veces que lo habían hecho durante el día, siempre se tapaba con la sábana apenas terminaban. No es que Leslie no tuviera un buen cuerpo, al contrario. Sin embargo, siempre se comportaba como si la avergonzase un poco todo el proceso, el polo opuesto a Ava. Noah se preguntó qué sería lo más típico, porque de adulto no había tenido demasiadas experiencias sexuales. De adolescente sí, pero aquellos encuentros siempre acababan antes de empezar.

Pasados unos minutos, Ava regresó, tan desnuda como antes. Noah casi esperaba que reapareciera con albornoz o al menos con algo que la tapase. Bien al contrario, Ava parecía deleitarse con su desnudez. Noah estaba encantado, porque así se sentía más cómodo, dado que él también se había resistido a vestirse de nuevo.

Ava saltó sobre la cama y se puso a hacerle cosquillas, lo cual lo sorprendió más aún: qué natural y qué distendida era. Daba la impresión de que llevaran intimando un tiempo, no de que aquella hubiera sido su primera experiencia juntos. El hecho de que Noah fuera un blanco fácil, pues tenía muchísimas cosquillas desde siempre, ayudó mucho.

Cuando acabó el cosquilleo, para alivio de Noah, Ava se sentó en la cama.

—Siento ser una aguafiestas, pero el sexo me da un hambre terrible. ¿Bajamos a la cocina en ascensor y comemos algo?

Poco tiempo después, tan desnudo como antes, Noah estaba pegado a Ava, con su rostro junto al de ella, bajando en el ascensor más pequeño que había visto en su vida. Se besaron mientras el aparato descendía, en silencio y sin esfuerzo.

Para sorpresa de Noah, acabaron en el sótano, no en la cocina.

—Voy a por unas batas al estudio de invitados —le dijo ella—. No dejes que se cierre la puerta. Vuelvo enseguida.

Noah hizo lo que le mandaban. No se podía creer lo sucedido. Tras una sola tarde inesperada, tenía la sensación de que la inminente M&M que tanto lo agobiaba quizá estaba bajo control, y lo que era más importante: había encontrado un nuevo amor. Le costaba decidir cuál de las dos cosas era más increíble. ¿Era cierto o estaba soñando? De ser un sueño, Noah no quería despertarse.

12

Miércoles, 12 de julio, 8.37 h

—Pasemos a la siguiente operación —dijo Noah al micrófono—. Verán que es apropiado: es la quinta y última página del programa.

El público murmuró, un claro reflejo de la tensión general ante lo que estaba por venir. Noah había apuntado las palabras clave de cada una de las operaciones que se iban a presentar en la M&M y había repartido los papeles a todos según iban entrando.

Estaba de nuevo en el anfiteatro Fagan. Esta vez, solo sobre la tarima, ante el atril y observando las bancadas ascendentes; las filas más altas estaban envueltas en sombras. Como era de esperar, la sala estaba hasta los topes, y al principio tal afluencia lo había intimidado, sobre todo porque entre los presentes se contaban los pesos pesados del departamento, entre ellos los doctores Hernandez, Mason y Cantor, en las filas primera y segunda. Ava también estaba, diez filas más atrás y a la izquierda, con su uniforme habitual, que disimulaba su cuerpo atlético y esbelto, y un gorro abombado que le cubría la melena. El resto de los asientos estaban todos ocupados. Había incluso gente de pie, al fondo, un piso por encima y apoyada en los pasamanos. Todos habían acudido para asistir a la última exposición: la del desastre de Bruce Vincent.

Hasta aquel momento la sesión había ido como la seda. Noah había presentado ya cuatro operaciones. La primera, una cirugía bariátrica en un hombre de doscientos setenta kilos cuyo intestino había quedado unido a la tripa. El problema había sido difícil de diagnosticar y el paciente había fallecido por complicaciones derivadas de la operación. La segunda, una operación espinal en la que un implante se había salido de su sitio y había causado daños neurológicos graves. La tercera, una extirpación de vesícula biliar seguida de una trombosis venosa aguda que se había extendido a los pulmones y había causado la muerte por embolia. La cuarta, una infección bacteriana multirresistente tras una apendicetomía practicada a una adolescente. Había muerto de sepsis.

Lo que le gustaba a Noah era que los debates que seguían a cada intervención habían consumido en total más de una hora del tiempo asignado. El más prolongado había sido el trágico caso de sepsis, porque la proliferación de las bacterias resistentes a antibióticos alarmaban a todo el mundo, y no se sabía muy bien cómo actuar al respecto. Tan solo aquella ponencia interactiva había durado más de treinta minutos, y ahora que Noah estaba a punto de comenzar con la operación de Vincent, quedaban poco más de veinte minutos para que el acto terminase. Noah tenía pensado dedicar más de la mitad del tiempo a la presentación, y dejar solo diez minutos para el debate. Aunque era consciente de que en diez minutos podían surgir muchos problemas, contaba con mantener la discusión bajo control el máximo posible, evitando tocar temas peliagudos.

Los tres días anteriores a la conferencia, Noah y Ava habían repasado la metodología que debía emplear y la habían pulido tras una recomendación que Ava le había hecho el sábado anterior. Todas las noches, después de salir del hospital, Noah se escabullía hasta la casa de ella, y se había quedado a dormir todos los días menos uno, la noche anterior, pues la había pasado en el hospital operando a varios pacientes con traumatismos, tras un accidente múltiple en la autopista de Massachusetts.

Con todo, habían sido tres días increíbles para él. Durante la jornada, invariablemente ajetreada, se habían encontrado por casualidad algunas veces, porque ella también había trabajado el fin de semana. Cubría turnos un fin de semana al mes, más o menos, repartiéndose el trabajo con el resto del equipo de anestesia. Pero cuando se habían cruzado por los pasillos, se habían saludado sin efusividad, como habían acordado, y solo si la situación lo permitía. En cualquier otra circunstancia se ignoraban el uno al otro. A Noah aquel teatro le resultaba tan extraño como excitante, por su marcado contraste con su pasión nocturna.

En cuanto empezó a exponer el caso de Bruce Vincent, aprovechó las complicaciones que se habían presentado durante la operación para hablar el mayor tiempo posible, describiendo paso a paso las extraordinarias actividades llevadas a cabo por Bruce aquella mañana: el aparcamiento de vehículos, la resolución del problema que suponía la ausencia de un empleado y, por encima de todo, la ingestión de un desayuno potente. Hasta se permitió citar los alimentos consumidos por Bruce, que incluían torrijas, cóctel de frutas, zumo de naranja, beicon y café. Pudo hacerlo porque había hablado con el cajero que le había atendido en la cafetería, quien, para asombro de Noah, recordaba todo lo que Bruce llevaba en la bandeja.

Tras una mirada disimulada al reloj, Noah describió el proceso de admisión de Bruce. No mencionó ningún nombre para que la culpa no recayese en nadie. Lo que sí enumeró fueron las veces que se le preguntó a Bruce si había seguido las instrucciones referentes al ayuno, y el número de veces que mintió. Después habló de que no había ningún historial ni chequeo redactado por un residente, explicó que Bruce había llegado con cuarenta minutos de retraso a admisiones y que el residente estaba ocupado atendiendo a los pacientes que habían llegado a tiempo. Concluyó esa parte de la presentación diciendo que existía un historial con chequeo, redactado en las veinticuatro horas anteriores, que cumplía los requisitos del hospital. No hizo referencia alguna a la calidad del documento, ni a que era una copia, pero sí mencionó que las pruebas habían sido negativas, incluida la evaluación del sistema gastrointestinal, pues así había sido cuando Ava había leído el documento.

Llegado a este punto, hizo una pausa y observó al público con la esperanza de que alguien hiciera algún comentario sobre el proceso de admisiones o sobre el comportamiento de Bruce, pero nadie habló. Le preocupaba un poco que el doctor Mason quisiera meter baza, aun cuando la tradición en el hospital era que el cirujano que había estado presente en la operación no hiciera ningún comentario, a no ser que se le preguntara expresamente. Noah evitaba incluso mirar a Mason para no animarlo a romper con todo el precedente.

Como nadie levantó la mano ni llamó la atención, Noah prosiguió con la descripción detallada de las dificultades que se habían encontrado los cirujanos durante la operación, al intentar liberar una pequeña porción de pared intestinal que había quedado atrapada por la hernia, problema que había requerido una decisión sobre si abrir o no el abdomen.

—Es un factor crucial en este caso —explicó—. Para operar el abdomen, la anestesia ha de cambiarse de espinal a general. El primer paso consistía en la colocación de un tubo endotraqueal. Cuando se intentó colocarlo, se produjo la regurgitación de los contenidos estomacales, y hubo que aspirar una gran cantidad de alimentos a medio digerir.

Volvió a hacer una pausa para que sus palabras calasen entre el público. Junto a Ava, había decidido que era de vital importancia que el público reconociera el desafortunado y crucial papel que el hombre había representado en aquella tragedia para su propia desgracia; sabían que el doctor Mason estaba del todo de acuerdo con eso.

Noah pasó a describir la parada cardíaca, la breve reanimación positiva y la segunda parada cardíaca, que se produjo cuando el nivel de oxígeno en sangre se desplomó.

—Llegado a este punto, estaba claro que el paciente se hallaba al borde de la muerte, que los pulmones no estaban respondiendo y que la única posibilidad de salvarlo era practicarle un baipás de emergencia.

No mencionó que la decisión había sido solo suya, sino que

continuó diciendo que, una vez que el paciente estuvo en baipás, sus niveles de oxígeno en sangre volvieron a la normalidad, lo que posibilitó la extracción de los restos de la comida que habían acabado en los pulmones, mediante una broncoscopia.

—Por desgracia —prosiguió Noah—, aunque los pulmones volvieron a funcionar con normalidad, el corazón siguió en parada, a pesar de que un cirujano cardíaco experimentado intentó reanimarlo durante varias horas. En aquel momento, el paciente fue declarado muerto. Todavía no se sabe por qué no se consiguió restablecer la función cardíaca. La autopsia corrió a cargo de un médico forense, como siempre que se produce una muerte en quirófano, pero las conclusiones, por lo menos hasta ayer por la tarde, no estaban disponibles.

Noah guardó silencio y contempló la sala. Nadie se movía. Todo el mundo estaba claramente emocionado por las circunstancias.

—El caso ha afectado sobremanera a todos los implicados y al hospital en conjunto —dijo Noah con reverencia—. Bruce Vincent era un miembro respetadísimo de la comunidad. De acuerdo con los objetivos de la sesión clínica sobre morbilidad y mortalidad, la M&M, sería adecuado que, en memoria del señor Vincent, sugiriéramos cambios aplicables para evitar muertes como la suya en el futuro. Les propongo que debatamos la necesidad de que los profesionales de la salud recalquemos a nuestros pacientes la imperiosa necesidad de ayuno durante las siete u ocho horas previas a cualquier operación, y les comuniquemos el motivo.

Casi al instante, Martha Stanley levantó la mano para hablar. Noah le dio el turno.

—No podría estar más de acuerdo —dijo Martha, y prosiguió con un largo monólogo autorreprobatorio sobre por qué no era suficiente con hacer una serie de preguntas al paciente para comprobar su estado, como había hecho ella en aras de acelerar el paso de Bruce Vincent a quirófano.

Noah la escuchó y asintió varias veces, pero lo que de verdad sentía eran ganas de correr hasta el asiento de Martha y darle un abrazo. Estaba haciendo justo lo que él y Ava habían esperado que hiciera cualquiera: consumir minutos con una opinión con la que todo el mundo iba a estar de acuerdo. Echó un vistazo furtivo al reloj: faltaban solo tres o cuatro minutos para anunciar que la sesión clínica se daba por concluida. Vio que algunos de los que estaban arriba ya se marchaban, y se permitió mirar un segundo en dirección a Ava. Durante un instante, sus ojos se encontraron. Ella levantó el pulgar sin despegar la mano del pecho para no hacerse notar. Noah asintió.

Cuando Martha acabó su perorata, se levantaron varias manos. Noah dio el turno a una mujer sentada justo al lado de Martha.

—Estoy de acuerdo con ella —dijo la mujer—, pero creo que la lista de preguntas que hacemos debería ampliarse. Siempre preguntamos si han comido y si son alérgicos a algún medicamento, y si alguna vez los han operado y les han puesto anestesia, pero nunca si han tenido episodios de reflujo. Me parece información importante.

—Coincido con usted —dijo Noah.

Señaló a otra mujer sentada en dirección contraria, que hacía insistentes aspavientos. Solo entonces la reconoció: era Helen Moran, la que lo había acorralado en aquella misma tarima tras la ceremonia de inicio de curso. El corazón le dio un vuelco cuando empezó a hablar. Sabía la que se le venía encima, pero no se le ocurría ninguna forma de evitar el desastre.

—Disculpe, doctor Rothauser —comenzó Helen—, pero creo que ha pasado por alto un aspecto importante de este caso que servirá para honrar la memoria del señor Vincent. ¿No es este un ejemplo más que evidente de los problemas que conllevan las operaciones simultáneas? Desde mi punto de vista, el señor Vincent estuvo anestesiado durante más de una hora antes de que el doctor Mason se presentase en quirófano, puesto que había otros dos pacientes a su cargo anestesiados al mismo tiempo. Es una atrocidad. Sería honrar la memoria del señor Vincent que se eliminase la práctica de las operaciones simultáneas en este hospital.

La solemne atmósfera del auditorio estalló en un montón de conversaciones. Algunos llegaron incluso a gritar su opinión sobre el asunto. Los artículos de la prensa no especializada, sobre todo los del *Boston Globe*, habían polarizado la opinión general sobre el tema, ya fuera a favor o en contra, aunque de media casi siempre en contra.

En medio del barullo, gritó una enfermera:

—¡Doctor Rothauser! ¿Es cierto que el señor Vincent tuvo que esperar una hora cuando ya estaba anestesiado?

Noah levantó las manos y las movió en el aire como si fueran abanicos para calmar los ánimos. Evitó mirar a Mason cuando observó al público.

—Por favor —repitió varias veces al micrófono—. Permítanme una explicación.

La frase tuvo efecto inmediato, y la mayoría se tranquilizó.

—Se produjo un retraso, pero...

Quería decir que el retraso no había tenido consecuencias en el resultado final. Sin embargo, el grito de Helen ahogó su voz:

—Creo que una hora es más que un retraso. Si en aquella mesa hubiera estado alguien de mi familia, yo habría armado un puñetero escándalo.

Varias personas aplaudieron. Nervioso, Noah miró el reloj. Ya eran las nueve. ¿Se atrevía a dar por terminada la sesión en aquellas circunstancias? No lo sabía. Volvió a mirar a los intranquilos asistentes y vio que el doctor Hernandez se había levantado y se dirigía a la tarima. Noah se alejó gustoso del atril cuando el jefe de departamento se acercó y le indicó que quería hablar.

—Déjenme decir unas palabras —dijo Hernandez por encima del barullo.

Repitió la frase varias veces, hasta que el público se calmó lo bastante como para oírle. Mientras el jefe de cirugía esperaba para empezar a hablar, Noah recorrió al público con los ojos hasta encontrar a Bernard Patrick, cirujano ortopédico que se oponía rotundamente a las operaciones simultáneas. Sus miradas se cruzaron y el hombre inclinó un poco la cabeza. Al menos, estaba contento de que se hubiera planteado el problema.

—Quiero decir que ojalá este último caso hubiera sido el primero —comenzó Hernandez. Noah dio un respingo. No podía evitar pensar qué pasaría si el hombre descubría por qué había sido el último caso—. Como es obvio, esta tragedia nos ha afectado a todos los miembros del BMH. El departamento de cirugía se ha pasado horas examinando los datos con detenimiento, al igual que con cualquier fallecimiento, aunque en este caso en particular, pues el paciente era amigo y colega nuestro. Es desafortunado que se produjera un retraso en la llegada del cirujano, el doctor Mason, si bien el departamento en pleno opina que ese no fue un factor determinante para el desdichado desenlace. Además, el motivo de ese retraso fue una complicación legítima en otro quirófano.

»El tema de las operaciones simultáneas ha sido estudiado con considerable atención por parte del departamento de cirugía, de la administración del hospital y por mi parte, así como por el Colegio Estadounidense de Cirugía, y no dejaremos de investigarlo. Somos de la opinión de que dichas operaciones redundan en beneficio de nuestros pacientes, pero será una actividad controlada. El Consejo de Medicina de Massachusetts comparte nuestra opinión, pero ha exigido que nuestros cirujanos registren sus entradas y salidas de distintos quirófanos en circunstancias donde se haga necesario operar simultáneamente. Dicho esto, y como ya son más de las nueve, queda clausurada esta conferencia.

El público formó de inmediato animados corrillos, mientras la gente se iba levantando. El doctor Hernandez se dio la vuelta y quedó frente a Noah.

—Tengo la impresión de que ha dejado el caso de Vincent para el final. ¿Es así?

Tras buscar con desesperación una respuesta evasiva y no encontrar ninguna, Noah admitió la verdad, pero con cautela.

—Creo que esa era mi intención —reconoció—. Sabía que el tema tocaría la fibra, en vista de la reputación que tenía el paciente.

—No sé si ha sido una estrategia inteligente o estúpida —señaló Hernandez—. Tendré que meditarlo.

Dicho esto, salió por una puerta inferior.

Noah inspiró hondo y se dio la vuelta para buscar la mirada de Ava. Por muy soliviantado que estuviera él tras el acalorado debate sobre las operaciones simultáneas, al menos ella estaría contenta, pensaba, ya que Noah había evitado que se hablase del tipo de anestesia y que la culparan. Sin embargo, Ava ya estaba en las escaleras, y se alejaba de él camino a la salida. En aquel preciso momento, Noah vio que el doctor Mason se dirigía a la tarima. Se planteó por un segundo salir corriendo por la misma puerta que Hernandez, pero ya era tarde. Mason lo habría atrapado de un modo u otro, así que se quedó donde estaba.

Con un ligero contoneo provocado por el protuberante estómago, Mason se le echó casi encima. En su rostro destacaba su habitual ceño fruncido.

—Es usted su peor enemigo, doctor Rothauser —le espetó cuando estuvo a su lado. Lo acorraló y lo obligó a dar un paso hacia atrás—. Le advertí que no tergiversara los hechos y no ha hecho otra cosa. Ni siquiera ha mencionado que se administró la anestesia incorrecta, un punto clave en todo este jodido asunto. ¿A quién coño protege, y por qué?

—No protejo a nadie —mintió Noah a sabiendas—. Y mucho menos al paciente, aun a pesar de su popularidad. Fue el principal responsable de lo que ocurrió, y lo he dejado muy claro. También he mencionado a admisiones y su papel en el caso. Son las dos partes de que me habló durante nuestra conversación.

Mason ladeó la cabeza, miró de reojo a Noah y esgrimió una sonrisa siniestra.

—Puto mentiroso. Cuando hablamos de esto estábamos aquí

mismo, y luego en mi consulta. Y le especifiqué que la cagada era de anestesia, dos veces. Eso le dije. Y añadí algo sobre el paciente y sobre admisiones, pero el fallo fue de anestesia, ¡imbécil!, y la muerte tendría que haber sido anestésica, no quirúrgica.

—He hecho todo lo que he podido —se defendió Noah. No sabía qué más decir. Tenía la sensación de que, si se disculpaba, solo empeoraría las cosas.

—¡Y una mierda! —le espetó Mason—. Lo peor es que ha permitido que el debate se redujera a una discusión sobre la simultaneidad, y le advertí con claridad que no hiciera tal cosa. Si todo este asunto vuelve a salir a colación, le haré responsable a usted y se largará de aquí. ¿Me entiende?

—Creo que sí —graznó Noah.

—Lo que más me jode de usted es que es uno de esos santitos remilgados y pijos que se creen mejores que los demás; se cargó a Meg Green, una de las mejores residentes que hemos tenido en este hospital. Se la ventiló porque tomaba oxicontina para el hombro.

—Porque abusaba de ella.

—Eso dijo usted. —Mason bajó la voz—. Se la está jugando, amigo. Téngalo presente.

13

Miércoles, 12 de julio, 14.10 h

Tras limpiarse las uñas con una toallita desechable y tirarla a la papelera, Noah se lavó las manos para afrontar la última operación que tenía programada aquel día. Estaba con su asistente frente al fregadero, entre los quirófanos dieciocho y veinte, con el gorro y la mascarilla puestos. Desde que había llegado a quirófanos tras la conferencia, se había quedado en el dieciocho; no había parado y había actuado con eficacia. Ya había practicado una colectomía o extirpación del colon, había extirpado un tumor de hígado benigno pero de tamaño considerable y había hecho una hemorroidectomía. Los dos primeros pacientes estaban bien y ya de vuelta en sus respectivas habitaciones. El último no: seguía en la sala de reanimación, pero ya le habían dado luz verde para subirlo a la habitación y estaba a la espera de que en la planta quedase libre alguna cama. La última operación que tenía programada era una biopsia de mama con posible mastectomía, según los resultados de la biopsia.

A medida que pasaba el día, se había ido encontrando cada vez mejor. Le encantaba estar en quirófano. Con su pericia natural y su confianza, era allí donde se sentía más como en casa. Era su santuario, donde las preocupaciones mundanas desaparecían. Aunque la conversación con el doctor Mason lo había puesto nervioso, podría haber sido peor. La advertencia se la había hecho por si volvía a salir el tema de las operaciones simultáneas, pero las posibilidades de que aquello sucediese, a ojos de Noah, eran prácticamente nulas. Como había dicho el doctor Hernandez en su breve intervención, el asunto se había investigado a conciencia desde las altas esferas del BMH, el Consejo de Medicina de Massachusetts e incluso desde asociaciones quirúrgicas a nivel nacional, a pesar de que algunos partidarios del bienestar del paciente se opusieran con firmeza a la práctica. Lo que Noah tenía claro era que la manzana de la discordia en su relación con Mason era la marcha de Meg Green y el papel que había tenido él en aquella lamentable situación.

—Me ha gustado la M&M de esta mañana —le dijo Mark Donaldson, interrumpiendo las cavilaciones de Noah.

Le habían asignado a Donaldson como ayudante para la siguiente operación. En las tres anteriores, Noah había contado con la asistencia de una residente de primero, pero como tenía un seminario clínico programado a las tres, Noah había llamado a Mark para que la relevase.

Durante los últimos diez días, Noah se había propuesto asignar a los residentes nuevos el papel de asistente durante sus operaciones para evaluar la destreza de cada uno. Hasta la fecha había visto a un tercio del total y estaba contento con su rendimiento. No le cabía duda de que era un grupo sólido y con talento, lo cual le venía bien a Noah en calidad de jefe de residentes. Por norma general, los residentes de primer año eran los que más quebraderos daban al supervisor a medida que se iban adaptando, o no, a las exigencias del programa.

—Te agradezco que me lo digas —dijo Noah sin dejar de lavarse las manos. Era la cuarta vez que se las lavaba, pero seguía el protocolo a rajatabla, como hacía en todo lo que tuviese que ver con la medicina. No obstante, dedicaba un especial cuidado a la higienización de manos. El fantasma de las infecciones postoperatorias era su mayor preocupación, y hacía cuanto podía para evitarlas.

Entre una operación y otra, había ido con los ojos bien abiertos por si veía a Ava; con disimulo para no llamar la atención. Por supuesto, no iba a preguntarle a nadie dónde estaba. Cuando no se la encontraba por casualidad, consultaba el monitor de horarios, y si no veía su nombre, buscaba en el de anestesia. Allí se enteró de que su nombre no figuraba en el monitor de cirugía; le tocaba supervisar a los residentes y a los enfermeros de anestesia en los quirófanos seis, ocho y diez. Aquella labor de control se ejercía de forma rotatoria entre todos los anestesistas, salvo el doctor Kumar.

Noah no tenía intención de hablar con Ava aunque se la encontrase, por miedo a desatar algún rumor. Janet Spaulding, la supervisora de quirófanos, tenía una inquietante facilidad para enterarse de todo lo que ocurría en su departamento, ya fueran asuntos profesionales o de otra índole. No era casualidad que se hubiera acercado a charlar cuando los había visto juntos en la sala de espera el viernes anterior.

Justo antes de lavarse para su última operación, Noah consiguió ver de refilón a Ava en el quirófano 10, al pasar por delante y echar un vistazo. Aunque había sido un visto y no visto, estaba seguro de que era ella, de pie tras una enfermera que estaba intubando a un paciente. Dudaba que ella le hubiera visto. Por un sinfín de razones, se moría por verla aquella noche, sobre todo para saber su opinión sobre la conferencia. Estaba seguro de que estaría contenta.

Con las manos más altas que los codos, comenzó a lavarse los antebrazos como último paso de todo el proceso. Casi había terminado cuando de pronto sonó el intercomunicador. Una voz incorpórea pero imperiosa gritó:

—¡Código azul en el quirófano ocho!

Una vez acabado el lavado quirúrgico, pero sin bajar las manos para que no se le mojasen de agua potencialmente contaminada, Noah se apartó un poco del fregadero para mirar en dirección al quirófano ocho. Casi de inmediato aparecieron dos residentes de anestesia corriendo hacia el quirófano. Una era la doctora Brianna Wilson, que llevaba un desfibrilador, medicación y otros aparatos. El otro era el doctor Peter Wong, con un segundo carrito que servía para las obstrucciones graves de las vías respiratorias, según supo más tarde Noah.

Por un puro acto reflejo que nacía de su predisposición a ayudar en cualquier emergencia, Noah tiró el cepillo al fregadero y salió corriendo hacia el quirófano ocho, a la vez que se daba cuenta de que era uno de los pocos quirófanos donde Ava supervisaba a un residente o a un enfermero anestesista. Esperaba que no se viera involucrada en otra operación con complicaciones graves, en vista de lo traumática que le había resultado la experiencia con Bruce Vincent.

Noah abrió la puerta con el hombro y mantuvo las manos en alto por si lo requerían para ayudar en la operación. Al otro lado de la puerta, se paró a evaluar la situación. El electrocardiograma estaba pitando y el monitor indicaba una fibrilación ventricular. La alarma del oxímetro también sonaba, añadiendo caos a la cacofonía de la sala y anunciando con urgencia que el nivel de oxígeno era bajo.

La paciente era una mujer blanca bastante obesa. *A posteriori* sabría que se trataba de una madre de treinta y dos años llamada Helen Gibson. Al instante supo que era un caso de politrauma. La paciente presentaba una fractura abierta en la pantorrilla derecha, indicio de un accidente de coche. Una porción de hueso atravesaba la piel y quedaba a la vista.

Ava estaba en la cabecera de la mesa. Se peleaba con un sofisticado videolaringoscopio, tratando de intubar a la paciente, que por lo que Noah vio no respiraba. A la derecha de Ava estaba una residente de anestesia de primer año llamada Carla Violeta, que intentaba ayudarla oprimiendo el cuello de la mujer a la altura del cartílago cricoides. Por lo general, con un poco de presión se hacía más visible la entrada a la tráquea. El problema era que un segundo residente estaba haciéndole un masaje cardíaco externo a la mujer, apretándole rápido y con fuerza el esternón, con lo que todo el cuerpo, incluida la cabeza, no paraba de moverse. Era casi imposible insertar un tubo endotraqueal en una paciente ya de por sí difícil de intubar y en aquellas circunstancias. Noah observó que la paciente entraba en aquella categoría porque la cabeza se le inclinaba hacia delante, no hacia atrás, lo que inducía a pensar en un problema cervical.

Los residentes de anestesia que habían llegado corriendo con las dos unidades móviles estaban preparando el desfibrilador. A un lado, con su bata y sus guantes y listo para operar, estaba el doctor Warren Jackson. Noah lo conocía demasiado bien. No era tan malo como Mason, pero tampoco era lo que se dice un caballero. También era un cirujano de la vieja escuela, exigente, con pronto, y se había formado en los buenos tiempos; al parecer entonces lo habían maltratado, por lo que consideraba su deber maltratar a los residentes. Noah notó que el hombre estaba irritado, como de costumbre.

Por una coincidencia, la enfermera era Dawn Williams, la misma que había asistido a la operación de Vincent en el quirófano ocho. Al ver a Noah, se acercó corriendo a él.

—Tenemos un problema de locos —le dijo—. La residente de primer año intentó intubar a la paciente antes de que llegara la doctora London, que estaba supervisando otra intubación en el quirófano de al lado.

—Déjeme adivinar: el doctor Jason le metió prisa.

—Exacto —corroboró Dawn—. Ha sido una chapuza, por culpa de él.

—De acuerdo.

—¡Sitio! —exigió la doctora Wilson.

Llevaba en las manos las dos palas del desfibrilador cargado. Se colocó junto al paciente. El residente que estaba dándole el masaje cardíaco levantó las manos. Ava se apartó de la mesa y Carla dejó de comprimir el cuello de la mujer.

Se oyó un ruido sordo al producirse la descarga. Al mismo tiempo, el cuerpo de Helen se convulsionó bajo la descarga eléctrica, que la atravesó y le provocó contracciones musculares generales. Todos los ojos estaban puestos en el electro, salvo los de Ava, que de inmediato volvió a insertar la punta del videolaringoscopio y a intentar colocar el tubo endotraqueal.

Noah corrió a su lado mientras los residentes que habían traído el desfibrilador lanzaban un grito apagado de contento. Ya no había fibrilación: el corazón latía a un ritmo normal.

—¿Qué ocurre? —le preguntó Noah a Ava.

—No podemos hacerle la respiración artificial —gritó ella—. Está paralizada y la mascarilla no funciona. Y no puedo abrirle una vía porque no consigo ver nada.

—Parece que tiene el cuello flexionado.

—Sí, y fijo. En cuanto a la visibilidad de la tráquea, es el peor caso que he visto: clase cuatro, grado cuatro de Mallampati.

—¿Qué coño es Mallampati? —preguntó Noah. Era la primera vez que lo oía.

—Una escala de visibilidad de la tráquea —le espetó Ava. Se dirigió a Carla—: Presiónale otra vez el cuello. Justo antes de la descarga, casi lo había conseguido.

Con un pánico cada vez mayor, Noah miró el monitor del electrocardiograma. No le gustaba la pinta que tenía, y temía que el corazón volviera a entrar en fibrilación. Comprobó los niveles de oxígeno y el pulso, cuya alarma seguía sonando. El nivel de oxígeno en sangre apenas había cambiado. De hecho, el color de la paciente, que cuando había llegado era ligeramente azulado, empeoraba por momentos. A Noah no le cabía duda de que la situación iba cuesta abajo. A su derecha tenía la segunda unidad móvil, con varios laringoscopios, tubos endotraqueales y demás aparatos para intubar, además de un kit para tricotirotomías de emergencia con los instrumentos necesarios para abrir una vía en los pulmones desde el cuello, atravesando la nariz y la boca.

Con la misma determinación que había demostrado tener cuando se había presentado en el quirófano de Bruce Vincent, Noah supo de inmediato lo que tenía que hacer. Arrancó el kit de cricotirotomía y lo abrió. Sin tiempo para ponerse guantes esterilizados, agarró una jeringa con catéter de entre los utensilios del kit y se colocó a la derecha de la paciente tras apartar a Ava y a Carla. Con la punta del catéter apuntando a los pies de

Helen, colocó la punta de la aguja en la depresión bajo la nuez y empujó con fuerza para que penetrase en el cuello. Cuando tiró del émbolo y la jeringa se llenó de aire, supo que había acertado. Pasó rápidamente una guía por el catéter, luego un dilatador para ensanchar la abertura, y un instante después un tubo de respiración.

—¡Bien, bien! —exclamó Ava.

Conectó el tubo recién colocado a la máquina de anestesia y empezó a insuflarle al paciente oxígeno puro.

Justo cuando el equipo empezaba a animarse, sucedió el desastre. Sin previo aviso, el corazón de la paciente entró de nuevo en fibrilación, con lo que la alarma cardíaca se reactivó. El nivel de oxígeno en sangre, que había empezado a aumentar, volvía a caer, lo que ocasionó un ritmo de trabajo frenético. Tras un corto masaje cardíaco externo, que exigió que el residente se subiera a la mesa y se pusiera de rodillas, Helen volvió a recibir otra descarga del desfibrilador.

Sonaron de nuevo gritos contenidos de júbilo mientras todos observaban el monitor cardíaco. La paciente dejó de fibrilar. Sin embargo, la sensación de victoria se esfumó rápido porque el corazón no recuperó su ritmo normal. Permaneció en silencio, sin dar señal eléctrica alguna, y en la parte superior del monitor apareció una línea recta e inmutable. No había pulso, una situación conocida como asístole, una evocación macabra a Bruce Vincent. El residente volvió a saltar a la mesa y recomenzó el masaje cardíaco. Al mismo tiempo, el equipo de anestesia administraba varios compuestos intentando que el corazón recobrase el pulso.

Unos momentos más tarde, entró en quirófano el cardiólogo Gerhard Spallek, colocándose con dificultad la mascarilla. Tras informarse de los detalles, dijo:

—Creo que estamos ante un infarto de corazón grave, producido por el bajo nivel de oxígeno. No tiene un buen pronóstico, pero podemos probar una cosa.

Siguiendo las órdenes de Spallek, le administraron varios medicamentos para intentar estimular el corazón. Entretanto, el masaje y el oxígeno continuaban, con lo cual el nivel de oxígeno en sangre seguía siendo razonable. Como la medicación extra no funcionó, Gerhard puso un marcapasos interno con cable a través de la vena yugular derecha del paciente. Ni siquiera así consiguieron que el corazón empezase a latir.

—Se acabó —sentenció Gerhard—. El corazón no responde. No hay duda de que ha sufrido graves daños. Me temo que el paciente se nos ha ido. Siento no haber podido prestar más ayuda. Gracias por haberme dejado participar.

Inclinó la cabeza en señal de respeto, abrió la puerta y salió.

El residente que se había encargado del masaje cardíaco bajó de la mesa de operaciones.

—Es indignante —dijo el doctor Jackson cuando la puerta se cerró tras el cardiólogo.

Durante aquella prueba de fuego, no había dicho ni una palabra y se había quedado a un lado con las manos cruzadas sobre el pecho, observando con creciente preocupación pero con la aparente esperanza de que podría operar la pierna dañada de la paciente.

—Sepan todos que voy a hablar con el doctor Kumar de este... —no encontraba la palabra—... de este desastre. La paciente tenía treinta y dos años, cuatro hijos y buena salud. Me horroriza que esto haya pasado en el Boston Medical Hospital. No estamos en el quinto pino.

Noah iba a mencionar que Jackson había presionado a la residente de anestesia para que empezara antes de que Ava hubiese llegado, pero se mordió la lengua. Le pareció que no eran ni el momento ni el lugar, pues era evidente que el hombre estaba de mal humor y aquello solo habría servido para empeorar la situación.

—En todos mis años de experiencia nunca había visto a un paciente tan difícil de intubar —dijo Ava con la voz rota.

Noah entendió al momento que trataba de mostrarle su apoyo a Carla, y se quedó impresionado, pues sabía que estaría tan destrozada por el fallecimiento como la propia residente. Hasta la operación de Bruce Vincent, jamás se le había muerto ningún paciente en quirófano. Ahora, ya iban dos.

—¿Por qué puñetas ha sido tan difícil? —estalló el doctor Jackson—. Se supone que sois profesionales y que sabéis colocar tubos endotraqueales.

—Ha sido un cúmulo de factores —sollozó Ava. La voz le temblaba de angustia, casi de ira. Inspiró hondo para calmarse.

—Parece que tenía el cuello deformado —dijo Noah acudiendo en su rescate. No quería que la conversación se desmadrase—. Ahora está flexionado y fijo. Y es una paciente bastante obesa, lo cual no ayuda. ¿No es cierto, doctora London?

Ava asintió.

—¿Y no se tuvo en cuenta ese factor? —escupió Jackson mirando a la cara a Ava—. Es su especialidad, por amor de Dios.

—Yo no sabía lo del cuello —replicó Carla. Por su voz, parecía tan angustiada como Ava.

—¿Me está diciendo que no figuraba en el informe de admisión? —preguntó Jackson.

—No. No constaba que hubiera algún problema con el cuello.

—¡Por Dios! —gritó Jackson. Se dio la vuelta y miró a Noah—. Esta mañana nos habla usted de un residente que ni siquiera redactó un informe de admisión. Ahora, otro residente se olvida de señalar un factor potencialmente importante que ha acabado por causar la muerte de la paciente. Es competencia de su departamento, señor supervisor. Por lo visto tendré que informar al doctor Hernandez, además de al doctor Kumar.

—Le prometo que investigaré —dijo Noah. Por dentro, estaba que rabiaba. En la sesión de la mañana había evitado por los pelos un desastre personal, y ahora tenía otro entre manos para la siguiente sesión clínica.

—¡Más le vale! —ladró Jackson. Se quitó los guantes y los tiró al suelo, al igual que la bata. Tras aquel estallido de ira juvenil fuera de lugar, salió del quirófano.

Mientras Wilson y Wong recogían los componentes del desfibrilador y Dawn recogía con disimulo los guantes y la bata del suelo, Noah se dio la vuelta hacia Ava y Carla, y miró a la anestesista. Quería mostrarle su apoyo o darle un abrazo para reconfortarla, pero no se atrevió. Se limitó a asentir, con la esperanza de transmitirle sin palabras su preocupación.

—Lo siento —dijo sin más.

La miró a los ojos un momento, pero ella no reaccionó. Entonces, también él salió del quirófano.

Mientras regresaba corriendo al quirófano dieciocho, volvió a pensar en la siguiente sesión clínica; se preguntaba si iba a cargar con aquella cruz el resto del año. Por lo menos en relación con ese caso no iban a fulminarlo a preguntas sobre las operaciones simultáneas, lo cual era, sin duda, una ventaja. La parte negativa era que tendría que vérselas con un doctor Mason iracundo, pues este solía participar de manera activa en los debates de la M&M. Noah sabía demasiado bien que en la siguiente sesión Mason no estaría sujeto a ninguna limitación porque no había participado en la operación. Lo que le preocupaba de antemano era su reacción ante la implicación de Ava en otra muerte, porque estaba claro que la seguía culpando de la de Vincent.

Con la intención de volver al quirófano dieciocho cuanto antes para disculparse y dar explicaciones por su ausencia, en caso de que no se supiera nada, Noah casi chocó con Mason, que acababa de salir del quirófano quince. Se estaba quitando la mascarilla sin mirar por dónde iba. A Noah le dio un vuelco el corazón.

—¡Ah! —exclamó Mason al ver con quién había tropezado—. A usted le estaba yo buscando.

Al instante, los temores de Noah se confirmaron. Mason estaba al tanto. Era la confirmación de que las malas noticias corrían como la pólvora de quirófano a quirófano, sobre todo cuando intervenía la megafonía.

—Tengo una operación en el quirófano dieciocho y voy con muchísimo retraso —dijo Noah. Intentó esquivar a Mason, pero este le cerró el paso.

—Dígame, amigo —le dijo Mason, sarcástico—, ¿ahora está orgulloso de sí mismo?

—¿Perdone? —Noah estaba confuso. ¿Orgulloso? ¿Por qué iba a estar orgulloso tras lo que había ocurrido?

—Parte de la culpa de lo que ha ocurrido ahí es suya —se explicó Mason. Sonreía con sorna—. Usted más que nadie ha apoyado a esa anestesista incompetente, y ahora ya tiene su recompensa: otra muerte innecesaria.

—La doctora London actuó de supervisora en esta operación —dijo Noah, y al momento se arrepintió de sus palabras.

—¿Y eso la exonera? Y una mierda. Ella no debería supervisar a nadie; al contrario. Se supone que somos uno de los mejores hospitales del país, joder, si no el mejor... ¿y perdemos a dos jóvenes sanos en dos semanas? Algo no encaja.

—Ha habido complicaciones.

—Complicaciones mis cojones. He oído que ni siquiera ha sido capaz de colocar un tubo endotraqueal. Algo tan sencillo. Nunca había oído que un anestesista no supiera colocar un tubito, no con todos los trucos que se guardan bajo la manga.

—La doctora London ni siquiera estaba presente cuando ha surgido el problema —replicó Noah.

—¿Eso es una explicación? ¡Venga, hombre! ¿Y dónde coño estaba?

—Supervisando una inducción, en otro quirófano —contestó Noah—. En anestesia existe la regla de que el anestesista supervisor esté presente en quirófano durante el proceso de inducción. El cirujano que operaba insistió en que la residente de primer año que estaba presente empezase aunque no hubiese ningún anestesista supervisándola.

—¿Es decir que la culpa ha sido del doctor Jackson? —preguntó Mason, arrogante—. Y una mierda. Es como lo de culparme a mí por el desastre de Bruce Vincent.

—No he dicho que fuera culpa del doctor Jackson. Lo que digo es que no debería haber presionado a un residente nuevo a saltarse las reglas.

—Le voy a hacer una pregunta, doctor Rothauser —dijo Mason—: ¿por qué se empeña en proteger a la puta esa? No logro entenderlo. Es usted listo. No paro de hacerme la misma pregunta una y otra vez.

—No estoy protegiendo a nadie. Intento ver el conjunto y recopilar toda la información. Le prometo que investigaré lo ocurrido, porque obviamente es un caso que exige una presentación y un debate.

—¡Un momento! —exclamó Mason. Sus finos labios se curvaron en una sonrisilla—. Ya veo lo que pasa. Ya sé por qué la protege. ¿Quiere saber lo que pienso?

—No la protejo —respondió Noah—. No protejo a nadie que no se lo merezca.

—Ahí va lo que pienso —siguió Mason—. ¿Se la está follando? ¡Dígamelo sin remilgos! ¿Le han estado dando los dos al tema? Lo que sí le reconozco es que tiene un cuerpo decente, y una casa en un barrio de puta madre.

A Noah se le secó la boca, y por un momento se quedó sin palabras. Horrorizado, clavó la mirada en Mason mientras se preguntaba cuánto sabría. Ava y él habían sido muy cautelosos, se habían tomado su secretismo casi como una obsesión.

—Muy bien —dijo Mason en son de burla al ver la reacción de Noah—. Cómo no me habré dado cuenta antes; no tenía idea pero ahora todo encaja. Claro está que no sé cómo lo ha conseguido, con lo frígida que es ella. Así que le felicito, porque se lo merece.

—Esto es ridículo —acertó a decir Noah. Se dio cuenta de que Mason lo había calado, y se reprendió por dudar al responder.

—Debí haberlo supuesto —comentó Mason, ignorando el intento de Noah de negarlo—. Es usted tan transparente que da pena. Le diré una cosa: esto no le hace ningún bien a la imagen que me he formado de usted. No sé por qué, pero le juro que me saca de mis casillas.

«Yo sí que sé por qué», pensó Noah, sin atreverse a decir

nada. Como buen narcisista, Mason veía el éxito de Noah como la razón por la que Ava lo había rechazado a él, y seguro que por eso lo había acusado; era mejor que admitir que quizá a Ava él no le parecía atractivo.

—A lo mejor debería empezar a hacer la maleta —dijo Mason volviendo a clavarle el dedo en el pecho, como ya había hecho antes—. Me voy a asegurar de que el doctor Hernandez se entere de esto.

Lo empujó hacia un lado y enfiló el pasillo que desembocaba en la sala de espera.

Noah lo observó mientras se marchaba, con una mezcla de ira y repulsión. La amenaza de contarle al jefe de departamento que Ava y él tenían un lío podía acarrearle consecuencias graves. Aunque Noah no creía que su puesto de trabajo estuviera en juego, aquello afectaría, sin duda, a su relación con Ava. Ella le había dejado claro que valoraba su privacidad, y Noah estaba de acuerdo, pero ¿era una preocupación legítima a largo plazo? Noah dudaba que su actitud circunspecta cuando se trataban en el hospital fuera suficiente para proteger la relación. Al final, alguien del BMH acabaría viéndolo llegar o marcharse de la casa de Louisburg Square, ya que varios empleados vivían por Beacon Hill. Tan solo era cuestión de tiempo.

—Qué hijo de puta —pensó Noah en voz alta mientras corría hacia el quirófano dieciocho.

Ava había descrito a los narcisistas como Mason como elefantes en una cacharrería. Noah pensó que, en el caso de Mason, la comparación debería ser más bestia, y referirse a gente, no a cacharros. Le vino a la mente la imagen de un gorila rabioso en medio de un picnic. La idea le hizo sonreír. Iba a ser la última vez que sonreía aquel día.

14

Miércoles, 12 de julio, 21.31 h

Noah contaba con salir del hospital mucho antes, pero no iba a ser así. Sobre las cinco y media le habían informado de que había varios órganos disponibles debido a un accidente de moto que había tenido lugar en el Cabo aquella misma tarde, y de que había un riñón de camino al hospital. Se había puesto contento, menos por el motorista, claro está. Aunque de adolescente había ido en moto, como residente había aprendido a verlas como un método de suicidio no intencionado para quienes las conducían y, en consecuencia, como un regalo para quienes necesitaban algún órgano.

En cuanto se confirmó que se había recibido el riñón, se anestesió a la paciente receptora, de dieciséis años, y para cuando el órgano llegó al quirófano, Noah estaba casi a punto para intervenir. Fue un momento feliz para todos, incluido Noah, que conocía a la paciente desde hacía varios años, desde que esperaba esa donación. Lo más emocionante fue que la compatibilidad del riñón era excelente, lo cual auguraba un pronóstico fantástico para la chica.

La operación de riñón había sido lo más destacable del día, uno de esos episodios que confirmaban que había elegido bien a qué dedicarse y que justificaban con creces todos sus esfuerzos. Casi había borrado la mala sensación que le habían dejado la infortunada muerte de Helen Gibson y el encontronazo con el doctor Mason, aunque Noah todavía no se había comunicado a ningún nivel con Ava tras la debacle del quirófano ocho.

Noah había intentado cruzarse con Ava entre una operación y otra para asegurarse de que estaba bien para que ella se encogiese de hombros o le indicase con un gesto de cabeza que estaba capeando el temporal, pero no la había visto. Tras la última operación programada la había buscado a conciencia por toda la zona de quirófanos. No era extraño que los anestesistas se quedasen hasta tarde, aunque Ava no lo tenía por costumbre. Incluso llegó a preguntar por ella en el departamento de anestesia, donde le dijeron que se había ido a casa. Fue en ese momento cuando recurrió a los medios digitales para ponerse en contacto con ella.

Lo primero que hizo fue enviarle un mensaje de texto. Mientras esperaba su respuesta, había comenzado las rondas de tarde con los residentes en la planta de quirófanos. Cuando terminaron, como Ava no había respondido, volvió a enviarle otro mensaje diciéndole que era urgente que le respondiera. Mientras tanto, se había dedicado a sus propios pacientes ingresados, incluidos aquellos a quienes había operado con anterioridad. Entre el de la colectomía y el de la hemorroide, intentó llamarla. Ava no solo no le contestó, sino que tras el mensaje personal había sonado otro para informarle de que el buzón de voz estaba lleno.

Frustrado porque la tecnología prometía un contacto inmediato y no cumplía su promesa, Noah intentó enviarle un mensaje a través de Facebook, y luego siguió con las visitas a sus pacientes. No era el mejor momento, ya que la mayoría estaba cenando, pero aun así se alegraron de verlo. Y lo que era más importante, no se produjeron complicaciones como fiebres o quejas a causa del dolor; algunos hasta elogiaron la comida. Noah no se sorprendió. En los hospitales actuales, incluso hospitales universitarios como el BMH, se sabía que la atención médica era competitiva, y se ponía especial esfuerzo en las comidas. Justo cuando Noah estaba con su último paciente, le habían informado sobre el asunto del riñón.

Con el equipo quirúrgico preparado para el turno de noche, Noah salió del hospital por la entrada principal. Era una cálida tarde de verano y las aceras estaban concurridas. Cruzó el espacio verde creado cuando se había construido el Big Dig, el túnel por el que pasaba la Interestatal 93, en pleno centro y en dirección norte-sur. Desde allí recorrió a pie parte del centro de Boston hasta acabar en el extremo noreste del Jardín Público. Era su ruta habitual de regreso a casa. Pero no iba a su casa. Se dirigía a la de Ava.

Entró en Louisburg Square por el lado contrario a la dirección de su apartamento. El edificio se veía oscuro y poco atractivo.

Noah subió la escalinata. Entró en el vestíbulo. Había una luz en el techo, pero no estaba encendida. Para encontrar el timbre tuvo que guiarse a tientas. Llamó y se quedó a la escucha. A lo lejos, oyó el timbre de un teléfono, pues así funcionaba el timbre de Ava, conectado a la línea telefónica. Sonó seis veces. Nadie respondió.

—Mierda —dijo Noah—. ¿Dónde puñetas estás?

Golpeó la puerta frustrado. Justo cuando se paró, se hizo un pesado silencio.

Exhaló un largo suspiro, volvió sobre sus pasos y cruzó la puerta exterior. Ya en la calle, caminó hacia la valla que rodeaba la urbanización y volvió a mirar hacia la casa. Nada había cambiado. Todas las ventanas estaban a oscuras, incluidas las tres buhardillas del piso sexto y último. Aunque no veía ninguna de las ventanas de la parte trasera del edificio ni del gimnasio, estaba seguro de que Ava ni estaba en casa ni se estaba escondiendo del mundo. Por lo que sabía de ella, dudaba de la segunda posibilidad. Nada indicaba que Ava fuera una persona depresiva. Además, ¿qué iba a hacer él si se mostraba esquiva? Era su casa. No podía derribar la puerta y entrar a buscarla.

Por un momento Noah consideró qué podía hacer, pero acabó por darse cuenta de que no tenía muchas opciones. Si quería compañía, tendría que volver al hospital, o bien regresar a su apartamento. Dadas las circunstancias, ambos destinos le parecían patéticos. Si volvía al hospital en su calidad de jefe de residentes, le sería difícil justificar su presencia, y lo más probable es que alguien se lo preguntara. No habría sabido qué decir, y podría resultar incluso vergonzoso. En cuanto a su apartamento, al menos no tendría que dar explicaciones, aunque la idea de estar allí le resultaba muy poco tentadora por varios motivos.

Al final, pensando que era la idea menos mala, se decidió por su apartamento y se puso en marcha. Mientras caminaba volvió a preguntarse si Ava estaría gravemente deprimida, pero descartó la idea una vez más. Estaba convencido de que era como él: no se quedaría cruzada de brazos. Cuando las cosas no salían bien o no salían como querías, no podías echarte a llorar ni deprimirte; tragabas y te esforzabas más.

Mientras subía las austeras escaleras de su edificio, no pudo evitar compararlas con las de la casa de Ava, con su barandilla de caoba, sus pasamanos torneados y sus alfombras a medida. La ocurrencia lo sorprendió. ¿Habían bastado cuatro días y tres noches para malcriarlo?

Cuando entró en su apartamento, las comparaciones resultaron aún más evidentes. Eran como la noche y el día. No podía creerse lo estéril y lo impersonal que parecía aquel lugar.

Tratando de ignorar la decoración —o la falta de ella—, se sentó ante la triste mesita plegable y encendió el HP, mientras seguía preguntándose cuándo tendría noticias de Ava y se lamentaba de no haber indagado sobre su horario cuando había estado en el departamento de anestesia. De repente, le vino a la mente la inquietante idea de que quizá estuviera en uno de sus frecuentes viajes y de que no le hubiera dicho nada.

Tras comprobar a toda prisa con el ordenador si había recibido algún correo electrónico o mensaje en Facebook que misteriosamente no le hubiera llegado al teléfono, Noah le envió otro correo. Retorció las frases para no sonar tan enfadado como estaba. En muchos aspectos, que Ava lo ignorase de aquella manera resultaba grosero y poco empático. Ella tenía que saber a la fuerza que él estaría más que preocupado.

Agarró el móvil y, sin hacer caso de su buen juicio, le escribió otro mensaje corto rogándole que respondiera y añadió el emoticono de una cara triste. Con el dedo a punto de enviar el mensaje, se detuvo un momento, tratando de convencerse a sí mismo para no hacerlo. Le había enviado ya media docena de mensajes y no había obtenido respuesta.

Con la intención de conservar un mínimo de autoestima, borró el mensaje y tiró el teléfono sobre la mesa con disgusto. Se preguntaba cuándo tendría noticias de ella, si al día siguiente o al otro, si es que las tenía. ¿Y si la próxima vez que la viera sería en los pasillos de los quirófanos? ¿Y si ambos se ignoraban, o cruzaban un par de palabras sin más? No tenía ni idea, pero se dio cuenta de que era una posibilidad, al igual que media docena de situaciones más. No había estado tan confundido, irritado y preocupado al mismo tiempo desde la época del instituto, cuando su primer amor había encauzado sus sentimientos hacia otra parte.

—A lo mejor estoy enamorado —pensó en voz alta.

Con lo solo que había estado en los últimos dos años, sabía que seguramente solo era un empollón necesitado, falto de amor, hechizado durante los últimos tres o cuatro días por una mujer excepcional que se escondía a plena vista.

Libro segundo

15

Domingo, 16 de julio, 21.10 h

Los siguientes cuatro días no se contaron entre los favoritos de
Noah. Para no obsesionarse con la desaparición de Ava y con la
ausencia de comunicación por parte de ella, se cargó de trabajo. No
solo realizó más operaciones de las que tenía por costumbre y vio
a muchos más pacientes, sino que encontró tiempo para planear los
seminarios de bioquímica médica y las reuniones del Club de Lecturas Médicas del mes siguiente. También se reunió con cada residente de primer año para escuchar sus quejas y sus alabanzas.

Aunque se había convencido de que no iba a tener noticias
de Ava, cada vez que le llegaba un mensaje o un correo, o incluso cada vez que recibía una llamada telefónica, pensaba que quizá era ella y se le aceleraba el pulso. Por desgracia, no tuvo más
que decepciones. Para evitar buscarla en el quirófano todos los
días, se propuso volver a la sala de anestesia al día siguiente de
su desaparición y preguntarle a la secretaria cuándo regresaría.
Por no fomentar chismorreos, había puesto la excusa de que tenía que hablar con ella sobre la operación de Helen Gibson. Lo
que descubrió fue que Ava no volvería hasta el lunes.

Noah salió del hospital por la entrada principal y cruzó la
franja de vegetación que cubría el túnel de la autopista. Una vez
fuera del hospital, como ya no tenía que dedicarle su atención,
tiempo y energías, sin querer empezó a dar vueltas a sus propios
problemas. El doctor Mason había cumplido su amenaza de con-

tarle a Hernandez que Noah y Ava casi seguro estaban liados. Noah se había dado cuenta el jueves por la mañana, al recibir un mensaje mientras se preparaba para la última operación del día: lo reclamaban desde el despacho del jefe de cirugía.

No había sido una reunión agradable. Había comenzado con mal pie porque Noah había querido continuar con la operación y no se había presentado hasta pasadas dos horas. Claramente molesto a pesar de la explicación de Noah, Hernandez comenzó diciendo que desde la administración del hospital no se condenaban la confraternización ni las relaciones entre los empleados, puesto que eran adultos, pero que se desaprobaban tales relaciones si afectaban al normal funcionamiento de la institución. A continuación le comentó que el doctor Mason estaba convencidísimo de que había exonerado de forma deliberada a la doctora London de cualquier culpa por la operación del señor Vincent durante la sesión clínica, al no mencionar que desde anestesia se había escogido la anestesia espinal y no la general.

Noah había tratado de defenderse negando cualquier intento de proteger a la doctora London y argumentando que la secretaria del doctor Mason había solicitado el uso de anestesia espinal. Pero Hernandez prestó oídos sordos a sus explicaciones. En lugar de escucharlo, había criticado el papel de Noah al reavivar el debate sobre las operaciones simultáneas, tema que ya había sido adecuadamente investigado y aclarado. En ese momento, Noah trató de recordarle que quien había planteado la cuestión había sido un miembro del público, no él.

—No entremos a debatir minucias —había replicado Hernandez con un desdeñoso aspaviento—. Lo que importa en ambos casos es que esperamos que se ponga usted de parte del departamento de cirugía, en su calidad de miembro potencial. No sé qué habrá hecho usted para molestar tanto al doctor Mason, ni me importa. Pero sea lo que sea, creo que le conviene enmendarlo. Ha sido usted un residente maravilloso, doctor Rothauser. Me disgustaría de veras que tirase por la borda su talento cuando está tan cerca de la meta. ¿Me he expresado con claridad?

Al repasar la breve entrevista, Noah sintió rabia y miedo. Era descorazonador constatar la ceguera de la administración ante los defectos del doctor Mason en cuanto a personalidad, debido a sus excepcionales habilidades quirúrgicas. Noah había tenido que reprimirse para no sacar a colación el despido de Meg Green como la verdadera causa de la acritud de Mason. Aquel desafortunado asunto seguía siendo un tema delicado, y Noah temía que mencionarlo empeorara la situación.

Llegó a la esquina este del parque Boston Common y atajó en diagonal a campo través en dirección a la Cámara de Representantes de Massachusetts y su cúpula dorada. En contraste con el centro de la ciudad, hasta cierto punto desierto, el parque estaba lleno de gente que disfrutaba de aquella noche veraniega de domingo. A pesar de que ya eran más de las nueve, todavía había niños en el parque infantil. Noah se sentía fuera de lugar con su bata de hospital, rodeado de gente sana y normal que él sabía que consideraba su mundo un lugar aterrador.

Y si la reunión con el doctor Hernandez había ido mal, el encuentro con el doctor Edward Cantor, el director del programa de residencia, había ido peor. Cantor lo había llamado unas horas después de su entrevista con el jefe de departamento. Tan pronto como Noah llegó al despacho del director, resultó obvio que Mason también le había contado lo de su posible relación con Ava, y el hecho de que tal vez la había protegido durante la M&M.

—Esto no me gusta nada —le había dicho Cantor—. No compete a un residente supervisor de cirugía proteger a un anestesista posiblemente incompetente por una aventura amorosa.

—La doctora London está lejos de ser incompetente —la defendió Noah sin pararse a pensar.

Ahora que se lo planteaba, debería haberse callado, al igual que había hecho con el doctor Hernandez. Al negar la incompetencia de Ava, confirmaba las acusaciones que se le hacían: que la había estado protegiendo.

—No es usted quien ha de evaluar su competencia o la falta

de ella —replicó Cantor—. Pertenecen ustedes a departamentos diferentes. Jamás toleraríamos que los residentes de anestesia protegieran a cirujanos incompetentes. No lo haga. De lo contrario, encontraremos a alguien para que ocupe su lugar. Así de claro. Y me permito recordarle que cualquier error de un residente de segundo año, como la falta de historial en el caso del señor Vincent, es responsabilidad suya. Como supervisor, responde usted de la actuación de los residentes más jóvenes, simple y llanamente. ¿Le queda claro?

Mientras caminaba, a Noah se le escapó una sonrisa irónica al rememorar aquel momento de la reunión. Entonces, había sopesado la posibilidad de recordarle a Cantor que él todavía no era supervisor cuando ocurrió el desastre con Bruce Vincent; lo era la doctora Claire Thomas. Por fortuna, se lo había callado. De habérselo dicho, Cantor, que ya estaba enfadado, habría montado en cólera.

De repente Noah se detuvo. Estaba cerca de un tramo de escaleras que conducían a Beacon Street, que corría paralela al lado norte del parque. Por casualidad, había mirado un instante hacia atrás para echar un vistazo a la agradable escena de la noche estival en el Common, cuando algo le llamó la atención: un hombre de traje y corbata oscuros. No quedaban muchos hombres de traje por la calle a esas horas de la noche. De hecho, miró en derredor y no vio a ningún otro.

Pero le había llamado la atención algo más que el traje: la impresión de que había visto al mismo hombre antes, con su figura exageradamente escuálida y su pelo corto y claro. Se había fijado en él al verlo de pie y solo junto a la entrada principal del hospital. Lo que a Noah le había chocado era ver un traje a aquella hora, pero se había olvidado enseguida del asunto hasta que echó aquel vistazo al Common. ¿Sería el mismo hombre? No lo sabía. Pero si lo era, ¿se trataba tan solo de una coincidencia, o aquel desconocido lo estaba siguiendo?

—Por Dios —dijo en voz alta burlándose de sí mismo—. Hasta tienes delirios paranoides. Cabeza de chorlito.

Sin dedicar ni un solo pensamiento más al hombre del traje, Noah subió las escaleras de dos en dos peldaños y hasta de tres en tres. Al llegar arriba, el tráfico de la concurrida Beacon Street lo obligó a detenerse junto a un nutrido grupo de personas que esperaban a que el semáforo cambiara a verde. La mayoría iban acompañados de perros.

Cuando el semáforo cambió, se pusieron en marcha. A la vez que se dejaba llevar por la masa, Noah echó un rápido vistazo hacia atrás, al pie de las escaleras. Vio fugazmente al hombre trajeado. Estaba agachado; parecía que se ataba los cordones.

Noah se detuvo al otro lado de Beacon Street, en el cruce con Joy Street. Siguiendo su ruta habitual, continuó por esta hasta Pickney Street, y allí se desvió a la izquierda. A aquellas horas, Pickney Street estaba tranquila y no había muchos transeúntes. Decidió continuar por Joy Street y girar a la izquierda por Myrtle Street, que estaba más concurrida, con sus bloques de viviendas y su patio de recreo. Si lo estaban siguiendo, prefería estar rodeado de gente.

Al cabo de un momento, el hombre del traje apareció en la acera de enfrente. Estaba esperando al semáforo, igual que había hecho Noah. Dio la vuelta y enfiló por Joy Street con paso ligero. Como había mucha gente, Noah estaba tranquilo, dentro de lo razonable. Continuaba pensando que estaba paranoico por creer que aquel hombre, fuera quien fuese, lo seguía. Tenía que tratarse de una coincidencia. ¿Por qué iban a seguirlo a él, un mero residente de cirugía? No tenía sentido.

Pero unos minutos más tarde, cuando se atrevió a mirar a su espalda, ahí estaba el hombre, caminando en su misma dirección y al parecer al mismo paso que él.

Desde Myrtle Street, Noah giró a la izquierda. Como esperaba, también estaba concurrida. Había incluso padres con niños en los columpios del parque. Al llegar a la cima de Beacon Hill y enfilar pendiente abajo, volvió a mirar atrás. El hombre seguía allí. ¿Sería una coincidencia? No lo sabía, pero las posibilidades le parecían cada vez más escasas. Revere Street, su calle, corría paralela a Myrtle Street durante un tramo corto, una manzana al norte. Podía haber tomado varias calles, pero esperó a llegar a Anderson Street porque en la esquina había una tienda, y eso implicaba que habría más gente.

Una vez en Revere Street, le quedaba poco camino por recorrer. Noah recordó entonces unas historias que había oído en el pasado sobre gente a la que habían atracado en la misma puerta de su casa mientras buscaba las llaves, así que se aseguró de tener a mano las suyas. Cuando llegó al portal, miró hacia atrás. Allí estaba de nuevo el hombre, caminando hacia él a paso ligero.

Abrió rápido la puerta, entró y la cerró de un portazo. Al oír el tranquilizador chasquido de la cerradura, respiró aliviado. No se había dado cuenta, pero había estado conteniendo el aliento. Se puso de puntillas y miró por una de las vidrieras que había sobre la puerta. Vislumbró al hombre del traje, pero este no se detuvo ni lo miró, sino que pasó por delante, visto y no visto, y se dirigió a Revere Street. Todo aquel episodio había sido producto de su estado de agitación emocional.

Noah se rio de sí mismo. Se sentía como un tonto mientras subía la anodina escalera en dirección a su solitario apartamento. En aquel momento, extrañó de veras a Leslie Brooks, y deseó haberse esforzado más en su relación con ella. De haberlo hecho, quizá Leslie seguiría allí en aquel momento. Abrió la puerta del apartamento. Una vez dentro, encendió la descarnada luz del techo, una bombilla desnuda de doscientos vatios.

Se quitó la bata blanca, la colgó, se descalzó, se metió en la pequeña cocina y abrió la puerta de la nevera. No había mucha cosa, y lo que había no le gustaba. Otra noche más sin cenar. En vez de comer, se sentó ante la mesita plegable, encendió el viejo portátil HP y se conectó a Facebook. Aunque sabía que no era saludable a nivel emocional, quería mirar las abundantes fotos de Gail Shafter, incluidas un par de instantáneas de cuando era un bebé. Sin embargo, se topó con algo más interesante: otro selfie de Ava haciendo pucheros ante la cámara, con el siguiente pie de foto: «Relajándome tras otro duro día de trabajo». Llevaba una lujosa túnica de terciopelo con un logo bordado sobre el bolsillo delantero, pero Noah no lo distinguía. Por el fondo, dedujo que se trataba de la habitación de un hotel de lujo. Ojalá hubiera indicado dónde se encontraba. Mientras la contemplaba, pensó que era una terrible crueldad que Ava se hubiera tomado el tiempo y el trabajo de publicar en Facebook una foto para sus innumerables «amigos» y que no hubiese tenido tiempo ni la deferencia de enviarle a él un solo mensaje.

Al mirar los «Me gusta» y los comentarios, se sorprendió de la cantidad de gente que había reaccionado a la publicación. La mayoría eran comentarios cortos del tipo «Sexy» o «Estéticamente perfecta», o emoticonos de pulgares levantados, como si los hubieran escrito adolescentes. Noah meneó la cabeza ante tanta banalidad. Por lo que sabía respecto a la inteligencia, la educación y la formación de Ava, no podía explicarse que la atrajese una actividad tan superficial. ¿Por qué se tomaba la molestia de publicar aquello? ¿Le divertían las respuestas, en especial las que decían que en la foto estaba buena?

Pensando en si los autores de aquellos breves comentarios serían tan jóvenes como imaginaba, Noah decidió entrar en el perfil de uno de los que comentaban. Eligió a Teresa Puksar porque era una de las que había escrito «Sexy» y porque su apellido destacaba por original. Ya había visto aquel nombre en otras ocasiones en las que se había metido en el perfil de Gail Shafter, y se trataba de una de las cinco o seis personas que eran seguidores leales de Gail y que comentaban cada publicación.

—Justo lo que pensaba —se dijo cuando apareció en pantalla el perfil de Teresa Puksar y vio que tenía trece años.

Entonces se dio cuenta de que algunas de sus fotos eran demasiado subidas de tono. Incluso había desnudos, con los pezones y la zona genital tímidamente cubiertos. Aun así, Noah se sorprendió de que Facebook permitiese fotos por el estilo, pues algunas mentalidades conservadoras podían llegar a considerarlas pornografía infantil.

En aquel instante, el silencio de su apartamento se vio de pronto perturbado por el zumbido del timbre del portal. Concentrado como estaba, Noah dio un salto al oírlo.

—Pero ¿qué coño? —profirió una vez se repuso.

Nadie llamaba nunca al timbre, sobre todo un domingo pasadas las diez de la noche.

Confuso, se levantó y se acercó a la ventana. Pegó la cara al cristal y miró hacia la acera de enfrente, pero no vio a nadie. No le extrañó, porque el timbre estaba en un cajetín al lado del portal. Quienquiera que hubiera llamado estaría allí. Tras levantar un poco la vista, se fijó en una camioneta oscura que estaba aparcada en la acera de enfrente, con los intermitentes encendidos. Aquello tampoco era normal.

Noah se enderezó. ¿Quién puñetas estaría en la puerta? De repente se acordó del hombre trajeado, y se convenció de que el episodio era producto de su imaginación paranoide... ¿O no? ¿Tendría algo que ver el visitante desconocido con el otro?

El timbre sonó una vez más. Consciente de que no averiguaría nada a no ser que bajase a abrir, Noah se volvió a calzar. Buscó por el piso algo que utilizar como arma defensiva, si era necesario, pero descartó la idea porque también le pareció producto de la paranoia y de su mente enferma.

Cuando llegó al portal, se preguntó qué hacer. ¿Abrir la puerta y encontrarse cara a cara con quien estuviera ahí fuera? Le pareció más prudente hablar con la puerta cerrada para hacerse una idea antes de abrir.

—¿Quién es? —gritó.

—Ava —respondió una voz femenina.

Por un segundo, Noah se quedó atónito. Era como si se le hubiera cortocircuitado el cerebro.

—¿Ava? ¿Eres tú de verdad? —preguntó sin llegar a creérselo. De hecho intentaba ganar tiempo para reponerse.

Sin esperar respuesta, se puso a forcejear con el pasador que después de las nueve siempre estaba echado. Un segundo más tarde estaba mirando a Ava, que llevaba un traje de chaqueta formal. Los mechones rubios de su melena centellearon bajo la cruda luz del portal.

Durante un instante, ninguno de los dos habló.

—¿Y bien? —preguntó Ava al fin—. ¿Puedo entrar?

Como si despertara de un trance, Noah respondió:

—¡Perdona! Claro, pasa.

—¿Subo?

—Sí. Es el primer piso.

La siguió por las escaleras, confuso. Aunque estaba entusiasmado al verla, también se sentía furioso por el hecho de que hubiera desaparecido y hubiera pasado de él por completo.

—No está echado el pestillo —le dijo en cuanto llegaron al pasillo del primer piso.

Entró tras ella en el apartamento y cerró la puerta. Ava se había quedado parada a poca distancia de la puerta y estaba examinando la pequeña y sobria habitación.

—Lo describiría como minimalista.

—Sería decir demasiado —repuso Noah.

Se miraron un instante. Noah seguía batallando con sus sentimientos. De repente, los ojos de Ava se llenaron de lágrimas, que empezaron a caer por las mejillas. Levantó una mano, se tapó los ojos y sollozó en silencio; le temblaban los hombros.

Noah estaba indeciso a más no poder. No sabía cómo reaccionar. Pero la caridad se impuso y Noah dio un paso y la abrazó. Se quedaron así un buen rato, hasta que Noah la llevó hasta el sofá y la animó a que se sentara.

—Lo siento —acertó a decir ella. Se enjugó las lágrimas de las mejillas con los nudillos, pero era una batalla perdida.

—No pasa nada —repuso él.

Noah fue al baño y volvió con una cajita de pañuelos. Ava agarró uno y se sonó ruidosamente la nariz. Con otro se limpió los ojos. La segunda vez tuvo más éxito.

—Quiero pedirte disculpas por no haberme puesto en contacto contigo —dijo en cuanto recobró un poco el control.

—Gracias. ¿Por qué no lo hiciste?

—No lo sé a ciencia cierta. Al principio me sentía demasiado angustiada por estar implicada en otra muerte más. Y aún lo estoy, eso es obvio. De todas formas, solo quería escapar y olvidarme de todo. Me planteé dejar la anestesia.

—¡No! —exclamó Noah, aunque dubitativo—. No digas eso. No después de todo lo que te has formado y de lo que te has esforzado. Eres una anestesista con talento. No estarías en el BMH de no ser así.

—Nunca pensé que me vería implicada en una muerte —confesó Ava—. Y de repente son dos. Pensé que con el estudio constante, con los intentos continuos de mejorar, no me pasaría. Pero no ha sido así.

—Ya conoces la expresión: «La medicina es más arte que ciencia» —dijo Noah—. Y es verdad. Cuando eres médico, aunque lo hagas todo exactamente como debe ser, las cosas pueden degenerar en caos. Hay demasiadas variables. Forma parte de la condición humana.

—Pensaba que podía ser distinta. Que la dedicación y la entrega serían suficientes.

—Estamos todos juntos en esto —replicó Noah—. Lo hacemos lo mejor que podemos. No hiciste nada mal en ninguna de las dos operaciones. Lo sé. Estaba presente.

—¿Lo crees de verdad? ¿En serio?

—¡Por supuesto! Sin ninguna duda. Creo que eres una anestesista sensacional.

—Vaya. Gracias. Tu apoyo significa mucho para mí.

—Pero no va a ser fácil que las aguas se calmen —dijo Noah—. He tenido varios encontronazos con Mason. El primero, justo después de la sesión clínica, y el segundo, tras la muerte de Gibson. Me temo que aún nos tiene en el punto de mira.

Noah le contó a Ava los dos encuentros en detalle, sobre todo en relación con la acusación que le había lanzado Mason: que Noah la estaba protegiendo a propósito. Llegó a contarle que Mason sospechaba que estaban liados.

—Oh, no —dijo Ava consternada—. ¿Por qué? ¿Cómo?

—No tiene pruebas —aclaró al punto Noah, alarmado ante la reacción de ella—. Se le ocurrió la idea de repente, cuando habló conmigo: no entendía por qué te protegía. Quiere acabar contigo porque le rechazaste, y obviamente reparó en mi estratagema para evitar hablar de la anestesia durante la M&M.

—¿Crees que le habrá hablado de sus sospechas a alguien?

—Me consta que sí —admitió Noah—. Tanto el jefe del departamento como el del programa de residencia me han echado una buena bronca.

—¿Han tenido el valor de regañarte por un posible lío conmigo? —preguntó Ava incrédula. No sabía si sentirse insultada o más preocupada por las inevitables habladurías.

—La posibilidad de una aventura la mencionaron de pasada —aclaró él—. Al hospital eso le da igual. Lo que les cabreaba era la queja de Mason, que dijera que yo te protegía.

—Por amor de Dios —dijo Ava—. Esto va de mal en peor. No soporto pensar que acabaremos convirtiéndonos en la comidilla de todos. ¿Qué les dijiste?

—No mucho —admitió Noah—. Negué haber intentado protegerte, claro, porque eso habría dado a entender que lo había hecho de manera subrepticia. No hago nada que no crea que es lo correcto. No tuviste la culpa de lo que pasó en ninguna de las dos operaciones, y esto lo digo con la boca bien abierta.

—Gracias otra vez.

—De nada. Tenemos que ponernos manos a la obra y planificar la siguiente sesión clínica como hicimos con la anterior, porque habrá que hablar de la operación de Gibson y seguro que Mason se pondrá hecho un basilisco. En el caso de Vincent, tenía las manos atadas, porque él fue el cirujano. En el de Gibson, no tenemos esa suerte. Tendrás que blindarte. No será bonito, pero al menos no saldrá a colación el tema de las operaciones simultáneas.

—Te ayudaré a prepararla todo lo que pueda —dijo Ava—. ¿Eso significa que me has perdonado?

—¿Por qué no me llamaste? ¿Por qué no me mandaste un simple mensaje para decirme que estabas bien?

—Al principio estaba sobresaturada, y sabía que no te conformarías con un mero mensaje. Uno o dos días después, sentí vergüenza por haberme comportado de una manera tan sentimental. Creí que lo mejor era pedirte disculpas en persona. Por eso estoy aquí. He vuelto a Boston y he venido directamente a verte. Ni siquiera he pasado por casa. Estoy segura de que has estado preocupado, y yo también lo habría estado si hubiera sido al revés.

—¿Dónde has estado? En tu foto parecía que estabas en un hotel de lujo.

—Dios mío, la has visto. La publiqué para ti, para demostrarte que estaba bien.

—Ya lo vi. Pero ¿no podías haberme dicho dónde estabas?

—En Washington. En el Ritz.

—¿Como turista o trabajando?

—Trabajando —respondió Ava—. Hacía meses que tenía programado el viaje. De hecho, llegó en el mejor momento. Estar ocupada me ayudó a salir del bache emocional.

—¿A qué tipo de asesoría te dedicas, si puedo preguntar?

Ava lo miró unos instantes. Noah notó que Ava no tenía claro si quería contárselo o no, y eso no hizo sino espolear su curiosidad. Fuera lo que fuese, lo que hacía Ava debía de ser algo excepcionalmente lucrativo; no todos los asesores se alojaban en el Ritz.

—Dudo porque creo que no te parecerá bien —dijo Ava.

—Si crees que por decírmelo me vas a interesar menos, te equivocas. ¿Por qué no me iba a parecer bien?

—Soy asesora del CSN.

—¿De verdad? —soltó Noah. No sabía qué estaba más, si alarmado o impresionado—. ¿Eres asesora del Consejo de Seguridad Nacional?

El Consejo de Seguridad Nacional era el principal foro del presidente de Estados Unidos en materia de seguridad nacional y política exterior.

Ava se había serenado lo suficiente tras el llanto para reír con su risa de siempre.

—Ojalá. No, trabajo para el Consejo de Suplementos Nutricionales. Soy una mezcla de portavoz y de trabajadora en un lobby, un grupo de presión que la industria de los complementos alimenticios financia con generosidad.

—De acuerdo. —Noah asintió—. Ahora comprendo por qué te preguntabas si me parecería bien. Como médico, me da mala espina esa industria; me parece que es una panda de vendedores y de curanderos milagrosos.

—Lo bueno es que pagan bien —dijo Ava.

—¿Cómo empezaste a trabajar para ellos? Creía que a una profesional de la medicina como tú le parecería un tanto polémico. Es casi como colaborar con el enemigo.

—Empecé el día que me dieron el título de médica nutricionista —explicó Ava—. Me había endeudado mucho durante la universidad y durante las prácticas. Tenía que pagarme yo misma los estudios porque mi padre había fallecido de un ataque al corazón cuando cursaba mi primer año de instituto. El CSN y sus bolsillos llenos fueron una especie de salvación.

—Creo que puedo entenderte —dijo Noah—. Yo también he atravesado problemas económicos, algunos todavía duran. Como sabes, mi padre también murió de un infarto cuando estaba en la universidad, y también acarreo una deuda enorme. Mi madre me ayudó cuando era universitario, pero cuando empecé las prácticas le diagnosticaron alzhéimer precoz y se quedó sin trabajo. En aquel momento cambiaron las tornas y me tocó a mí ayudarla a ella.

—Lo siento mucho —dijo Ava—. Al parecer lo has tenido más difícil que yo.

—Imagino que tus jefes del CSN estarían encantados con tu doble titulación. Y ahora lo estarán más, habida cuenta de que trabajas en el BMH.

—Ni te lo imaginas —repuso ella—. Me adoran y me tienen a cuerpo de rey. Mi vida sería bien distinta si no fuera por el CSN. Y al mismo tiempo les hago un gran servicio. Seguramente ha sido gracias a mí que no se ha revocado aún la ley de 1994 que dio a la FDA el control sobre los suplementos nutricionales. Es la que exonera a la industria de tener que demostrar la eficacia o la seguridad de sus productos. Es como un chiste, en realidad, pero qué voy a decir yo. Además, es divertido. Me voy de cena con senadores y con congresistas.

—Pero eres médica, y una muy entregada. ¿Cómo puedes dormir por las noches?

—Lo creas o no, es lo que quiere el público estadounidense. Están convencidos de que no quieren que los burócratas del gobierno se metan con sus pastillas, sus elixires y sus compuestos, sean o no efectivos, o incluso peligrosos. Quieren creer en la pastilla mágica que les permita compensar su nocivo estilo de vida. Es mucho más fácil tomarse una pastilla que comer bien, hacer deporte o dormir lo suficiente.

—¿Crees que el público general es tan estúpido?

—Sí —contestó Ava—. ¿Nunca has visto ese anuncio de Mel Gibson, de cuando la industria de los suplementos estaba presionando al Congreso en 1994 para que sacaran adelante la ley?

—No. O si lo vi, fue en sexto de primaria, y debí de pasarlo por alto.

—Yo estaba en séptimo —dijo Ava—. No lo vi en su día, pero el año pasado me lo enseñó uno de mis jefes del CSN. Es un clásico. La casa de Mel Gibson la invaden agentes de la FDA, como si fueran de las fuerzas especiales, y lo detienen por tomarse suplementos de vitamina C. Es para partirse, pero fue muy eficaz. El público cree de veras que el Gobierno quiere quitarles sus adoradas vitaminas. Deberías verlo.

—Tendré que hacerlo —admitió Noah.

—No me has contestado cuando te he preguntado si me perdonabas por desaparecer unos días. ¿Lo has hecho adrede?

—Supongo que estás perdonada —dijo Noah, no muy convencido.

—No suenas muy convincente.

—Estaba muy preocupado por ti.

—Lo entiendo, pero estoy bien. Estoy casi recuperada del

todo, salvo por los ataques como el que me dio cuando llegué aquí. De todos modos, creo que estoy preparada para volver a trabajar mañana. Y me interesa empezar a planificar la próxima M&M, cuando estés listo.

—Vale, te perdono. Entiendo que has debido de estar agobiada a tope.

—Gracias —dijo Ava—. ¿Qué hora es? —Miró el reloj—. ¡Madre mía! Es más tarde de lo que pensaba. ¿Y si te vienes conmigo a casa? Tengo el coche aquí fuera.

—¿Es el todoterreno que he visto antes, el de los intermitentes? —preguntó Noah sorprendido. Ni siquiera se le había ocurrido. Hacer esperar a un chófer durante un tiempo indefinido le parecía una idea de lo más derrochadora.

—Es el coche que mandaron del CSN para que me recogiera en el aeropuerto. Ya te lo he dicho, he venido aquí directamente. Si quieres, podemos picar algo o tomar una copa de vino. Estoy más que despierta.

—Me van a dar las cinco menos cuarto en un momento a otro. He estado matándome a trabajar. Van a tener que condonarme las horas.

—De acuerdo —dijo Ava poniéndose de pie—. Quizá mañana por la tarde puedas pasarte al salir del hospital y nos tomamos algo. Te he echado de menos.

—Quizá —repitió Noah.

La verdadera razón que le impedía aceptar su oferta de ir derechos a su casa era que no estaba seguro de cómo se sentía a nivel emocional. No sabía si quería volver a cabalgar tras haber caído del caballo.

—A veces los lunes son muy ajetreados, y no salgo hasta tarde —añadió.

—Bueno, ya veremos, según avance el día. De todos modos, ahí queda la oferta.

Noah la acompañó al portal. Igual que la primera noche que habían estado juntos, Ava lo sorprendió con un beso en cada mejilla.

—Me he alegrado muchísimo de verte —dijo mientras él le aguantaba la puerta—, pero en el hospital creo que deberíamos ir a lo seguro e ignorarnos. Las sospechas de Mason quizá no sean vox pópuli, y lo más acertado sería que no les diéramos la menor credibilidad. ¿De acuerdo?

—De acuerdo —acertó a decir él. Como de costumbre, lo había dejado descolocado—. Yo también te he echado de menos. Bienvenida.

Se la quedó mirando mientras cruzaba la calle y abría la puerta del todoterreno. Antes de subir, Ava se dio la vuelta y se despidió con la mano. Noah le devolvió el gesto, cerró y echó el pestillo. En contraste con el aparente subidón de energía de Ava, él estaba física y emocionalmente exhausto.

16

Jueves, 20 de julio, 7.48 h

Noah entró en Toscano y se acercó al mostrador. Le dijo a Richard, el apuesto dueño y gerente del establecimiento, a quien había conocido formalmente hacía dos noches, que volvería a pedir comida para llevar. Mientras esperaba echó un vistazo a la ajetreada escena que se desarrollaba a su alrededor. Todas las mesas del extenso local estaban ocupadas, y el murmullo de las alegres conversaciones y las risas inundaba el ambiente. Ninguno de los comensales pensaba en enfermedades, lesiones o muertes, temas que llenaban el mundo de Noah día tras día. Por lo general, habría sentido celos de sus vidas normales y de la facilidad con que entablaban conversaciones cordiales, pero aquella noche no sentía ni pizca de celos, porque esperaba con ansia pasar otra noche maravillosa para él.

El lunes anterior había sido muy ajetreado para Noah, incluso más de lo esperado. El resto de la semana, igual. Sin embargo, las reticencias que había tenido el domingo por la noche —cuando Ava se presentó sin avisar ante su puerta— sobre si debía retomar o no su intensa relación secreta con ella, habían desaparecido de manera progresiva. Aunque al despertarse el lunes por la mañana había sentido que lo más prudente sería ir despacio, a medida que avanzaba el día fue emocionándose cada vez más ante la perspectiva de verla aquella noche. Cruzarse con ella varias veces en los pasillos de cirugía, donde ambos evitaban con absoluta escrupulosidad dar muestras de conocerse, solo había servido para avivar las brasas de su pasión hasta convertirlas en una llamarada. El mero secretismo hacía la situación deliciosamente libidinosa.

Cuando llegó a su casa, bien pasadas las nueve de la noche del lunes, tenía más cuerda que un reloj antiguo. Por lo visto a ella le había pasado lo mismo, porque habían acabado haciendo el amor en el recibidor. De fondo, oían la cháchara ocasional de los peatones que pasaban por la acera, de lo cerca que estaban, pero eso no afectaba a su ardor en lo más mínimo. Al terminar, yacieron juntos un rato sobre la moqueta de las escaleras, mirando la lámpara de araña del pasillo. Fue un momento de ternura en el que se demostraron lo mucho que se habían echado de menos, una emoción acendrada por la culpa que sentía Ava por no haberle escrito y por la preocupación de Noah al no tener noticias de ella.

Más tarde, mientras disfrutaban de la cena, Noah se había enterado de lo duro que había sido para Ava trabajar como asesora cuando estaba en Washington, puesto que implicaba reuniones o almuerzos con senadores y congresistas miembros de comités clave. Le contó que había padecido una leve forma de estrés postraumático, con problemas gastrointestinales persistentes y pesadillas recurrentes en las que no conseguía colocar un tubo endotraqueal. También le había confesado lo cerca que había estado de llamar al doctor Kumar para anunciarle su dimisión.

La reacción de Noah ante aquella historia fue igual a la que había tenido la noche anterior, en su apartamento: le recordó sus certificaciones, que la habían contratado en uno de los hospitales más prestigiosos del país; que no había sido casualidad que hubiera atendido con éxito como anestesista más de tres mil operaciones en el BMH, sin ninguna complicación de importancia. Y también le recordó que había realizado varias contribuciones de valor para el hospital. La primera, haber tenido un papel crucial en el programa de reciclado de gases anestésicos, que antes se desechaban a la atmósfera, lo cual le había ahorrado dinero al hospital y era además beneficioso para el medio ambiente. Y la segunda, que había formado parte junto con él del comité de quirófanos híbridos, cuyo trabajo había dado lugar a la remodelación actual de todos los quirófanos del Stanhope Pavilion.

Noah se había quedado en casa de Ava toda la semana; llegaba entre las 18.15, lo más temprano —el martes—, y las 21.52, como muy tarde —el lunes—, y salía de casa todos los días poco antes de las cinco. Habían pedido cada noche comida para llevar en los restaurantes de Charles Street y se habían pasado horas hablando mientras comían y bebían un poco de vino.

En muchos aspectos, conocer a Ava era como pelar una cebolla, a decir de Noah. Cada vez que descubría algo nuevo, encontraba otra capa, algo que no sabía o no sospechaba, como el hecho de que tuviera una memoria casi fotográfica o de que fuera una codificadora informática de talento, una capacidad que había desarrollado ella sola, gracias sobre todo a su amor por los videojuegos. La memoria fotográfica y la codificación eran aptitudes que Noah apreciaba, porque las compartía.

Quizá lo más asombroso que Noah descubrió sobre Ava fue que hablaba español, francés y alemán con fluidez, y que se defendía lo bastante en italiano como para viajar por las carreteras secundarias de Italia. Lo que le sorprendió fue que los idiomas no eran su fuerte, y que había batallado con el latín y el español en su época de instituto. También se dio cuenta de que, a diferencia de él, Ava tenía un sexto sentido para calar a los demás, lo que se había convertido en una habilidad de especial utilidad en su trabajo con los grupos de presión. Ava explicaba lo fácil que le resultaba adivinar las opiniones de un senador o de un congresista sobre un tema en concreto, y hacerles cambiar de opinión si su parecer no iba en consonancia con los deseos de sus jefes del CSN.

—Nunca pides postre —le dijo Richard, el dueño del restaurante, interrumpiendo los pensamientos de Noah cuando cogió el paquete con la cena para llevar—. Tenemos varias exquisiteces deliciosas. ¿Qué tal un poco de tiramisú por cuenta de la casa para que lo pruebes?

—Gracias pero no.

Noah no estaba seguro de que Ava quisiera, aunque seguro que podía permitírselo teniendo en cuenta el ejercicio que hacía todos los días en el gimnasio. Noah no podía decir lo mismo: con el poco ejercicio que hacía, tenía suerte de no haber engordado.

—A lo mejor la próxima vez —dijo Richard con amabilidad, entregándole la copia del recibo de la tarjeta.

Noah subió raudo la colina hasta Louisburg Square. Ahora que tenía la comida, iba con prisa, no solo para que estuviera caliente cuando llegara, sino porque tenía más ganas que de costumbre de ver a Ava. A primera hora de la tarde, habían chocado prácticamente en el pasillo cuando él entraba y ella salía de la sala de reanimación. Al principio ambos se habían horrorizado, pero como al parecer nadie se dio cuenta, ya que solía sucederles a todos con frecuencia, les había resultado gracioso dados los esfuerzos que habían hecho por evitarse.

Noah pulsó el timbre y oyó a lo lejos el teléfono, que sonaba dentro de la casa. Después oyó la cerradura de la puerta. Se había enterado de que, desde cualquier terminal telefónico de la casa se podía ver quién llamaba y abrir la cerradura.

Una vez dentro, se descalzó y bajó a la cocina. Ava estaba ocupada poniendo el mantel, los cubiertos y las servilletas sobre la encimera. Estaba tan atractiva como siempre, con pantalones de chándal, una camiseta sin mangas de cuello vuelto y descalza. Tenía el pelo mojado y la piel le brillaba porque acababa de darse una ducha después del ejercicio.

Mientras Ava abría una botella de vino y Noah sacaba la comida y la ponía en los platos, recordaron entre risas el choque que habían estado a punto de darse aquella tarde en la sala de reanimación y el pánico que les había entrado.

—Me alegro de que Janet Spaulding no nos haya visto —dijo Ava, todavía riendo.

—Es asombroso. Parece que sepa todo lo que pasa en quirófano —comentó Noah.

—Detesto sacar ahora un tema delicado —dijo Ava cuando empezaron a comer—, pero ¿has hablado con el doctor Jackson?

—Aún no.

—¿Por algún motivo en concreto? —preguntó ella—. La sesión clínica está al caer. Tres días y ya estará ahí.

—Por el mismo motivo por el que pospuse mi charla con Mason para la última conferencia. Porque soy un cobarde.

—Te entiendo —dijo Ava—. Podría ser casi tan horrible como hablar con Mason. No es tan narcisista, pero tienen los mismos rasgos de personalidad.

—Lo sé. Por eso he aplazado cuanto he podido la charla.

—Es importante saber cómo se encuentra —repuso Ava—. Me gustaría saber si sigue enfadado.

—Y a mí. ¿Te ha dicho Kumar algo que te haga pensar que Jackson le ha ido con quejas?

—No.

—Bien. Creo que sus amenazas de informar a nuestros superiores no fueron más que una manera de desahogarse en caliente. El doctor Hernandez tampoco me ha dicho nada. En el mejor de los casos, Jackson se habrá dado cuenta de que parte de la culpa la tuvo él. Y de ser así, estamos en una posición mucho mejor que la que teníamos con respecto a Mason.

—Hay que averiguar su opinión para organizar tu presentación —le dijo Ava—. ¿Cuándo vas a hablar con él?

—Ahora que me lo recuerdas, lo intentaré mañana.

—Odio ser tan insistente, pero podría ser importante.

—La primera vez que vine —comentó Noah, ansioso por cambiar de tema—, cuando me enseñabas tu maravillosa sala de informática dijiste algo interesante, después de reconocer cuánto disfrutabas con las redes sociales y cuánto tiempo pasabas en ellas. Dijiste que te permitían aprender más sobre ti misma que si hubieras hecho psicoanálisis. ¿Lo decías en serio?

—Muy en serio.

—También dijiste que algún día me lo explicarías. ¿Es un buen momento?

—Tanto como cualquier otro. —Ava se sentó erguida—. ¿Por qué disfruto tanto? Fácil: llenan un vacío social, y eso no lo hace una maratón de Netflix, aunque a veces también hago alguna. Ya te he dicho por qué no me gusta socializar con los compañeros, salvo contigo, desde luego. Como mi trabajo es tan variado y paso tanto tiempo fuera de la ciudad cuando hago de asesora o cuando viajo, no conozco a casi nadie en Boston. En internet, tengo todo un regimiento de «amigos» que siempre están a la espera, y que, sin duda, son más variopintos e interesantes que los que podría tener aquí en Boston, que estarían tan ocupados como yo y no estarían disponibles cuando yo estuviera libre. El mundo de internet es mucho mayor que el mundo real, tan reducido y tan anodino, y siempre está ahí; nunca duerme, nunca está demasiado ocupado. Lo mejor de todo es que, cuando te hartas de cualquier cosa, simplemente pulsas un botón, lo apagas y no hay ni alborotos ni problemas.

En ese momento, la cocina se llenó con el estridente tono del móvil de Ada. Tras comprobar quién la llamaba, se disculpó y salió para atender la llamada. Era una interrupción típica que Noah había aprendido a esperar, pero que no le gustaba. Mientras Ava no estaba, pensó en lo que le había dicho y se preguntó si él tendría tanta dependencia de las redes si dispusiera de tanto tiempo como ella. Ava trabajaba de media cuarenta horas a la semana, en tanto que él se pasaba ciento veinte horas en el hospital, mucho más de lo que se suponía que debía estar.

Jugó un poco con la comida pero no se llevó nada a la boca; prefería esperar a que Ava volviese. Por desgracia, la llamada fue más larga de lo habitual. Cuando Ava reapareció treinta y cinco minutos más tarde, se disculpó como tocaba. Mientras recalentaban la comida en el microondas, le explicó que uno de sus jefes principales del CSN estaba muy tenso debido a un artículo que se publicaría en *Los anales de la medicina interna* de la semana siguiente. Similar a otros que se habían ido publicando desde 1992, pero más extenso, incluiría un estudio de casi medio millón de personas a lo largo de una década, que demostraba que los suplementos dietéticos y multivitamínicos no tenían ningún beneficio. Es más, el artículo afirmaba que las megavitaminas se asociaban a un riesgo paradójicamente mayor de padecer cáncer y cardiopatías.

—No es de extrañar que esté molesto —dijo Noah, sin ocultar su satisfacción—. Podría significar una sentencia de muerte para la industria, y quizá también para su asesoría.

—Ni por asomo —se burló Ava—. La gente de los grupos de presión hemos aprendido a afrontar este tipo de estudios. Ya ha habido otros, y al igual que se ha hecho en el pasado, argumentaremos que se utilizaron cantidades equivocadas de vitaminas, o marcas equivocadas de suplementos. Luego diremos que la selección de sujetos de estudio tampoco fue la adecuada; culparemos a las grandes farmacéuticas y a los teóricos de la conspiración, y apuntaremos que las farmacéuticas estaban detrás del estudio porque no quieren que la gente esté sana gracias a suplementos que, hasta cierto punto, son baratos. Lo que hay que dar a entender, claro está, es que las farmacéuticas quieren vender medicamentos con receta y más caros. La gente se lo tragará. Además, este tipo de artículos captan la atención de los medios durante un tiempo; luego, en cuanto surge el siguiente escándalo, desastre o tuit, desaparecen.

—¡Dios! Qué poco alentador.

—En última instancia, es lo que quiere la gente: una salida fácil mediante un puñado de pastillas, en lugar de esforzarse por llevar un estilo de vida saludable. Para mí implica que tendré que volver derechita a Washington a evaluar los daños.

Con la comida recalentada, se sentaron ante la encimera. Era ya noche cerrada, y gracias a una racha de buen tiempo, la estampa perfecta de una velada. Los paneles de vidrio que aislaban la cocina estaban plegados, de modo que la cocina y el jardín trasero parecían formar una única estancia. El foco exterior iluminaba el jardín cuidadosamente plantado. Gracias a la ayuda de unos cuantos grillos, la fuente emitía un murmullo de fondo muy relajante.

—En fin, me estabas diciendo que las redes sociales satisfacen una necesidad social sin causar problemas ni alborotos.

—Correcto —afirmó Ava—. Pero van mucho más allá. Me permiten explorar facetas de mí misma de las que ni siquiera era consciente.

—¿Por ejemplo? —Frases como aquella le resultaban extrañas, sobre todo viniendo de una médica como él.

—En la vida real, todos estamos en la realidad de quienes creemos que somos y de cómo creemos que somos —explicó Ava—. Valoramos la consistencia, al igual que nuestros familiares y amigos, que se parecen más a nosotros de lo que como norma queremos admitir. En un mundo virtual, es otra historia. Puedo ser quien quiera sin ningún inconveniente y sin consecuencias, y tengo el beneficio de aprender más sobre mí misma.

—Así pues, Gail Shafter, tu personaje de Facebook y Snapchat, ¿no eres tú con otro nombre?

—En absoluto —dijo Ava soltando una carcajada—. Aunque tenemos la misma edad, ella está inmersa en un mundo en el que yo me quedé atrapada justo después del instituto, y del que logré escapar. Está atrapada en un pueblucho, trabajando para un dentista que la domina, y se divorció después de un matrimonio que fracasó. Me sirve para valorar mi vida y hasta dónde he llegado en el mundo real gracias a una mezcla de trabajo duro y azar. Comparada con ella, soy una afortunada.

—O sea que se puede decir que cuando estás en Facebook eres Gail y no tú.

—Claro. Eso se da por sentado. Igual que cuando entro en Facebook como Melanie Howard, soy Melanie Howard.

—¿Melanie Howard? ¿Es otro personaje?

—No me gustan los términos «falsa identidad» ni «álter ego». Se asocian demasiado con una mala conducta en internet. Melanie y yo no nos comportamos así. No nos da por acosar en plan vicioso ni a levantar los ánimos con respecto a nada. No es ni nuestro objetivo ni el sentido de todo esto. Melanie Howard es solo otra persona del mundo virtual que intenta hacerlo lo mejor posible dentro de las limitaciones sociales, personales y mentales que tiene.

—¿Cómo es?

—Por lo general es mi antítesis, o la persona que hasta cierto punto podría haber llegado a ser yo. Tiene mi edad pero es tímida, poco sofisticada y crédula, y busca con desesperación amor y compañía. Trabaja de secretaria para una aburrida empresa de fontanería en Brownfield, Texas, con un jefe al que aprecia poco y que siempre le mete prisas. En el aspecto positivo, es atractiva, de buen corazón, generosa y tolerante hasta cierto punto. En cuanto sobrepasa su límite, se vuelve tan dura como el diamante.

—Vaya —soltó Noah, sin saber qué más decir.

Su idea original era que Ava usaba el nombre de Gail Shafter tan solo para proteger su privacidad, no porque quisiera vivir una vida virtual completamente diferente a la suya.

—¿Acaso te choca? —preguntó Ava mirando a Noah con la cabeza un poco inclinada. Esgrimía una sonrisa que era un claro desafío—. Estamos en el siglo XXI —le recordó—. Facebook lo usan casi dos mil millones de personas.

—Estoy sorprendido, nada más —contestó Noah—. ¿No te sientes como una impostora, con todas esas identidades falsas en Facebook?

Ava se rio.

—Ni por asomo; la palabra «impostora» tiene demasiadas connotaciones negativas. Creo que las personas como Melanie son amigas mías, identidades virtuales y diferenciadas de las que soy portavoz, y que me sirven para explorar facetas de mi personalidad. Sé que suena un poco a «piedras preciosas reales de bisutería», o algo así, pero en la actualidad el mundo virtual le hace la competencia al real en cuanto a relevancia. ¿Qué significa en verdad «real»? Si insistes en utilizar la palabra «impostora», recuerda que casi todos los usuarios de redes sociales mienten para envanecerse y para dar a entender que sus vidas son más emocionantes de lo que son. Hasta las fotos supuestamente sinceras han pasado por Photoshop. Lo único que les importa es el número de «Me gusta». En ese sentido, casi todo el mundo es un impostor en la actualidad. ¿Y usted, doctor Rothauser? ¿Ha sido alguna vez un impostor, digamos, por ejemplo, en un currículum?

—Para nada —repuso Noah con tanta seguridad que ahora era Ava la que se sorprendió—. Como todos los estudiantes de medicina de tercero y cuarto, tuve que fingir que era médico. Si no, los pacientes no hubieran soportado nuestras pantomimas.

—Lo recuerdo muy bien. Muchas veces me sentía culpable por aquel engaño. Pero si un paciente me lo preguntaba, era sincera.

—Yo también —dijo Noah—. ¿Y qué hay de las páginas de citas que me dijiste que visitabas? ¿También es cosa de Gail y de Melanie?

—Claro. Nunca entraría en una web de citas siendo yo misma. Son entretenidas, pero hay mucho bicho raro escondido tras perfiles falsos. Me dijiste que a ti te había funcionado, y hace unos años puede que así fuera, pero ahora la mayoría de la gente solo busca sexo.

—Y Gail o Melanie ¿han tenido alguna vez una cita con alguien que hayan conocido en una de esas páginas?

—¡Por supuesto que no! —exclamó Ava—. Me sorprende que me lo preguntes. Tendría que hacerlo yo en persona, y nunca se me ocurriría, aunque me hiciera pasar por Gail o por Melanie. Sería un error de campeonato, por muchísimas razones. Además, no me extrañaría que la mitad de las personas con las que quedara también fueran impostores. Está oficialmente demostrado que al menos el diez por ciento de los perfiles de Facebook son falsos. Más o menos doscientos millones. Pero por muy perturbador que parezca, da igual. Lo importante es el anonimato. Tan pronto como la gente real se encuentra cara a cara, el anonimato se pierde para siempre.

—Todo esto me resulta muy confuso —admitió Noah—. Y tampoco es fácil. De adolescente aprendí que el problema de mentir era olvidar qué mentira se había contado. ¿Nunca metes la pata y te confundes de personaje cuando cambias entre una y otra?

—Tengo gran cantidad de material archivado sobre cada una, y lo actualizo con regularidad. Hasta he desarrollado mis propios algoritmos para que me alerten si digo algo que no cuadra con el personaje. Ser coherente forma parte del reto.

—Te veo muy puesta.

A Noah le costaba creer que tanto esfuerzo mereciera la pena.

—Pues sí. Tanto o más que en los juegos.

—¿Y las fotos y esas cosas? ¿Cómo lo gestionas?

—Es fácil con la cantidad de perfiles y fotos que hay en internet, y con la capacidad que tienen los programas de edición fotográfica. De verdad que no es difícil.

—Una última cosa —dijo Noah—. Recuerdo haber leído no hace mucho en un artículo de opinión que la gente llegaba a creerse las mentiras que contaba en las redes sociales. A algunos psicólogos les preocupan esas distorsiones, dado que difuminan la consciencia que la persona tiene de sí misma. ¿Te parece un problema?

—Depende del punto de vista. Siempre se han maquillado las historias que cuenta la gente, aun antes de internet y de las redes. Ahora hay más oportunidades, y la tecnología está cambiando de hecho nuestra cultura. Cambia incluso la medicina. Todos se están convirtiendo en una especie de impostores, y cada vez se vuelven más narcisistas. Algunos lo verán como un problema; otros, como una oportunidad.

—He de admitir que me resulta fascinante —dijo Noah—. Durante los cinco años que me he pasado encerrado en el hospital, el mundo ha cambiado.

—Y los cambios cada vez son más rápidos —apuntó Ava—. Escucha, cuando te hayas duchado, podemos ir a la sala de ordenadores y te presentaré a Melanie Howard. Al cabo de media hora más o menos, te parecerá que es una vieja amiga. Sabrás muchísimas cosas de ella, y te enviará una solicitud de amistad. Te aseguro que le vas a encantar.

—Y yo estaré encantado de conocerla —dijo Noah mientras llevaban los platos al fregadero.

Cuando subieron juntos al ascensor, Noah se acordó de la película *Her* y se preguntó cómo se sentiría con respecto a Melanie Howard. ¿La vería como una persona diferente, virtual, aunque supiera que Ava manejaba los hilos de aquella marioneta?

17

Keyon Dexter tomó la salida 25 de la Interestatal 93 en dirección a Plymouth, New Hampshire. Estaba cansado: llevaba conduciendo casi dos horas desde Boston. Había perdido a cara o cruz ante George Marlowe, y le había tocado conducir. En los viajes fuera de Boston, ambos preferían ir en el asiento del copiloto, reclinado, para poder poner los pies sobre el salpicadero de la furgoneta Ford. Durante casi un año, les habían asignado la zona de Boston en ABC Security, que operaba desde Baltimore, Maryland, y había abierto una sucursal en Boston, en el antiguo ayuntamiento de School Street.

—Macho, estamos en medio de la nada —comentó Keyon—. Esperaba que este juego del ratón y el gato terminara cuando nos deshicimos de Savageboy.

—Y yo —dijo George. Apoyó los pies en el suelo y se calzó. Luego enderezó el respaldo del asiento y lo colocó al nivel del de Keyon—. Con suerte, en cuanto nos hayamos ocupado de CreepyBoar, todo esto habrá terminado. La red de seguridad actual debería impedir que estas mierdas vuelvan a suceder.

—No sé... —dudó Keyon—. Estos chavales son de otra pasta. Han crecido con esta tecnología, no han tenido que aprenderla a las malas, como nosotros. Para ellos es algo natural. Son un puñado de hackers al acecho. A lo mejor encuentran la forma de eludir una VPN.

—Supongo que puede ser. También eligen bien los alias. CreepyBoar es bastante peculiar.

—¿Crees que será tan fácil como con Gary Sheffield?

—Si he de adivinar, diría que sí. ¿Por qué si no se esforzaría tanto para quedar con una niña de trece años?

—Hay de todo —dijo Keyon, asqueado—. También depende de si es un miembro del profesorado o un alumno. ¿Qué crees tú?

—Profesor —dijo George sin dudar—. Los estudiantes tienen muchas golosinas para escoger. No tienen que meterse en internet a pescar.

—Tienes razón, supongo —admitió Keyon—. Pero en internet dice que es un universitario de dieciocho años.

—Me da igual lo que diga —espetó George—. La gente se inventa toda clase de patrañas en la red. A lo mejor es que soy un optimista. Si al final resulta que es un estudiante, resolver este marrón nos será mucho más difícil. Los adolescentes siempre se pavonean de sus logros, así que la información y la dirección de Teresa Puksar pueden estar ya en muchos smartphones.

—Esperemos hacerlo lo mejor que podamos.

Habían llegado a Plymouth rastreando la dirección IP de su objetivo.

Pero a diferencia de Gary Sheffield, cuya IP les había servido para localizar su verdadera dirección, con la de CreepyBoar solo habían sido capaces de obtener la de la Universidad Estatal de Plymouth. Lo que tenían que hacer era meterse en la red de la universidad para obtener la ubicación del ordenador de CreepyBoar, y tenían que hacerlo de noche. Querían que CreepyBoar estuviera en casa.

Al llegar a una rotonda, siguieron en dirección sur por Main Street. Era una ciudad universitaria modesta, de edificios de una o dos plantas, la mayoría. El campus quedaba a la derecha, y se extendía a lo largo de la falda de una colina. El edificio central era una torre de ladrillo cuadrada.

Gracias a un mapa detallado que se habían descargado de internet, trazaron una circunferencia alrededor del campus, o lo más parecido a un circunferencia. Los edificios eran una mezcolanza arquitectónica indeterminada, la mayoría de ladrillo rojo.

—No hay mucha actividad —dijo George.

—Están de vacaciones —aclaró Keyon—. Seguro que durante el curso es muy distinto.

Continuaron en silencio. Ambos sabían lo que pensaba el otro. Nunca habrían podido vivir en un ambiente tan rústico.

—Muy bien —dijo George cuando rodearon por completo el campus—. Ahora que hemos delimitado el terreno, busquemos sitio para aparcar y veamos si estamos de suerte.

Keyon aparcó en Main Street, junto a otros vehículos, la mayoría camionetas. Algunos restaurantes seguían abiertos, incluido uno que parecía sacado de los años cincuenta. Los demás negocios estaban cerrados.

Subieron a la parte trasera de la furgoneta y encendieron los ordenadores. No tardaron mucho en entrar en la red de Plymouth.edu. Como era de esperar, dados los hábitos virtuales de CreepyBoar, el objetivo estaba utilizando el ordenador. Lo que no se esperaban era que no fuera un hombre. El ordenador pertenecía a Margaret Stonebrenner.

—Me cago en la puta —maldijo Keyon.

—No saquemos conclusiones precipitadas —repuso George—. A lo mejor Margaret tiene un hijo adolescente que está usando el ordenador de su madre.

—Es verdad —reconoció Keyon.

Buscaron a Margaret Stonebrenner, residente en el número veinticuatro de Smith Street, en todas las bases de datos a las que tenían acceso. Descubrieron que no tenía antecedentes penales y que era profesora de Psicología, divorciada en 2015 de Claire Walker, con quien se había casado en 2011.

—Ahí lo tienes —comentó Keyon—. Al menos hemos acertado: es profesora.

—Y nos hemos confundido de acera —añadió Keyon—. Nunca se me habría pasado por la cabeza que el objetivo fuera homosexual. ¿Por qué acosaba a una chica fingiendo que era un adolescente? Me he quedado de piedra. Quizá sea difícil ser lesbiana en un pueblo pequeño y rural. ¿Qué sé yo?

—No te sorprendas tanto —le recriminó Keyon riendo—. Piensa en lo que habría sentido la pobre Teresa Puksar si hubiera accedido a encontrarse con ella.

Keyon y George se rieron a carcajadas.

—De verdad te digo que no sé adónde va a ir a parar este mundo —dijo George cuando se repuso—. Tengo solo treinta y seis años, pero teniendo en cuenta lo lejos que estoy de todo ese rollo LGTB, es como si tuviera el doble. Qué locura.

Tras consultar el callejero de Plymouth, volvieron a los asientos delanteros y se dirigieron a Smith Street. No quedaba lejos; en Plymouth nada quedaba lejos. Primero pasaron por delante y vieron que en el número veinticuatro se alzaba una casita victoriana blanca de dos plantas con una barandilla decorativa bajo los pronunciados aleros. De las ventanas del primer piso salía luz. Las del segundo estaban a oscuras.

—Pinta bien —dijo Keyon—. ¿Vivirá sola?

—No podemos tener tanta suerte dos veces seguidas —comentó George—. Pero la esperanza nunca se pierde.

Aparcaron en una calle adyacente y regresaron a pie. Mientras caminaban se iban fijando en las casas cercanas, la mayoría a oscuras.

—Aquí en Plymouth todo el mundo se acuesta temprano —comentó Keyon—. Imagino que no habrá mucha vida nocturna.

Rio en voz baja por el eufemismo que había soltado.

Al llegar a su destino, echaron un vistazo a las casas vecinas. Todas las luces estaban convenientemente apagadas. Al prestar atención a la casa de Margaret, oyeron un aparato de aire acondicionado, ruidoso y anticuado, que les pareció una ventaja; el sonido de los disparos en el completo silencio de un pueblo pequeño podía llegar muy lejos. Previsor, Keyon llevaba su Beretta semiautomática con silenciador. Era un arma sorprendentemente discreta. Lo malo era que abultaba bastante en la sobaquera, y nunca la habría llevado a plena luz del día.

Como de costumbre, se colocaron a ambos lados de la puerta, con las placas falsas del FBI listas. Como no había timbre, George llamó con la mano. Al no obtener respuesta, golpeó más fuerte. Una lámpara de pared se encendió junto a George, y eso no le gustó. Un momento después, se oyó una voz femenina tras la puerta, que preguntaba quién andaba ahí.

Fue Keyon quien soltó el discurso, en esencia calcado del que habían usado con Gary Sheffield: que eran agentes del FBI y que formaban parte del Equipo contra la Delincuencia Cibernética. La diferencia fue que Margaret no les abrió la puerta.

—¿De qué quieren hablar? —preguntó.

De nuevo, Keyon se mantuvo fiel al protocolo habitual y explicó que se había detectado actividad cibernética delictiva desde dentro de la casa, y que era preciso investigar.

—Prefiero que vuelvan mañana —dijo Margaret—. ¿Cómo sé que son agentes del FBI?

Keyon y George se miraron preocupados. Oyeron otro sonido que no les gustó: un ladrido seguido de un gruñido, y no eran de un caniche.

—Si nos abre, le enseñaremos nuestras credenciales —dijo Keyon.

—Nunca he oído que los agentes del FBI llamen a una casa a estas horas de la noche —dijo Margaret—. Lo siento; estoy sola.

—Señora, entendemos que no le guste, pero si no habla con nosotros tendremos que volver con la policía local y hacer que la detengan. Seguro que podemos aclarar todo esto sin llegar a ese nivel de vergüenza. Pero si no nos abre, no seremos capaces.

Se hizo un silencio momentáneo, solo roto por el rumor del aire acondicionado de la ventana. Keyon y George intercambiaron otra mirada y sintieron que estaban perdiendo el control de la situación. Luego oyeron algo que sonaba como los botones de un móvil.

—¡Mierda! —estalló George, hablando por primera vez desde que habían llegado al porche.

Se apartó de la pared, levantó el pie y le propinó a la puerta una patada con todas sus fuerzas, a un lado de la cerradura. La madera vieja se astilló y la puerta se abrió de golpe. Un segundo después, estaban dentro, y Margaret Stonebrenner, sorprendida, dio un paso atrás. En el mismo instante, un pastor alemán enorme se abalanzó sobre George, que había entrado primero.

Gracias a su entrenamiento con los marines, que había incluido formación como antidisturbios y contra ataques de perros, George levantó los brazos por encima de la cabeza para que el animal no tuviera un blanco fácil. Aguantó la tremenda embestida del perro y se mantuvo en pie, aunque recibió un mordisco en la manga derecha de la chaqueta. Keyon sacó la Beretta y disparó dos tiros al pecho del animal. Al principio, las balas parecieron no surtir ningún efecto, ya que el perro seguía moviendo la cabeza y trataba de destrozar la chaqueta de George. Entonces, con la misma brusquedad con que había comenzado su ataque, el perro soltó la manga, se tambaleó, gimió y se desplomó en el suelo. Rodó sobre un costado.

Al ver lo que le había pasado a su perro, Margaret comenzó a chillar, incluso cuando Keyon la apuntó y le dijo que se callara.

—¡Hijos de puta! —gritó, con el rostro descompuesto de terror y de angustia.

Se abalanzó sobre Keyon con los ojos ensangrentados, y este respondió descerrajándole un tiro en la frente. Margaret cayó de espaldas. Durante uno o dos segundos, le temblaron los miembros. Un momento después, sus ojos miraban al techo, sin ver.

—Maldita sea —dijo George—. Ahora no podremos interrogarla.

Antes de que Keyon pudiera responder, ambos oyeron una voz masculina que provenía del móvil de Margaret. Se le había caído a la alfombra cuando le habían disparado.

—Habla con la comisaría de policía de Plymouth. ¿Todo en orden, señorita Stonebrenner?

Keyon recogió el teléfono, lo apagó y se lo guardó.

—Hay que largarse.

—Necesitamos el ordenador —dijo George.

—Cierto.

Keyon pasó al lado de George y entró en el comedor, donde había un ordenador portátil abierto. Lo cerró y se lo puso bajo el brazo. Había un bolso, que también agarró.

Mientras Keyon estaba en el comedor, George se puso rápidamente unos guantes de látex. Se acercó a un escritorio y rebuscó en los cajones; dejó varios abiertos y tiró uno al suelo. Los dos hombres salieron a toda prisa hacia la oscuridad, y aflojaron el paso hasta alcanzar un ritmo normal al llegar a la calle. Mientras se dirigían a la camioneta, echaron varios vistazos a las casas de la vecindad, preocupados. Todo seguía igual. El lugar parecía tan tranquilo como antes.

—Ha sido un desastre —dijo George asqueado mientras subía al asiento del conductor. Le tocaba conducir a él—. Nuestro peor trabajo, diría yo.

Se quitó los guantes antes de arrancar.

—En este negocio, nunca sabes lo que te va a pasar —dijo Keyon—. No hablaremos a no ser que nos pregunten específicamente. Y esperemos que la nueva VPN sea tan buena como dicen para que no tengamos que hacer más trabajos como este.

—Ojalá —admitió George—. ¿Sabes qué me ha sorprendido? Lo normal que parecía esa Stonebrenner. Me la esperaba más como los otros, como Sheffield. Alguien a quien no mirarías fijo, con una vida aburrida, un poco friki, tonta, que confía en las redes sociales para tener una vida, aunque sea virtual. Y no me ha dado esa impresión. No se tragó la historia del FBI ni por un segundo.

—Las redes sociales se apoderan de nuestra cultura —dijo Keyon—. No se trata de los adolescentes, se trata de todos.

Para no conducir de nuevo a través de Plymouth, George tomó una ruta tortuosa hasta la I-93 para volver a Boston.

18

Viernes, 21 de julio, 21.15 h

Para variar un poco, después de haber tomado el menú del Toscano durante cinco noches seguidas, Noah volvió al restaurante tailandés King & I. Había hecho un pedido por teléfono tras salir del hospital y hablar un momento con Ava para preguntarle qué quería, y ahora se encontraba junto al cajero esperando.

Había sido un viernes muy ajetreado. Había empezado antes de lo habitual porque el profesor de Bioquímica médica del viernes por la mañana no podía dar clase, lo que obligó a Noah a impartir una lección muy importante sobre reposición hidroelectrolítica postoperatoria, que requería un poco de preparación. Así que se había levantado a las cuatro de la madrugada y se las había arreglado para marcharse de casa de Ava sin despertarla.

Después de la clase de bioquímica médica, Noah tuvo que practicar cuatro cirugías, incluida una esofagectomía complicada, o sea, la extirpación y sustitución del esófago, una operación muy difícil que solo había llevado a cabo una vez con anterioridad. Por suerte, había salido bien, aunque no tenía muchas esperanzas de que el paciente sobreviviera; para los oncólogos, el cáncer de esófago era una enfermedad particularmente difícil de tratar.

Aunque todas las operaciones habían ido bien, se había producido un hecho desafortunado. Por lo general, Noah estaba al tanto del horario del doctor Mason para evitar toparse con él.

Sin embargo, eso era justo lo que había pasado esa mañana, si bien había hecho todo lo posible por esquivarlo. Noah acababa de finalizar su primera intervención y estaba acompañando al paciente junto al anestesista a la sala de reanimación cuando el doctor Mason apareció de forma inesperada tras haber dado carpetazo a un caso que supuestamente tenía que haberle llevado cuatro horas, pero en el que había invertido menos de dos. A pesar de que Noah intentó indicarle que estaba ocupado, el doctor Mason insistió en hablar y se lo llevó a un aparte. Y entonces se puso a despotricar contra los residentes que Noah le estaba asignando para asistir a sus casos.

—Con la clase de pacientes que traigo a este hospital, no debería tener que soportar la incompetencia de los ayudantes que se me asignan —le había espetado Mason—. Y permítame decirle que voy a plantear este tema al doctor Hernandez, al doctor Cantor y a la señora Hutchinson.

Gloria Hutchinson era la presidenta del BMH.

Las quejas del doctor Mason no tenían ningún fundamento, por supuesto. Más bien al contrario: en la medida de lo posible, Noah siempre intentaba que el doctor Mason contara con residentes de último año, pues era consciente de su tendencia a culpar a todo aquel que lo rodeaba siempre que sucedía algo fuera de lo normal. También era cierto que Noah no había recibido ninguna queja de ningún otro cirujano sobre los asistentes residentes de cirugía, y eso incluía a los veinticuatro de primer año.

Noah había intentado poner punto final a la conversación preguntando al doctor Mason si le podía facilitar una lista con los residentes con los que le gustaba trabajar para intentar asignárselos. Sin embargo, en vez de aceptar esta oferta de paz, el doctor Mason había cambiado de tema para hablar de la próxima sesión clínica.

—Dios quiera que no tenga previsto proteger a su incompetente amante como, sin duda, hizo en el caso Vincent —le había espetado el doctor Mason—. Porque esta vez no se va a salir con la suya. Durante la última sesión me tuve que morder la lengua porque yo había sido el cirujano. Pero en esta ocasión no es así. Esta vez, iré a por ella.

Una vez más, Noah tuvo que soportar que el doctor Mason le golpeara insistentemente con el dedo índice en el pecho mientras remataba su discurso, para a continuación proseguir su camino hacia la sala de espera.

—Su encargo para llevar ya está listo —dijo el cajero del King & I, devolviendo a Noah al presente.

Noah pagó y salió del restaurante. Charles Street era un hervidero, pues estaba repleta de gente que se divertía. Mientras caminaba, se sintió parte de ese mundo, lo cual era muy raro en él. Ahora que esperaba con impaciencia pasar otra agradable velada con Ava, no tenía la sensación habitual de estar aislado de la sociedad, ya que ahora tenía una vida fuera del hospital. Sonrió al pensar que quizá aún había esperanza para él, después de todo.

Mientras subía con cansancio por Pinckney Street de camino a Louisburg Square, volvió a pensar en el día tan atareado que había tenido y en las diversas conversaciones importantes que había mantenido y que se moría de ganas de compartir con Ava. Después del encontronazo con el doctor Mason, que le recordó de golpe lo poco que quedaba para la sesión clínica, lo primero que hizo fue investigar qué residente de primer año había sido asignado a urgencias ese día en particular. Se trataba de la doctora Harriet Schonfeld. La encontró en urgencias suturando una herida. Se había sentido muy satisfecho con la información que le había dado y estaba impaciente por compartirla con Ava.

A continuación, Noah se había reunido con la anestesista residente, la doctora Carla Violeta, así como con la enfermera circulante y la enfermera instrumentista del caso Gibson, pero de ninguna de las tres obtuvo información que no conociera ya. Por último, siguiendo el consejo que le había dado Ava la noche anterior, había concertado una reunión con el doctor Warren Jackson, una reunión que le aterraba y que había estado posponiendo al igual que había intentado posponer la del doctor Mason antes de la última sesión clínica. Como el doctor Jackson era un cirujano veterano que se había formado en el mismo centro que el doctor Mason, compartía con este algunos de sus desagradables rasgos narcisistas; en particular, se ofendía con mucha facilidad, era arrogante y se negaba a aceptar cualquier responsabilidad con testarudez, aunque estuviera demostrado que debía asumirla. No obstante, Noah se había llevado una sorpresa al descubrir que el doctor Jackson era mucho más razonable que el doctor Mason.

Ava se mostró especialmente contenta al ver a Noah cuando este por fin llamó al timbre y se abrió la puerta. Eran casi las diez de la noche, y le reconoció que se moría de hambre cuando la encontró en la cocina. Ava había abierto una botella de vino y ya se había bebido una cuarta parte mientras consultaba Facebook con su iPhone y esperaba. Noah se disculpó por haberse demorado en el hospital por culpa de una emergencia que había surgido a última hora de la tarde.

Cenaron donde lo hacían siempre, contemplando el jardín. Noah se moría de ganas de contarle lo que había descubierto, pero tuvo que esperar su turno porque ella le estuvo hablando sobre varios casos complicados que había tenido ese día y que le habían exigido como anestesista una habilidad extraordinaria. Noah se quedó impresionado al ver cómo se las había arreglado. El conocimiento enciclopédico de Ava sobre todo lo relacionado con la anestesia rivalizaba con su dominio de los pormenores de la cirugía. Después de la cena, acabaron en el estudio, como era habitual. Noah ahora comprendía por qué para Ava era la estancia favorita de la casa; también se estaba convirtiendo rápidamente en su favorita. Como si fueran perros de Pavlov, cada uno de ellos se sentó en el mismo sillón que había ocupado en las noches anteriores, como si obedecieran a un reflejo condicionado.

—Vale, te toca —dijo Ava al darse cuenta de que estaba monopolizando la conversación—. Perdóname por hablar sin parar.

—No pasa nada —contestó Noah—. Me intriga lo mucho que dominas tu campo.

—Tuve una formación de primera —afirmó una Ava satisfecha.

—Tengo una buena noticia y otra mala —dijo Noah—. ¿Cuál prefieres primero?

—Quitémonos de encima la mala y así nos iremos a descansar con la buena.

—Para mi desgracia, me he topado con el doctor Mason en el pasillo de quirófanos —le explicó Noah—. Me ha arrinconado como siempre para poner a caldo a los ayudantes que le he estado asignando, aunque no ha dicho más que un montón de tonterías. Pero lo más importante es que me ha advertido de que no debo protegerte durante esta sesión clínica como cree que hice durante la última.

—¿Seguro que ha dicho eso? —preguntó Ava.

—Sí, segurísimo —contestó Noah—. Ha usado esas mismas palabras. —Noah omitió que el doctor Mason se había referido a ella como «su amante»—. También ha recalcado que durante la última sesión clínica no pudo decir nada, pero que en esta ocasión no va a ser así.

—Vale, esa es la mala noticia. ¿Cuál es la buena?

—Mi reunión con el doctor Jackson no ha ido para nada como yo esperaba —respondió Noah—. Lo cierto es que ha reconocido que había cometido un error al presionar al residente de primer año a ocuparse del caso antes de que tú estuvieras en la sala. Ha dicho que se había dado cuenta después de reconsiderar detenidamente la situación.

—Eso es genial —dijo Ava, y se le iluminó la cara—. ¿Crees que podría estar dispuesto a decir algo en ese sentido en la sesión?

—Eso creo —contestó Noah—. También he hablado con la doctora Violeta.

—Lo sé. Me lo ha contado.

—Está dispuesta a confirmar que la presionaron —señaló Noah—. Así que no me importará sacar el tema.

—Tendrás que sacarlo —dijo Ava—. Debe quedar claro que yo no estaba en el quirófano cuando se administró el paralizante a la paciente, que ya había entrado en parada cardiorrespiratoria. Ambos elementos son claves.

—Tienes razón —admitió Noah—. Lo mencionaré, sin duda.

—Es una buena noticia —repitió Ava—. Ya me siento mejor con respecto a lo que pueda pasar en esta sesión clínica.

—Y hoy me he enterado de algo aún más importante —dijo Noah—. He hablado con la residente de cirugía de primer año que se ocupó del caso en urgencias. Cuando le he dicho que el problema del cuello no aparecía en el expediente electrónico, se ha quedado asombrada y ha insistido en que lo incluyó.

—Pues en el expediente no estaba —le espetó Ava, que se incorporó y se movió hacia delante en el sillón, preparada para una batalla dialéctica.

—Lo estaba y no lo estaba —repuso Noah estirando el brazo y apoyando la mano en el muslo de Ava para calmarla—. Hemos descubierto que había dos expedientes clínicos electrónicos para la misma paciente. Se había alterado el orden de dos letras en el nombre; uno de ellos sí recogía el problema descrito y el otro no. De alguna manera, el ordenador generó dos expedientes. Ya he visitado a los de informática para comentarles el tema, y alguien del equipo va a investigarlo para averiguar cómo ha podido pasar y tomar las medidas necesarias para evitar que vuelva a ocurrir.

—Eso es perfecto —dijo Ava. Suspiró aliviada mientras se recostaba en el sillón—. Solo con eso podríamos ahorrarnos un montón de tiempo en discusiones. A la mayoría de la plantilla no le gusta el sistema de expedientes clínicos electrónicos y le encantará poder exponer sus opiniones al respecto.

—Eso mismo he pensado yo —comentó Noah—. La cosa pinta bien; al parecer superaremos esta sesión tan bien como superamos la primera. Lo que tengo previsto hacer es dejar a Helen Gibson para el final, como hice con Bruce Vincent. Si mido bien los tiempos, tal vez no quede tiempo para discutir y no tengamos que escuchar al doctor Mason despotricando.

—Iba a sugerir lo mismo —señaló Ava—. Me encanta esa estrategia.

—No obstante, tengo una pregunta que hacerte —dijo Noah—. ¿Estabas familiarizada con el videolaringoscopio que estabas usando ese día? Sé que hay diferentes marcas, y cada una es un poco distinta.

Noah intentó usar un tono despreocupado al hacer esa pregunta, como si se le acabara de ocurrir esa idea. Era un asunto al que le había estado dando muchas vueltas desde que ocurrió lo que ocurrió. Había tenido la impresión de que Ava no manejaba aquel aparato con la pericia debida, aunque era el primero en admitir que quizá había esperado lo imposible. Cuando Ava había usado el artilugio, la cabeza de la paciente no paraba de moverse de aquí para allá por culpa del masaje cardíaco, de modo que habría sido difícil para cualquiera. Introducir un tubo endotraqueal en ciertos pacientes con movilidad de cuello reducida podía llegar a ser increíblemente difícil, como, por desgracia, Noah sabía por experiencia personal.

—Claro que estaba familiarizada con el laringoscopio Mc-Grath —replicó Ava un tanto molesta—. Al igual que estoy familiarizada con todos los demás laringoscopios del mercado, como el de Airtraq o el GlideScope. Las diferencias entre ellos son mínimas, aunque prefiero el GlideScope porque tiene una pantalla más grande.

—Ya veo —contestó Noah asintiendo.

Estaba claro que sabía más que él sobre videolaringoscopios. Pero el hecho de que Ava hubiera tenido tantas dificultades seguía inquietándolo. También le preocupaba un poco otra cosa de la que se había enterado. Había transcurrido más tiempo del que esperaba entre el momento en que la residente de primer año había dado el aviso de que estaba teniendo problemas y necesitaba ayuda y la llegada de Ava a la sala. Aunque, claro, en aquel momento Ava estaba atendiendo a otro paciente al que se le estaba aplicando una anestesia general. No obstante, si esa anestesia se había administrado sin problemas, ¿por qué no había acudido al instante? ¿Y por qué Ava no había ordenado una traqueotomía de inmediato cuando vio que era muy difícil introducir el tubo endotraqueal y que la paciente ya había sufrido un paro cardíaco por falta de oxígeno?

—¿Sabes qué hora es? —preguntó Ava, interrumpiendo así las reflexiones de Noah.

Noah echó una ojeada a su reloj.

—Oh, Dios mío. Pero si son casi las doce.

—No sé cómo puedes rendir durmiendo tan poco —comentó Ava—. Tengo que irme a la cama. ¿Qué te parece?

—Por mí bien —respondió Noah con serenidad, y lo decía en serio, pues acababa de darse cuenta de que llevaba en pie casi veinticuatro horas.

—¿Sabes qué? —preguntó Ava de repente con una voz sensual.

—¿Qué? —repitió Noah inocentemente.

—Esa buena noticia que me has dado me ha puesto a tono.

—¿Cómo? —dijo Noah con ingenuidad. No estaba seguro de si había oído bien, y si lo había hecho, no sabía qué debía hacer.

Ava resolvió el súbito dilema al que se enfrentaba Noah levantándose y, para sorpresa de este, se quitó la blusa y los vaqueros. Ava se quedó de pie delante de él con solo un conjunto de lencería verde oscuro, increíblemente sexy, que no se parecía a nada que Noah hubiera visto antes, ya que cubría la menor superficie epidérmica posible. Se paseó por delante de Noah, que se había quedado paralizado por momentos, y se sentó en el brazo del sillón donde se encontraba él. Las feromonas de Ava lo tenían ciego.

—¿Sabes qué creo que deberíamos hacer después de esta buena noticia? —le preguntó con la misma voz susurrante.

—Me hago una idea —contestó Noah, más que dispuesto a seguirle el juego.

—¡Hagamos el amor aquí mismo, ahora mismo!

Una hora después estaban tumbados en la cama de matrimonio de Ava contemplando el techo, con Oxi y Carbi acurrucados al pie de la cama. Aunque se sentía en la gloria, a Noah le costaba permanecer despierto después de haberse levantado a las cuatro de la madrugada y haber trabajado todo el día.

—He de admitir una cosa —dijo Ava de repente—. Te tengo mucha envidia por la educación que has recibido. Debió de ser muy emocionante ir a Columbia, al MIT, y a Harvard. Ni me imagino lo orgulloso que debes de sentirte. Y sacarte un doctorado como lo has hecho tú en solo dos años es algo increíble.

—Tuve suerte —repuso Noah—. Aunque al mismo tiempo trabajé como un animal.

—Ojalá hubiera tenido yo esas oportunidades —comentó Ava pensativa—. Aquí, en el BMH, me siento avergonzada por haber ido a una universidad que no conoce nadie. Da la impresión de que aquí casi todo el mundo se ha formado en una institución de renombre, como tú.

—Estoy impresionado por lo que has sido capaz de lograr —le confesó Noah con total sinceridad—. Eché un vistazo a tu formación académica en LinkedIn y me enteré de que cursaste un programa que combinaba seis años de universidad y un programa de estudios en la facultad de medicina. En muchos sentidos, eso es más impresionante que lo que yo he hecho. Yo tenía muy claro mi camino desde secundaria. Recuerdo que me comentaste que la idea de ir a la universidad no te motivaba mucho. ¿Qué te hizo cambiar de opinión?

—Trabajar para un dentista —contestó Ava—. Eso me hizo darme cuenta de que no iría a ninguna parte y que estaría haciendo lo mismo el resto de mi vida. Espabilé de golpe. Por suerte, en 2001 ficharon a mi jefe, el doctor Winston Herbert, para dar unos cursos de odontología en la Universidad de Brazos, y eso fue lo que hizo en 2002. Brazos era una universidad nueva que se había fundado a mediados de los noventa en Lubbock y que estaba creciendo a pasos agigantados. Inauguraron una facultad de medicina unos cuantos años después. El doctor Herbert me llevó con él cuando pasó a ser el decano de la facultad de odontología, así que, en realidad, yo estaba trabajando para la universidad. También se estaba aprovechando de mí en aquella época, por supuesto, a pesar de que estaba casado.

—Lo siento —dijo Noah. Le indignaba la idea de que un hombre abusara sexualmente de una adolescente.

—Pero eso es agua pasada —continuó Ava—. No le tengo rencor. En realidad, le estoy agradecida. No estaría donde estoy hoy si no fuera por el doctor Herbert. Formar parte de una universidad en crecimiento me abrió los ojos a muchas cosas. Y él me animó desde el principio. Incluso fue él quien despertó mi interés por la anestesia.

—¿De veras? —le preguntó Noah—. ¿Y eso?

—A menudo, los dentistas manejan la anestesia de un modo bastante laxo —respondió Ava—. Se sienten muy cómodos usándola en sus consultas sin la clase de apoyo que yo exijo ahora. Me dejó administrarla casi desde el primer día. Ahí estaba yo, poniendo anestesias a los dieciocho años, sin saber apenas nada al respecto. Cuando lo pienso, me aterra, pero por aquel entonces me fascinaba. Fue eso lo que me empujó a ir a la universidad y luego a la facultad de medicina. Cuando conseguí graduarme por los pelos en el instituto Coronado, jamás, ni en un millón de años, habría pensado que acabaría recibiendo formación universitaria.

—¿Cómo te las arreglaste económicamente? ¿Tu familia te ayudó?

Ava soltó una corta carcajada burlona.

—Ni lo más mínimo. Nunca me llevé bien con mi padre.

—Bueno, otra cosa más que tenemos en común. Yo jamás me llevé bien con el mío.

—Mi madre se volvió a casar después de la muerte de mi padre, pero su nuevo marido y yo éramos como el agua y el aceite. Cuando acabé el instituto, me tuve que buscar la vida. Gracias a que trabajé para el doctor Herbert y para la universidad, pude mantenerme. Trabajé para él siempre que pude mientras iba a la universidad y la facultad de medicina.

—¿Cómo eras de niña? —preguntó Noah.

Aunque ahora para ambos la medicina era su vida, tenía la sensación de que cuando eran críos habían sido muy distintos. En su caso, en cuanto había visto la luz durante los primeros años de instituto, se había centrado en estudiar y en llegar a ser cirujano. Ese sueño lo había sido todo para él, y seguía siéndolo.

—La verdad es que no me gusta hablar sobre mi pasado —contestó Ava con rotundidad—. Eso me trae demasiados recuerdos dolorosos. Preferiría hablar sobre el futuro. O aún mejor, sobre tu pasado.

—¿Qué te gustaría saber? —preguntó Noah.

—Todo —respondió Ava. Se incorporó apoyándose en un codo y miró a Noah—. Sé que nacimos el mismo año, en 1982. Pero cuando junto todas las piezas, veo que me faltan dos años para completar el rompecabezas.

—No dejas de impresionarme —reconoció Noah—. Tienes razón. Pasé seis en la facultad de medicina en vez de los cuatro habituales. Durante mi segundo año, mi madre enfermó y tuvo que dejar su trabajo, que era con el que nos mantenía tanto a mí como a mi hermana discapacitada. Me vi obligado a buscar trabajo. Por suerte, conseguí uno en la facultad de medicina, así que pude seguir acudiendo a las clases y conferencias. Cuando mi madre falleció, volví a matricularme y acabé la carrera.

—Lo siento —dijo Ava—. Debió de ser muy difícil.

—Como tú misma has dicho antes, es agua pasada. Haces lo que hay que hacer y punto.

—Cuéntame más de tu tesis doctoral sobre genética para el MIT —le pidió Ava—. Desde luego, debió de ser impresionante. Nunca he oído hablar de alguien que se sacase un doctorado tan rápido. ¿Cómo narices lo lograste?

—Suena más impresionante de lo que fue —respondió Noah—. Todo empezó con un proyecto universitario sobre la reproducción de las bacterias que llevé a cabo antes de licenciarme, así que ya tenía parte del trabajo hecho. Pero si he de ser sincero, no lo hice por un motivo muy noble. Lo hice porque esperaba que ese trabajo me permitiera acceder a la facultad de medicina de Harvard, y así fue. Estaba muy asustado porque anteriormente, cuando acabé mi grado en biología, tanto Columbia como la facultad de medicina de Harvard me habían rechazado. Así que sabía que tenía que hacer algo fuera de lo normal.

—Estás siendo muy modesto —comentó Ava.

—No lo creo —replicó Noah—. Incluso hice alguna pequeña trampa, al menos al principio. Pero esa es otra historia.

—¿Qué quieres decir?

—Da igual —contestó Noah—. En conjunto el proyecto tenía más de trabajo concienzudo que de gran descubrimiento, y en ese sentido me avergüenzo un poco de ello.

—Qué *imposteroso* suena eso, si me permites acuñar un nuevo término, en relación con lo que hablamos anoche.

Noah señaló la nariz de Ava.

—Muy lista —dijo con una sonrisa—. ¡Me has pillado! Supongo que soy un impostor con un doctorado.

19

Lunes, 24 de julio, 14.35 h

—Para ser tu primera extirpación endoscópica de una vesícula biliar, lo has hecho muy bien, Mark —le dijo Noah al doctor Mark Donaldson en el quirófano veinticuatro.

Mark acababa de extraer la vesícula biliar a través de una de las cuatro diminutas incisiones endoscópicas abiertas en el abdomen de la paciente. El residente de segundo año había hecho un trabajo encomiable, y Noah sabía que era importante que se lo dijera. Cuando uno es un residente novato, que otro con más experiencia, sobre todo un jefe, lo halague si se lo merece es vital, al igual que lo son las críticas cuando están justificadas.

—Gracias, doctor Rothauser —respondió Mark mientras le entregaba el pequeño órgano enfermo a la instrumentista.

Acto seguido se relajó un poco, ya que había estado muy tenso a lo largo de toda la operación, que había durado una hora. Noah también se relajó. Él también había estado tenso, puesto que casi no había tocado el instrumental; desde luego, más tenso que si hubiera realizado la operación él mismo. Enseñar cirugía conllevaba en parte ese tipo de presión. Ambos residentes estaban mirando el monitor, que les permitía ver con claridad el lecho de la vesícula bajo el borde del hígado.

—Bueno, prácticamente ya no corres ningún peligro —aseguró Noah—. Tiene buena pinta. Lo único que tienes que hacer es suturar el lecho para evitar adherencias, asegurarte de que no hay derrames y sacar los instrumentos.

Mark se puso manos a la obra. Algunos cirujanos inexpertos tienen problemas de coordinación cuando deben mirar un monitor que tienen a la altura de los ojos mientras manipulan los instrumentos que están más abajo, dentro del cuerpo de la paciente. Mark no era uno de esos. Noah tampoco había tenido nunca ningún problema en ese sentido, y lo atribuía a que había jugado a juegos de ordenador en los que había que mover el ratón hacia un lado manteniendo la vista fija en la pantalla. Al reparar en eso, se había sentido un tanto satisfecho, pues demostraba que tanto jugar a videojuegos no había sido una pérdida de tiempo, como siempre se había quejado su madre.

En cuanto cerró el lecho de la vesícula biliar, Noah animó a Mark a irrigar la zona con una solución salina y luego a aspirar el fluido. Esa era la mejor forma de evitar que quedaran diminutos vasos sanguíneos dañados que pudieran provocar graves problemas tras la cirugía. Unos instantes después, cuando Mark había concluido la última sutura, todo parecía estar perfecto. Básicamente, la operación había terminado.

—Ahora vamos a retirar el instrumental —le dijo Noah a la enfermera de anestesia para que pudiera disminuir la anestesia. La cirugía era un trabajo de equipo, por lo que era importante que todo el mundo estuviera bien informado de lo que ocurría.

De repente, la megafonía cobró vida. Todo el mundo se sobresaltó y se quedó momentáneamente paralizado mientras prestaba atención. Rara vez se anunciaba algo por esos altavoces que pasaban tan desapercibidos, pero cuando se anunciaba, eso significaba que había pasado algo grave. Quien hablaba era Janet Spaulding y lo hacía con un tono urgente:

—Al parecer, tenemos un caso de hipertermia maligna en el quirófano número diez. Repito, tenemos un caso de hipertermia maligna en el quirófano número diez. Necesitamos el carro de hipertermia maligna y a todo el personal disponible de inmediato en el quirófano número diez.

Aunque la anestesista, la instrumentista, la circulante y Mark recobraron enseguida la compostura y volvieron a ocuparse del caso que tenían entre manos, Noah reaccionó de otra forma. A pesar de que se encontraba en medio de una operación y por tanto nadie esperaba que respondiera a esa llamada, quería hacerlo desesperadamente: Ava era la anestesista a la que habían asignado el quirófano diez para realizar una apendicetomía urgente a un niño de doce años llamado Philip Harrison. Noah lo sabía porque, como era habitual, le había tocado a él asignarle un residente para que ayudara al cirujano, el doctor Kevin Nakano.

—¡Mark! —exclamó Noah—. ¿Crees que podrás cerrar las incisiones tú solo?

—Supongo —contestó Mark, un tanto sorprendido.

—No es difícil —le espetó Noah—. Pero debes cerrar la fascia, sobre todo en la incisión del ombligo. No queremos que le salga una hernia umbilical. ¿Entendido?

—Entendido —dijo Mark.

—Quiero ir al quirófano número diez para ver si me necesitan —le explicó Noah, a la vez que se alejaba de la mesa de operaciones y se quitaba los guantes quirúrgicos. Hizo un gesto con la cabeza a la enfermera anestesista para cerciorarse de que ella era consciente de que se marchaba antes de concluir la operación.

Mientras cruzaba la puerta del quirófano, Noah se quitó como pudo la bata quirúrgica. La dejó junto al fregadero quirúrgico, al igual que los guantes usados, y echó a correr por el pasillo hacia el quirófano diez. Lo que le impulsaba a actuar así, con tanta urgencia, no era necesariamente el bienestar del paciente sino el de Ava. Aunque nunca había visto un caso de hipertermia maligna, más conocido como HM, sí sabía mucho sobre esa patología, un problema muy raro que podía poner en riesgo la vida del enfermo y que solía provocarlo la exposición a ciertas sustancias utilizadas en las anestesias generales. Los músculos del organismo sufrían una sobrecarga descontrolada, lo que podía ocasionar un fallo orgánico y la muerte.

Lo que más le preocupaba a Noah era la posibilidad de que Ava tuviera que enfrentarse a otra catástrofe por culpa de una anestesia tan pronto, después de haber sufrido otras dos que ya le habían minado la moral y la habían llevado a cuestionarse su competencia profesional. Noah quería estar ahí presente para darle su apoyo moral, al menos. Aunque nunca había visto en persona un caso de hipertermia maligna, sí había participado en numerosas ocasiones en sesiones prácticas preparadas por el departamento de anestesia, en las que se enseñaba a afrontar una emergencia tan crítica.

Noah entró a todo correr en el quirófano diez y se encontró en medio del caos. Había veinte personas en la sala junto al carro de la hipertermia maligna, que contenía todos los posibles medicamentos e instrumental necesarios para lidiar con esa emergencia. Más o menos la mitad de la gente que rodeaba al paciente eran anestesistas residentes; el resto eran enfermeras, salvo dos cirujanos residentes. A un lado se encontraba el carro de paradas cardíacas, por si era necesario usarlo.

La actividad frenética estaba centrada en preparar el tratamiento principal, un medicamento llamado dantroleno. Como el medicamento era inestable si estaba disuelto, tenían que prepararlo justo antes de administrarlo. Mientras unos se encargaban del medicamento, otros prepararon una manta de enfriamiento. Trajeron hielo y lo colocaron en una cubeta, donde metieron bolsas de suero. Tal como indicaba el nombre de la enfermedad, uno de los síntomas característicos era un peligroso aumento de la temperatura corporal que tenía que ser controlado, ya que si no, como solían decir los residentes en su jerga irreverente, el cerebro se «freía».

El doctor Kevin Nakano estaba apartado a un lado, agarrándose la bata quirúrgica esterilizada con las manos, también esterilizadas. En su mirada se reflejaba el terror de alguien que quería hacer algo desesperadamente, pero no sabía qué. El equipo de HM había asumido el mando de la situación. Habían colocado una toalla esterilizada sobre la diminuta incisión que el doctor

Nakano había estado cerrando cuando se desató aquel infierno. Ya le había extirpado el apéndice.

Noah se abrió paso entre la multitud hasta llegar a la cabeza de la mesa de operaciones. Ava estaba de pie, con su banqueta apartada a un lado, ocupándose de la máquina de anestesia, que estaba ventilando al paciente con un ciento por ciento de oxígeno. Aun así, la saturación de oxígeno del paciente era baja, como evidenciaba la alarma del oxímetro y las manchas azules que tenía el paciente en la piel.

Noah y Ava se lanzaron una fugaz mirada cómplice. Él vio de inmediato que, a pesar de que estaba terriblemente preocupada, lo tenía todo bajo control, como un piloto competente en una emergencia. Noah miró el electrocardiograma y advirtió que el corazón del crío latía desbocado.

—¿Qué temperatura tiene? —preguntó Noah por encima del tumulto de voces que reinaba en el quirófano.

—Cuarenta y un grados, y sigue subiendo —respondió Ava negando con la cabeza. Por su mirada, Noah pudo intuir que era consciente de que estaban en medio de una auténtica emergencia y que le aterraban las posibles consecuencias—. Solo tiene doce años —acertó a decir.

—¡Qué horror! —exclamó Noah. Iba a añadir algo más, pero alguien lo apartó a un lado de un empujón, el residente de anestesia sénior, que había respondido al aviso, el doctor Allan Martin, el líder del grupo de HM allí reunido.

—Aquí tienes los primeros cien milígramos de dantroleno —le dijo Allan a Ava.

—¡Gracias a Dios! —exclamó Eva, a la vez que cogía el medicamento para administrarlo por vía intravenosa—. Pero voy a necesitar que preparéis tres dosis más.

—Estamos en ello —le aseguró Allan.

Noah observó cómo otros miembros del equipo colocaban de forma adecuada la manta de enfriamiento sobre el muchacho, que ahora estaba completamente rígido. Tenía todos los músculos contraídos. Estaba tan rígido como una tabla.

La circulante se aproximó a Ava desde el otro lado y le entregó un papel.

—Allan —gritó Ava—. El potasio le está subiendo. Voy a tener que darle glucosa e insulina.

Allan le respondió con un pulgar hacia arriba.

Noah logró acercarse de nuevo a Ava. Después de darle la insulina al paciente, la anestesista tuvo un momento de cierta calma.

—¿Cuál ha sido la primera señal de que había problemas? —preguntó Noah.

—Un repentino e inesperado aumento en la concentración de dióxido de carbono —contestó Ava mientras contemplaba con detenimiento el indicador de temperatura.

—Ah —dijo Noah, pues esperaba una respuesta más dramática y no tan esotérica—. ¿Eso ha sido todo?

—Ese ha sido solo el primer indicio de que había problemas —respondió Ava sin apartar la mirada del indicador de temperatura, como si intentara que descendiera usando únicamente su fuerza de voluntad—. A continuación he advertido que apretaba con fuerza los dientes. En ese instante me he dado cuenta de qué estaba pasando y he dado la voz de alarma. Para cuando ha llegado el equipo de HM, estaba completamente rígido. Todo ha sido muy pero que muy rápido. Me temo que se trata de un caso severo, lo que no tiene ningún sentido. No existen antecedentes familiares. Si hasta se lo pregunté a la madre en el preoperatorio.

—Lo siento —dijo Noah, sin saber qué añadir. Podía notar lo angustiada que estaba.

—La temperatura no responde a la primera dosis de dantroleno —señaló Ava.

—¿Tan mal pinta la cosa? —inquirió Noah.

—Pues claro que sí —replicó Ava, como si estuviera furiosa—. Ha subido a más de cuarenta y uno y medio.

Ava llamó a gritos a Allan para pedirle la siguiente dosis de dantroleno, pero antes de que pudiera dársela, saltó la alarma de parada cardíaca. El corazón del niño de doce años Philip Harrison entró en fibrilación.

El equipo reaccionó como correspondía, ya que el carro de paradas ya estaba en el quirófano. La desfibrilación tuvo éxito y el crío recuperó el latido a un ritmo más o menos normal. Se le dio una segunda dosis de dantroleno. También se emplearon otros métodos para evitar que la temperatura del paciente siguiera subiendo sin parar. Fue entonces cuando el doctor Adam Stevens, el mismo cirujano cardíaco que había ayudado a Noah en el caso de Bruce Vincent, entró en el quirófano para ver qué estaba ocurriendo. Acababa de terminar una operación. Vio a Noah y se acercó a él.

—¿Qué está pasando? —preguntó el doctor Stevens.

Noah hizo un rápido resumen de la situación al cirujano y le comentó que el futuro del niño pintaba muy negro.

—Su temperatura es ahora de cuarenta y dos grados y subiendo, a pesar de todo lo que hemos hecho —añadió con una inquietud cada vez mayor.

—No me gustan esas manchas azules de cianosis —comentó el doctor Stevens—. Eso es muy mala señal, ya que indica que se ha producido una coagulación intravascular diseminada.

—Más dantroleno —gritó Ava a Allan con desesperación—. La temperatura sigue subiendo.

—Solo hay una manera de bajarle la temperatura —dijo el doctor Stevens—. Pónganlo en extracorpórea y hagan pasar su sangre por un baño refrigerante. Eso servirá. Claro que no estamos seguros de si el cerebro ya ha dejado de funcionar. Podríamos hacerle un electroencefalograma, pero para cuando lo tengamos listo puede que ya sea demasiado tarde.

—¿Estás dispuesto a hacerle un baipás cardiopulmonar? —preguntó Noah. Tras la catástrofe de Vincent, Noah no estaba muy dispuesto a plantearse tales proezas; sobre todo, después de que el doctor Mason le hubiera dicho que por su culpa había muerto el zar del aparcamiento del hospital.

—Si me ayudáis, lo haré —contestó el doctor Stevens.

En un tiempo récord, con la ayuda tanto de Noah como del doctor Nakano, el doctor Stevens puso a Philip Harrison en derivación coronaria. Por desgracia, su temperatura había alcanzado los cuarenta y cinco grados antes de que se le pudiera empezar a enfriar. Para colmo, cuando al fin lograron que su temperatura descendiera hasta alcanzar unos parámetros normales, su corazón no respondió, lo cual recordaba terriblemente lo que había sucedido con Bruce Vincent. A pesar de los esfuerzos, todo había sido en vano.

—Bueno, hemos hecho lo que hemos podido —dijo el doctor Stevens una hora después cuando se dirigió a todo el grupo, que seguía en el quirófano. Nadie se había marchado.

Todo el mundo se sentía muy desanimado. A pesar de que se habían dejado la piel, no había servido de nada. Apenas pronunciaron palabra mientras abandonaban en fila el quirófano. El doctor Steven fue el primero en salir, seguido del doctor Nakano. Nadie habló.

Noah se quedó atrás, observando cómo Ava apagaba la máquina de anestesia y realizaba algunas anotaciones finales en el ECE. En varias ocasiones, lanzó una mirada fugaz a Noah, pero no dijo nada. Ni tampoco él. La circulante y la instrumentista estaban por ahí cerca, limpiando el quirófano. Ellas tampoco hablaron.

Sin mediar palabra, Ava se volvió de repente, abrió una puerta lateral de un empujón y desapareció en la sala de suministros, donde se encontraban los suministros quirúrgicos y de esterilización. Tras un instante de vacilación, Noah la siguió. Se la encontró apoyada en el esterilizador. Todavía llevaba la mascarilla puesta, pero Noah notó que había estado llorando. Se aproximó a Ava; comprendía lo que obviamente ella estaba sintiendo. La rodeó con los brazos y la abrazó. Ella no se apartó.

—¿Crees que nos conviene que nos vean así? —preguntó Ava unos instantes después.

—Tienes razón.

Noah la soltó y miró hacia atrás, a través del cristal de la puerta. Se sintió aliviado, ya que casi esperaba ver allí a la instrumentista o a la circulante, mirándolos fijamente.

—Solo tenía doce años —dijo Ava, cuya voz flaqueaba—. No sé si voy a poder asimilar esto. Es mi tercera muerte. Nunca pensé que algo así pudiera pasar.

—No es culpa tuya —afirmó Noah con rotundidad—. Seguro que el crío tenía una predisposición genética que ha causado su muerte. Nada más. Antes me has dicho que preguntaste al respecto en el preoperatorio. No puedes exigirte nada más.

—Hace un año lo anestesiaron sin problemas —le aseguró Ava—. He usado los mismos medicamentos. Lo único que me preocupaba era que el crío había almorzado, no que sufriera una hipertermia maligna.

—Era imposible que hubieras previsto algo así —la consoló Noah—. No puedes echarte la culpa.

—Quizá sea verdad, o quizá no —repuso una alicaída Ava—. Pero después de este tercer caso, no sé si voy a poder continuar mi carrera como anestesista.

—Comprendo cómo te sientes —le confesó Noah—, pero no hay que tomar ninguna decisión precipitada en caliente. La medicina siempre conlleva riesgos; es algo consustancial. Piensa en que había poquísimas posibilidades de que tuvieras que volver a enfrentarte a este problema. Que yo recuerde, se da un caso entre veinte mil.

»Has sido una víctima de las estadísticas o, si lo prefieres, de la mala suerte. Esto no quiere decir nada con respecto a tu competencia como anestesista. Procura recordar los miles de casos que has llevado con éxito y sin ningún problema. Eres una gran anestesista. No estarías aquí si no lo fueras. Así que ni se te ocurra echarlo todo por la borda después de tanto esfuerzo y tanto estudiar.

—No sé que voy a hacer —admitió Ava. Echó un vistazo a su reloj. Eran las cuatro de la tarde—. Quiero irme a casa.

—Buena idea —dijo Noah—. Vete a casa y haz algo que te distraiga. ¡Piérdete en las redes sociales!

—¡No te burles de mí! —exclamó Ava.

—No me burlo. Me has dicho que eso te encanta. Vamos, hazlo. Graba un videopost para la página web de Gail Shafter y haz felices a tus miles de seguidores. Esta noche me pasaré en cuanto pueda y podremos hablar un poco más. Si es que quieres hablar más, claro. Quizá a corto plazo deberíamos hacer algo totalmente distinto para que te olvides del tema, como salir a cenar y fingir que somos gente normal.

Ava alzó la vista hacia Noah para comprobar si la estaba tratando con condescendencia o no.

—Vale —le dijo en voz baja cuando se dio cuenta de que estaba siendo sincero. Sin mediar palabra, pasó junto a Noah rozándolo, salió de la sala y se metió en el pasillo de quirófanos. No miró atrás.

Noah se quedó donde estaba un momento para intentar serenar su propio torbellino de emociones, y volvió a entrar en el quirófano empujando la puerta. La limpieza había avanzado. A las dos enfermeras se les habían unido dos celadores. El carro de HM y el de paradas ya no se encontraban allí. Le sorprendió un poco que el chico muerto todavía estuviera sobre la mesa de operaciones. Lo habían tapado con una sábana blanca y limpia. Vagamente, se preguntó cuál era el motivo de que tardaran tanto en llevárselo.

Se detuvo en medio del quirófano y se estremeció al pensar en que alguien tendría que hablar con los padres de ese niño. Menos mal que él no era ese alguien. A lo largo de los cinco años que llevaba como residente, Noah había tenido su cuota de defunciones, la mayoría de ellas previsibles, pero hubo dos que fueron una sorpresa muy desagradable, y toda una lección de humildad; desde entonces era más consciente de que sus habilidades tenían límites y de que la ciencia médica era impredecible. Noah recordaba cuánto le había afectado y qué duro había sido hablar con las familias. Esos recuerdos hicieron que empatizara aún más con Ava; sobre todo, porque, en su caso, entre ambas experiencias traumáticas había transcurrido más de un año, mientras que las tres de Ava habían sucedido en un solo mes.

Noah estaba a punto de abandonar el quirófano cuando la circulante se le aproximó. La conocía bastante bien. Se llamaba Dorothy Barton. Noah la consideraba una profesional competente y experta, pero también una mujer temperamental y testaruda, hasta tal punto que procuraba evitarla. Le sorprendió verla avanzar en línea recta hacia él y deseó no haberse entretenido tanto.

—Doctor Rothauser —dijo Dorothy mirando hacia atrás, como si le preocupara que alguien pudiera estar escuchándolos—. ¿Puedo hablar con usted?

—Por supuesto —contestó Noah—. ¿En qué puedo ayudarla?

—¿Le importaría que entremos en la sala de suministros?

—Supongo que no —respondió él, sorprendido ante su petición.

Noah la siguió hasta el interior de la sala que acababa de dejar. Se preguntó si lo habría visto abrazado a Ava, ya que, de ser así, tendría que inventarse una explicación. Pero no hizo falta que se preocupara por eso. Sí, ella quería hablarle de Ava, pero no en el sentido que él se esperaba.

—Me he dado cuenta de algo que creo que debería saber —dijo esa mujer fornida que parecía un armario ropero, de facciones amplias y labios gruesos. Llevaba la mascarilla suelta, de tal modo que reposaba sobre su enorme pecho—. He tenido la mala suerte de verme implicada en dos casos de hipertermia maligna. El primero ocurrió en otro hospital. Así que algo sé sobre esta patología y sobre qué debería hacerse cuando se da un caso. La doctora London no cortó el suministro de isoflurano cuando surgió el problema.

—Oh —dijo Noah—. ¿Lo dejó mucho tiempo dado?

—No, no mucho, pero tardó. No lo cortó hasta que volví con ella después de haber cumplido su orden de dar la alarma, cosa que hice usando el teléfono.

—Ya veo —dijo Noah, pero unos insistentes golpecitos en el cristal de la puerta que daba al pasillo de quirófanos distrajeron su atención.

Noah giró la cabeza y vio de refilón a la última persona que quería ver en esos momentos: el doctor Mason. Cuando el cirujano, que estaba visiblemente enfadado, vio que Noah miraba en su dirección, le indicó varias veces, a base de gestos furiosos, que saliera al pasillo de quirófanos raudo y veloz.

—Lo siento, pero tengo que irme —le dijo Noah a Dorothy con prisas—. Gracias por la información y por estar tan atenta. Sin lugar a dudas, tendré en cuenta sus comentarios. Pero ahora mismo debo hablar con el doctor Mason.

Noah se preparó para recibir otro rapapolvo y abandonó a la sorprendida enfermera. A continuación, salió al pasillo de quirófanos.

—Espero que esté usted jodidamente contento —bramó el doctor Mason—. Esta es la gota que colma el vaso. La muerte de ese pobre niño ha sido ya demasiado y, como ha estado usted protegiendo a esa mujer cuya incompetencia ha sido la causa directa de esa desgracia, ahora también es responsabilidad suya.

—Ha sido un caso de hipertermia maligna —explicó Noah intentando mantener la calma ante el furioso doctor Mason. Sabía que si le contestaba con insolencia se arriesgaba a enojarlo aún más, pero no pudo contenerse—: Ha sido algo inesperado que no tiene nada que ver con la supuesta incompetencia de nadie.

—¿Tres muertes en tres semanas? —replicó el doctor Mason casi gritando—. Si eso no es incompetencia, no sé lo que es.

A pesar de que a Noah se le ocurrió una buena respuesta a ese último comentario, fue inteligente y se mordió la lengua.

—Esto ha ido demasiado lejos —le espetó el doctor Mason—. Le diré lo que voy a hacer. Voy a tener una conversación muy seria con el jefe de anestesistas. Después de los dos primeros desastres, me sentí tentado a hacerlo, pero ahora lo voy a hacer sin ninguna duda. Quiero que la pongan de patitas en la calle. Y luego voy a hacer lo mismo con usted; hablaré con el doctor Cantor. Está usted acabado. Es del todo inaceptable que se hayan producido tres muertes perfectamente evitables.

El doctor Mason clavó la mirada en Noah, retándolo así a defenderse. En cuanto quedó claro que el residente no iba siquiera a intentarlo, el doctor Mason se dio la vuelta y se alejó encolerizado.

Noah observó cómo se alejaba hasta desaparecer de la zona de quirófanos; presumiblemente, se dirigía a la sala de espera para familiares. Noah se quedó paralizado por un instante. La muerte del muchacho, lo mucho que le preocupaba Ava y ahora esas amenazas del doctor Mason provocaban una combinación explosiva de emociones que le dejaron exhausto. Aunque no creía que el doctor Mason fuera a tener mucho más éxito en esta ocasión que la anterior a la hora de conseguir que les despidieran a Ava o a él, el enfrentamiento era una fuente de ansiedad y preocupaciones que no hacía más que empeorar una situación ya de por sí complicada; sobre todo desde que el doctor Hernandez le había ordenado en concreto que hiciera algo de cara a su mala relación con el doctor Mason.

Noah suspiró y negó con la cabeza. No tenía ni idea de cómo tratar con el doctor Mason ni siquiera en las mejores circunstancias. Si a la nueva muerte por hipertermia maligna se le sumaba el hecho de que dos días después se iba a celebrar la sesión clínica, que a juzgar por las amenazas del doctor Mason iba a ser memorable, estaba claro que, más que a mejor, todo acabaría yendo a peor, se temía Noah.

20

Lunes, 24 de julio, 19.15 h

Mientras subía los escalones de la entrada de la casa de Ava, Noah echó un vistazo a su reloj y se dio cuenta de que no era el mejor momento para presentarse, ya que ella todavía estaría haciendo su rutina de ejercicios. Llegaba tarde porque a uno de sus pacientes le había subido la fiebre durante el postoperatorio.

Noah no había hablado con Ava después de que esta se hubiera ido de la sala de suministros. Aunque había pensado en llamarla para preguntarle si quería que le llevara algo de comida rápida como era habitual, al final había decidido que mejor no, pues pensaba que era preferible no molestarla, con la esperanza de que hubiera encontrado algo con lo que distraerse.

Noah pulsó el timbre de la puerta y se dispuso a esperar y a quizá tener que llamar varias veces. Sabía que Ava y su entrenador siempre ponían la música a todo trapo en la sala de ejercicios mientras realizaban sus rutinas, por lo que le sorprendió que la puerta se abriera con un zumbido casi de inmediato, y aún más toparse con Ava nada más entrar.

—Hola —dijo Noah, dándole un abrazo.

Ella no respondió, pero tampoco se apartó.

—¿Estás bien? —preguntó Noah, quien dio un paso atrás y la miró.

Ava tenía la cara flácida de un modo antinatural, prácticamente inexpresiva.

—He estado mejor —respondió con una voz plana y carente de vida.

—Pensaba que estarías haciendo ejercicio.

—He cancelado la sesión —repuso Ava—. No estaba de humor.

—¿Estás deprimida? —inquirió Noah.

—Pues claro.

—¿Qué puedo hacer para animarte? ¿Tienes hambre? Puedo traer algo de comida rápida o podemos ir a comer a algún sitio como la gente normal. ¿Qué opinas?

—No tengo hambre. Pero si quieres, ve a comprar algo para ti.

—Puedo esperar. Hablemos. ¿Qué te parece si subimos al estudio?

—Como quieras.

En cuanto estuvieron en sus sillones habituales, Noah intentó pensar qué iba a decir. Sabía que no era demasiado bueno como psiquiatra o dando charlas terapéuticas de cualquier clase. Como cirujano estaba acostumbrado a afrontar los problemas de frente, actuando, así que nunca había pensado mucho en ese campo del saber ni le había otorgado mucha credibilidad. Aun así, tenía la sensación de que sabía un poco sobre la depresión, puesto que recientemente había sufrido una leve, después de que Leslie Brooks se largara de su vida. Y lo más importante, también había logrado lidiar con éxito con ese problema cuando le habían diagnosticado a su madre un Alzheimer precoz y había tenido que abandonar la facultad de medicina.

—Deja que te pregunte una cosa —dijo Noah—. ¿Alguna vez has tenido problemas y te has hundido en la depresión?

—Sí —contestó Ava—. En secundaria, sobre todo en esa época en la que te conté que sufrí ciberacoso. Tuve depresión, problemas con la comida... Los síntomas habituales asociados a una baja autoestima.

Noah se estremeció por dentro, pues tenía la sensación de que se hallaba fuera de su zona de confort, al igual que se sentiría un psiquiatra si de repente lo obligaran a practicar una apendicetomía, se imaginó.

—Aparte del acoso online, ¿se produjo alguna vez algún hecho concreto que provocara la depresión?

Ava no respondió de inmediato, sino que se quedó mirando a Noah al mismo tiempo que asentía de manera casi imperceptible, como si tuviera dificultades para asimilar la pregunta y se debatiera entre cómo y si debía responderla. Noah sentía el fuerte impulso de decir algo para quitarle hierro al asunto, pero se contuvo, y al final se alegró de haberlo hecho.

—Hubo un hecho que realmente me destrozó y me hizo caer en una depresión grave —contestó al fin Ava—. Fue cuando el cabrón de mi padre, ese controlador que era ejecutivo en una petrolera, se suicidó saltándose la tapa de los sesos. Yo acababa de cumplir dieciséis años, estaba en el instituto.

Noah se sobresaltó, como si le hubieran dado un bofetón en la cara o arrojado agua helada. Estaba estupefacto porque la respuesta acababa der recordarle esa metáfora suya de que conocer a Ava era como pelar una cebolla: ahí tenía otra monda más, otra capa más y otra sorpresa más. Se aclaró la garganta mientras pensaba frenéticamente cómo debería responder.

—Creía que habías dicho que murió de un ataque al corazón.

—Eso es lo que le he contado a todo aquel que me lo ha preguntado —matizó Ava—. Quizá hasta me he contado esa historia a mí misma a veces, pero la verdad es que se pegó un tiro, y yo me deprimí mucho y estuve a punto de perder la cabeza. Todo esa etapa tan desastrosa me avergüenza una barbaridad y no me gusta hablar de ella.

—Dios mío —dijo Noah, por decir algo.

—La otra vez en que me deprimí de verdad fue cuando tenía veinte años —continuó Ava, cuyo rostro pasó de la impasibilidad a la ira—. Me había casado hacía poco, y mi recién estrenado marido me abandonó sin más. Los hombres no me trataron muy bien cuando era joven y vulnerable.

—Eso cuando menos —apostilló Noah, quien estaba pensando en cómo el jefe dentista de Ava se había aprovechado de ella.

—¿Y aún te preguntas por qué me aferro a la vida virtual de las redes sociales? —preguntó Ava con una sonrisa irónica—. Es infinitamente mucho más seguro ser la que controla el ratón.

—Supongo que ahora lo entiendo mejor —señaló Noah—. ¿Estuviste casada mucho tiempo?

Ava se rio con sorna.

—Lo justo para que a mi marido le dieran la tarjeta de residencia. Estaba en el país con un visado de estudiante, pero quería quedarse. Yo solo fui un medio para lograr un fin.

—¿Lo conociste en la Universidad de Brazos?

—Sí, días después de llegar allí con el doctor Winston. Era un residente de cirugía como tú, pero de Serbia.

—Lo siento —dijo Noah. El hecho de que su exmarido fuera un residente de cirugía le hacía sentirse una especie de cómplice.

—Es como si eso hubiera ocurrido en otra vida —comentó Ava—. ¿Y tú qué? ¿Alguna vez te ha pasado algo crucial que te ha arrastrado a la depresión?

Noah se alegraba de haber logrado que Ava bajara la guardia y hablara, por lo que estaba dispuesto a mostrarse también franco. Al igual que a ella, no le gustaba hablar de esas cosas, y eso lo dejó claro, pero luego pasó a explicar lo deprimido que se había sentido cuando su madre empezó a mostrar síntomas de demencia, lo que lo obligó a dejar por un tiempo la facultad de medicina. También mencionó que se había sentido desolado cuando, en una fecha más reciente, Leslie Brooks lo abandonó de buenas a primeras.

—¿Leslie se largó sin más, sin previo aviso, como el cabrón de mi marido? —preguntó Ava enfadada.

—No —admitió Noah—. Llevaba un tiempo quejándose abiertamente de las muchas horas que yo trabajaba y de que no tenía tiempo para ella, y la situación iba a peor, no a mejor.

—Aun así, fue un buen golpe para tu autoestima.

—A mí me lo vas a contar —dijo Noah burlándose de sí mismo con una risa.

—La autoestima es fundamental —aseveró Ava—. Llevo pensando en eso toda la tarde. Soy consciente de que por esa razón no puedo dejar de ser anestesista, a pesar de esos tres desafortunados casos. Para mí, trabajar de anestesista es básico para mi autoestima.

—Me alegra oírte decir eso —le aseguró Noah, y repitió lo que había dicho antes sobre lo buena anestesista que era y sobre que sería una tragedia que lo echara todo por la borda después de tanto estudiar y tanto esfuerzo.

—Gracias por decir eso —respondió Ava—. Desde luego, tu apoyo me ha hecho pensar. Pero estoy convencida de que en los tres casos hice lo correcto... Bueno, quizá debería haber esperado a que el doctor Mason llegara al quirófano antes de empezar a suministrar la anestesia en el caso Vincent..., pero aun así creo que lo hice tan bien como lo habría hecho cualquiera del departamento, incluido el doctor Kumar.

—Seguro que sí —la reconfortó Noah.

—El problema es que todavía cabe la posibilidad de que me convierta en la cabeza de turco del departamento, ahora que el doctor Mason va a por mí. ¿Sigues teniendo esa impresión?

Noah pensó rápidamente en cómo debería responder después de la conversación que había tenido esa misma tarde con el doctor Mason. Ahora que Ava había corregido el rumbo y ya no caía en barrena, no quería darle una razón para volver a las andadas, si bien tenía derecho a saber la verdad.

—Sigue cabreado con los dos —dijo Noah—. No solo me advirtió el viernes que no te protegiera en la sesión clínica, sino que esta tarde, después del caso de hipertermia maligna, ha venido a buscarme. Dice que va a hablar con el doctor Kumar.

—Como si ya no lo hubiera hecho —comentó Ava—. Qué cabrón. Mira, una de las razones por las que más me preocupa que puedan echarme es que no fui formada en una de esas instituciones sobrevaloradas de la Ivy League, como casi todos los demás.

—Eso da igual —replicó Noah—. En muchos sentidos, es un mito que las instituciones de la Ivy League sean mejores que otros sitios. La Universidad de Brazos y tú sois un ejemplo excelente. ¡Háblame de tu formación como residente! ¿Cuántos casos tuviste en total?

—Tengo la sensación de que debo justificar la formación que he recibido, y no me gusta nada —le espetó Ava indignada—. Y justificarme a mí misma tampoco. Me cabrea muchísimo. Es como si estuviera luchando por permanecer en un club de chicos que me discrimina. Preferiría hablar de las notas de mis exámenes de anestesia, que eran mejores que las de la mayoría de mis colegas del BMH, y de que siempre estoy al día en el programa de certificación. Me esfuerzo más que nadie del departamento por estar actualizada. ¡Créeme! En las rondas de anestesia, siempre soy la que aporta soluciones y técnicas nuevas, no los licenciados en universidades de la Ivy League, con sus relucientes diplomas.

—Vale, vale. Lo entiendo perfectamente —dijo Noah alzando las manos como si creyera que tenía que defenderse. Ava siempre era una caja de sorpresas. El viernes anterior, sin ir más lejos, le había confesado que le habría gustado haberse formado en una universidad de la Ivy League, y ahora en cambio las menospreciaba—. Hay quienes sí creen que la formación que han recibido los convierte en unos seres superiores. Por eso debemos protegerte de ese fantasma narcisista y rencoroso que responde al nombre de doctor Mason. En concreto, eso significa que debemos estar preparados para la próxima sesión clínica.

—¿Tú estás preparado? —preguntó Ava.

—Eso creo —contestó Noah—. Tal y como comentamos el viernes por la noche, presentaré el caso el último, después de otros cuatro, a pesar de que el doctor Hernandez sospechó que había presentado el caso Vincent en último lugar para que no diera tiempo a debatirlo en profundidad. Aun así, creo que es importante correr ese riesgo. Como el departamento de informática aún está investigando cómo es posible que se crearan dos expedientes clínicos electrónicos y el doctor Jackson mantiene una actitud razonable con respecto al papel que desempeñó en lo que ocurrió, creo que no deberíamos preocuparnos por nada. Aunque, claro, en gran parte todo depende de lo que diga el doctor Mason. Sea lo que sea, tendré que esforzarme para parecer neutral. Espero que lo entiendas.

—¿Crees que se mencionará el caso de hipertermia maligna de hoy?

—Yo no lo haré —respondió Noah—. Si el doctor Mason saca el tema, diré que aún no he podido investigarlo y que se estudiará en la siguiente sesión clínica.

—En cierto modo, es una pena —dijo Ava—. Tal como afronté el caso de HM, mejor imposible, a pesar del terrible final que tuvo.

—Eso me recuerda... —señaló Noah—. ¿Te llevas bien con la circulante del caso, con Dorothy Barton?

—Nadie se lleva bien con Dorothy Barton —contestó Ava—. Es una mujer muy rara. Un día hasta me preguntó si había engordado. Esa sí que es una pregunta hecha con mala leche; sobre todo entre mujeres y viniendo de alguien a quien claramente le cuesta mantenerse en su peso ideal.

—Bueno, no te tiene mucha estima que digamos —admitió Noah—. Después del caso de hipertermia maligna, me llevó a un aparte y me dijo que no cortaste al instante el suministro de isoflurano; supongo que es algo crucial.

—¿Qué? —replicó Ava como quien dice a voz en grito. Bajó los pies de la otomana y se deslizó hacia delante en el sillón—. ¿De qué demonios estaba hablando? Pues claro que corté el suministro de isoflurano al instante, en el mismo segundo en que noté un repentino ascenso en la concentración de dióxido de carbono. Y claro que es crucial. Es probable que el isoflurano fuera lo que desencadenó el problema en un primer momento.

—Me lo imaginaba —dijo Noah—, aunque no he visto nunca un caso.

—No tienes que ver un caso para saberlo —le espetó Ava.

Acto seguido, soltó un monólogo de diez minutos sobre esa rara patología, demostrando un conocimiento extraordinariamente profundo de la HM y cómo tratarla. Noah estaba atónito e impresionado; sobre todo porque en las rondas de formación se enorgullecía de ser una fuente de sabiduría y de conocer incluso los detalles médicos más nimios. Ava fue capaz incluso de citar las más recientes estadísticas al respecto y el último artículo en profundidad sobre la enfermedad publicado en *The New England Journal of Medicine*..

—¡Vaya! —exclamó Noah cuando Ava por fin se quedó callada—. Alucino con tus conocimientos sobre la HM, con lo rara que es esa patología.

—Sé mucho sobre anestesia —dijo Ava mientras se recostaba en el sillón y subía los pies a la otomana.

—Pero que conozcas tanta información al dedillo es excepcional, en serio. ¿Trataste varios casos durante tu formación?

—No, nunca había visto un caso real hasta hoy —admitió Ava—. Pero me enseñaron muy bien a manejarme en estos casos en el centro de simulación que teníamos en el Centro Médico de la Universidad de Brazos. Se llama «Centro de Simulación Weston», en homenaje al rey del petróleo del oeste de Texas que donó el dinero para construirlo. Es lo más en tecnología. En comparación, el centro de simulación que tenemos aquí, en el BMH, se ve tan anticuado como una máquina del millón.

A Noah se le escapó la risa. Sabía que el centro de simulación del BMH no estaba a la altura, ya que el hospital no le había asignado un espacio adecuado ni los recursos informáticos necesarios. Era un problema que todavía intentaba solucionar.

—El maniquí de anestesia contaba con un programa sobre hipertermia maligna con el que hice prácticas muchas veces cuando era residente.

—Me da que mereció la pena —observó Noah—. Supongo que, al final, todo se reduce a que Dorothy Barton te tiene envidia por ese cuerpo tuyo que quita el hipo.

Ava se echó a reír a carcajadas, y a Noah le dio la impresión de que había logrado lo que esperaba: en concreto, distraerla de sus pensamientos deprimentes.

—Esa debe de ser la explicación —concluyó Ava.

—Por un casual, no te habrá entrado el apetito, ¿verdad? —preguntó Noah.

—Pues sí —contestó Ava—. ¿Y a ti?

—No me vendría mal comer algo —respondió Noah.

—Pero esta vez no vamos a encargar nada —dijo Ava—. Aunque no tengo mucha comida en casa, hay huevos, beicon y tostadas. ¿Qué te parece?

—Perfecto —contestó Noah, y lo decía totalmente en serio.

21

Miércoles, 26 de julio, 8.44 h

—Vale —dijo Noah—. Pasemos al último caso. Se trata de una mujer de treinta y dos años que fue atropellada por un coche en la esquina donde confluyen State Street y Congress Street y que sufrió una fractura abierta en la tibia y el peroné derechos. Si son tan amables de ir a la última página del impreso, comenzaré.

Noah volvía a estar en el anfiteatro Fagan enfrentándose a otra sesión clínica atestada de gente. Aunque no era tan multitudinaria como la anterior, a la que había asistido mucha gente de pie, gran parte de los asientos estaban ocupados. Al igual que había ocurrido dos semanas antes, en las dos primeras filas de la parte central se encontraban los pesos pesados del departamento, entre los que se hallaban el doctor Hernandez, el doctor Mason y el doctor Cantor. Desde el punto de vista de Noah, eran los tres peces más gordos.

El día anterior, a media tarde, le habían ordenado otra vez que acudiera al despacho del doctor Hernandez, lo cual había provocado que se le acelerara el pulso, como le pasaba siempre que tenía que sufrir ese calvario. Después de la discusión que había tenido con el doctor Mason la tarde anterior, no resultaba difícil adivinar por qué quería verlo el doctor Hernandez. Cuando llegó a su despacho, se llevó una leve sorpresa al ver que el doctor Cantor también estaba allí. Aunque había esperado lo peor, la reunión no fue tan mal como podía haber ido.

Había sido el doctor Hernandez quien había llevado la voz cantante, mientras que el doctor Cantor se había limitado a asentir en ciertos puntos clave. El mensaje que le habían dado era muy sencillo, y habían ido al grano: el doctor Mason quería que lo echaran.

—Puedo decirle con toda franqueza que no entiendo del todo las razones que llevan al doctor Mason a pensar lo que piensa —había dicho el doctor Hernandez con Noah literalmente de pie en la alfombra, ante el escritorio de aquel hombre—. Sin embargo, está convencido de que la doctora London es una incompetente y de que usted la protege y, por tanto, es su cómplice y tiene alguna responsabilidad en las tres muertes. En cualquier caso, he hablado en privado con el doctor Kumar para comentarle lo que opina el doctor Mason y le he preguntado sin rodeos si la doctora London tiene el nivel necesario para trabajar como anestesista, y me ha contestado que él la ha supervisado en persona y que confía por completo en su capacidad. Lo cual nos lleva ahora a usted...

Como se esperaba lo peor, Noah recordó que en ese momento se había encogido de miedo, pero no debería haberlo hecho, ya que el doctor Hernandez prosiguió y señaló que, gracias al meritorio expediente de Noah como residente, tanto él como el doctor Cantor podían imponer su criterio sobre el del doctor Mason, lo que significaba que no iban a echarle. Aun así, le advirtió que fuera con mucho cuidado y no causara problemas, sobre todo con el doctor Mason. Luego añadió que el cirujano no era una persona de trato fácil, pero que, como tenía talento y una gran reputación, era alguien de peso muy a tener en cuenta.

—El doctor Cantor y yo queremos asegurarnos de que en la inminente sesión clínica de mañana va a hablar usted sobre la labor de la doctora London con imparcialidad y sinceridad —había concluido el doctor Hernandez.

—Por supuesto —había dicho Noah sin titubear. De ninguna manera estaba preparado para mentir.

Cuando salió del despacho del doctor Hernandez se sintió

muy afortunado porque no le habían interrogado sobre si mantenía una relación con Ava. Si se lo hubieran preguntado, habría sido sincero, aunque no tenía ni idea de lo que habría hecho o dicho si le hubieran ordenado que pusiera fin a esa relación.

—¿Alguien tiene alguna pregunta que hacer? —dijo Noah tras una pausa cuando ya llevaba unos minutos de presentación. Alzó la vista de sus notas y recorrió el público con la mirada. Intercambió una mirada fugaz con Ava. Hasta entonces se había limitado a exponer el historial médico completo de Helen Gibson, en el que constaban cuatro embarazos normales y un accidente grave de bicicleta en el que había sufrido una fractura cervical. Tal y como había hecho cuando presentó el caso Vincent, estaba intentando agotar el tiempo, a pesar de que solo quedaba poco más de quince minutos para que la sesión tuviera que concluir.

Como no había preguntas, Noah procedió a explicar el resto del caso, desde la llegada a urgencias de Helen Gibson hasta su prematura muerte. Contó todo lo que había pasado sin adornós, tal y como le había prometido al doctor Hernandez, y no omitió dos hechos destacados: que el cirujano que la había atendido había presionado a la anestesista residente de primer año a iniciar la anestesia antes de que su supervisor estuviera en el quirófano y que se habían generado dos expedientes clínicos electrónicos sin que nadie se diera cuenta, con leves variaciones en el nombre y una información ligeramente distinta, por lo cual la anestesista residente no conocía los problemas cervicales de la paciente. Señaló que, de acuerdo con cierto sistema de clasificación internacional, la paciente presentaba el peor escenario posible a la hora de colocar un tubo endotraqueal por culpa de su trauma cervical anterior y su obesidad moderada.

Justo cuando Noah iba a ceder la palabra a la representante de la sección de informática que iba a explicar cómo se habían podido crear dos expedientes distintos, Mason exigió que se le permitiera hablar a voz en grito. De mala gana, Noah accedió.

—Discúlpeme, doctor Rothauser —dijo el doctor Mason con su resonante voz—. Sé que ha guardado este caso particularmente trágico para el final con el fin de que no hubiera apenas tiempo para debatir sobre él. Lo sé yo y estoy seguro de que otros miembros de la facultad también. Y sabemos por qué.

A continuación, criticó con ferocidad la actuación de Ava, mandando así a paseo el decoro académico habitual al denigrarla y desacreditarla a nivel personal y al acusar en público a Noah de protegerla y de tener quizá una aventura amorosa con ella en secreto.

Hubo un grito ahogado colectivo por parte de la audiencia, por lo demás, pasiva. Todo el mundo estaba estupefacto, y Noah más que nadie. Aunque se esperaba que el doctor Mason le pusiera en un brete, aquello era ridículo. En cuanto Mason continuó con su ataque *ad hominem*, algunas personas le silbaron, ya que casi todos los ahí presentes conocían a Ava en mayor o menor grado; les caía bien y consideraban que era una médico de lo más competente. Hasta las dos últimas sesiones clínicas, su nombre nunca había aparecido en ni un solo caso que hubiera terminado con un resultado adverso.

Cuando el doctor Mason por fin se calló, Noah sabía muy bien qué decir. Por suerte, el doctor Kumar se levantó y se abrió paso por el pasillo hasta bajar al foso. Era un hombre alto, apuesto y con un frondoso bigote, que había crecido en la región india de Punyab. Noah se alegró de poder hacerse a un lado para que el jefe anestesista ocupara el atril.

Al contrario que el doctor Mason, que la había atacado ferozmente aireando todos los trapos sucios posibles, el doctor Kumar colmó de halagos a Ava e hizo referencia a sus increíbles resultados en los exámenes de anestesia, lo cual era una prueba de su sólida formación. También mencionó que había observado en persona cómo anestesiaba a los pacientes en numerosas ocasiones cuando empezó a trabajar con ellos y había llegado a la conclusión de que su trabajo era ejemplar. Dijo que, según su opinión profesional, la forma en que había afrontado tanto el caso que se estaba debatiendo como el caso Vincent era encomiable. Entonces, para sorpresa de todo el mundo, alabó de igual modo al doctor Mason, afirmando que era un cirujano brillante y un orgullo para el hospital, y se ofreció a reunirse con él para hablar sobre cualquier problema que tuviera con la doctora London o cualquier otro miembro del grupo de anestesia.

En ese instante, casi toda la audiencia aplaudió.

—Esa mujer estuvo involucrada en otra muerte hace solo dos días —le espetó Mason—. Son tres muertes en tres semanas. Eso me parece inaceptable.

Hubo más silbidos.

—Ya he analizado el caso del lunes —dijo con calma el doctor Kumar—. Fue un episodio de hipertermia maligna fulminante. Una vez más, creo que la doctora London actuó de manera admirable y que el protocolo de HM se aplicó de forma impecable.

El doctor Kumar pasó a explicar pormenorizadamente cómo el departamento de anestesia supervisaba a los residentes y a los anestesistas. Lo hizo para explicar por qué Ava no estaba en el quirófano en el momento en que se empezó a anestesiar a Helen Gibson: porque se encontraba en otro quirófano supervisando a otro residente. Era normal que los anestesistas de plantilla supervisaran hasta a dos residentes y cuatro anestesistas de forma simultánea.

Mientras Noah escuchaba las explicaciones sobre el personal del doctor Kumar, recordó el instante en que entró en el quirófano. Helen Gibson ya estaba agonizando y Noah tuvo la impresión pasajera de que Ava manejaba con torpeza el avanzado videolaringoscopio, y eso le reconcomía por dentro. ¿Debería tal vez haberlo mencionado a alguien como el doctor Kumar, o acaso la torpeza se debía a que la cabeza de la paciente no paraba de moverse por culpa del masaje cardíaco externo que estaba recibiendo? ¿Y por qué Ava no había ordenado realizar una traqueotomía de emergencia o usado una aguja de gran calibre con ventilación asistida?

—Gracias por dejarme hablar —le dijo el doctor Kumar a

Noah, a la vez que se alejaba del atril e interrumpía los pensamientos del joven.

—Ha sido todo un placer, señor —respondió Noah presuroso. Regresó al atril y contempló a la nerviosa audiencia, que había prorrumpido en diferentes discusiones individuales entre susurros aunque de lo más animadas.

—Me gustaría decir algo —se oyó gritar a alguien.

Noah miró en la dirección de donde procedía la petición. Se trataba del doctor Jackson. Noah le señaló y le cedió la palabra.

—Sé que por lo general el cirujano del caso en cuestión no debe hablar en una sesión clínica a menos que se le haga una pregunta en concreto, pero tengo la sensación de que debería hacerlo en este caso. Nunca llegué a operar a la fallecida, a pesar de que soy el cirujano que aparece en el expediente. Lo que me gustaría decir es que cometí un error al apremiar a la anestesista residente a iniciar la anestesia antes de que su supervisora estuviera presente. En mi defensa, he de alegar que debíamos tratar una fractura abierta. En tales circunstancias, las posibilidades de infección aumentan cuanto más se retrasa la cirugía. No obstante, no debería haberla presionado tanto.

Se oyeron algunos aplausos apagados, puesto que la gente valoraba el *mea culpa* que acababa de entonar el doctor Jackson, un hecho tan inesperado como los comentarios fuera de tono del doctor Mason. Durante un segundo, Noah y Ava se miraron a los ojos. Ella era una de las personas que aplaudían con timidez. Noah se preguntó si aplaudía al doctor Jackson o al doctor Kumar. Ambos habían ayudado a exonerarla.

Tras echar un vistazo a su reloj y ver que ya eran las nueve pasadas, Noah dio por terminada la sesión. El público se puso en pie de inmediato. Casi todo el mundo tenía que llevar a cabo alguna operación, y ya llegaban tarde a las previstas para las nueve.

Noah se alejó del atril y se volvió hacia la representante del departamento de informática, que había estado sentada en esa butaca solitaria del foso del anfiteatro durante toda la conferencia, esperando a poder exponer lo que tenía que decir sobre el caso de Helen Gibson.

—Lo siento muchísimo —se disculpó Noah—. No esperaba que se nos agotara el tiempo.

—No importa —respondió la mujer con educación—. La verdad es que ha sido un placer escucharlo. Nunca había estado en una sesión clínica. Como lega en la materia, me alegra saber que estas tragedias no son ignoradas.

—Intentamos aprender lo máximo posible de cada una de ellas —le aseguró Noah—. Gracias por venir y por concedernos su tiempo. Lamento que no hayamos podido escuchar su exposición.

Noah se dio la vuelta con la esperanza de encontrarse con la mirada de Ava. Estaba seguro de que se sentiría muy satisfecha. Sin embargo, se topó con un doctor Mason rojo de ira, que estaba fuera de sí y apenas podía contener su furia. Daba la espalda al resto de los peces gordos, que ya habían descendido al foso y charlaban en pequeños grupos.

—Se cree que es listo de cojones —se le mofó el doctor Mason acercando su rostro a escasos centímetros del de Noah—. Quizá haya logrado que la mosquita muerta de su novia se vaya de rositas porque está en un departamento distinto, pero le aseguro que aún no he acabado con usted, joder. Ni por asomo. ¡Haré todo lo posible para que le pongan de patitas en la calle!

Como intuía que lo mejor que podía hacer era darle la callada por respuesta, Noah se limitó a mirarlo con cara de póquer. El doctor Mason entornó los ojos y lo fulminó con la mirada. Entonces, de un modo más ostentoso y melodramático que en la anterior sesión clínica, salió de la sala hecho una furia.

Por puro acto reflejo, Noah se atrevió a mirar hacia el grupo de cirujanos más cercano, y advirtió que ponían los ojos en blanco. Al parecer, habían oído al doctor Mason y le mostraban así que no estaban de acuerdo con él. Aunque saber que los demás miembros de la plantilla eran conscientes de que el doctor Mason tenía ciertos defectos como persona dio a Noah una pizca de confianza, seguía muy nervioso. Tal y como había dicho el doctor Hernandez el día anterior, el doctor Mason era alguien de peso muy a tener en cuenta. Por desgracia, Noah no tenía ni idea de cómo iba a salir de esa, ya que estaba atrapado en la telaraña del ego narcisista del doctor Mason.

22

Había sido un día muy ajetreado para Noah. Tras la sesión clínica, se había dirigido al Stanhope y había subido a quirófanos junto a buena parte del resto de los asistentes a la sesión. Por el camino, varias personas le habían halagado por su exposición, e incluso unos pocos le habían comentado que les había sorprendido mucho el arrebato del doctor Mason, lo cual le reconfortó.

A pesar de lo que le había dicho el doctor Mason cuando acabó la conferencia, Noah se sentía muy satisfecho con cómo habían ido las cosas en general y se imaginaba que Ava también. El hecho de que el doctor Kumar la hubiera apoyado de ese modo era ciertamente un claro ejemplo de lo bien considerada que estaba en el departamento y tenía que haberla animado a confiar de nuevo en sus habilidades clínicas. El doctor Jackson también le había prestado su apoyo de una forma encomiable.

Después de cerciorarse de que no había ningún problema con los horarios de día de los residentes de cirugía que iban a participar como asistentes en las operaciones, Noah había empezado con su programa de cuatro operaciones. Ese día había escogido como asistente a una residente de tercer año: la doctora Dorothy Klim, una residente excelente con la que le encantaba trabajar. Era la primera vez que iban a operar juntos desde que Noah había asumido el papel de jefe de residentes. Formaban un buen equipo, ya que Dorothy, como todo buen asistente, era capaz de anticiparse a cualquier necesidad técnica de Noah para que las operaciones avanzaran con rapidez. Tal eficiencia siempre era motivo de alegría para las enfermeras, así que acabó siendo un día muy agradable para todos los involucrados en las operaciones, incluidos los pacientes.

Entre caso y caso, Noah recogía en una grabación los pormenores de la intervención, como hacía siempre. Si bien algunos cirujanos posponían el dictado hasta haber concluido la última operación, a Noah le gustaba hacerlo de inmediato para asegurarse de que no se le olvidaba ningún detalle. Cada vez que iba y volvía de la sala de espera para familiares donde se hallaban los despachos de quirófano, Noah permanecía atento por si veía a Ava y tenían la rara oportunidad de conversar un poco, aunque solo fuera superficialmente, pero no fue así.

Tras acabar la última operación prevista para ese día, una colecistectomía abierta, o extirpación de la vesícula biliar, Noah volvió a buscarla. Como vio que ya eran más de las tres, que era cuando acababa el turno de Ava, fue a echar una ojeada a la sala de reanimación, donde se había topado con ella el día en que habían tenido su primera conversación de verdad. Pero no estaba allí. Revisó el tablón de horarios y vio que su última operación había concluido hacía casi una hora, lo cual quería decir que lo más probable era que se hubiera ido del hospital a su hora.

Noah, que se sentía decepcionado por no haber tenido siquiera un cruce de miradas con ella en todo el día, se moría de ganas de verla esa noche en su casa. De hecho había pasado casi todas las noches con Ava desde que ella había vuelto de Washington, menos la anterior, puesto que una operación urgente lo había obligado a quedarse en el hospital. Mientras se sentaba en uno de los despachos de quirófano, le dio por fantasear sobre lo que sucedería por la noche. En Charles Street había una bodega que se llamaba, como no podía ser de otra forma, Beacon Hill Wine, que tenía previsto visitar para comprar una botella de champán con la que celebrar lo bien que había ido la sesión clínica. Al menos ella ya no corría ningún peligro, aunque él todavía sí.

Justo antes de iniciar el dictado, decidió que llamaría a Ava un poco más tarde para ver qué quería cenar esa noche. Incluso se le pasó por la cabeza la idea de salir a cenar a un restaurante de verdad, ya fuera esa noche o durante el fin de semana. No tenía ni idea de cómo reaccionaría Ava, pero le parecía una ocurrencia divertida. ¿Por qué no? ¿Acaso no lo sabía ya todo el mundo? Después de lo que el doctor Mason había dicho en público en la sesión clínica, más bien sería imposible seguir manteniendo en secreto su relación por mucho que se ignoraran mutuamente en el hospital delante de todos.

En cuanto Noah acabó el dictado, volvió a la sala de reanimación para asegurarse de que todo iba bien con el paciente de la colecistectomía, ya que cuando se había marchado de quirófano, la operación no había finalizado del todo. La incisión de quince centímetros en la parte derecha del abdomen superior seguía abierta. Así lo dictaba el protocolo estándar de un hospital universitario. Para extraer la vesícula, Noah había traído a un residente de primer año para que lo ayudara a extirparla. Una vez finalizada esa parte clave de la operación, el protocolo estándar indicaba que el residente de más experiencia (es decir, Noah) se tenía que marchar para que el siguiente residente de más experiencia, la doctora Klim, pudiera enseñar al residente de primer año la técnica de sutura básica.

Noah echó un breve vistazo a las indicaciones postoperatorias que había escrito el residente de primer año, una vez más, bajo el auspicio del residente de tercer año. Ese era el procedimiento habitual desde hacía años. La formación en medicina no había sufrido en general muchos cambios a lo largo del último siglo, a pesar de que todo lo relacionado con la ciencia médica y la tecnología había cambiado drásticamente.

Noah volvió deprisa a la sala de espera para cambiarse de ropa. Tenía un montón de trabajo por hacer aparte de las rondas hospitalarias y las visitas a sus pacientes privados. Ahora que la sesión clínica había acabado, le quedaban muchas tareas pendientes para ponerse al día, y pretendía acabarlas antes de las seis, cuando quería irse del hospital. Si era posible, tenía la esperanza de llegar a casa de Ava antes de que empezara a hacer sus ejercicios, así, cuando ella hubiera terminado de ducharse, él tendría la fiesta de celebración, con champán incluido, preparada para disfrutarla.

Justo en el momento en que entraba con prisas en el vestuario de hombres de cirugía, Noah notó que su móvil vibraba: le había llegado un mensaje. Le picó la curiosidad por saber quién le habría mandado un mensaje al móvil en vez de a su tableta del hospital, donde recibía la mayoría de sus mensajes. Sacó el móvil y se llevó una alegría al ver que era de Ava. Con una mezcla de nerviosismo y alivio por al fin contactar con ella, lo abrió.

Noah se detuvo en seco y su euforia se desvaneció. Con una incredulidad casi total, leyó el mensaje múltiples veces. Era breve: «Me voy de viaje unos por trabajo. Te enviaré un mensaje cuando regrese».

Noah se dejó caer en un banco bajo, con el móvil todavía en las manos, contemplando la pantalla consternado, asombrado ante el hecho de que Ava fuera tan insensible como para enviar un mensaje tan corto y carente de toda emotividad. Dadas las circunstancias, se diría que era deliberadamente cruel. O eso o carecía de empatía, si bien cualquiera de las dos explicaciones resultaba igual de descorazonadora. De inmediato se preguntó desde cuándo sabía Ava que tenía que hacer ese viaje o si se trataba de algo improvisado esa misma tarde como consecuencia de un imprevisto del que su lobby quería que se ocupara, si es que a un lobby le pueden surgir imprevistos. Esperaba que fuese eso último, porque si no, Ava debería haberle avisado de que se marchaba en cuanto lo supo.

Mientras Noah le daba vueltas a ese inesperado giro de los acontecimientos, reparó en que Ava debía de tener algunos días libres, ya que había trabajado más de una semana seguida, incluido el fin de semana anterior. En un principio, Noah ni se lo había planteado, porque para él lo normal era trabajar todos los días y todos los fines de semana. La idea de que a ella le resultara extraño trabajar más de cinco días seguidos no se le había pasado por la cabeza. Pero ¿por qué Ava no había sacado el tema por la noche, si tenía previsto largarse al día siguiente?

—Seguro que ha surgido algún imprevisto urgente —dijo Noah en voz alta en un vano intento de no hundirse emocionalmente—. Seguro que tenía mucha prisa. Ya me contará más adelante todos los detalles.

Sin embargo, ese intento de animarse no funcionó. A Ava tampoco le habría costado tanto expresar alguna emoción; con cuatro palabras todo habría sido diferente.

Intentó recomponer su dolida autoestima pensando en otra posible explicación. Con todo el tiempo que Ava dedicaba a las redes sociales, quizá ni se le había pasado por la cabeza que podría sentarle mal que no le avisara de que se iba a marchar. El hecho de que constantemente se comunicara con los demás en un mundo virtual —donde no existían las diversas facetas de la comunicación no verbal propia de toda interacción en tiempo real, cara a cara— tal vez la había hecho menos sensible a los sentimientos de los demás y a sus diversos matices. Ella misma reconocía que se pasaba casi todo su tiempo libre en un mundo donde todo se podía arreglar con un mero clic de ratón, donde cualquier interacción que estuviera en marcha se podía cortar sin consecuencias. Si tenía en cuenta que esa semana habían gozado de unos maravillosos momentos íntimos, era imposible que hubiera querido enfadarle. No podía haberlo hecho adrede, debía de ser un descuido.

Noah sentía la tremenda necesidad de hacer algo en vez de quedarse sentado compadeciéndose de sí mismo, por lo que se puso de pie de un salto. Se quitó deprisa la ropa quirúrgica y se vistió con la ropa normal de hospital. Incluso decidió pasar por la lavandería para coger una bata blanca recién lavada y planchada para tener el mejor aspecto posible. Para Noah, el trabajo siempre había sido su refugio. Así era como había superado que Leslie se marchara.

Quince minutos más tarde, Noah estaba en la planta de cirugía reuniendo a las tropas para realizar las rondas de la tarde antes de lo habitual. Haciendo gala de una extraordinaria energía, animó a todos los residentes a dar el máximo de sí mismos, exigiéndoles en particular que expusieran con todo detalle y con datos actualizados el caso de cada paciente mientras iban de una habitación a otra. Preguntaba a todo el mundo sobre los últimos artículos científicos relacionados con cada operación, transformando las rondas de trabajo vespertinas en rondas de formación.

Cuando las rondas acabaron, Noah visitó a cada uno de sus propios pacientes hospitalizados, con los que mantuvo largas conversaciones acerca de su recuperación y qué avances deberían esperar a lo largo de los próximos días; además, dio de alta a tres de ellos. Después visitó a dos pacientes a los que estaba previsto operar a la mañana siguiente. Ambos habían sido trasladados desde hospitales del oeste del estado, donde les habían hecho una chapuza que ahora había que arreglar.

Cuando ya no tenía más trabajo que hacer en la planta de cirugía, Noah regresó al despacho del programa de residencia quirúrgica y se sentó ante su mesa. Como eran ya más de las cinco de la tarde, se encontró con que por fortuna el lugar estaba vacío. Su intención era leer los artículos de bioquímica médica sobre los que se debatiría al día siguiente en el Club de Lecturas Médicas, pero en vez ponerse a leerlos en la pantalla como había previsto, se le ocurrió otra idea. Aunque en un principio había tenido la intención de visitar la web de Anales de la Cirugía, optó por buscar en Google información sobre la Universidad de Brazos.

La página web era impresionante. Ahí había más de doscientas fotografías de modernos edificios de ladrillo rojo, hormigón y cristal. Le sorprendió ver tanta hierba, ya que pensaba que el oeste de Texas era un desierto. Podía ver la llanura que rodeaba la ciudad y el horizonte, donde la inmensidad del cielo parecía no tener fin. Nunca había estado en Texas, y no había nada en esas imágenes que lo invitara a ir hasta allí. No le gustaba mucho viajar. Lo más al sur que había estado era Carolina del Sur, pero eso había sido cuando era adolescente.

A continuación, Noah consultó la página web del Centro Médico de la Universidad de Brazos. El hospital se veía aún más moderno que el resto de la universidad, lo cual indicaba que era un edificio construido con posterioridad. El Centro de Simulación Weston tenía su propia sección en la página web y se anunciaba como uno de los centros de simulación robótica más avanzados del mundo para la enseñanza de la medicina desde su inauguración en 2013. En cuanto Noah clicó en esa sección, contempló las fotos del exterior de ese edificio de cristal ultramoderno y leyó la descripción de ese coloso de dos mil ochocientos metros cuadrados, tuvo que admitir que desde luego debía de serlo. Eran unas instalaciones estupendas, muchísimo mejores que las del BMH, donde tenían que luchar a brazo partido para disponer de un hueco en el sótano del edificio Wilson. Al echar un vistazo a la infinidad de fotos que había del interior del Centro de Simulación Weston, Noah se quedó aún más impresionado ante el sorprendente realismo de las maquetas, que incluían dos quirófanos totalmente funcionales, una sala de partos, una unidad de cuidados intensivos con múltiples camas y tres salas de urgencias de traumatología. Noah podía imaginarse con facilidad a Ava en todas esas salas, aprovechando el gran potencial que albergaban esas instalaciones para enseñar técnicas de anestesia y cómo enfrentarse a emergencias como una hipertermia maligna.

Acto seguido, Noah comprobó si el hospital y la facultad de medicina tenían todas las certificaciones adecuadas que exigían las diversas organizaciones de acreditación. Y así era; tenían incluso la del CAEMG, el Consejo de Acreditación de Educación Médica Graduada. Esa era la fundamental, ya que certificaba que la facultad de medicina y el programa de formación de residentes cumplían por entero los requisitos exigidos.

Tras varias horas de actividad frenética desde que había dejado el quirófano y, aunque todavía le quedaba mucho trabajo pendiente para mantenerse ocupado, Noah echó un vistazo a la hora. Eran casi las siete y media de la tarde y no había recibido ningún mensaje más de Ava. Con una dolorosa resignación, Noah empezó a hacerse a la idea de que, al contrario de lo que había esperado, no iba a saber nada más de ella. Por lo visto, ese mensaje tan seco sería el único que recibiría hasta que regresara.

Sintiéndose cansado, deprimido y confuso como nunca, Noah se levantó del escritorio. No se había sentido tan mal desde que Leslie Brooks se había largado y lo había dejado solo en un piso vacío. Se debatía entre volver a su lúgubre piso o quedarse en las instalaciones del hospital donde se hacían las guardias. En teoría, Noah no estaba de guardia, pero sabía que habría sitio de sobra si quería quedarse. Como no estaba en condiciones de tomar una decisión racional, por defecto se acabó quedando en el hospital.

23

Sábado, 29 de julio, 16.50 h

Después de pasar las noches del miércoles, jueves y viernes en la sala de guardias del pabellón Stanhope, Noah al fin sintió la necesidad de volver a su piso el sábado por la tarde, cuando acabó todo lo que se le había ocurrido que podía hacer en el hospital. Para entonces estaba al día en todo lo que requerían sus amplias responsabilidades como jefe de residentes de cirugía. Incluso había preparado las clases de bioquímica médica y la agenda del Club de Lecturas Médicas para las dos próximas semanas, así como el calendario de guardias de los residentes para los meses de agosto y septiembre.

Gracias a aquella vorágine de actividad, Noah había logrado sacar adelante mucho más trabajo del que creía posible, pero como se había quedado sin nada que hacer, empezaba a tener la sensación de que la gente se preguntaba por qué seguía dando vueltas por ahí. Para empeorar aún más las cosas, las noches del jueves y el viernes, los jefes de residentes de guardia le habían preguntado a Noah sin rodeos qué estaba haciendo en la zona de guardias, que contaba con una sala de estar así como con múltiples dormitorios. Sin duda, ambos residentes estaban preocupados, ya que la presencia de Noah daba a entender que se cuestionaba si eran competentes. En ambos casos, Noah les había asegurado que lo estaban haciendo muy bien y así había quedado la cosa, pero persistía la sensación de que no le creían.

Por desgracia, durante todo ese tiempo Noah no supo absolutamente nada de Ava. Aunque había esperado recibir algún mensaje o algo parecido, el viernes tuvo que reconocer que eso no iba a ocurrir. A lo largo de los tres últimos días, en varias ocasiones se había debatido entre enviarle un mensaje o al menos intentar llamarla, pero al final se había impuesto su orgullo. Tenía la sensación de que era Ava quien debía ponerse en contacto con él, puesto que era ella la que se había marchado. Dadas las circunstancias, era consciente de que, si daba el paso él, eso acabaría con la poca autoestima que intentaba conservar en vano.

Sin embargo, al regresar a su piso apenas amueblado, no recuperó el ánimo. Le dio la impresión de que ese vacío era aún peor de lo habitual, lo cual aumentó su sensación de soledad y le recordó lo mucho que echaba de menos a Ava. Al mismo tiempo, la situación le obligaba a cuestionarse si sus sentimientos eran correspondidos o no, ya que no se imaginaba a sí mismo dejándole a Ava un mensaje tan seco si la situación hubiera sido al revés. No obstante, se obligó a darle un pequeño respiro al recordar que era una mujer única y emprendedora como pocas, con un pasado totalmente distinto al suyo, que había sufrido el suicidio de su padre cuando aún iba al instituto y que a los veinte años ya había vivido un matrimonio difícil. Sabía que era importante tener todo eso en cuenta porque explicaba lo que él llamaba su «adicción adolescente» a las redes sociales.

Al pensar en Ava y su egocentrismo, se preguntó si las redes sociales volvían a las personas narcisistas al brindarles la oportunidad de echarse flores o si los narcisistas se veían atraídos por las redes sociales por esa misma razón. Sabía que una de las características del narcisismo era la falta de comunicación. Si el amor que Ava profesaba a las redes sociales la estaba transformando en una egocéntrica, al menos Noah podía albergar la esperanza de que ella no fuera consciente de la tensión emocional por la que le estaba haciendo pasar y de que se mostraría un arrepentimiento sincero cuando se lo explicara.

Como no tenía nada mejor que hacer y pensó que eso al menos le haría sentirse más cerca de Ava, encendió su viejo portátil y echó un vistazo a la página principal de Gail Shafter. Para su desasosiego, vio al instante que Gail había publicado un post el viernes, lo cual quería decir que había tenido suficiente tiempo libre para escribir en las redes sociales, pero no tanto como para mandarle un simple mensaje, o a lo mejor simplemente no le había dado la gana hacerlo. El post hablaba de que Gail había tenido la «requetefabulosa» oportunidad de visitar Washington, D. C., e incluía dos selfies: uno en el que se veía a una Ava muy sonriente, con una gorra de béisbol que le tapaba la melena con mechas rubias delante del monumento a Lincoln y otro delante del nuevo Museo Nacional de Historia Afroamericana. Tras contemplar con detenimiento las fotos, que le recordaron las muchas que tenía ella en su estudio, Noah clicó en la página de fans de Gail Shafter. Se sintió aliviado al ver que, al menos, Ava no había tenido tiempo de grabar uno de sus vídeos con consejos de belleza.

Volvió a la página principal y releyó el post, en el que hablaba de que la ciudad era una maravilla para los turistas porque se podían hacer y ver muchas cosas muy divertidas y cabía la posibilidad de toparse con políticos famosos; el artículo incluía una lista de aquellos que Gail había logrado ver. Después Noah leyó algunos de los comentarios. Era sorprendente cuánta gente respondía en un solo día. Tenía noventa y dos «Me gusta» y más de treinta comentarios. Noah los leyó y le resultaron interesantes por su banalidad y porque de un modo paradójico parecían exaltar a la vez el individualismo y el pensamiento tribal. Incluso había réplicas a los comentarios y unas cuantas réplicas a las réplicas. Sin lugar a dudas, las conversaciones en el mundo virtual eran muy distintas a los diálogos que se mantenían en el mundo real, se dijo Noah.

De repente, Noah se echó a reír sin dar crédito a lo que veía. Uno de los comentarios favorables era de Melanie Howard, lo cual quería decir que Ava se había tomado la molestia de dejar un comentario en su propio post. Luego Gail Shafter había contestado halagando a Melanie. Noah sabía lo inteligente que era Ava, por lo que su comportamiento le desconcertaba.

Noah echó una ojeada a las diversas webs de la gente que había comentado en el post de Gail, cada vez más fascinado. Leyó algunos de sus posts, consultó sus grupos favoritos y cliqueó en sus amigos. Era como seguir la progresión geométrica de un universo infinito en expansión. Entre medio Noah se topó con comentarios de todo tipo, sobre *newsfeeds* e incluso sobre discusiones acerca de algunos de los anuncios que Facebook había insertado para ganar más dinero.

Como Gail Shafter y Melanie Howard eran perfiles falsos y no gente de verdad, se preguntó si Ava tendría más identidades falsas y, si era así, ¿por qué se tomaba la molestia de crearlas? Siguiendo ese razonamiento, Noah se preguntó cuántos de los perfiles que estaba mirando serían también falsos. No había manera de saberlo.

Tras volver a la página principal de Gail, Noah se fijó en el género al que pertenecía la gente que había comentado su último post. Para su sorpresa, el número de hombres y mujeres era prácticamente el mismo. Esperaba que la mayoría fueran mujeres, sin cuestionarse el porqué. Entonces echó una ojeada a las minifotos que acompañaban a los comentarios y vio que la edad de aquellos que habían puesto una fotografía de sí mismos en vez de mascotas o niños pequeños se encontraba en el rango de entre los veinte y los cuarenta años. De repente reconoció una y se detuvo. Se trataba de Teresa Puksar, un apellido que Noah no había oído nunca hasta que visitó la página de Facebook de Gail, cuando se preguntó cuáles serían sus raíces genealógicas. Pulsó en la foto y fue a la página principal de Teresa. Al ver de nuevo esas fotos subidas de tono y a sus amigos, reparó en que muy pocos tenían la misma edad que ella. Eso dejó a Noah perplejo y asqueado. Se preguntó si los padres de Teresa tendrían alguna idea de lo que su hija hacía en las redes sociales.

Cuanto más tiempo pasaba en el mundo virtual de Ava, menos podía evitar preguntarse quién era en realidad Ava London.

Antes de iniciar su relación, el mundo de redes sociales que ahora estaba visitando ¿había reemplazado en serio sus interacciones cara a cara en tiempo real? Ava lo había dejado entrever, aunque parecía casi imposible, teniendo en cuenta la enorme diferencia entre lo que Ava y él habían compartido las tres semanas anteriores y lo que Noah consideraba un vacuo sustituto. Sin embargo, todo aquello planteaba una posibilidad muy inquietante: ¿Y si estaba equivocado? Quizá no habían compartido tanto como él quería creer. Desde luego, el hecho de estar «enamorada» no le había impedido largarse casi sin dar explicaciones ni dirigirle unas mínimas palabras de cariño del tipo «Lo siento pero tengo que irme» o «Te echo de menos». Por no hablar de la escasa gratitud que había mostrado tras el tremendo esfuerzo que había tenido que hacer Noah en las dos sesiones clínicas para defenderla, sobre todo en la última.

De repente, Noah apartó la mirada del portátil y contempló impasible la ventana. De pronto, un pensamiento aún más perturbador cruzó su mente. ¿Y si toda su relación con Ava era una farsa? ¿Y si Ava lo había utilizado para salir indemne de la marejada de las sesiones clínicas, empujada por su miedo irracional a perder su puesto de ensueño en el departamento de anestesia del BMH?

—¡No, joder! —exclamó con convicción.

Rechazó la idea en cuanto le vino a la cabeza, pues la consideraba un patético recordatorio de lo inseguro que se sentía en las relaciones sociales. Nunca había estado con una mujer tan abierta, generosa y que estuviera tan a gusto con su cuerpo como Ava. Pensar que la intimidad que habían compartido era una patraña era un reflejo de sus inseguridades más que de las de Ava.

Aun así, Noah volvió a mirar por la ventana. No podía dejar de pensar en esas dudas que lo reconcomían, en esos pequeños detalles del comportamiento profesional de Ava con respecto a las tres muertes por anestesia. En el caso de Vincent, ¿realmente interrogó con sumo cuidado al paciente sobre si había comido o sobre si tenía algún síntoma de dolor gastrointestinal en su hernia? ¿Evaluó como era debido la clase de anestesia que debía usar o siguió a ciegas los deseos de la secretaria del doctor Mason? En el caso Gibson, ¿tuvo dificultades para manejar el moderno videolaringoscopio o el problema estribó en que la cabeza de la paciente no dejaba de moverse por culpa del masaje cardíaco? ¿Por qué no le hizo una traqueotomía? Y respecto al caso Harrison, ¿cortó el suministro de la sustancia anestésica de inmediato o tardó en reaccionar, como sugirió la circulante?

En cuanto resurgieron los interrogantes, a Noah le vino a la mente la respuesta que le había dado Ava cuando le mencionó el comentario de la enfermera sobre el caso Harrison. Al recordarlo, sonrió. Ava se había enfadado y había soltado un monólogo muy detallado sobre la hipertermia maligna ante el que palidecían sus propios conocimientos sobre la materia. Había llegado a afirmar que tal vez el gas de la anestesia era lo que había provocado esa patología, así que, si hubiera sospechado qué estaba pasando, sin duda habría interrumpido la anestesia en el acto. Noah se acordó entonces de lo que, según ella, la había alertado: algo acerca del dióxido de carbono que sonaba tan esotérico que Noah ni siquiera era capaz de recordarlo.

Para quedarse más tranquilo, se volvió hacia el portátil y buscó «hipertermia maligna» en Google. Unos minutos más tarde pudo confirmar que Ava estaba en lo cierto: lo más probable era que la culpa de todo la hubiera tenido el isoflurano. Como Ava le había contado que había aprendido mucho sobre esa patología en el Centro de Simulación Weston del Centro Médico de la Universidad de Brazos, Noah fue a la página web de estas instituciones. Releyó todo el material al respecto que había disponible. Una vez más, se quedó impresionado, sobre todo porque Ava había demostrado que la experiencia adquirida con esas simulaciones era tremendamente valiosa. Pensó que debería plantear el tema en la próxima reunión de la Junta Asesora de Residentes Quirúrgicos, ahora que era miembro. Si convencía al hospital de que debía ampliar el centro de simulación del BMH, sería un gran logro para la junta.

Justo en ese momento, con el Centro de Simulación Weston aún en la pantalla del portátil, sonó el móvil. Noah intentó controlar su impaciencia mientras lo sacaba a trancas y barrancas del bolsillo, ya que podía ser Ava. Pero se llevó un gran chasco. No era Ava, sino la llamada que solía hacerle Leslie Brooks por FaceTime cada dos meses. Siempre lo llamaba los sábados por la tarde. Por un momento, Noah sostuvo el móvil preguntándose si debía contestar o no. Estaba tan decepcionado porque no era Ava que le preocupaba que Leslie pudiera intuirlo, y eso no sería justo, pues era consciente de que solo quería lo mejor para él. No estaba de humor para oírla hablar de lo genial que le iba en Nueva York o lo feliz que era con su prometido, quien la colmaba de atenciones. Convencido de que se hundiría más en la miseria si comparaba su vida con la de ella, titubeó, pero al quinto tono se rindió y respondió. Después de todo, necesitaba con desesperación hablar con alguien.

Apoyó el móvil en el portátil. Leslie estaba estupenda, como de costumbre. Noah se daba cuenta de que siempre que llamaba iba perfectamente peinada y maquillada. Tras los saludos iniciales de rigor, Leslie tuvo el detalle de comentarle que tenía cara de haber dormido poco. Él lo reconoció y contestó que durante las últimas noches había dormido unas cuatro o cinco horas de media.

—Eso es ridículo —dijo Leslie—. Ahora estás al mando. Se supone que deberías delegar en los demás, no hacer tú todo el trabajo.

—La razón por la que no he estado durmiendo lo suficiente no ha sido el trabajo —replicó, decidido a ser franco. Necesitaba un poco de compasión, y Leslie era la única persona en el mundo con la que tenía la sensación de que podía ser sincero, puesto que ya conocía sus debilidades—. He conocido a alguien y he empezado una relación bastante intensa estas tres últimas semanas.

—¡Eso es genial! —exclamó Leslie sin vacilar—. ¿Quién es, si no te importa que te lo pregunte?

—Es una colega —contestó Noah, siendo vago adrede—. También es médico y su compromiso con la medicina es tan fuerte como el mío.

—Eso es un buen comienzo —afirmó Leslie—. Debéis de llevaros muy bien. Si está tan ocupada como tú, el único problema será sacar tiempo para pasarlo juntos fuera del hospital.

—Trabaja como adjunta en la facultad —dijo Noah—. Así que su horario es muy predecible. El mío sigue siendo el problema, aunque ella entiende a la perfección lo que se me exige.

—Ahora entiendo por qué tienes cara de no pegar ojo —repuso Leslie con una carcajada—. No eres el Noah que yo recuerdo de los últimos años que estuvimos juntos.

Noah captó la indirecta de Leslie y también se rio.

—Esa no es la razón por la que tengo cara de no pegar ojo, sino porque me temo que me han abandonado justo cuando creía que todo iba genial.

—Si quieres saber mi opinión, cómo lo veo, quizá deberías contarme lo que ha pasado con más detalle.

Noah le describió cómo era su relación con Ava de la manera más sincera posible. También le explicó qué era lo que había provocado que se hallara tan angustiado. Lo que omitió por razones de privacidad fue el nombre de Ava, los detalles sobre su pasado y adónde había ido en su reciente viaje. Noah quería saber la opinión de Leslie porque tenía la esperanza de que le dijera que, aunque desde luego esa falta de comunicación era extraña, estaba exagerando, y que cuando ella regresara todo volvería a la normalidad. Por desgracia no fue así.

Cuando Noah concluyó su breve monólogo, Leslie se limitó a mirarlo fijamente y a negar despacio con la cabeza.

—¿Y bien? —preguntó Noah—. ¿No vas a decir nada?

—No estoy segura de qué debería decir —admitió Leslie—. Aunque sí puedo adivinar qué quieres oír.

—Yo también puedo adivinar qué es lo que quiero oír —replicó Noah—. Pero creo que necesito tu opinión sincera.

—Vale —dijo Leslie, y le señaló como si le fuera a soltar un sermón—. Pero no te cabrees conmigo cuando oigas mi opinión. ¿Lo prometes?

—Lo prometo —contestó Noah suspirando. Como intuía lo que se le venía encima, sintió la tentación de cortar la llamada.

—Yo te aconsejaría que tuvieras cuidado con esa persona —le recomendó Leslie—. Ya ha desaparecido de repente dos veces sin dar una auténtica explicación, después de haber empezado una relación íntima y haberos ido a vivir juntos, aunque solo lleváis unas semanas, y eso no es un comportamiento normal ni de lejos. Y que encima haya ocurrido justo después del gran esfuerzo que has hecho por protegerla es aún más extraño. Me da en la nariz que es una persona muy manipuladora y, si es tan manipuladora como parece, tal vez sufra un trastorno de la personalidad. Lo que me has descrito no es un comportamiento muy normal cuando se empieza una relación de pareja.

»Mira —continuó Leslie—, sé que puede dar la sensación de que me estoy pasando de lista, ya que solo hice un curso básico de introducción a la psicología en la universidad, pero no puedo evitarlo. No quiero que te haga daño.

—Eso no es lo que quería oír —le aseguró Noah apartando la mirada. Por un segundo prefería no ver el perspicaz rostro de su interlocutora. También era consciente de que Leslie había llegado a esas conclusiones sin conocer los detalles más importantes de la vida de Ava, detalles que creía que no debía revelar.

—Solo intento ser sincera a partir de los datos que me has dado —dijo Leslie—. Espero equivocarme. De todos modos no me has dicho qué hace cuando desaparece. ¿Lo sabes?

—Normalmente, sí. Tiene otro empleo: colabora con el lobby de la industria de los suplementos nutricionales.

—Vaya, eso sí que es irónico —comentó Leslie. Había vivido con Noah y sabía muy bien cuánto despreciaba la industria de los remedios mágicos de los treinta y cuatro mil millones de dólares al año, como él la llamaba; por tanto, la idea de que estuviera saliendo con alguien que trabajase para esa industria era absurda—. ¿Adónde va?

—En estos dos viajes, a Washington, D. C. —contestó Noah, que estaba pensando en cortar la llamada. Su conversación con Leslie, lejos de ayudarlo, lo estaba deprimiendo todavía más, puesto que confirmaba sus miedos.

—Con todo lo que me has contado, me parece un contrasentido que una médica trabaje para la industria de los suplementos nutricionales —comentó Leslie—. Al mismo tiempo, ellos deben de estar encantados con ella, porque con gracias a sus credenciales les da una credibilidad que no se merecen.

—En eso tienes razón —reconoció Noah—. Creo que la vigilan de cerca. Casi todas las noches recibe una llamada al menos, y por lo visto le pagan una barbaridad. Con el salario de la facultad nunca habría podido permitirse la casa en la que ahora vive, ni los viajes de placer que hace. Pero ellos le sacan un buen rendimiento a lo que le pagan. Ella es extremadamente inteligente, atractiva, simpática, tiene sentido del humor, es doctora en medicina diplomada en nutrición y además trabaja en la facultad del BMH. Intuyo que ella, quizá ella sola, es quien impide a los políticos cambiar la ley de 1994 que liberó a la industria de cualquier control sensato por parte de la Agencia de Alimentos y Medicamentos. Ella mismo lo admitió.

—Parece que les ha tocado el gordo con ella —reconoció Leslie—. Ojalá pudiera decir lo mismo en tu caso. Por una cuestión de mera supervivencia, creo que deberías tomarte las cosas con calma y cautela; no dejes que tus emociones y necesidades te nublen el juicio. Ese es mi consejo.

—Gracias por iluminarme con tu sabiduría, madre —dijo Noah con un obvio tono sarcástico, a pesar de que sabía que Leslie tenía buena parte de razón. Nunca había sido consciente de lo mucho que necesitaba el amor en su vida hasta que por casualidad conoció a Ava.

—Me has pedido que fuera sincera —le recordó Leslie.

Tras dar por concluida la llamada de FaceTime, Noah arrojó el móvil a la otra punta de la habitación, al sofá raído; era su forma de expresar su disgusto de una manera controlada. La conversación no había ido como había esperado, y le había hecho recordar otras cosas de Ava un tanto inconsistentes, como su gran don de gentes y su capacidad para intuir cómo eran las personas, que contrastaba con su comportamiento ligeramente antisocial en el hospital. Eso también chocaba con el hecho de que, tal como ella misma había confesado, prefiriera las redes sociales a relacionarse en persona. A medida que su relación había ido a más, Noah se había ido dando cuenta, poco a poco, de que el único con el que hacía migas en el hospital era él. Al principio se lo tomó como un halago y lo consideró como algo más que tenían en común. Pero con el tiempo se fue dando cuenta de que eran distintos. Noah era simpático con todo el mundo, mientras que ella mantenía las distancias. Al reflexionar sobre eso, se acordó de otra cosa que había notado al leer sus anotaciones en los expedientes de Vincent, Gibson y Harrison. En cierta manera, su sintaxis era única. Noah lo había atribuido al hecho de que se hubiera formado en el oeste de Texas y no en uno de los centros médicos académicos más habituales.

Noah se puso en pie y cogió el móvil. Casi deseaba que lo llamaran del hospital para tener así una excusa para volver. Ahí estaba, cuando eran casi las siete en punto de un sábado por la tarde, sin nada que hacer. Era patético. Además, por primera vez en toda su vida, se había puesto al día a pesar de la montaña de textos médicos pendientes de leer. Al final, por pura desesperación, decidió ir a ese bar tan popular, al lado de Toscano's, que había visto todas esas noches cuando iba a recoger la comida para llevar. A lo mejor le entraba el hambre y le apetecía comer algo. A lo mejor hasta se encontraba con alguien dispuesto a hablar con él.

24

Domingo, 30 de julio, 16.12 h

A pesar de haberse puesto al día de trabajo, Noah se las ingenió para pasar todo el domingo en el hospital. Se habían llevado a cabo unas interesantes operaciones de urgencia a un grupo de ciclistas que habían sido atropellados por un conductor de avanzada edad que afirmó que no los había visto. También había leído de pe a pa los expedientes clínicos de todos los ingresados en cirugía del hospital, cosa que nunca había hecho. Le sorprendió e inquietó la cantidad de problemas menores que descubrió, lo cual desencadenó una avalancha de correos electrónicos con los residentes en cuestión para exigirles que prestaran más atención a los detalles.

Mientras Noah finalizaba los horarios de cirugía de los residentes que iban a ayudar en las operaciones el lunes, le vibró el móvil en el bolsillo. Al sacarlo, se sorprendió al ver un mensaje de Ava, igual de conciso que el que había recibido el miércoles. Lo único que decía era: «He llegado a casa. Estoy agotada, pero puedes venir si quieres».

Durante unos minutos, Noah se limitó a contemplar esas once palabras. No sabía qué pensar. Aunque no había ninguna palabra de cariño, sí lo invitaba a verla. La cuestión era si debería ir o no, y si lo hacía, ¿cuándo? Al final decidió que iría a verla, pero sin olvidarse de los consejos de Leslie ni de sus propias dudas. Con la intención de mostrar una cierta indiferencia y mantener la dignidad, escribió: «Acabaré en breve. Ya me pasaré». Después de leer ese mensaje varias veces y decidir que era tan aséptico emocionalmente como el de Ava, lo envió.

Casi de inmediato, un emoji con un pulgar hacia arriba apareció en la pantalla.

Noah no se dio una prisa especial por llegar a casa de Ava. Completó el horario de las cirugías programadas e hizo la ronda para visitar a sus cuatro pacientes privados, incluido uno cuya operación estaba prevista para la mañana siguiente. Para cuando subió las escaleras de entrada de la casa de Ava y llamó al timbre, eran casi las seis y cuarto.

Se oyó un zumbido y la puerta se abrió. Noah entró en el recibidor. A Ava no se la veía por ninguna parte, pero al cabo de varios minutos apareció en lo alto de la escalera principal y bajó con rapidez.

—¡Hola! —gritó alegremente. Iba vestida de negro, con sus pantalones y su camiseta sin mangas de hacer yoga. Sin dudarlo un segundo, le dio un beso en cada unas de las mejillas como si todo fuera la mar de normal y no hubiera pasado nada—. ¡Lo siento! Estaba con el ordenador.

—No tienes por qué disculparte.

—Me alegro de que hayas llegado antes de que me pusiera a hacer ejercicio con la bici. ¿Quieres entrenar conmigo? Mi entrenador no está.

—Creo que mejor no —contestó Noah. Aunque tenía ropa para hacer ejercicio en casa de Ava, no estaba de humor para entrenamientos.

—¿Quieres bajar conmigo a la sala de ejercicio o prefieres esperarme en el estudio?

—Bajaré contigo. Si no te importa.

—¿Si no me importa? —repitió Ava mirándole con recelo—. ¿Por qué debería importarme?

—No lo sé —dijo Noah, con total sinceridad, pues no sabía por qué había dicho eso.

Ava ya lo había pillado con la guardia baja. De hecho, Noah

no sabía muy bien qué esperar de ella, pero le sorprendió que actuara con tanta normalidad.

—¿Estás bien? —le preguntó Ava mirándolo de reojo—. Estás un poco... raro.

—Es que me siento un poco raro —admitió Noah.

—¿Por qué? ¿Qué ha pasado?

Noah suspiró.

—Ava, has desaparecido durante tres o cuatro días y no he sabido nada ti, así que creo que es la mar de razonable que me comporte de un modo un poco raro.

—¡Eso no es cierto! —exclamó Ava—. ¿De qué narices estás hablando? Te envié un mensaje diciendo que me iba.

—Sí, me enviaste un mensaje, por llamarlo de alguna manera —replicó Noah.

—Tenía prisa. Recibí una llamada de Washington en la que me decían que necesitaban verme inmediatamente. En cuanto la recibí te envié el mensaje para que supieras que tenía que irme.

—Pero no me volviste a escribir —le echó en cara Noah.

—Ya, bueno, tú tampoco respondiste a mi mensaje —contestó Ava a la defensiva—. Pensé que me dirías algo en plan «Que te vaya bien el vuelo» o «Buena suerte con las reuniones». Pero no recibí nada. Se me pasó por la cabeza la idea de que igual necesitabas un pequeño descanso. A decir verdad, a pesar de que ahora somos uña y carne, pensé que te estaba haciendo un favor al dejarte solo para que pudieras avanzar con tu trabajo. He sido una egoísta al monopolizar tu tiempo libre.

Noah contempló a Ava con incredulidad. ¿Acaso él era el responsable del torbellino emocional en el que había estado inmerso? ¿De verdad era socialmente tan inepto o todo era culpa de la actual tecnología de los mensajitos? ¿O acaso la comunicación instantánea elevaba tanto las expectativas que se disparaban las posibilidades de que hubiera malentendidos? Intentó recordar por qué no había respondido al primer mensaje, pero tan solo se acordaba de que se había sentido herido en su orgullo infantil.

—Ya sabías que tendría que ir a Washington pronto, en algún momento —continuó Ava enfadada—. Hace apenas una semana que recibí esa llamada en la que me hablaron de ese puñetero artículo que salió en *Los anales de la medicina interna*. Ese tan crítico acerca de un estudio nuevo sobre suplementos nutricionales, ¿te acuerdas? ¡No me digas que lo has olvidado!

—Lo recuerdo —admitió Noah.

—Así que ya sabías que tendría que ir a Washington en un futuro cercano; además, te envié un mensaje diciéndote que tenía que marcharme por asuntos de negocios. No se necesita ser un genio para sumar dos y dos.

—Bueno, a lo mejor he exagerado —se excusó Noah.

—¿Por qué no me enviaste un mensaje o me llamaste para decirme que estabas enfadado?

—Supongo que debería haberlo hecho.

—Pues claro que sí, tontorrón —dijo Ava.

—Te he echado de menos —le confesó Noah.

Una sonrisa se dibujó en el rostro de Ava.

—Es la primera cosa bonita que me has dicho.

—Es verdad —añadió Noah—. Te he echado de menos.

Ava le echó los brazos al cuello y se pegó a Noah.

—Te voy a decir lo que pienso. Pienso que trabajas demasiado. Necesitas un descanso. Creo que estás estresado y que deberías hacer ejercicio conmigo. Eso te vendría realmente bien.

—A lo mejor tienes razón —dijo Noah.

Media hora después estaban montados en unas bicis estáticas y se suponía que recorrían una parte de una de la etapas del Tour de Francia, que aparecía proyectada en una pantalla gigante. Ava pedaleaba con una tensión mucho mayor en los pedales que Noah, pero eso se daba por hecho. Ambos sabían que ella estaba de lejos en mejor forma.

—¿Qué ha pasado con el doctor Mason desde que me fui? —indagó Ava entre un jadeo y otro.

—Solo he hablado con él una vez —logró responder Noah. Con disimulo, para que Ava no le viera, redujo bastante la tensión de los pedales—. Fue justo después de la sesión clínica. Bajó al foso y estaba que echaba humo.

—No me sorprende para nada —reconoció Ava—. Por cierto, estuviste genial en la sesión clínica, igual que en la anterior. Gracias.

—De nada —contestó Noah. Le gustó que le diera las gracias, aunque habría preferido que Ava le enviara un mensaje de agradecimiento cuando estaba fuera—. Sin embargo, quien de hecho te sacó las castañas del fuego fue el doctor Kumar. Te prestó todo su apoyo.

—Me conmovió —le confesó Ava.

—Fue un apoyo sincero y bien merecido —le aseguró Noah.

—Cuando el doctor Mason bajó al foso después de la sesión, ¿dijo algo sobre mí en concreto?

—Sí —respondió Noah—. Más o menos admitió que no podía hacerte nada porque perteneces a un departamento distinto.

—¿De veras? —dijo Ava con un evidente tono de gratitud—. ¡Eso es genial! Menudo peso me he quitado de encima. Esto hay que celebrarlo.

—Ojalá pudiera decir lo mismo —repuso Noah—. En todo caso, me temo que ahora desea más que nunca que me despidan. Como es obvio, en parte me echa a mí la culpa de que te hayas ido de rositas.

—¡Oh, venga ya! —exclamó Ava—. Es imposible que consiga que te despidan. Todo el mundo sabe que es un fantasma y un narcisista, sobre todo después del lío que montó en la última sesión clínica. Todo el mundo piensa que eres el mejor residente que ha habido nunca en el departamento de cirugía del BMH. Yo misma he oído ese rumor.

—Los rumores son eso… rumores —señaló Noah—. Todo eso está muy bien, pero la realidad puede ser muy distinta. El doctor Mason es una pieza importante en el departamento de cirugía. Incluso el doctor Hernandez se vio obligado a recordarme esa verdad incómoda y me aconsejó que me llevara bien con él, como si eso fuera fácil. Voy a andar en la cuerda floja hasta que el doctor Mason encuentre otra presa. Ahora mismo, soy su blanco favorito.

Sin advertencia previa, Noah dejó de pedalear en su bici estática y dejó caer los pies en el suelo estruendosamente. Estaba sudando a mares y le dolían los músculos de los muslos.

—¿Qué pasa? —preguntó Ava, quien, al contrario que él, no alteró lo más mínimo su rápido pedaleo.

—Se acabó —respondió Noah—. Soy el primero en reconocer que no estoy en forma. Esa puede ser una meta a alcanzar en un futuro, quizá el próximo año. Ahora mismo, estoy hecho polvo. Aunque esta minisesión de entrenamiento ha estado bien. Gracias por sugerírmelo. Ahora estoy mucho más tranquilo que cuando he llegado. Me voy a duchar y luego iré a por algo de comida para que podamos cenar cuando salgas de la ducha.

—Vale —dijo una risueña Ava—. Pero recuerda que tengo que hacer unos cuantos ejercicios de suelo después de que acabe con la bici.

—Me parece bien —contestó Noah mientras caminaba con piernas temblorosas hasta la ducha de al lado.

25

Domingo, 30 de julio, 20.34 h

Cuando acabaron de cenar, Noah y Ava se asearon y siguieron conversando sobre trivialidades. Principalmente habían hablado de que Ava había tenido la oportunidad de hacer turismo en Washington, lo cual había sido algo excepcional para ella, puesto que en otras visitas a la capital siempre había estado muy ocupada. Noah había tenido que admitir que había leído sus posts en la página de Facebook de Gail Shafter y que, llevado por la desesperación, había leído todos los comentarios para enterarse de qué estaba haciendo.

—Deberías haberme enviado un mensaje —le había dicho Ava—. Te lo habría contado todo yo misma.

Noah hizo gala de una gran sensatez al no responder a ese comentario.

En cuanto Ava acabó de enjuagar los platos que habían usado, se apoyó de espaldas en el fregadero mientras se secaba de las manos.

—Al final, ese repentino viaje a Washington ha sido una bendición para mí —afirmó—. Esta última muerte por hipertermia maligna casi acaba conmigo. Necesitaba alejarme de esto. El hecho de que el paciente fuera un niño de doce años hizo que me resultara mucho más difícil de aceptar. Aunque tampoco me resultó fácil con los demás, por supuesto.

—Lo comprendo —dijo Noah mientras metía los envases

de plástico en el cubo de basura de reciclaje—. Por eso, siempre me ha parecido que la pediatría era más complicada que otras especialidades. La vida puede ser muy injusta, eso lo sabe todo el mundo, pero aún lo parece más cuando los pacientes son críos.

—Volví a plantearme muy en serio dejar de ser anestesista —aseguró Ava con cierta tristeza.

—Sí, lo has mencionado.

—Mientras estaba fuera, decidí que debía tomarme esas tres muertes como una motivación para esforzarme aún más para estar al día de todos los avances en anestesia.

—Esa es una manera muy cabal de lidiar con esas tragedias —le aseguró Noah—. Los médicos tenemos que estar continuamente aprendiendo, por el bien de nuestros pacientes.

—Lo único que hace que este caso sea más fácil que los dos primeros es que esta vez no vamos a tener que preocuparnos por la sesión clínica. No creo que haya nada en este caso que hubiera hecho de un modo distinto. Tampoco hay nada que alguien como el doctor Mason pueda criticar.

—Bien dicho —apuntó Noah, incapaz de borrar de su mente el comentario de Dorothy Barton acerca de que Ava no había interrumpido el suministro de isoflurano cuando debería haberlo hecho. No pensaba sacar ese tema de nuevo, pero al recordarlo le vino a cabeza otra cosa—. Dijiste que sabías cómo afrontar un caso de hipertermia maligna gracias a que hiciste prácticas en el Centro de Simulación Weston.

—Por supuesto —reconoció Ava—. Practiqué con el programa de HM unas cuantas veces.

En este instante Ava colgó el paño de cocina en el asa del horno.

—Mientras estabas de viaje, entré en la página web del Centro de Simulación Weston —le comentó Noah—. Me quedé impresionado al ver el edificio y el equipamiento. Lo que tenemos en el BMH es patético en comparación. Sin embargo, mientras echaba un vistazo a ciertos datos, reparé en que no había abierto sus puertas hasta 2013.

Durante unos instantes, Noah y Ava intercambiaron miradas. De repente, reinaba en el ambiente una sensación de intranquilidad, como si estuviera cargado de electricidad estática.

—¿Dudas de lo que te he contado? —le preguntó Ava en tono desafiante.

—Yo no dudo de nada —contestó Noah—. Simplemente me fijé en la fecha, que es justo un año después de que tú y yo comenzáramos a trabajar en el BMH.

Ava se echó a reír en son de burla.

—2013 fue el año en que el centro se trasladó al edificio nuevo. Los maniquís robóticos con forma humana habían estado en el edificio principal del hospital desde que yo iba a la universidad y los habían ido actualizando con regularidad. Yo empecé a hacer prácticas con ellos por aquella época.

—Ah. Vale. Eso lo explica.

—¿Alguna otra pregunta sobre mi formación, fechas y demás? —soltó Ava en plan retador.

—Bueno, ya que lo preguntas, sigo teniendo curiosidad por saber si durante tu formación como residente aprendiste a manejar bien el videolaringoscopio avanzado. ¿Solías usarlo a menudo?

—Me parece que esa pregunta tiene mucha mala baba —respondió Ava—. ¿Quieres volver a sacar el tema? ¿Por qué me lo preguntas?

—Solo tengo curiosidad —contestó Noah con cierta despreocupación, aunque saltaba a la vista que Ava volvía a estar enfadada.

—No me lo trago —le espetó con evidente crispación—. ¿Qué estás pensando? ¿Qué estás insinuando?

—Nada en particular —respondió Noah, a la vez que intentaba dar con una explicación—. Solo me pregunto si hay diferencias en los programas de estudio de anestesia como sucede con los de cirugía.

—¿Estás insinuando que la formación que recibí en la Universidad de Brazos tal vez no fuera tan buena como la que recibiste tú en una institución de la Ivy League? Me dejas de piedra. ¿El pasado lunes tú mismo me decías que todo eso solo era un mito y ahora te atreves a dudar de mí porque no me formé en un centro médico de renombre? ¡Anda ya!

—Mientras estabas fuera, comprobé ciertos datos sobre el Centro Médico de la Universidad de Brazos y su facultad de medicina. Era una forma de sentirme más cerca de ti, porque te echaba de menos. Y me quedé impresionado. Da la sensación de que esas instalaciones son alucinantes.

En ese momento sonó el móvil de Ava. Ella lo cogió de la encimera y miró la pantalla.

—¡Oh, mierda! Es mi jefe del CSN. Quiere que le informe sobre lo del fin de semana. ¿Te importa? Debería hablar con él, pero me puede llevar un rato. Lo siento.

—No pasa nada —fue la amable respuesta de Noah. En realidad, se sentía como un boxeador salvado por la campana—. Haz lo que tengas que hacer.

—Igual me lleva una hora —insistió Ava mientras seguía sonando el móvil—. Acabé viendo a un montón de congresistas, e incluso cené con dos senadores muy importantes; uno de ellos era Orrin Hatch.

—¡Tómate tu tiempo! —exclamó Noah—. Subiré al estudio. Ahí tienes suficientes libros para estar entretenido toda la noche.

—Vale. Subiré en cuanto pueda —dijo Ava. Entonces pulsó el botón de responder y se acercó el móvil al oído—. Howard, espera un segundo. —Acto seguido, moviendo los labios pero sin hablar, indicó a Noah—: ¡Hasta luego!

Y le guiñó un ojo.

Mientras Noah se dirigía a la escalera principal, oyó que Ava describía cómo había ido la cena del sábado por la noche en el Capital Grille de Washington, D. C., al mismo tiempo que iba a sentarse en la amplia cocina. Se alegraba de poder alejarse un poco de ella, puesto que no esperaba que le sentara tan mal el tema del laringoscopio. Lo único que pretendía saber Noah era si había utilizado ese instrumento con cierta regularidad durante su residencia. Vista la respuesta de Ava, se preguntó qué diría si aireara todas sus dudas.

Una vez en el estudio, toqueteó los libros que había sobre la mesa de centro, una selección ecléctica de libros de viajes y de arte de gran tamaño con tapa dura. Escogió uno sobre ambas temáticas a la vez. Se trataba de un espectacular estuche de dos tomos titulado *Venecia: Arte y arquitectura*. Cuando iba a sentarse, se le ocurrió otra idea. Recordó que, cuando él había llegado, Ava había dicho que estaba con el ordenador. Echó un vistazo a su reloj. Solo habían pasado cinco minutos desde que se había ido de la cocina.

Tras dejar los libros en la otomana, Noah salió al pasillo y miró hacia abajo por la escalera principal. Aguzó el oído para oír si Ava hablaba por el móvil, pero no la oyó. En la casa reinaba el silencio, salvo por el imperceptible zumbido del sistema de aire acondicionado. Tras avanzar unos pocos metros, echó una ojeada al cuarto donde Ava tenía el ordenador. Desde donde se encontraba, Noah podía ver que la máquina estaba encendida, al parecer en modo reposo. Después de echar otro vistazo a las escaleras y escuchar un momento por si oía señales de Ava, se dirigió rápidamente en línea recta hasta la silla del ordenador. Aunque sabía que no debería hacer lo que tenía en mente, no pudo evitarlo. La reacción de Ava a esas preguntas tan sencillas sobre su formación como residente habían despertado su curiosidad y ahora quería saber con más detalle hasta qué punto había sido exhaustiva. El hecho de que la hubieran seleccionado para formar parte de la plantilla del departamento de anestesia del BMH dejaba bien claro que había recibido una formación de calidad, pero Noah ansiaba obtener unos datos más concretos. Los residentes de anestesia, al igual que los de cirugía, al menos en el BMH, tenían que llevar un registro de sus casos clínicos. Noah quería ver el de Ava por si era comparable con los de los residentes del BMH en cuanto a número y tipos de casos. Noah guardaba un registro de sus casos en un documento Word que actualizaba constantemente, así que daba por sentado que Ava haría lo mismo y confiaba en que aún guardara el archivo en su ordenador.

Dejándose llevar por una súbita impulsividad a raíz de las persistentes dudas que albergaba sobre Ava y su formación, Noah despertó a la máquina durmiente. Fue fácil; bastó con teclear seis veces 1 en lugar de un código de seguridad que, desde su primera visita, sabía que Ava nunca se había molestado en introducir. Como esperaba tener que ir a la sección de búsqueda de documentos, le sorprendió encontrarse en la pantalla un documento abierto, una carta incompleta dirigida a Howard Beckmann, del Consejo de Suplementos Nutricionales. Noah no pudo contenerse y se puso a leer la carta. Le llamó la atención una referencia en negrita a la Ley de Suplementos Dietéticos de 1994, la LSD. Noah conocía muy bien esa ley, ya que daba vía libre a la industria de los suplementos para esquivar de manera efectiva el control de la Agencia de Alimentos y Medicamentos, promoviendo así la palabrería para la obtención de ingentes beneficios.

Para mayor consternación de Noah, la carta hablaba de que era necesario iniciar una campaña de difamación tanto a nivel político como personal contra los pocos congresistas y senadores que habían expresado su oposición a la LSD y querían derogarla o enmendarla de manera significativa. Noah estaba tan absorto leyendo que no se dio cuenta de que Ava apareció en el umbral de la puerta. Ni siquiera reparó en su presencia cuando entró hecha una furia en la habitación y por encima de su hombro miró qué estaba leyendo.

—¿Qué crees que estás haciendo? —preguntó a gritos. Agarró a Noah del brazo y lo obligó a darse la vuelta en la silla giratoria para que la mirara a la cara. Su rostro estaba teñido de un espectral azul pálido, ya que la única fuente de luz de la habitación era la pantalla del ordenador.

—Solo iba a... —acertó a responder Noah, pero bajo la presión del momento fue incapaz de decidir si debía contar la verdad o no, y ese titubeo enojó aún más a Ava.

—Eso que estás leyendo es una carta privada —le gritó señalando detrás de él—. ¡Cómo te atreves!

—Lo siento —fue lo único que logró responder Noah—. Creía que ibas a estar liada un rato y tras la discusión de abajo se me ocurrió echar un vistazo a tu registro de casos clínicos de residente, o comprobar al menos si tenías uno.

—Pues claro que tengo uno —le espetó Ava indignada—. Así que sigues despreciando el lugar donde me formé como anestesista, ¿eh? Eso es echar sal a la herida y hace que esta violación de mi intimidad sea aún peor de lo que imaginaba. No me lo puedo creer.

—Lo siento —repitió Noah haciendo ademán de levantarse, pero ella lo detuvo y lo obligó a permanecer sentado.

—Confiaba en ti —chilló Ava—. Te he abierto las puertas de mi casa, ¿y así me lo pagas? Si me hubieras invitado a tu piso, ni se me pasaría por la cabeza entrar en tu ordenador.

—Tienes razón —admitió Noah—. No sé por qué lo he hecho. Bueno, quizá sí. Creo que eres una anestesista estupenda, eso lo he dicho infinidad de veces, pero tengo algunas... No sé exactamente qué palabra utilizar... Tengo algunas dudas que quiero quitarme de la cabeza.

—¿Como cuáles? —gruñó Ava.

—Me parece que no es el mejor momento para hablar sobre esto —contestó Noah, e intentó volver a ponerse en pie, pero ella no le dejó. Estaba muy cabreada y lo miraba hecha una furia.

—Es ahora o nunca —le espetó—. ¡Explícate!

—Solo son cuatro cosillas —dijo Noah lanzando un suspiro—. Como lo que pasó en el caso Gibson; daba la sensación de que tenías problemas para manejar el videolaringoscopio. Sé que la cabeza de la paciente no paraba de moverse por culpa del masaje cardíaco, pero me dio la impresión de que no estabas tan acostumbrada a usar ese instrumento como había imaginado.

—¿Y qué más?

—Respecto al mismo caso, me pregunté por qué no habías abierto una vía respiratoria de algún otro modo, por ejemplo, usando una aguja de gran calibre con ventilación asistida para practicar una traqueotomía.

—¿Algo más? ¡Ya que estamos, suéltalo todo!

—En el caso de Harrison, me sigo preguntando por qué Dorothy Barton me dijo que no habías cortado el suministro de isoflurano con la rapidez debida.

—¿Estás diciendo que te fías más de su palabra que de la mía? —preguntó una incrédula Ava.

—No, qué va. Es solo que... ¿Qué puedo decir? Tengo dudas. Esa es la única palabra que se me ocurre, y preferiría poder borrarlas de mi mente.

—La anestesista soy yo, no tú —afirmó Ava con rabia—. Cuando me tocó lidiar con el caso Gibson, el paciente ya había entrado en parada cardiorrespiratoria. No habría bastado con una aguja de traqueotomía; sobre todo, porque no sabía cuál era el problema y no podía estar segura de que hubiera podido espirar adecuadamente. Un tubo endotraqueal habría sido una solución muchísimo mejor, y poco faltó para que consiguiera meterle uno. Respecto a la señora Barton, creo que su conflictiva personalidad lo dice todo. Corté el puñetero suministro de isoflurano en cuanto sospeché que se trataba de una hipertermia maligna. Pero ¿sabes qué? No debería tener que justificar mis actuaciones profesionales ante ti. Mis colegas anestesistas revisaron los casos y debatimos sobre ellos en nuestras rondas. Se supone que tú, más que nadie, deberías apoyarme. Esto es absurdo.

—Yo te apoyo —le aseguró Noah—. Te llevo apoyando desde el principio. La prueba la tienes en cómo actué en las dos sesiones clínicas. No he podido prestarte más apoyo del que te he prestado. No lo habría hecho si creyera que eres una incompetente.

Por primera vez desde que había sorprendido a Noah en el

ordenador, Ava permaneció callada, con la vista fija en él y enfadada. Estaba furiosa y respiraba con dificultad.

—No deberías haber entrado en mi ordenador —dijo al cabo de un momento bajando la vista—; sobre todo, no deberías haber leído mi carta. Tengo derecho a que se respete mi intimidad en mi propia casa.

—Lo sé —admitió Noah—. Lo siento. Tienes todo el derecho del mundo a estar enfadada. No sé qué me ha pasado. No volverá a ocurrir.

—Más te vale —le advirtió Ava—. Y ahora quiero que te marches.

Ahora le tocaba a Noah quedarse estupefacto. No esperaba que lo echara, a pesar de que reconocía que había metido la pata hasta el fondo. La idea de regresar a su deprimente piso parecía un duro castigo, desde luego.

—¿Estás segura? —preguntó un implorante Noah.

Ava asintió.

—Necesito que me dejes a solas para poder calmarme. En su día, ya me traicionó un marido astuto y artero, y no me gusta esa sensación.

Ava retrocedió unos pasos dejando así algo más de espacio a Noah.

—Yo no te he traicionado —le corrigió Noah poniéndose en pie—. Creo que eres una anestesista genial con una gran motivación. Y, sin duda, lo que siento por ti no ha cambiado lo más mínimo.

—Quiero que te marches —insistió Ava—. Has abusado de mi confianza y cuestionado mi formación; creo que eso es como para sentirse traicionado.

Noah no quería marcharse. La había echado terriblemente de menos los cuatro días anteriores. Por un momento, permanecieron con la mirada fija el uno en el otro, mientras Noah, desesperado, intentaba pensar en una forma de compensarla. Lo había pillado con las manos en la masa y ahora lo enviaba castigado a su habitación.

—¿Me llamarás o me mandarás un mensaje si cambias de opinión? —preguntó Noah—. Si lo haces, volveré, y aquí no habrá pasado nada.

Por dentro, Noah se avergonzó rápidamente de sí mismo. Era una súplica patética, y se odió en cuanto se le escapó de los labios.

—No te equivoques, no voy a cambiar de opinión —respondió Ava.

Veinte minutos después, cuando Noah entró en su piso y, desalentado, se dejó caer en su diminuto sofá, estaba furioso consigo mismo por no haber sido capaz de resistirse a la tentación de cotillear en el ordenador de Ava. ¿Cómo podía haber sido tan estúpido? Y luego, para empeorar aún más las cosas, ¿cómo podía haber sido aún más estúpido al intentar justificar su comportamiento confesándole que dudaba de su competencia profesional? Había sido como echar gasolina a un jodido incendio.

—Eres un puto inútil —se dijo en voz alta, al mismo tiempo que se golpeaba la cabeza varias veces con los nudillos.

Aunque ya sabía que se le daban fatal las relaciones, lo de aquella tarde había sido un gran ejemplo de ineptitud, sobre todo porque estaban intentando superar un terrible malentendido, del que él era tan culpable como ella; entonces se daba cuenta. Tendría que haber respondido a su primer mensaje y haberle hecho saber cómo se sentía.

Noah se preguntó si a Ava se le pasaría pronto el cabreo, si es que se le pasaba alguna vez. Reconoció que cabía la posibilidad de que ella decidiera que no merecía la pena cabrearse con él y optase por volcarse en la redes sociales, ya que ahí todo era mucho más fácil y claro. Hundido en la tristeza, pasó a centrar sus pensamientos en la carta que había leído en la pantalla del ordenador. En cierto modo, tener pruebas gráficas de que en sentido figurado se estaba acostando con la industria de los suplementos nutricionales era casi tan perturbador como que lo hubiera mandado a casa. Antes de leer la carta, había hecho un gran esfuerzo por ignorar esa alianza. Pero ahora no podía. Ava estaba recomendando difamar a cierta gente que, desde el punto de vista de Noah, tenían la razón en ese asunto. Eso era algo muy serio.

26

La melodiosa alarma del móvil inteligente de Noah sonó, rompiendo su concentración. Se encontraba en la octava planta del pabellón Stanhope, en lo que todavía se venía llamando el archivo de historias clínicas, a pesar de que los archivos en formato físico eran reliquias del pasado. Ahora la información completa de cada paciente se encontraba almacenada en su ECE en el ordenador central, de modo que el archivo de historias clínicas más bien debería llamarse sala de monitores, pero la tradición jugaba un papel importante en el BMH y se continuaba usando el nombre antiguo. Noah había estado muy atareado revisando todos los expedientes de los ingresados que le tocaba atender con el fin de prepararse para las rondas de trabajo que comenzarían a la hora habitual: a las cinco de la tarde. Sin embargo, como era normal en él, pues era obsesivo compulsivo, quería saberlo todo sobre los pacientes incluso antes de que comenzaran las rondas.

Había puesto la alarma porque tenía que reunirse con el doctor Kumar, el jefe de anestesistas, y no quería llegar tarde o, aún peor, olvidarse de la cita. Noah se levantó y se puso una bata blanca recién planchada. La inminente reunión le tenía de los nervios. Le había costado decidirse sobre si debía hablar con él o no y había sopesado los pros y contras durante casi dos días.

Noah apagó el monitor y se encaminó a los ascensores. El

doctor Kumar había previsto que la reunión se celebrara en su despacho del departamento en administración, en la tercera planta. Aunque Noah habría preferido reunirse con él en algún lugar de la planta de cirugía para que el encuentro fuera más informal, el doctor Kumar había insistido en celebrarlo en el entorno más formal de su despacho, por lo que no le había quedado más remedio que aceptar esa condición y, en consecuencia, se hallaba aún más nervioso si cabe.

Noah no iba a recordar la semana anterior como una de sus favoritas. Al igual que si se tratara de una inquietante repetición del fin de semana previo, Ava no había dado señales de vida. Para evitar que se repitiera el malentendido que había contribuido a enrarecer aún más la situación, esta vez Noah le envió varios mensajes; el primero el domingo por la noche. En todos y cada uno, Noah había arrojado su orgullo por la ventana y le había pedido una disculpa sincera por lo que había hecho y, más o menos, le había rogado que quedaran para poder hablar. Ava había respondido en una sola ocasión, a última hora de la tarde del martes, con su estilo conciso habitual: «Necesito un respiro».

El miércoles Noah había cambiado de táctica. Le había enviado un mensaje diciéndole que pensaba que al menos deberían quedar para planear qué iban a hacer en la sesión clínica de la próxima semana, pero Ava no respondió. Estaba bastante claro que «un respiro» significaba que no quería contactar con él. Cuando se habían encontrado por casualidad en quirófano, ella había evitado incluso mirarle a los ojos.

A principios de semana, Noah había sentido una mezcla de arrepentimiento y remordimiento, pero el miércoles, al ver que Ava no respondía al mensaje sobre la sesión clínica, sus sentimientos empezaron a cambiar. Aunque reconocía que había cometido un error al abusar de su confianza cotilleando en su ordenador, cada vez tenía más la sensación de que el castigo al que le estaba sometiendo no era proporcional al delito cometido. Le volvió a pasar por la cabeza la idea de que su comportamiento actual y la intimidad que él creía que habían compartido no casaban de ninguna manera. Tales pensamientos le recordaron las advertencias de Leslie y despertaron de nuevo en él esa preocupante sensación de que Ava tal vez lo había estado utilizando. También volvieron a despertar esas dudas acerca de su formación y competencia profesional que tanto lo reconcomían. Mientras se dejaba llevar por un ataque de rabia por la manera en que ella había cortado la comunicación, se preguntó algo que nunca pensó que se cuestionaría: ¿y si el doctor Mason estaba en lo cierto con respecto a Ava?

Desde la perspectiva de Noah, el problema que implicaba ese planteamiento era que la había contratado uno de los mejores departamentos de anestesia del país, y eso quería decir que la habían investigado a fondo y no se habían limitado a comprobar si había aprobado los exámenes de anestesista y obtenido la licencia médica en Massachusetts. Como mínimo, debían de haberle exigido la presentación de un expediente académico y de prácticas completo, incluidas las cartas de recomendación. Precisamente por eso había tenido tantas dudas sobre si debía hablar o no con el doctor Kumar.

Noah entró en el ascensor, que estaba lleno de gente, la mayoría enfermeras que abandonaban el hospital tras haber acabado su turno. En el ascensor solía reinar el silencio, pero en esta ocasión, por el contrario, imperaba el murmullo de las conversaciones. Noah permaneció cerca de la puerta, puesto que bajaba en la tercera planta y no en la planta baja.

Mientras el ascensor descendía, pensó aún más en la semana anterior y en por qué había sido una de las peores de su vida en el plano emocional. Aunque para soportar esa angustia había intentado recurrir al mismo mecanismo de defensa que había utilizado durante el fin de semana (básicamente, concentrarse en su trabajo), ahora tenía muchas menos tareas por hacer porque había trabajado un montón del jueves al domingo. Como tampoco le apetecía demasiado quedarse en la sala de guardias, había regresado a su piso todas las noches. En consecuencia, disponía de mucho tiempo libre para seguir rumiando sobre lo que pasaba con Ava. Y por si fuera poco, había sufrido otro de sus episodios paranoicos.

Noah no estaba muy seguro, pero había tenido la sensación de que el mismo hombre del traje oscuro que lo había seguido un par de semanas antes había reaparecido y lo había seguido de nuevo durante la última hora de la tarde del martes. Esta vez, Noah había elegido una ruta en particular enrevesada, que cruzaba la Louisburg Square para contemplar con nostalgia la ventana iluminada del estudio de Ava. Cada vez que doblaba una esquina y miraba hacia atrás, ahí estaba ese hombre, al parecer, hablando por el móvil. Noah había reparado en su presencia por primera vez en el parque de Boston Common. En cuanto llegó a su edificio en Revere Street, había hecho la misma maniobra de cerrar a cal y canto la puerta con toda rapidez nada más entrar y de nuevo había visto al hombre pasar de largo sin siquiera dirigir la vista hacia él.

Noah había achacado ese ataque de paranoia a su estado de estrés emocional, pero cuando subió a su piso y descubrió que habían forzado la puerta, comprendió que eso no era cosa de su imaginación. Había ocurrido cinco veces en los dos últimos años, probablemente por culpa de la estudiante universitaria que vivía encima de él, a la que visitaban a deshora muchos colegas a los que solía dar las llaves del portal, de modo que no le sorprendió ni preocupó demasiado; era una prueba más de hasta qué punto la mente humana era capaz de adaptarse a ciertas contrariedades si sucedían con suficiente frecuencia, así de simple. Después de las cuatro primeras veces, se había quejado al casero, quien le arregló la puerta, pero a partir de la quinta ni se había tomado esa molestia. Al fin y al cabo, no había mucho que robar en su piso, salvo su viejo portátil. Ni siquiera tenía televisor. Si bien en un primer momento se alegró al ver que su ordenador seguía sobre la mesa plegable, su alegría dio paso a una ligera preocupación cuando se dio cuenta de que ¡alguien había estado usándolo!

Como buen cirujano, Noah tenía unas cuantas manías compulsivas. Una de estas manías estaba relacionada con la forma de manejar sus herramientas, y para él los aparatos electrónicos también eran herramientas. Tenía una manera muy particular de colocar su portátil, lo cual había provocado que Leslie se burlara de él sin piedad infinidad de veces, ya que pensaba que era una estupidez que Noah insistiera en que el portátil estuviera alineado con los bordes de la mesa. A menudo, ella solía desplazarlo un poco, lo justo para sacarle de quicio en plan de broma. La noche del martes fue como si Leslie hubiera estado allí.

En cuanto fue consciente de que alguien había estado manipulando su ordenador, Noah había comprobado de inmediato la información de su cuenta bancaria. Al ver que todo estaba correcto, había revisado el historial del navegador y había descubierto que lo habían borrado entero, incluso las búsquedas de la noche anterior. Estaba claro que alguien había utilizado su ordenador y luego había borrado su rastro. A continuación había revisado todos sus documentos, incluido su registro de casos quirúrgicos, en el que por suerte no había incluido información personal de ningún paciente. Noah no había sabido cómo interpretar ese incidente y había intentado no darle muchas vueltas, aunque dio alas a su paranoia.

Cuando el ascensor del hospital llegó a Stanhope 3, Noah salió. Mientras recorría deprisa el pasillo de administración, echó una ojeada a su reloj. Aún quedaban cinco minutos para que dieran las cuatro en punto, la hora prevista para la reunión.

Al final, el doctor Kumar se retrasó veinte minutos, pero fue muy cortés. Se acercó al lugar donde Noah lo estaba aguardando en una zona común de espera y se disculpó. Le explicó que le habían llamado para consultarle sobre un caso complejo de cirugía cardíaca y que había bajado en cuanto había podido. Noah le aseguró que no tenía por qué disculparse y le comentó que había disfrutado de ese breve respiro en medio del ajetreo de un día normal. El doctor Kumar guio entonces a Noah hasta su despacho, cuya decoración era de inspiración india. Había una colección de miniaturas mughal enmarcadas en las paredes.

—Siéntese, por favor —le dijo el doctor Kumar con su encantador y melodioso acento indio. Encima de la ropa quirúrgica llevaba una larga bata blanca que realzaba su tono de piel moreno oscuro. Tras rodear el escritorio, se sentó detrás, colocó los codos encima del mueble y apoyó la barbilla sobre sus manos entrelazadas.

—Cuando solicitó esta reunión, di por sentado que el tema a tratar sería la doctora Ava London —afirmó el doctor Kumar—. Por eso he pensado que sería mejor reunirnos aquí y no arriba. Para empezar, permítame decirle que no hace falta que se preocupe por ella, su puesto aquí, en el BMH, no corre peligro, a pesar de los recientes comentarios vertidos por el doctor Mason. Es un hombre muy pasional, pero he hablado con él sobre la doctora London después de su arrebato en la sesión clínica y creo que ha cambiado de opinión. ¿Eso le tranquiliza? Por cierto, creo que estuvo soberbio en ambas sesiones, desde el punto de vista del departamento de anestesia.

—Gracias —dijo Noah—. Hice todo lo posible por presentar los hechos como era debido.

—Hizo un trabajo diplomático soberbio.

—Se lo agradezco de nuevo —respondió Noah—. Sí quería hablar con usted sobre la doctora London, pero por una razón distinta,

—¿Oh? —El doctor Kumar se puso visiblemente tenso y bajó las manos hasta el escritorio sin separarlas en ningún momento.

—Hubo algunos aspectos de la actuación de la doctora London que no mencioné en mis presentaciones, y tengo la sensación de que es mi deber informarle al respecto.

—Le escucho —dijo el doctor Kumar, cuyo tono de voz había cambiado. Se había endurecido un poco, pero Noah prosiguió.

Noah empezó por el caso Gibson, luego pasó al caso Harrison y acabó con el caso Vincent. Describió con el máximo detalle las leves, y puramente subjetivas, dudas que tenía sobre cómo había obrado Ava. Cuando terminó, reinó un silencio sepulcral. El doctor Kumar le devolvió la mirada con esos ojos suyos oscuros y penetrantes que nunca parecían parpadear, y que lo incomodaron un poco. Aquel hombre había permanecido impasible durante todo su monólogo.

Noah sintió la necesidad irrefrenable de añadir:

—En el caso Gibson, participé de forma directa; es decir, fui testigo de la situación. En los otros dos casos, lo que he contado es lo que he oído decir a una circulante o a la doctora London. —Como el doctor Kumar seguía sin responder, Noah añadió—: La razón por la que he acudido a usted es para transmitirle mis inquietudes y que obre usted en consecuencia o las descarte, según lo considere adecuado. No le he comentado nada de esto a nadie y no tengo previsto hacerlo.

—Todo esto me parece muy inquietante, en efecto —le espetó el doctor Kumar—. Son unas observaciones muy vagas y, como usted mismo dice, subjetivas. Nuestro departamento y yo mismo hemos investigado los tres casos con detenimiento y al detalle y no hemos descubierto ninguna negligencia. Más bien al contrario, la doctora London los afrontó de un modo muy adecuado, si no soberbio. En consecuencia, me veo obligado a considerar que sus comentarios son una crítica a mis dotes como líder y a mi competencia como administrador, ya que fui el responsable directo de que se contratase a la doctora London.

Noah se quedó atónito. En vez de agradecerle el esfuerzo, el doctor Kumar se estaba tomando la visita como un ataque personal.

—El único detalle que despierta dudas en el currículum de la doctora London es que se formó en una institución nueva y relativamente desconocida —añadió enfadado el doctor Kumar—. Por eso mismo, tanto el comité de contratación de la facultad como yo revisamos su solicitud con sumo cuidado. Y hay una cosa más que quizá no sepa: la doctora London obtuvo una puntuación extraordinaria en sus exámenes de anestesia, tanto en los escritos como en los orales. Hablé yo mismo con varios de los examinadores. También superó el examen de la Junta Médica de Massachusetts.

—Ya sabía que había aprobado los exámenes de anestesia —replicó Noah—. Y tenía entendido que con nota. Eso no me sorprende. La teoría se la sabe al dedillo.

—No la habríamos contratado si no fuera así —le aseguró el doctor Kumar, visiblemente enojado—. Y permítame que le diga esto: si persiste usted en difamar a la doctora London comentando con otra gente estas impresiones sin fundamento y, para serle franco, vagas, podría colocarse, tanto usted como el hospital, en una situación legal harto difícil. ¿Me estoy expresando con claridad?

—Con una claridad meridiana —respondió Noah, quien acto seguido se levantó. Era terriblemente obvio que haber acudido a hablar con el doctor Kumar había sido un gran error.

—El doctor Mason me comentó que tenía la impresión de que la doctora London y usted tenían una relación —añadió el doctor Kumar—. ¿Acaso han roto y ha venido a criticarla por despecho? Con sinceridad, eso es lo que parece.

Noah miró al jefe de anestesia con total incredulidad. Esa acusación era tan demencial que se llegó a plantear de pronto si el propio doctor Kumar sería un amante despechado de Ava. ¿Y por qué no el doctor Mason? Tal vez el hecho de que la doctora hubiera rechazado sus avances no era la única razón por la que le tenía ojeriza. De hecho, según Leslie, Ava era una manipuladora con un posible trastorno de la personalidad, y eso que Noah apenas le había contado nada. ¿Acaso Leslie estaba en lo cierto? En ese momento se le pasó por la cabeza la chocante idea de que quizá Ava era una mujer promiscua, pero la descartó de inmediato, ya que tenía la sensación de que su paranoia se había desbocado. El doctor Kumar no se estaba comportando como un amante despechado para nada. No estaba poniendo a caldo a Ava, sino justo lo contrario: estaba, sin duda, convencido de que Ava era muy competente, y de que él había demostrado tener unas grandes dotes de líder al haberla contratado. Al airear sus dudas, eso era justo lo que Noah estaba cuestionando: su liderazgo.

—Si actúo así es tan solo por motivos éticos —afirmó Noah. Lo último que quería era tener cualquier tipo de discusión sobre su relación con Ava—. Gracias por haberme concedido su tiempo.

Noah hizo ademán de marcharse, pero el doctor Kumar lo detuvo.

—Un último consejo: en el futuro, si tiene alguna duda sobre la gente de mi departamento, le aconsejo que siga los canales adecuados. Debería hablar con su jefe, el doctor Hernandez, y no conmigo. ¿Me estoy expresando con claridad?

—Sí —contestó Noah—. Gracias por haberme recibido.

Se dio la vuelta y se marchó. Mientras se dirigía a los ascensores, se rio de sí mismo por haber pensado antes que estaba haciendo grandes avances en el campo de la diplomacia. Al parecer no se le daba nada bien tratar con los egos de la plantilla del BMH. Visto en retrospectiva, no le cabía duda de que había tomado una decisión terriblemente mala al reunirse con el jefe de anestesia. Preocupado, se preguntó si el doctor Kumar mencionaría la conversación al doctor Hernandez. Por desgracia, había muchas posibilidades de que lo hiciera.

27

Lunes, 7 de agosto, 14.38 h

A Noah los lunes siempre se le hacían muy cuesta arriba, a pesar de que había pasado el fin de semana entero en el hospital buscando cosas que hacer para evitar estar pensando todo el rato en Ava y en su prolongado silencio. Aunque se había puesto al día de sus responsabilidades, confeccionar el horario de operaciones del lunes era una tarea en particular complicada, ya que todo los adjuntos querían operar y presionaban a Noah. Todo el mundo consideraba que era preferible que sus casos se trataran a principios de semana para que al final de esta pudieran enviar a los pacientes a casa, lo cual era mucho mejor tanto para los pacientes como para los cirujanos. Además de esta pesada tarea, Noah tenía que ocuparse de tres casos suyos. Por suerte, habían ido bien, así que tenía tiempo para finalizar uno de los proyectos que había iniciado durante el fin de semana.

Se cambió de ropa quirúrgica y se dirigió al despacho del programa de residencia quirúrgica. La zona de administración bullía de actividad, sobre todo alrededor del enorme despacho que el presidente del hospital tenía en una esquina. Cuando Noah pasó por delante del de anestesia, sintió un escalofrío al pensar en la desagradable reunión que había tenido allí el viernes por la tarde con el doctor Kumar. Por ahora no había sufrido las consecuencias, pero estaba bastante seguro de que las sufriría, quizá incluso más tarde ese mismo día.

Noah pretendía recoger unos expedientes que tenía Shirley Berenson, la coordinadora del programa de residencia quirúrgica, quien se encargaba del complicado proceso de evaluación de los residentes del cual dependía la acreditación del programa. Cada mes, cada residente era evaluado para medir sus progresos en una amplia variedad de áreas, como sus habilidades quirúrgicas, su atención al paciente, sus conocimientos médicos, su asistencia, su puntualidad y toda una pléyade de atributos subjetivos como la profesionalidad y las dotes de comunicación. Como jefe de residentes, era responsabilidad de Noah reunir los formularios cumplimentados de todos los supervisores de residentes, que evaluaban a los residentes bajo su tutela durante ese mes. Noah lo había hecho el sábado. El domingo, había consultado ese material para completar sus propias evaluaciones de los cincuenta y seis residentes en total, incluidos los jefes de residentes, y luego había dejado todos los papeles en el buzón de Shirley. Como era la primera vez que Noah se encargaba de eso, le había llevado más tiempo del esperado. Y aún no había acabado.

Shirley le había dicho que ella ordenaría y cotejaría el material, rellenaría los formularios requeridos por los reglamentos, haría cuatro juegos distintos de fotocopias del informe completo y que lo tendría todo listo al mediodía. Después le correspondía a Noah, como jefe de residentes, entregar una copia a los doctores Hernandez, Cantor, Mason e Hiroshi. Noah no sabía por qué el jefe de residentes tenía que hacer de repartidor, pero dio por sentado que eso era un vestigio del pasado, cuando ciertas novatadas se consideraban parte de la formación de un cirujano. Al año siguiente, por tradición, Noah pasaría a ser miembro de la plantilla del BMH y, por consiguiente, debía aprender algunas lecciones de humildad antes de unirse a esa augusta comunidad.

Noah no tenía ningún problema con las tradiciones y le gustaban hasta cierto punto. Tenían un algo reconfortante, eran una especie de vínculo directo con el venerable pasado del hospital. Entregar esas fotocopias del informe de evaluación de los residentes al doctor Hernandez y al doctor Cantor fue fácil. Sus despachos se encontraban ahí mismo, en la zona de administración. Noah les entregó las fotocopias a sus respectivas secretarias, a las que uno podía encontrar literalmente nada más doblar la esquina del despacho del programa de residencia quirúrgica. Entregárselas a los dos últimos peces gordos fue algo más complicado, ya que sus despachos estaban en el estiloso edificio Franklyn.

Noah miró su reloj mientras cruzaba el puente peatonal. Eran poco más de las tres de la tarde, así que confiaba en que no se encontraría con el Salvaje Bill en su despacho, ya que todavía estaría operando porque tenía programadas tres intervenciones importantes. Aunque era un cirujano extraordinariamente rápido que confiaba en sus colegas para abrir y cerrar, todavía estaría ocupado, supuso Noah.

Mientras caminaba, pensó en Ava y en que no la había visto esa mañana. Ni siquiera había visto su nombre en el tablero de horarios de las operaciones, lo cual parecía indicar que ese día no trabajaba. El sábado por la noche, cuando salió del hospital más tarde de las nueve, Noah había dado un rodeo otra vez por Louisburg Square, a pesar de que había intentado convencerse a sí mismo de que no debía hacerlo. De camino, había discutido consigo mismo sobre si tendría el valor de llamar al timbre o no si veía que había luz en el estudio de Ava, pero no tendría que haberse tomado esa molestia. El estudio no estaba iluminado, ni ninguna otra ventana, señal de que a lo mejor se había vuelto a ir de la ciudad, lo más probable a Washington. Apesadumbrado, aunque pensando que era lo mejor, Noah había continuado andando hasta llegar a su anodino piso. Al menos esta vez no había tenido la impresión de que lo habían seguido, lo que le había hecho sentirse como si tuviera su paranoia bajo control.

El despacho del doctor Mason se encontraba en la planta octava; y el del doctor Hiroshi, en la sexta. Para ir más rápido y quitarse de encima los papeles que debía entregar al doctor Mason lo antes posible, cogió el ascensor hasta la octava planta con la idea de usar luego las escaleras para bajar a la sexta. Tras entrar en el lujoso dominio revestido de caoba del doctor Mason,

Noah se dirigió directamente hacia su secretaria, la señorita Lancaster. Tenía unos cincuenta y pico años y un impresionante moño de color rubio ceniza. Hacía gala de unos modales autoritarios, por lo que trataba a los residentes de cirugía como subempleados. Noah había tenido que lidiar con ella en el pasado y nunca había sido una experiencia agradable.

Mientras se aproximaba, la señorita Lancaster estaba al teléfono, hablando enfadada con alguien que por lo visto deseaba ver al doctor Mason lo antes posible.

—Lo siento, pero el doctor Mason es un hombre muy ocupado —le regañó la señorita Lancaster—. No, no le devolverá la llamada.

Noah le mostró el informe de evaluación de residentes, que, sin duda, la señorita Lancaster reconocería, ya que era una tradición mensual y tenía una portada roja muy característica. La secretaria miró a Noah por encima de sus gafas de lectura. No dio muestras ni de haberlo reconocido ni de cortesía, sino que se limitó a señalar de mala gana con la cabeza hacia la puerta abierta que llevaba al interior del sanctasanctórum del doctor Mason y, acto seguido, hizo un gesto con la mano que tenía libre, como si estuviera espantando una alimaña. La mujer no interrumpió en ningún momento la conversación que mantenía con quien Noah dio por supuesto que era un paciente desesperado; probablemente, uno que se enfrentaba a un reciente diagnóstico de cáncer pancreático.

—Dígale a su doctor que me llame —le espetó la señorita Lancaster al teléfono—. Pero primero asegúrese de que envíe los TAC al doctor Mason para que pueda verlos antes de hablar con su médico.

Noah compadeció al paciente, y tuvo que resistirse a la tentación de decirle cuatro frescas a la señorita Lancaster, que estaba tratando a la persona que había llamado de un modo ofensivo. Como había completado hacía poco las evaluaciones de los residentes, Noah deseó que hubiera un mecanismo similar para evaluar a las secretarias de la plantilla.

El despacho del doctor Mason era tal y como Noah había imaginado que sería el despacho de un presidente de una gran corporación internacional: un reflejo de la cantidad de dinero que ese hombre traía al hospital. Era ridículamente enorme, lo presidía una impresionante vista del puerto de Boston y estaba forrado de caoba. Los asientos estaban tapizados con un cuero suave de gran calidad. Las paredes estaban cubiertas de multitud de diplomas enmarcados, tanto los obtenidos con denodado esfuerzo como los honorarios. El tamaño del escritorio era directamente proporcional al ego del renombrado cirujano.

Durante un segundo, Noah no tuvo claro dónde colocar el informe de evaluación de los residentes, ya que en la mesa situada delante del sofá había cartas pendientes de ser firmadas por el doctor Mason, advirtió. No obstante, decidió dejar el informe en el centro del escritorio justo delante del asiento. Sin embargo, cuando se aproximó con el informe en la mano, algo captó su atención. En el escritorio, a un lado, había una tesis doctoral encuadernada. Noah volvió a mirar. Para su estupefacción, creyó reconocerla. ¡Parecía la suya!

Noah dejó caer el informe de evaluación sobre el papel secante del escritorio y, tras mirar atrás para cerciorarse de que la señorita Lancaster todavía estaba conversando por teléfono, extendió un brazo y cogió la tesis encuadernada. Un segundo más tarde confirmó sus sospechas: se trataba, en efecto, de «Control genético de la fisión binaria en la *Escherichia coli*», por Noah Rothauser. Alguien, presumiblemente el doctor Mason, había pegado en la tesis una serie de pósits.

Después de echar otra mirada rápida en dirección a la señorita Lancaster, Noah abrió las páginas marcadas con pósits, que señalaban varias tablas de datos. Una en particular hizo que a Noah le diera un vuelco el corazón. Por un breve instante, pensó en llevarse la tesis para arrebatársela al doctor Mason de las manos, pero de inmediato decidió que no era una buena idea; además, la señorita Lancaster, que tenía vista de lince, sin duda se daría cuenta de que se la llevaba, puesto que era muy difícil de esconder. La única manera de llevársela habría sido ocultarla bajo la bata blanca, pero era una solución muy torpe y casi seguro que no funcionaría. De todos modos, aunque lograra llevársela sin que la secretaria se diera cuenta, seguro que la mujer recordaría que estaba encima del escritorio cuando él había entrado en el despacho. A regañadientes, Noah volvió a colocar en su sitio la tesis, convencido de que si se la llevaba despertaría sospechas y probablemente empeoraría las cosas.

28

Martes, 8 de agosto, 13,13 h

—¿Doctor Rothauser? —anunció el intercomunicador de quirófanos—. Soy Janet Spaulding. Acabo de recibir una llamada del doctor Hernandez. Quiere saber si va a tardar mucho. Le gustaría reunirse con usted lo antes posible.

Noah se enderezó de repente, como si una descarga eléctrica le hubiera recorrido la columna. Una vez más, lo llamaban para que se presentara en el despacho del director, por lo que se le aceleró el pulso. Habían pasado dos semanas desde el día en que le habían enviado un mensaje para indicarle que debía ver al doctor Hernandez sin previo aviso. A pesar de que esa reunión había ido bien, Noah no tenía ni idea de por qué querría el jefe volver a verlo, aunque no podía ser por nada bueno. Desde luego, era muy poco habitual que una petición como esa le llegase a través del intercomunicador de quirófanos.

—Dígale que estoy acabando ahora mismo y que estaré disponible en media hora o algo así. ¿Dónde quiere encontrarse conmigo?

—En su despacho del departamento —contestó Janet.

—Entendido —respondió Noah. Intentó calmarse, pero le resultó difícil.

Estaba observando cómo la doctora Lynn Pierce, una residente de primer año, suturaba bajo la atenta mirada del doctor Arnold Wells, un residente de tercer año. La doctora Pierce estaba haciendo un trabajo muy digno, a pesar de que era la primera vez que cosía. Había pasado su primer mes en la unidad de cuidados intensivos quirúrgicos, la UCIQ, donde había realizado un trabajo sobresaliente. Ahora le tocaba rotar por el servicio gastrointestinal.

La operación había consistido en una pancreatectomía, la especialidad del doctor Mason, y Noah estaba muy contento con cómo la había llevado a cabo. Había seguido las técnicas del doctor Mason al pie de la letra y había logrado realizar esa difícil cirugía casi tan rápido como él, lo cual dejaba bien claro que era un gran técnica y que Noah poseía una gran destreza. Noah tenía fama de ser uno de los residentes más rápidos a la hora de llevar a cabo operaciones quirúrgicas. No se precipitaba, sino que se sabía la anatomía al dedillo y coordinaba a la perfección ojos y manos. Nunca hacía un movimiento en vano.

—¿Os importa que me escape, chicos? —preguntó Noah, pues no podía soportar la tensión de no saber por qué el jefe quería verlo; sobre todo, cuando lo había llamado en medio de una operación.

—Qué va —contestó Arnold.

Lynn no respondió, ya que estaba concentrada en suturar.

Tras una breve conversación con el anestesista sobre ciertas medidas postoperatorias que había que tomar de cara al paciente, Noah salió pitando hacia el vestuario de hombres para quitarse la ropa quirúrgica. Mientras recorría con paso acelerado el anfiteatro quirúrgico, se le ocurrió que la explicación más plausible era que el doctor Kumar al fin se había quejado ante el doctor Hernandez de la desagradable visita que le había hecho el viernes por la tarde. Noah se devanaba los sesos intentando inventarse una explicación detallada sobre por qué se había saltado al doctor Hernandez y había acudido directamente al jefe de anestesia. Por desgracia, Noah no estaba muy inspirado, ya que estaba agotado y de los nervios.

La noche anterior había dormido muy poco, porque había estado dándole vueltas y vueltas a qué hacía su tesis doctoral en el escritorio del doctor Mason. Por mucho que lo intentaba, era incapaz de comprender por qué o cómo había llegado hasta allí y por qué había varias tablas de datos señaladas. Teniendo en cuenta que el doctor Mason lo había amenazado con hacer todo lo posible para que lo expulsaran, solo podía haber una explicación. ¿En serio tenía que preocuparse por eso? No lo sabía, pero estaba de los nervios.

Como no podía dormir por culpa del caos que imperaba en su cabeza, Noah se había levantado a las tres de la madrugada y había regresado al hospital. A falta de otra cosa que hacer, se había puesto a preparar la siguiente sesión clínica, a pesar de que implicaba pensar en Ava. Cuando había preparado el horario de operaciones de los residentes del martes, había visto que ella tenía algunas cirugías asignadas ese día. Se preguntó entonces si se encontrarían por casualidad y, si eso pasaba, cómo reaccionaría ella, pero no se encontraron.

Noah bajó por las escaleras a la tercera planta; una vez más, estaba muy nervioso porque se dirigía a una confrontación con alguien que tenía el poder de frustrar sus ambiciones en la carrera de medicina. Era evidente que se trataba de un miedo que nunca iba a superar.

Cuando Noah se presentó delante de la señora Kimble, la encantadora secretaria del doctor Hernandez, que era la antítesis de la señorita Lancaster, esta le pidió que se sentara en la sala de espera común de la administración. También le dijo que iría a buscarlo en cuanto el doctor Hernandez estuviera listo. Como la actitud de la señora Kimble parecía la mar de normal, Noah lo interpretó como una buena señal. En cuanto se sentó, se sintió un poco más tranquilo. Se le había ocurrido otra idea. A lo mejor el doctor Hernandez quería felicitarle por su primer informe de evaluación de los residentes, entregado el día anterior. Noah estaba seguro de que había hecho el informe con la debida atención a los detalles, y además era del todo positivo, lo cual era raro. Al contrario de lo que había sucedido otros años, ninguno de los residentes de primer año presentaba dificultades para adaptarse a los rigores del programa.

Con estos pensamientos en mente, Noah se sintió seguro hasta que desfilaron por ahí otras autoridades, entre las que se hallaban el doctor Cantor, el doctor Mason, el doctor Hiroshi y, cosa extraña, la presidenta del hospital, Gloria Hutchinson.

La ansiedad volvió a adueñarse de Noah a gran velocidad a medida que los minutos transcurrían. ¿Todos esos peces gordos iban a participar en la reunión con Noah, o Noah estaba meramente esperando a que el encuentro entre ellos y el doctor Hernandez concluyera? Si era lo primero, algo bastante extraordinario se estaba fraguando; sobre todo, por la presencia del doctor Mason. Si era lo último, las cosas podrían salir bien. Noah se tomó el pulso, que solía ser de sesenta latidos por minuto; ahora era de ciento diez y podía notar cómo palpitaba en las sienes.

Tras dejar a un lado un número antiguo de la revista *Time*, Noah se centró en la señora Kimble. Había llegado a la conclusión de que su comportamiento era la clave. Para su consternación, al cabo de unos minutos la mujer colgó el teléfono, se apartó del escritorio y se puso en pie. Mientras se dirigía hacia él, Noah notó que se le aceleraba todavía más el pulso.

—El doctor Hernandez ya puede verle —le dijo la señora Kimble con la misma cortesía que había empleado antes. Pero esta vez no engañaría a Noah: la reunión iba a ser con todo el grupo.

En cuanto Noah entró en la parte interior del despacho, sus peores miedos se vieron confirmados. El doctor Hernandez no se levantó como de costumbre y transmitía una sensación de tremenda inquietud. El doctor Cantor y el doctor Hiroshi estaban instalados junto a la ventana en unas sillas de comedor. Gloria Hutchinson estaba sentada en el sofá, tan seria como el doctor Hernandez. Junto a ella se encontraba el doctor Mason, con una expresión de pomposa satisfacción. Pero lo peor de todo, desde el punto de vista de Noah, fue ver que su tesis se hallaba sobre el escritorio del doctor Hernandez. Aquella reunión improvisada no iba a tratar sobre el informe de evaluación de los residentes o sobre su desacertada reunión con el doctor Kumar, sino sobre algo mucho más serio.

Como no había ningún otro asiento disponible y el doctor Hernandez no le dio ninguna indicación, Noah se quedó de pie en medio de la estancia. Se sentía terriblemente vulnerable, ya que se enfrentaba no solo a una, sino a cuatro autoridades. El corazón le latía desbocado. Como nadie hablaba ni se movía, se sintió obligado a romper el hielo:

—¿Quería verme, señor? —preguntó, con un tono de voz más agudo de lo que le hubiera gustado.

—Así es —le contestó un enojado doctor Hernandez.

Entonces, con su estilo grandilocuente habitual, el doctor Hernandez le soltó un pequeño sermón acerca de que el departamento de cirugía se tomaba muy en serio las infracciones éticas, enfatizando que el BMH, al ser uno de los centros punteros del país en atención médica especializada y en programas de enseñanza, estaba obligado a poner el listón muy alto en cuanto a integridad y honestidad profesional.

Mientras el doctor Hernandez soltaba su perorata, Noah echó una ojeada al resto de los presentes en la habitación. La mayoría tenía la mirada perdida, salvo el doctor Mason, que estaba gozando al máximo en todo momento. Un súbito golpe obligó a Noah a centrar otra vez su atención en el doctor Hernandez. La mano del jefe ahora descansaba encima de la tesis doctoral de Noah.

—Teniendo en cuenta esos estándares, nos encontramos ante un grave problema —concluyó el doctor Hernandez. Cogió el delgado legajo y lo sostuvo en el aire; recordaba a un predicador con una biblia en la mano—. Se ha informado al departamento de que en esta tesis se utilizaron datos falsos, tesis que, según tenemos entendido, desempeñó un papel clave en su ingreso en la facultad de medicina de Harvard. ¿No opina lo mismo, doctor Rothauser?

Un incrédulo Noah miraba fijamente al jefe de cirugía. No se podía creer que aquello estuviera pasando. Tenía la sensación de que se balanceaba al borde de un precipicio.

—Sí —respondió tras un corto silencio—. Creo que mi tesis

ayudó a que la gente de admisiones viera mi solicitud de ingreso con mejores ojos.

—Entonces, tal vez lo admitieron basándose en falsedades —afirmó el doctor Hernandez—. En ese caso, tenemos un serio dilema que debemos resolver. Así que le formularé una pregunta directa: esa tesis suya ¿contiene datos falsos o manipulados?

—En cierto modo —contestó Noah, dudando sobre cómo debía responder.

—Me parece que está siendo en extremo evasivo —le espetó el doctor Hernandez—. Creo que la pregunta se merece una respuesta inequívoca. ¡Sí o no! —Fulminó a Noah con la mirada.

—Sí —dijo Noah a regañadientes—. Pero permítame explicarme. Fui capaz de acabar mi doctorado en dos años trabajando día y noche. Para que pudiera formar parte de mi solicitud de ingreso en la facultad de medicina, tenía que entregar mi tesis en una fecha concreta. Para poder cumplir esa fecha, me vi obligado a hacer algunas modestas predicciones sobre los resultados de mi experimento final que confirmaría mi teoría, cuyos resultados ya habían sido demostrados por trabajos anteriores. Esas estimaciones se quedaron en las copias físicas que envié, una de las cuales sostiene ahora en su mano. Cuando un mes después estuvieron disponibles los datos finales, los cuales fueron más positivos que mis conservadoras estimaciones iniciales, modifiqué la versión digital, que es la versión que está en internet y se cita en la literatura científica.

—En otras palabras —concluyó el doctor Hernandez mientras seguía sosteniendo la tesis encuadernada de Noah en el aire—, en este trabajo hay datos falsos, sin lugar a dudas.

—Sí —repitió Noah—. Pero...

—Lo siento —le interrumpió el doctor Hernandez con un tono de voz que denotaba cero compasión—. Ahora no es momento de explicaciones sobre por qué unos datos falsificados deliberadamente forman parte de una tesis doctoral. El mero hecho de que estén ahí nos obliga a actuar de una determinada manera. Desde este momento, doctor Rothauser, queda suspendido de sus obligaciones como jefe de residentes hasta que se celebre una audiencia *ad hoc* de la Junta Asesora de Residentes. La junta evaluará la situación y determinará si la suspensión se anula o acaba siendo permanente. La junta también decidirá si la Junta Médica de Massachusetts debe ser informada o no.

»Eso es todo, doctor Rothauser. Huelga decir que todos estamos estupefactos y decepcionados.

Noah era el que más estupefacto estaba. No se podía creer que le estuvieran echando con cajas destempladas y, lo peor de todo, que lo hubieran suspendido. Se quedó paralizado momentáneamente. Esperaba algo malo, pero más en la línea de una censura formal por ignorar la cadena de mando o por reunirse con el doctor Kumar para cuestionar la competencia de uno de los miembros de su plantilla.

—Eso es todo, doctor Rothauser —repitió enfadado el doctor Hernandez. Acto seguido arrojó la tesis encuadernada de Noah sobre el escritorio, en una clara muestra de indignación.

—¿Y qué será de mis pacientes? —preguntó con voz suplicante Noah, que apenas podía hablar.

En aquel momento tenía en el hospital seis pacientes en fase postoperatoria, algunos todavía en la sala de reanimación, y operaciones programadas para esa semana.

—Otros se ocuparán de sus pacientes —respondió el doctor Hernandez—. Debería abandonar el hospital hasta que este problema se resuelva. El doctor Cantor se pondrá en contacto con usted cuando llegue el momento.

Noah salió del despacho del jefe de cirugía literalmente dando tumbos, por completo anonadado. Medio en trance, recorrió el pasillo que llevaba a los ascensores. No se podía creer que el doctor Mason hubiera conseguido cumplir su amenaza, ya que, tal y como Ava le había recordado, tenía una reputación excelente como residente entre la plantilla, entre sus compañeros residentes y entre los pacientes. La situación era una completa pesadilla.

Para Noah, las posibles implicaciones de ser despedido para

siempre como residente y de perder su licencia de médico era la peor noticia que podía imaginar, al igual que si le hubieran diagnosticado un cáncer incurable. De repente, todo aquello por lo que había luchado tanto desde que había decidido ejercer la carrera de medicina estaba en peligro. Era como si su vida se estuviera desmoronando.

Libro tercero

29

Sábado, 12 de agosto, 13.51 h

Noah notó un calor terrible al salir de su edificio de Beacon Hill y adentrarse en el bochorno estival. Como era típico a mediados de verano en Boston, la humedad había ascendido a la par que la temperatura. Mientras subía las pocas escaleras que llevaban a la esquina donde confluían Revere Street y Grove Street, notaba que el sudor le caía por la espalda a pesar de que vestía ropa veraniega: camiseta, pantalones cortos y chanclas. El calor que irradiaban los adoquines de la acera era igual de intenso que el calor que desprendía el sol allá en lo alto.

Una vez en la esquina, Noah se detuvo y de pronto se dio la vuelta para mirar hacia atrás. Como esperaba, había un hombre que subía fatigosamente por Revere Street en dirección hacia él. Iba vestido con camisa y corbata y llevaba al hombro una chaqueta de verano. Hacía tanto calor que se había desabrochado el cuello de la camisa y se había aflojado la corbata floja. Era un afroamericano con el pelo rapado y una constitución atlética y esbelta.

Noah creía haber visto antes a este individuo. Había sido un jueves, cuando había salido de su piso alrededor de la misma hora con el mismo destino en mente: Whole Foods, en Cambridge Street. Desde la catastrófica reunión del martes en el despacho del doctor Hernandez, Noah se había refugiado en su minúsculo piso, paralizado por una mezcla de depresión y ansiedad, convencido de que su vida pendía de un hilo. Desde el miércoles, lo único que lo había sacado de su casa era la certeza de que necesitaba comer, a pesar de que no se sentía demasiado hambriento. Cada día hacía una visita a la sección de comida preparada del Whole Foods para llevarse a su casa un surtido de alimentos que le sirvieran tanto de almuerzo como de cena. Se sentía del todo incapaz de preparar nada, y la idea de ir a un restaurante, donde estaría rodeado de gente normal y feliz, ni siquiera se le pasaba por la cabeza. El desayuno se lo saltaba sin más.

El miércoles, cuando había salido de camino a Cambridge Street, había tenido enseguida la sensación de que lo estaban siguiendo. Lo más curioso de todo era que tenía la impresión de que se trataba de la misma persona que lo había seguido hasta su casa dos noches, aunque no estaba muy seguro porque estaba demasiado oscuro y no había podido echar un buen vistazo a aquel hombre. Lo que le inducía a pensar que se trataba de la misma persona era el traje, pues era idéntico al que le había llamado la atención aquella noche, así como la constitución particularmente esbelta del hombre, similar a la de ese afroamericano.

Aunque en un principio pensó que todo eso de que le seguían era una paranoia suya, el miércoles se había desviado de su ruta habitual para ir por otra más enrevesada, y aquel hombre había reaparecido en cada esquina, sin fallar nunca. Noah llegó hasta el extremo de trazar a pie un círculo completo, por lo que se vio obligado a reconocer que no estaba paranoico. Sí, lo estaban siguiendo, en efecto. Aun así, a aquel hombre no parecía importarle llamar la atención, lo cual no tenía ningún sentido. Si alguien quería seguirlo, ¿no debería intentar ocultarse? Pero ¿por qué querría seguirlo alguien? La única posibilidad que se le ocurrió fue que el hospital quisiera asegurarse de que se mantenía alejado de él, como le habían pedido. Noah tuvo que reconocer que, en varias ocasiones, se había sentido muy tentado de entrar en el hospital a hurtadillas para ver cómo estaban sus pacientes ingresados.

El jueves, Noah había creído que lo había seguido el mismo hombre que ahora subía por Revere Street. El viernes, su sombra había sido un individuo caucásico. Al parecer eran un equipo y se iban turnando, un día uno y otro día otro.

Empujado en la misma medida tanto por la curiosidad como por el enfado, Noah decidió quedarse quieto de repente. Suponía que el hombre se detendría y fingiría estar ocupado examinando algo, como había hecho el tipo caucásico en varias ocasiones, pero no fue así, y la figura siguió acercándose, sin pausa pero sin prisa. Por lo visto, el hecho de que Noah estuviera quieto no le molestaba lo más mínimo.

Cuando el hombre lo alcanzó e hizo ademán de girar, Noah extendió un brazo y lo detuvo agarrándolo ligeramente de su musculoso antebrazo. Se miraron el uno al otro. Noah calculó que tendría unos treinta y pico años. De cerca, saltaba a la vista que era apuesto, iba bien afeitado y tenía una excelente forma física. El hombre se limitó a mover los ojos hasta posar la mirada en la mano con la que Noah lo tenía agarrado del brazo. Noah notó que el tipo estaba tan tenso como un muelle encogido a punto de estirarse, y lo soltó en el acto.

—¿Por qué me estás siguiendo? —preguntó Noah como si nada, a pesar de que de pronto ese tipo le daba miedo.

—Yo no te estoy siguiendo, tío —contestó el individuo con calma—. Solo estoy dando una vuelta por Boston, disfrutando de las vistas. Ahora, si me perdonas, voy a seguir mi camino.

Noah se apartó a un lado. Tras asentir levemente con la cabeza, el hombre continuó por Revere Street. Noah, que lo observó hasta que se halló a media manzana de distancia, se desvió entonces hacia Grove Street, más confuso que nunca. Caminaba deprisa, mirando de vez en cuando para atrás, esperando en todo momento ver a ese hombre reaparecer.

Habían sido tres días muy difíciles para Noah. Se había aislado en su deprimente piso y estar mano sobre mano había sido una tortura. Como estaba acostumbrado a trabajar quince horas al día los siete días a la semana y siempre con retraso, el cambio le había resultado insoportable. No podía recordar si antes había estado tan ocioso, pensó, incapaz de dejar de darle vueltas a lo que le estaba pasando. Y lo que era aún más perturbador, el miércoles por la tarde se había enterado de que todavía le quedaban muchos días de aburrimiento por delante. Había recibido una llamada del despacho del doctor Edward Cantor. Para mayor humillación, no lo había llamado el director del programa de residencia quirúrgica, sino su secretaria, para informarle con un tono desinteresado y monótono de que se iba a celebrar una reunión *ad hoc* de la Junta Asesora de Residentes Quirúrgicos para decidir su destino el miércoles, 23 de agosto, a las 16.00 h. También le dio el nombre y el número de teléfono de un abogado que el hospital le había contratado, en cumplimiento de las leyes laborales en vigor.

El hecho de necesitar un abogado, una idea que hasta entonces ni se le había pasado por la cabeza, no ayudó a rebajar el pánico que sentía ante esa futura reunión. Para Noah, la participación de los abogados hacía que toda la situación fuera mucho más seria e inquietante. Había confiado en que el problema se resolvería solo cuando la gente se diera cuenta de que no se había inventado los datos, sino que, simplemente, para cumplir con la fecha de entrega, había presentado una estimación conservadora de los resultados, que había modificado en cuanto los datos reales estuvieron disponibles.

El otro problema que lo estaba machacando mentalmente era la incertidumbre, pues no sabía cuánto tiempo iba a pasar hasta que se decidiera su futuro. En un principio, cuando había salido del despacho del doctor Hernandez, había dado por sentado que la reunión se celebraría en uno o dos días a lo sumo. ¡No se esperaba que fueran a tardar dos semanas! Para él, alargarlo era un tormento añadido.

Al llegar a la ajetreada Cambridge Street, echó un vistazo atrás. Aunque no vio a su sombra, sí tuvo la sensación de que aquel hombre iba a reaparecer como hizo en su día su compañero. Si bien Noah seguía sin entender por qué razón el hospital lo tenía bajo vigilancia, había aceptado que tenía que convivir con eso, por muy absurdo que fuera.

En cuanto se metió en el supermercado, fue directo a la sección de comida preparada. Como no tenía nada de hambre, le llevó un rato escoger unos pocos platos del vasto surtido disponible. Al menos se estaba fresquito en el súper. Después de haber pagado la compra, regresó a Beacon Hill. Aunque buscó con la mirada al afroamericano, no lo vio. De hecho le daba igual, puesto que ya no lo consideraba una amenaza.

A Noah le pesaban mucho las piernas mientras subía fatigosamente por Grove Street, que parecía haberse vuelto más empinada de lo que recordaba. Temía regresar a su solitario y espartano piso. A última hora de la tarde del miércoles, Noah por fin se había tragado su orgullo y había intentado contactar de nuevo con Ava, con la esperanza de despertar su compasión. Había esperado que fuera ella la que contactase con él en cuanto corriera la voz por los quirófanos de que lo habían suspendido, cosa que debió de haber ocurrido casi inmediatamente después de acabar la reunión con el doctor Hernandez el martes por la tarde. Sí, había esperado que lo llamara o que al menos le enviara algún mensaje entre una operación u otra, teniendo en cuenta la gravedad de la situación. Como eso no había sucedido, a las cuatro de la tarde del miércoles Noah intentó llamarla, primero al teléfono fijo, pues pensaba que estaría en casa. Como no había cogido la llamada, probó luego a llamarla al móvil. Tampoco tuvo éxito, así que le envió un mensaje y esperó una media hora. Por último, probó a enviarle mensajes por correo electrónico y Facebook. Pero no sirvió de nada.

Durante todo el jueves y todo el viernes, estuvo esperando que contactara con él, y al ver que no lo hacía, Noah fue sumiéndose en una depresión cada vez más profunda. Esa actitud no era propia de Ava para nada. Ella habría sabido de inmediato lo desesperado que estaba, puesto que conocía de primera mano hasta qué punto estaba comprometido con la cirugía, al igual que ella con la anestesia. Teniendo en cuenta que habían intimado físicamente, ¿cómo era posible que no sintiera la irresistible necesidad de contactar con él, solo para asegurarse de que estaba bien? Noah sabía que si se cambiaran las tornas, él sería el primero en cerciorarse de que ella se encontraba bien, por muy enfadado que estuviera con ella por algún otro tema.

El viernes por la noche sus emociones habían tocado fondo. ¿De verdad seguía enfadada por haber traicionado su confianza? Daba esa impresión, a pesar de que a Noah le parecía imposible, sobre todo tras haberse disculpado con total sinceridad. Una vez más, el deseo de oír su voz se transformó en ira por su aparente falta de empatía. Sumido en ese estado mental, Noah cayó en la cuenta de que existía otra posibilidad aún más perturbadora. Varias semanas antes había estado respondiendo a ciertas preguntas que Ava le había hecho sobre su tesis doctoral y había admitido que había hecho alguna que otra trampa, recordó. Ava era la única persona con la que había hablado de su tesis en los últimos años, así que ¿tendría ella algo que ver con que el departamento de cirugía hubiese sacado el tema a colación?

De lo que Noah no dudaba lo más mínimo era de que el doctor Mason había desempeñado un papel clave en el asunto. Su sonrisa de satisfacción durante esa fatídica reunión en el despacho del jefe de cirugía lo había dejado muy claro. Noah estaba seguro de que había sido el doctor Mason quien había conseguido del MIT esa copia encuadernada de su tesis doctoral, que al parecer, como probaban las notas de los pósits, había estudiado hasta descubrir las diferencias entre las copias físicas enviadas en su día y la versión electrónica, y había dado la voz de alarma. ¿Acaso Ava podía haber sido tan rastrera como para decirle al doctor Mason que debía buscar ciertas discrepancias en la tesis?

En cuanto este pensamiento cruzó su mente el viernes por la noche, lo descartó de golpe, tal como había hecho con otras sospechas. Noah estaba absolutamente seguro de que Ava detestaba al doctor Mason, así que la idea de que hubiera podido ayudarlo era ridícula. Sin embargo, ¿cómo se había enterado de ese asunto el doctor Mason? Noah no tenía ni idea.

Al llegar a la esquina donde confluían Grove y Revere Street, justo antes de girar a la derecha, Noah miro hacia atrás, colina abajo. Se sobresaltó. El afroamericano se encontraba a apenas una manzana de distancia. Caminaba hacia él, una vez más con la chaqueta al hombro y tan campante.

—Disfrutando de las vistas, sí, y una mierda —susurró Noah. Su enfado con Ava había hallado un nuevo blanco, a pesar de que se había resignado a hallarse bajo vigilancia.

Bajó deprisa por Revere Street hasta llegar a la puerta principal de su edificio y entró rápidamente. Un instante después, ya en su piso, corrió hacia la ventana delantera. Estaba seguro de que el hombre iba a aparecer y, cuando lo hiciera, pensaba abrir la ventana para avergonzar a grito pelado a aquel tipo. Incluso se le pasó por la cabeza la idea de llamar al 091 para denunciar que lo estaban acosando.

Después de diez minutos de espera, Noah se rindió. Llevó la bolsa con la comida preparada a la cocina y la metió en el frigorífico sin ni siquiera abrirla. Ahora tenía menos hambre incluso que cuando había estado en el súper, a pesar de que no había comido nada desde la noche anterior. Eran poco más de las tres de la tarde.

Volvió a la sala de estar y miró de nuevo por la ventana. Había unos pocos transeúntes caminando en ambas direcciones, como antes, pero ahí no había ningún afroamericano de constitución atlética con camisa blanca y corbata, y una chaqueta al hombro. Al igual que había ocurrido el miércoles, jueves y viernes, la persona que creía que lo había estado siguiendo había desaparecido, lo cual le hizo cuestionarse su cordura.

Se sentó en el sofá y contempló esas paredes desnudas, y entonces se sintió terriblemente solo y perdido. Era como si el peso del mundo entero lo estuviera aplastando. Necesitaba un poco de calor humano pero, por desgracia, Ava no estaba ahí para consolarlo. La única persona que le vino a la cabeza fue

Leslie Brooks. Volvió a mirar su reloj, como si se le hubiera olvidado que acababa de echarle un vistazo. Eran casi las cuatro. Se preguntó si Leslie tendría un rato para hablar con él. Durante los dos años y pico que habían pasado desde su separación, había sido siempre Leslie la que llamaba, y siempre lo había hecho los sábados por la tarde. A lo mejor sí tenía un hueco para él. Después de todo, era sábado por la tarde.

A Noah le costaba mucho tomar decisiones, deprimido como estaba. ¿Debería llamar? Y si lo hacía, ¿debería usar FaceTime o no? Como médico siempre era muy resolutivo, pero en el terreno social no lo era, sobre todo en aquel momento, dadas las circunstancias. Tras balancearse adelante y atrás varias veces, se puso en pie y fue al cuarto de baño para mirarse en el espejo del botiquín. No le gustó lo que vio. No se había afeitado desde el martes, no había dormido bien y, claro está, tenía un aspecto lamentable. No, si la llamaba, no usaría FaceTime. No quería asustar a Leslie, por mucho que ansiara su compasión.

Dudando todavía entre si debía llamarla o no, marcó de manera impulsiva su número. Sintió un enorme alivio cuando ella contestó al tercer tono. Noah los había estado contando.

—Oh, pero ¿qué maravilla es esta? —dijo Leslie, levemente sin aliento—. Es la primera vez que me llamas desde ya no recuerdo cuándo. ¿Qué pasa?

—¿Puedes hablar o te pillo en mal momento?

—Estoy en la calle, de vuelta a mi piso —contestó Leslie—. Llegaré a casa en cinco minutos. ¿Te llamo desde allí cuando llegue?

—Vale, supongo —respondió Noah. Ahora que había logrado contactar con ella, no quería colgar.

—Por tu tono de voz, me parece que no estás bien. ¿Algo va mal?

—Llámame cuando llegues a casa —le dijo Noah—. Pero no uses FaceTime. No quiero asustarte. —Colgó sin esperar una respuesta.

Mientras Noah esperaba impaciente, se imaginó cómo sería

el piso de Leslie. Sin lugar a dudas, sería lo opuesto al suyo, con toda clase de objetos decorativos y detalles femeninos, incluidas unas cortinas coloridas y unas alfombras muy suaves. Cuando había vivido en un entorno de ese estilo, nunca lo había apreciado. Ahora lo añoraba.

Leslie cumplió su palabra y le devolvió la llamada. Aunque más bien tardó diez minutos en vez de cinco, Noah se alegró de oír su voz.

—Vale —dijo Leslie en un tono serio—. ¿Qué ocurre? ¿Has roto con tu nueva novia?

—Es aún peor —contestó Noah—. Me han suspendido, ya no soy residente. En una semana y media tengo que presentarme ante la Junta Asesora de Residentes Quirúrgicos para saber si la suspensión va a ser permanente o no. Lo más irónico de todo es que yo formo parte de la junta, así que tengo que recusarme.

—¡Santo Dios! —exclamó Leslie—. ¿Cómo? ¿Por qué? Tiene que tratarse de un malentendido.

Noah le contó toda la historia. Fue un desahogo para él, sobre todo, poder explayarse con alguien que lo conocía y en cuya opinión confiaba. Leslie sabía perfectamente quién era el doctor Mason, ya que aún salía con Noah durante el fiasco de la doctora Meg Green y la bronca posterior. Noah le comentó que Ava, a la que ahora se refería por su nombre, ni siquiera le había mandado un triste mensaje desde su suspensión, a pesar de que ella se debía de haber enterado seguro. Admitió que Ava tenía razones para estar enfadada con él y le contó a Leslie por qué. Como punto final, mencionó que Ava había sido la única persona en años con la que había hablado sobre su tesis doctoral.

—Primero, deja que te diga que lamento mucho lo que ha pasado —dijo Leslie cuando Noah se calló—. Conociéndote, comprendo que estés tan destrozado. Estoy segura de que todo se arreglará en la reunión de la junta. Por lo que me has contado, está claro que nadie se ha esforzado tanto como tú para llegar a ser un residente de cirugía.

—Ojalá pudiera estar yo tan seguro —señaló Noah con voz temblorosa.

—Con tu expediente y tu grado de compromiso, les faltan razones para expulsarte. Estoy segura de eso. Darán marcha atrás. Creo que lo que pretenden es seguirle la corriente al doctor Mason y dejar bien clara su posición desde el punto de vista ético.

—Espero que tengas razón —dijo Noah—. Es posible que actuaran así para seguirle la corriente al doctor Mason. El doctor Hernandez me confesó hace una semana que el doctor Mason era alguien muy a tener en cuenta. Bueno, ya veremos lo que pasa. De todas formas, gracias por tu comprensión y tu opinión.

—En cuanto al resto de mi respuesta... porque supongo que quieres oírla, ya que para eso has hecho el esfuerzo de llamar. ¿Hasta qué punto quieres que sea sincera? Sé que en nuestra última conversación no te hizo mucha gracia lo que te tenía que decir.

—Necesito que seas sincera —admitió Noah—. Quizá no me guste tu opinión, pero tengo que escucharla.

—Creo que hay muchas posibilidades de que la señorita Ava sea la responsable de que el tema de la tesis te haya estallado en la cara; sobre todo, después de que me hayas contado lo enfadada que estaba porque te había pillado fisgoneando en su ordenador.

—Pero si me deshice en disculpas —replicó Noah—. Es absurdo que ella haya hecho algo así, aunque se tomara lo mío como una traición. El castigo no es proporcional al delito; además, ella odia al doctor Mason y creo que de verdad le importo. Y sabe que la cirugía lo es todo para mí porque creo que ella está comprometida con la anestesia en el mismo grado.

—Una vez más, me estás pidiendo mi opinión y te la voy a dar —dijo Leslie con mucho tacto—. Si escucharas con atención lo que me has estado contando sobre esa mujer, te darías cuenta de que hay algo que no encaja. Pero si hasta has llegado a plantearte si era una manipuladora; además, esa estrategia de dar la callada por respuesta ya la ha utilizado antes. A mi modo de ver, no creo que haya la menor duda sobre lo que está pasando. Pero vayamos al grano, ¿te has preguntado por qué le jorobó tanto lo del ordenador? O sea, has dicho que te disculpaste.

—Bien pensado —admitió Noah—. Me he hecho esa misma pregunta. Creo que reaccionó así porque trabaja para el lobby de la industria de los suplementos nutricionales, que es la que permite que pueda llevar ese tren de vida. Cuando me pilló en su ordenador, me sorprendió leyendo una carta que ella le estaba escribiendo a su jefe. Era un asunto muy serio, ya que proponía jugar sucio para apuntalar la ley que impide que la Agencia de Alimentos y Medicamentos controle a la industria. Estamos hablando de que hay miles de millones de dólares en juego.

»Y hay otra razón por la que le molestó tanto que espiara su ordenador. Por increíble que parezca, se relaciona socialmente en gran parte a través de las redes sociales y ese mundo es muy importante para ella.

—Estás de coña —dijo Leslie.

—No, no lo estoy —repuso Noah—. Está activa en las redes sociales a diario, en Facebook, Twitter, Snapchat, sitios de citas. Si hasta tiene una página de fans con más de cien mil seguidores. —De manera deliberada, Noah omitió decir que Ava usaba identidades falsas, salvo en LinkedIn.

—¡Noah! —exclamó Leslie—. Me estás describiendo a una preadolescente, a una pirada de las redes sociales que habita en un cuerpo de mujer. ¿Estás seguro de que mantienes una relación sana con ella?

—Hay razones que justifican su interés por las redes sociales —contestó Noah. No quería oír lo que Leslie estaba a punto de decir, ya que coincidía con las sospechas que él mismo había tenido sobre Ava y que había intentado ignorar—. Se muestra reticente a socializar con los colegas del hospital, un poco como yo. Y su trabajo para el lobby le ocupa casi todos los fines de semana, así que las redes sociales llenan ese vacío. Aunque vive en Boston, no parece conocer a nadie.

—No sé qué pensar —dijo Leslie con resignación—. Ojalá pudiera tener una opinión más positiva sobre esa mujer, ya que es obvio que te importa. Pero creo que deberías tener cuidado.

—También tiene un pasado complicado en el plano emocional, ya que le hicieron mucho daño —le explicó Noah—. Su marido, un cirujano residente de Serbia que necesitaba la tarjeta de residencia para quedarse en el país, la abandonó al poco de casarse. Nunca he estado casado, pero creo que la comprendo en este sentido.

La conversación cesó, y el tema del abandono quedó flotando en el aire.

—¿Puedes hacer algo para prepararte para la audiencia con la junta asesora? —preguntó Leslie para cambiar de tema.

—El hospital me ha asignado un abogado —respondió Noah—. Aún no lo he llamado. Lo haré el lunes. Supongo que será interesante escuchar lo que tenga que decir al respecto. Pero me asusta que el hospital haya creído que voy a necesitar un abogado. Sin duda, eso indica que se toman este asunto muy en serio. Si hasta me tienen vigilado.

—¿Qué quieres decir?

—Siempre que salgo, me sigue un tío con traje. Son dos y se turnan.

—¿Estás seguro de que te siguen?

—Bastante seguro —contestó Noah.

—¿Crees que trabajan para el hospital?

—Sí. ¿Para quién si no? La única pega es que creo que la vigilancia a lo mejor empezó antes de mi suspensión.

—Eso no tiene sentido.

—Dime algo que no sepa.

—Pero ¿por qué te vigilan?

—Yo sé lo mismo que tú —respondió Noah—. Supongo que quieren vigilarme de cerca para asegurarse de que no vuelvo a hurtadillas al hospital. Es cierto que esa idea se me ha pasado por la cabeza. No me puedo ni imaginar qué deben de estar pensando mis pacientes. A saber qué les habrán contado. A lo mejor están en juego aspectos legales muy serios que no comprendo.

—Siento mucho que te esté pasando todo esto —le aseguró Leslie—. No te lo mereces. Sigo pensando que todo se solucionará, al menos el tema del hospital, pero me temo que lo de tu novia... Eso es harina de otro costal.

—Te agradezco que me hayas escuchado.

—Llámame cuando quieras —dijo Leslie—. Y buena suerte. Espero que todo salga bien. De veras.

Tras despedirse como era debido, Noah colgó. Durante un momento se quedó sentado, con la vista clavada en la pared desnuda. Su llamada a Leslie había tenido su cara y cruz en sentido emocional. Aunque le agradecía su apoyo y compasión, había agravado sus sospechas de que Ava había tenido algo que ver con su suspensión.

Al pensar en su tesis, se levantó del sofá y se metió en el armario, de increíbles dimensiones, donde guardaba varias cajas de cartón muy pesadas. Hurgó en ellas hasta que dio con un portafolio grande con cierre elástico que contenía todo el material relacionado con su tesis: sus notas y las copias de los diversos borradores. Se lo llevó a la sala de estar y se dispuso a repasarlo todo para refrescar la memoria. No había abierto ese archivo en más de diez años.

30

Lunes, 14 de agosto, 15.34 h

El abogado que el hospital había contratado para Noah no era la persona simpática y agradable que este había esperado que fuera. Se llamaba John Cavendish y era un joven delgado de rasgos demacrados y pelo rubio lacio que debía de estar más cerca de la treintena que de la veintena, supuso Noah. No era en particular bien parecido. Aunque era miembro de una gran firma de abogados con sede en la planta cincuenta de un elegante rascacielos de State Street, solo tenía categoría de júnior. Su despacho era interior, por lo que carecía de ventanas, y era tan pequeño como la sala de estar de Noah.

Noah estaba citado con él a las tres, pero como le podía la impaciencia, había llegado alrededor de las dos y media y había tenido que esperar cuarenta y cincos minutos. John había salido a la sala de espera cuando ya estaba listo para atenderle y se había presentado de un modo envarado. El abogado estaba repasando ahora el archivo de la tesis doctoral de Noah, página por página, con un rostro impasible.

Noah respiró hondo y se puso cómodo en la silla. Era la primera vez que había salido de su piso desde que había ido al Whole Foods el sábado por la tarde. Como seguía deprimido y ansioso, esperaba que la visita al abogado lo animara. Sin embargo, por el momento, el encuentro no parecía muy prometedor.

A pesar de que hacía tanto calor como el domingo, Noah lo notaba más porque ahora iba vestido con su única chaqueta y corbata. Tal y como había esperado, lo habían seguido, aunque esta vez lo había hecho el caucásico, que empleaba unas técnicas de vigilancia mucho más sutiles que su colega afroamericano.

—Le agradezco que me haya traído estos documentos —dijo John mientras metía los papeles de nuevo en el portafolio—. Lamentablemente, no parecen tener ningún valor en particular en las actuales circunstancias. —Y cambiando de tono añadió—: Permítame preguntárselo otra vez, solo para asegurarme. Según tengo entendido, afirmó delante de testigos que este tomo encuadernado que contiene su tesis recoge información falsa. ¿Es correcto?

—Así es.

Acto seguido, Noah contó por segunda vez en qué consistía el problema de principio a fin para cerciorarse de que el abogado conocía todos los detalles. Mientras hablaba, contempló el rostro de aquel hombre y se sintió como si estuviera intentando subir unas escaleras mecánicas que bajaban.

—Le agradezco las explicaciones —dijo John cuando Noah terminó—, pero usted admitió haber falsificado los datos. Habría sido mucho mejor que no lo hubiera hecho. —Tras una pausa el abogado añadió—: Para que no puedan pillarme por sorpresa, me gustaría saber si ha tenido otros lapsus éticos similares a lo largo de su carrera académica, lapsus que si se revelaran podrían influir en el caso que nos ocupa.

—Solo uno —admitió Noah—. Una vez, durante mi primer curso en la Universidad de Columbia, compré un trabajo por internet que entregué como si fuera mío.

—¿Eso tuvo alguna repercusión en aquella época?

—No —respondió Noah.

—¿Alguien más conoce este incidente?

—No. Creo que nunca se lo he contado a nadie, salvo a usted.

—Bien —dijo John—. Si durante la reunión de la junta asesora se menciona algún otro lapsus ético suyo, no quiero que responda. Yo responderé por usted. ¿Entendido?

—Sí, supongo —contestó Noah. La reunión con el abogado no estaba ayudando en nada a rebajar su ansiedad.

—Muy bien —concluyó John a la vez que se ponía de pie tras el escritorio—. Lo haré lo mejor posible. Gracias por venir. Si se le ocurre algo más relacionado con el caso, hágamelo saber, por favor. Si no, le veré el 23 de agosto.

Unos minutos más tarde, Noah salió a State Street, donde el calor de agosto lo abofeteó. Se sentía tan deprimido que ni siquiera se molestó en buscar con la mirada a su sombra hasta que llegó a Court Street. No estaba seguro de qué le había llamado la atención para mirar atrás por encima del hombro, pero le sorprendió no ver al caucásico, así que se detuvo y miró con más detenimiento. Tampoco lo vio, y en cierto modo se sintió decepcionado, como si su vida estuviera hasta tal punto en aprietos que incluso sus misteriosas sombras lo estaban abandonando.

Suponiendo que igual aquel hombre estaba siendo más sutil de lo habitual, Noah aminoró el paso y siguió caminando en dirección al extremo nordeste del Boston Common. Esa ruta requería dar un buen número de esas vueltas y giros característicos de Boston, puesto que era una ciudad que había sido diseñada para desplazarse en caballo más que en coche. En cada esquina, Noah echaba una ojeada atrás con la esperanza de ver a su sombra, pero no había ni rastro de ella.

De repente, se sintió más aliviado que abandonado y se preguntó qué debería hacer para aprovechar la situación. Sin embargo, como no tenía ni idea de por qué lo seguían, no es que fuera un razonamiento muy lógico. No obstante, se le pasó por la cabeza la idea de hacer una visita a Louisburg Square y quizá incluso llamar al timbre de Ava. ¿Qué tenía que perder? Desde que había conversado con Leslie el sábado por la tarde, había estado luchando contra la confusión en que le habían sumido sus sentimientos contradictorios respecto a Ava. Aunque se había planteado la posibilidad de contactar con ella de nuevo, no lo había hecho. Le parecía buena idea intentar dialogar con Ava, aunque no sabía si ella siquiera querría hablarle. Sin embargo, decidió correr ese riesgo.

Tras llegar al edificio de Ava, Noah subió la media docena de escalones de la entrada y entró en el recibidor. Como sabía que en la puerta principal había una cámara que formaba parte del sistema de seguridad, se quedó a propósito a un lado para evitar ser visto. Llamó al timbre. Permaneció totalmente quieto y callado y pudo oír el sonido de un teléfono a lo lejos. Como nadie respondía, volvió a llamar. Esta vez, la voz de Ava surgió de un altavoz oculto; le preguntaba quién era.

—FedEx —respondió Noah en falsete, lo cual hizo que se avergonzara de lo absurdo que era todo.

—Deje el paquete y márchese —dijo Ava.

—Necesito su firma —contestó Noah con la misma voz de falsete. Se sentía abochornado y tuvo que reprimir una risita nerviosa, que le salió al pensar en los disparates que era capaz de hacer.

Un instante después, la puerta se abrió. Ava iba vestida con su pantalones de yoga y su camiseta sin mangas; por lo visto iba a iniciar el entrenamiento de la tarde en breve. En una fracción de segundo, su expresión pasó del hastío al enojo en cuanto vio a Noah. Aunque hizo ademán de cerrar la puerta, Noah se lo impidió metiendo el pie como si fuera un vendedor a puerta fría de la vieja escuela.

—Tengo que hablar contigo.

—Sigo enfadada contigo —replicó Ava, y empujó la puerta hacia él, pero sin demasiada convicción.

—Eso está claro. Quiero saber si sabes que me han suspendido de mis funciones en el hospital.

—Pues claro que lo sé —le espetó Ava—. En el hospital, todo el mundo lo sabe, y nadie se lo explica. Eres muy popular. Eso he de reconocerlo.

—¿Puedo pasar un momento?

Ava le abrió la puerta a regañadientes y la dejó entreabierta.

Era obvio que esperaba que fuera una visita corta. Los dos gatos aparecieron y le olisquearon la pierna a Noah.

Noah y Ava se miraron. Al final fue él quien habló:

—Pensaba que me llamarías, porque tú mejor que nadie sabes que la cirugía es mi vida. Me habría venido bien un poco de apoyo. Estoy destrozado, y me está costando mucho superarlo.

—Como ya he dicho, sigo muy pero que muy cabreada contigo.

—Pero si me disculpé de corazón por haber abusado de tu confianza. Lo siento mucho, Ava. Admití que cometí un error al fisgar en tu ordenador. Creía que me perdonarías y me apoyarías; al fin y al cabo, hemos llegado a tener una relación muy íntima. Si fuera al revés, te garantizo que yo estaría de tu lado.

—Yo no estoy tan segura de eso —replicó Ava.

—¿Por qué no? ¿Por qué iba a mentirte?

—Porque me traicionaste. No solo fisgaste en mi ordenador porque tenías dudas acerca de mi formación como anestesista, sino que fuiste a hablar con mi jefe, el doctor Kumar, para cuestionar mi actuación en las tres muertes. Y lo hiciste a mis espaldas. ¿Sabes cómo lo sé? Porque él mismo me lo contó. Sí, él sí que confía en mí. ¿Cómo te atreves...?

Noah se quedó pasmado al darse cuenta de que Ava tenía parte de razón. La había traicionado en ambas situaciones.

—Pensaba que, como supervisor de residentes, tenía la obligación ética de plantear mis preocupaciones a la persona adecuada. Tú no estabas dispuesta a hablar del tema conmigo porque no soy anestesista. Visto en retrospectiva, reconozco que ir a hablar con tu jefe fue un error. Debería haber acudido al mío y que luego él hablara con el doctor Kumar. También te pido disculpas por eso.

—Me parece que tu ética funciona de un modo muy selectivo —le espetó Ava—. Se rumorea que el hospital te ha suspendido porque falsificaste datos en una tesis que te ayudó a entrar en la facultad de medicina.

—¿Y eso cómo lo sabes?

—El doctor Mason se lo contó a Janet Spaulding; esa es la mejor manera de que corra la voz por los quirófanos.

Noah sabía que era imposible que el doctor Mason lo hubiera contado todo al detalle. Le preocupaba que tales rumores influyeran en los miembros de la junta asesora.

—El doctor Kumar me ha aconsejado que ponga fin a mi relación contigo —dijo Ava—. Me recomendó encarecidamente que evitase confraternizar contigo.

Durante casi un minuto, Noah y Ava se sostuvieron la mirada. Ambos estaban muy alterados. Fue él quien rompió el silencio:

—Así que aquí acaba nuestro pequeño romance, ¿no?

—No lo sé —contestó Ava—. Estoy intentando asimilar todo esto.

—Si nuestra relación va a terminar así, hay una cosa que me gustaría saber —repuso Noah enfadado—. ¿Fuiste tú quien le habló de la tesis doctoral al doctor Mason y consiguió esa puñetera copia del MIT?

Ava echó la cabeza hacia atrás y soltó una risa burlona.

—No, joder. No soporto a ese fantasma. Jamás le echaría una mano. ¿Cómo se te ha ocurrido pensar algo así?

—Pues porque eres la única persona con la que he hablado sobre mi tesis en años. Y desde luego la única persona a la que he comentado que hice alguna «pequeña trampa». Al doctor Mason no se le pudo ocurrir esa idea a él solito.

—No fui yo —le espetó Ava—. A lo mejor fue esa exnovia tuya a la que has ignorado. A lo mejor quería vengarse de ti.

—No ha sido Leslie —replicó Noah.

—Entonces, no sé quién demonios ha podido ser —afirmó Ava—. Ahora quiero entrenar. Así que si no te importa, me gustaría que te marcharas.

Noah salió de casa de Ava inmerso en un torbellino de emociones. Al entrar se había sentido perplejo, deprimido y ansioso. Ahora se sentía perplejo, deprimido y enfadado. A pesar de que Ava había afirmado lo contrario, tenía que haber sido ella la que le habló de la estúpida tesis al doctor Mason. No obstante, su sugerencia de que había podido ser Leslie lo reconcomía por dentro, a pesar de que estaba seguro de que ella no tenía nada que ver. Cuando Leslie se marchó, nunca actuó por despecho. Si alguien se había enfadado, ese era Noah, pero consigo mismo no con Leslie.

Cogió el móvil mientras subía por Revere Street en dirección a su edificio y la llamó. No sabía si respondería, pero al menos eran ya más de las cinco, así que estaba bastante seguro de que no la molestaría en el trabajo.

—¿Qué pasa? —respondió Leslie después de solo dos tonos—. ¿Estás bien?

Noah le aseguró que se encontraba la mar de bien y le explicó que el motivo de su llamada era preguntarle si, por alguna casualidad, alguna vez le había comentado algo a alguien sobre su tesis; sobre todo últimamente.

—No, claro que no —contestó Leslie—. A decir verdad, me había olvidado por completo de ella hasta que sacaste el tema el sábado. Nunca le di mucha importancia al hecho de que tuvieras que calcular a ojo ciertas cifras para entregar a tiempo, ya que luego te tomaste la molestia de cambiarlas por las reales, cuando los datos estuvieron disponibles. Además, nunca le había contado nada a nadie sobre tu tesis. Ni siquiera recuerdo su título.

—Vale, bien —dijo Noah—. Solo quería estar seguro.

—He estado reflexionando sobre tu situación desde que hablamos el sábado —le confesó Leslie—. ¿Te interesa saber lo que he estado pensando?

—Supongo que sí —respondió Noah.

—Cuantas más vueltas le doy, más segura estoy de que tu examiga Ava tiene que ser la que te la ha jugado con la tesis.

—Yo pensaba lo mismo, ya que ella y tú sois las dos únicas personas a las que he contado lo que hice. Hace cinco minutos, le he preguntado sin rodeos si había sido ella, y lo ha negado todo.

—Así que por fin ha contactado contigo, ¿no? —preguntó Leslie.

—No, he ido a su casa y he llamado al timbre.

Omitió que había usado el truco de decir que era de FedEx porque le daba mucha vergüenza.

—¿Ha sido simpática al menos?

—No. Ha dicho que seguía enfadada conmigo.

—¿Te lo crees cuando niega haber sido ella?

—Hasta cierto punto —contestó Noah—. No ha dudado lo más mínimo. Incluso se ha burlado de mí por sugerirlo.

—Bueno, yo no lo hice, por supuesto —afirmó Leslie—. Y si nadie más sabía lo de la tesis, tiene que haber sido ella la que se ha ido de la lengua. Pero tal y como me has descrito vuestra relación, las cosas no cuadran. Y desde luego, por mucho que fisgaras en su ordenador sin su permiso, la reacción fue desproporcionada.

—También hice otra cosa que no te he contado —confesó Noah, y pasó a admitir que había acudido al jefe de ella a su espaldas para comentarle ciertas preocupaciones menores aunque inquietantes referentes a su rendimiento profesional en un par de situaciones críticas.

—Ay —dijo Leslie—. Desde mi punto de vista, eso podría interpretarse como una traición, más incluso que cotillear en su ordenador, sobre todo si el trabajo es su vida, como tú dices. ¿Cómo descubrió que fuiste a hablar con su jefe?

—Se lo dijo él.

—Ay, ay —se lamentó Leslie—. Ahora todo tiene mucho más sentido. Si se chivó de lo de tu tesis, podría tratarse de un perverso ajuste de cuentas con el fin de obligar al departamento de cirugía a cuestionar tu competencia desde un punto de vista ético.

—Sí, eso se me ha pasado por la cabeza —reconoció Noah.

—¿Hay alguna razón para cuestionar su competencia? —preguntó Leslie.

—No, la verdad es que no. Es una anestesista muy bien formada y meticulosa que siempre está al día de cualquier avance en su especialidad. Se ha ocupado de miles de casos en el BMH en los últimos cinco años. Me han comentado que tuvo unos resultados brillantes en los exámenes escritos y orales de anestesia, lo cual no es moco de pavo. Y para ser contratada por el BMH, debieron de revisar su expediente a fondo. No hay dudas sobre su competencia profesional en general.

Noah llegó a su edificio pero no supo si entrar o no, puesto que podría cortarse la llamada.

—¿Has ido a ver hoy al abogado? —le preguntó Leslie.

—Sí, pero ha sido un fiasco. Me da que se acaba de licenciar en derecho y le asignan los casos más mierdosos. No creo que vaya a ser de mucha ayuda.

—Lo siento.

—Gracias.

Tras despedirse, Noah colgó. Una vez dentro del edificio, empezó a subir las escaleras despacio. Volvía a sentir esa extraña pesadez en las piernas, como si no quisieran regresar a su piso al igual que él.

31

Lunes, 14 de agosto, 19.15 h

Cuando llegó a su apartamento, Noah se quitó la corbata y la camisa sudada, encendió el aire acondicionado de ventana que tenía en el dormitorio y se tiró en el sofá. Había sido un día muy deprimente. Ni siquiera la conversación telefónica con Leslie había conseguido animarlo. Solo había servido para aumentar la ansiedad y la rabia por lo de Ava. Las continuas reacciones de Ava, abiertamente a la defensiva, cada vez que él expresaba sus recelos en cuanto a las tres muertes por errores en la anestesia no hacían más que aumentar las dudas sobre su formación en anestesiología. Habría sido mucho más fácil que ella lo hubiera tranquilizado; si lo hubiera hecho, él nunca habría tenido la insensata idea de ir a hablar con el doctor Kumar, lo que acabó por agravar la situación. De todas formas, la susceptibilidad que Ava mostraba cada vez que surgían preguntas sobre su formación y su competencia profesional indujo a Noah a investigar más a fondo el tema, aunque solo fuera para alejar de la mente sus otros problemas. También le serviría como una especie de terapia para canalizar el ardiente resentimiento que sentía por la manera de tratarlo de Ava.

La cuestión era cómo hacerlo. Como el doctor Mason era la única persona, aparte de él, que cuestionaba la competencia de Ava, Noah pensó por un instante en hablar con él y preguntarle si su opinión tenía alguna base o si era solo una excusa fácil para echarle la culpa a Ava por el caso Vincent. La idea de intentar tener esa conversación arrancó a Noah una sonrisa en cuanto se dio cuenta de lo absurda que era. Dudaba que ese fanfarrón vanidoso hablara con él de algo, salvo de que había conseguido que lo despidieran, y Noah no creía que pudiera mantener una conversación civilizada después de eso. Noah sabía que no podría resistirse y que exigiría saber quién le había contado lo de su tesis.

¿Y cómo demonios había acabado en la mesa del doctor Mason la versión impresa de su tesis? La biblioteca principal del MIT, donde se archivaban las versiones en papel, no permitía que salieran de sus instalaciones, ya que todas las tesis estaban disponibles en internet. Si alguien quería ver los originales, tenía que ir a la biblioteca a consultarlos.

Noah miró la hora. Eran las siete y cuarto de la tarde. No recordaba el horario de verano de la biblioteca del MIT en Memorial Drive, pero supuso que estaría abierta al menos hasta las ocho y posiblemente hasta más tarde, tal vez hasta medianoche. Decidió en un impulso ir hasta allí; así tenía una razón para salir de su apartamento. Conocía bien la biblioteca, porque había pasado mucho tiempo en ella cuando redactaba su tesis. Lo que quería era saber quién había sacado su tesis y cómo lo habían permitido.

Como era una tarde de verano bochornosa, unos vaqueros, una camiseta y unas zapatillas de deporte sin calcetines eran más que suficiente. Pocos minutos después ya bajaba por Revere Street. Su objetivo era la estación de metro de Charles Street. Había mucha gente pululando por la calle, sobre todo en Charles Street. Como la vida de Noah se limitaba principalmente al hospital y a su apartamento, siempre le chocaba darse cuenta de que vivía en una ciudad enorme.

La estación de metro de Charles Street quedaba por encima de la calle, a la altura del Longfellow Bridge en la parte de Boston. Noah subió por las escaleras tradicionales, en vez de por las mecánicas, para hacer un poco de ejercicio. Excepto por la visita al despacho de su abogado y varias salidas al supermercado Whole Foods, Noah llevaba desde el martes por la tarde vegetando en su apartamento.

El andén estaba atestado, sobre todo al salir de las escaleras, y algo menos en el extremo más alejado. Noah se quedó en la parte de atrás, porque sabía que le iba mejor estar más cerca de la cola del tren. Solo iba una parada más allá, a Kendall Square. Por eso, en cuanto estuvo arriba, echó un vistazo escaleras abajo. Y de repente, con un leve sobresalto, vio de nuevo al afroamericano, que subía por las escaleras mecánicas. Cuando salió de su edificio, Noah buscó a sus perseguidores, pero no los vio. Ya no le importaba si lo seguían o no, porque ya se había habituado a su presencia. Y si quisieran hacerle daño, ya se lo habrían hecho.

Noah estudió al hombre mientras se acercaba. Por un momento sus miradas se cruzaron. El afroamericano no mostró la menor señal de haberlo reconocido. Fuera quien fuese, Noah ya se había dado cuenta de que era un profesional, aunque no tenía una técnica tan refinada como su colega. Cuando llegó al andén, Noah consideró la idea de acercarse y preguntarle si trabajaba para el hospital, pero la descartó. Sabía por intuición que el hombre volvería a negar que lo estaba siguiendo, como lo había hecho la última vez que lo abordó. Así que Noah se limitó a observarlo mientras desaparecía entre la multitud que esperaba un poco más allá en el andén.

Cuando bajó en la parada de Kendall Square, Noah buscó al hombre, pero no lo vio, al menos no en ese momento. Estaba a unas pocas manzanas de la biblioteca del MIT cuando miró por encima del hombro. Allí estaba el afroamericano, un poco más allá, pero iba en su misma dirección. Era evidente que no tenía prisa; caminaba al mismo paso tranquilo que Noah, al parecer satisfecho con solo tenerle a la vista. Noah se encogió de hombros, y le extrañó un poco que la presencia de ese hombre ya no le preocupara lo más mínimo, si bien la situación no dejaba de desconcertarlo. Al hospital solo debería preocuparle que se acercara al hospital, no lo que hiciera en cualquier parte.

Cuando Noah llegó a la puerta principal de la biblioteca vio que estaba abierta hasta las once de la noche, así que no hacía falta darse prisa. Utilizó su identificación del hospital para acceder y funcionó, porque la biblioteca compartía sus instalaciones científicas con varias instituciones académicas de la zona de Boston. Cuando entró, fue directamente al despacho para hablar con uno de los bibliotecarios que estuvieran trabajando en ese momento. La única persona que había allí se llamaba Gertrude Hessen.

—Tiene usted razón —dijo Gertrude en respuesta a la pregunta de Noah—. Las tesis impresas no se prestan. Esa es la política desde que se digitalizaron.

Noah explicó que era residente de cirugía en el BMH y que le había sorprendido que una copia de su tesis del MIT hubiera acabado en la mesa de uno de sus profesores.

—¿Hay alguna excepción a esa política en el caso de los profesores? —preguntó.

—No, que yo sepa —contestó Gertrude—. ¿Está seguro de que era una copia original de su tesis?

—No tengo la menor duda —aseguró Noah—. ¿Le importaría que eche un vistazo a la sala de las tesis?

—Por supuesto que no —respondió Gertrude—. Le daré la llave.

Al cabo de unos minutos Noah estaba en la parte subterránea de la biblioteca, delante de una jaula metálica, cerrada con llave, que contenía todas las tesis del MIT desde el siglo XIX. La llave estaba unida a una tablilla de madera con una cadenita. Cuando entró, la pesada puerta de acero y metal se cerró sola. El clic de la cerradura resonó con fuerza en el silencio absoluto que reinaba en esa zona, que parecía un mausoleo. Noah se fijó en que hacía falta la llave para salir, y eso le provocó un escalofrío. Con tanto material disponible en internet, muy pocas personas acudían a las estanterías de la biblioteca. Noah se preguntó cuánto tardarían en rescatarlo si algo pasaba y no podía salir de la jaula, sobre todo si a Gertrude se le olvidaba que le había dado la llave.

Con una leve inquietud por verse aislado y encerrado, Noah buscó deprisa la sección donde debería estar su tesis. Las obras estaban archivadas alfabéticamente por autor, no por materia. No le costó encontrar la erre y enseguida vio ante sus ojos los lomos de dos copias encuadernadas de su tesis. Quedaba un espacio donde debería haber una tercera copia, pero estaba vacío. Alguien había conseguido sacar el volumen de la biblioteca infringiendo las normas.

Encantado de estar de nuevo en la oficina, Noah le contó a Gertrude que uno de los volúmenes de su tesis había desaparecido.

—No sé qué decirle —admitió Gertrude parpadeando varias veces—. Lo que haré será dejar una nota para que personal del turno de día investigue el asunto. Si quiere dejar su número de móvil, pediré que le llamen.

Cuando Noah salió de la biblioteca, el sol se había puesto pero todavía había luz. Desde los escalones de la biblioteca, la vista de Boston reflejada en el río Charles era impresionante. Noah se detuvo un momento para contemplarla y después miró por la zona en busca del hombre que lo seguía, pero no se le veía por ninguna parte. Le volvió a sorprender sentirse extrañamente ignorado, como le ocurrió al salir del despacho del abogado. Por lamentable que pudiera sonar, sus seguidores habían sido la principal conexión entre Noah y el mundo exterior desde el martes por la tarde.

Durante el camino de vuelta hasta la parada de metro de Kendall Square, miró por encima del hombro varias veces, pero no vio a nadie. Cuando llegó a la estación, Noah se alegró de que su perseguidor hubiera desaparecido. De camino a la biblioteca, cuando el hombre todavía lo seguía, se le había pasado por la cabeza que cuando regresara a casa se sentiría vulnerable porque, si alguien quería hacerle daño, un andén desierto sería el lugar perfecto. Allí, esperando el metro, solo había otra persona, y estaba justo en el otro extremo.

Noah sintió cierto alivio cuando el tren entró atronando en la estación, que hasta entonces estaba en silencio, y pudo subir al vagón de delante, lleno de gente. Diez minutos después estaba en la ajetreada Charles Street; se sentía cómodo al volver a estar en su barrio. Cuando pasó ante el restaurante tailandés donde había encargado todas aquellas cenas para llevar que había compartido con Ava, dudó un momento. Por primera vez desde la reunión en el despacho del doctor Hernandez, sintió hambre. Tras un momento de indecisión, entró en el abarrotado restaurante y pidió lo mismo que había comido con Ava en tantas ocasiones.

Como era la única persona que cenaba sola de todo el restaurante, Noah se sintió fuera de lugar y se dijo que debería haber pedido comida para llevar. Cenó rápido y enseguida salió a la calle. Ya había oscurecido y las icónicas farolas de gas de Beacon Hill eran la principal fuente de luz ambiental. Subió por Revere Street y se paró varias veces para mirar atrás con la esperanza, por extraño que parezca, de encontrar al afroamericano. Había un montón de gente. Un vecino, al que reconoció porque se había cruzado con él varias veces a lo largo de los años, lo saludó cuando pasaba en dirección contraria, aunque nunca habían intercambiado ni una palabra.

Cuando se acercó a su edificio, le dio miedo de quedarse solo y pensó en volver a casa de Ava para ver si se ablandaba y quería limar asperezas. Pero al recordar su actitud, reconoció que eso era muy poco probable y que, si se presentaba otra vez allí sin avisar, solo empeoraría las cosas.

Subió las escaleras mientras buscaba la llave para tenerla a mano cuando llegara ante su puerta. Por desgracia no la necesitó. Habían forzado la puerta de su apartamento, otra vez. Y no solo eso. Esta vez habían utilizado una palanca o algo similar, porque había una hendidura entre la cerradura y el marco y habían arrancado parte de este.

Noah sintió una oleada de furia. Reventarle la puerta le parecía de una agresividad innecesaria que además de hacer daño ofendía. Empujó con el dedo índice y abrió la puerta despacio. Metió la mano y encendió la luz. Desde donde él estaba todo parecía completamente normal. Escuchó con atención por miedo a que la persona que había entrado todavía estuviera allí, pero había un silencio total en el apartamento. Lo único que se oía era una música con un bajo muy potente que llegaba desde el apartamento de arriba.

32

Lunes, 14 de agosto, 21.37 h

Noah cruzó el umbral y fue directo hasta la mesa plegable. Se sintió aliviado al ver que en esta ocasión no habían movido su portátil. Seguía colocado exactamente como él lo había dejado, perfectamente alineado con respecto a ambos lados de la mesa. Lo abrió con prisas y lo encendió. Al cabo de un momento ya tenía acceso al historial de su buscador. Quería ver si lo habían limpiado, como cuando entraron en su casa la vez anterior. Pero no. Aparecían todas las webs que había visitado ese día. Al menos nadie había utilizado su ordenador.

Fue a la cocina a comprobar que estaban todos los electrodomésticos, porque la otra vez desapareció la tostadora, y se quedó tranquilo al ver que no faltaba nada. Después pasó al dormitorio y notó de inmediato que habían volado unas monedas y unos cuantos billetes de un dólar que tenía allí. Aparte de eso, la habitación parecía estar igual que cuando la había dejado; incluso la cama, que hacía más de una semana que no hacía, seguía deshecha.

Cuando entró en el baño, se dio cuenta de que la puerta de espejo del botiquín estaba entreabierta. La abrió y miró dentro. Al instante notó que faltaba algo. En el segundo guardaba un frasco sin abrir de Percocet que le habían recetado cuando se rompió la nariz esa primavera en un partido de sóftbol en el hospital. Ya no estaba.

Convencido de que su vida se estaba desmoronando poco a poco, Noah necesitó un buen rato y una ducha caliente para calmarse tras el trauma de una nueva violación de su espacio personal. Lo que más le molestaba en esta ocasión era el daño innecesario que le habían hecho a la puerta y al marco. Perder unas monedas y un frasco de Percocet que no necesitaba era una tontería en comparación con tener que invertir tiempo y esfuerzo en convencer al casero para que reparara bien la puerta y que lo hiciera cuanto antes porque tal como estaba no podía cerrarla. Y ya que tenía que hablar con el casero, aprovecharía para exigirle que le advirtiera seriamente a la inquilina de arriba que restringiera la política de puertas abiertas que aplicaba a sus muchos novios. Lo único bueno, y algo que Noah agradecía, era que el intruso no había destrozado el apartamento de pura frustración por encontrar tan pocas cosas de valor.

Cuando consiguió relajarse lo bastante para pensar, Noah regresó al ordenador para investigar sobre la Universidad de Brazos, su centro médico y su facultad de medicina. Vestido cómodamente solo con la ropa interior, volvió a encender el aparato.

Fascinado por la cantidad de material disponible, se enteró de que la universidad había crecido a un ritmo impresionante durante los noventa, gracias a las donaciones de un nutrido grupo de ricos magnates del petróleo del oeste de Texas. Uno de ellos era Sam Weston, a quien habían homenajeado poniéndole su nombre al centro de simulación. La facultad de medicina había abierto a mediados de los noventa, cuando terminaron el hospital para novecientas camas, pero la de odontología tuvo que esperar unos cuantos años. La facultad comenzó con solo treinta y cinco alumnos procedentes sobre todo de los institutos del oeste de Texas, aunque también se reclutaban estudiantes americanos que se habían visto obligados a trasladarse a facultades del Caribe o de Europa.

Noah siguió leyendo que la facultad de medicina de la Universidad de Brazos había alcanzado pronto su número actual de

145 alumnos por promoción. El mismo año que el hospital abrió sus puertas empezaron los programas de residencia de los graduados, aunque en un principio solo disponían de las especialidades de medicina de familia, cirugía, anestesia y medicina interna. En pocos años añadieron programas formativos para los graduados de todas las especialidades que se asocian habitualmente con una gran clínica universitaria de atención terciaria, con el objetivo manifiesto de proporcionar un amplio espectro de talentos médicos a la zona occidental de Texas.

Después Noah pasó a buscar en concreto el departamento de anestesiología de la Universidad de Brazos y descubrió que habían contratado profesores de un buen número de clínicas de primera categoría de todo el país. El jefe de anestesiología había llegado desde el Johns Hopkins, uno de las mejores clínicas universitarias de Estados Unidos, detalle que impresionó mucho a Noah. Verificó que todos los aspectos de la anestesia se habían integrado enseguida en el programa de residencia, incluidas las sofisticadas cirugía cardíaca, neurocirugía y medicina de trasplantes. También se informó de que admitían a veinte residentes cada año y que cada uno tenía que ocuparse de por lo menos veinte mil casos durante su formación.

Noah se echó hacia atrás y se separó del portátil, sobre el que había estado inclinado. Se estiró y miró al techo. Ya no tenía dudas de que Ava se había formado en una institución perfectamente acreditada, bajo una supervisión más que adecuada seguro, sobre todo teniendo en cuenta que en el Centro Médico de la Universidad de Brazos se realizaban más de veinte mil cirugías mayores al año, más o menos la misma cantidad que en el BMH. Puede que la Universidad de Brazos no estuviera en la prestigiosa Liga Ivy de universidades, pero bajo el punto de vista de Noah, era un centro adecuado.

Sin embargo, Noah no se había quedado satisfecho del todo, porque pensaba que no era suficiente con saber que ella había participado en un programa de formación que estaba bien. Él quería encontrar información más personal, como, por ejemplo, cuántos casos había llevado ella en persona, el desglose de los tipos de anestesia, y si había tenido algún problema. Después de todo, el deseo de indagar sobre el número de casos durante su residencia había sido el desafortunado motivo que le había llevado a entrar en su ordenador. Por supuesto, tenía que reconocer que el hecho de que la hubieran contratado en el BMH indicaba que lo había hecho todo extraordinariamente bien, y además el doctor Kumar había alardeado de que había sacado unos resultados espectaculares en los exámenes de especialización en anestesiología. Aun así, Noah encontró tres razones que lo animaron a querer descubrir más cosas. La primera, que estaba harto de estar encerrado en el hospital; la segunda, que se sentía atraído por ella, tal vez incluso estaba enamorado, y por eso quería saberlo todo de esa chica; y tercero, que se sentía solo, frustrado y, sobre todo, muy cabreado con ella por cómo lo había tratado a pesar de sus efusivas y sinceras disculpas y su iniciativa de dejar a un lado el orgullo e ir a llamar a su puerta. No quería ni pensar que ella hubiera tenido algo que ver con lo de su tesis.

Se inclinó de nuevo sobre el portátil y de repente se le ocurrió que podía comprobar qué tipo de cortafuegos tenía la Universidad de Brazos, si es que tenía alguno, y si estaba actualizado. Por experiencia, Noah sabía que las instituciones jóvenes y que habían crecido muy rápido, como la Universidad de Brazos, muchas veces se quedaban cortas en temas de ciberseguridad porque a menudo no era un tema prioritario y lo iban relegando porque siempre había una necesidad urgente de fondos en otra parte. Aunque Noah supuso que la seguridad digital del hospital estaría actualizada para cumplir con la Ley de Responsabilidad y Transferibilidad de Seguros Médicos, imaginó que la del resto de la institución no lo estaría y que sería todo prácticamente pan comido.

Gracias a su habilidad natural con los ordenadores, Noah había participado en algún que otro acto de piratería inocente cuando era adolescente, solo por diversión. Pero de repente tenía la oportunidad de sacar partido a sus habilidades. Lo que esperaba encontrar eran detalles de los expedientes de la facultad y la residencia de Ava, que serían estelares, imaginó. Como acababa de terminar las evaluaciones de los residentes de su equipo en el BMH, sabía qué tipo de información debería encontrar.

Volvió a las webs de la facultad de medicina y del departamento de anestesiología de la Universidad de Brazos con la intención de pedir en ambas que le enviaran por correo electrónico unos formularios de solicitud. Cuando los recibiera, utilizaría los encabezados de los correos para intentar entrar en sus sistemas. Pero mientras esperaba a que se abriera la primera web en la pantalla, se le dispararon varias alarmas mentales para recordarle que lo que quería hacer era ilegal y desde luego poco ético. Si contaban con una buena ciberseguridad, existía una pequeña posibilidad de que lo descubrieran. Con su comparecencia ante la Junta Asesora de Residentes Quirúrgicos a la vuelta de la esquina, que lo pillaran cometiendo un ciberdelito no era nada aconsejable. De hecho, era una soberana estupidez.

Entonces a Noah se le ocurrió una idea. Sabía que no podía arriesgarse a hackear el sistema informático de la Universidad de Brazos, pero eso no impedía que otra persona consiguiera esa misma información de otra forma que fuera legal. Noah nunca había pensado en contratar a un detective privado. Tampoco había conocido nunca a ninguno. Solo sabía de su existencia por las películas de misterio, en las que el detective siempre parecía tener un papel demasiado protagonista. Pero se encontraba ante una situación en la que un detective privado local podría acceder a un montón de información y de una forma completamente legítima. En sus circunstancias, la idea le resultó atractiva a muchos niveles.

Como no tenía ni idea del tema, Noah buscó en Google: «Detectives privados en Lubbock, Texas». Un segundo después se quedó perplejo ante la cantidad de empresas y personas que aparecieron. Miró unas cuantas webs de empresas y decidió que eran demasiado grandes y tal vez no todo lo privadas que él querría. Si Noah iba a contratar a alguien, cosa que todavía no había decidido, quería una sola persona, no toda una organización, y además una que trabajara desde su casa y no tuviera ni siquiera secretaria. Aunque Noah sabía que lo que él pretendía era legal, no quería que Ava se enterara. Con lo enfadada que estaba porque había hablado con el doctor Kumar, solo faltaría que descubriera que había contratado a un detective privado para indagar sobre su formación. A Noah cada vez le entusiasmaba más la idea. No veía otro modo de obtener respuestas sin ponerse en peligro.

Tras mirar las páginas web de una docena de personas, Noah encontró una que tenía buena pinta. La detective se llamaba Roberta Hinkle. Le llamó la atención en parte porque decía que había estudiado en la Universidad de Brazos, donde se había graduado en criminología. Otra ventaja que le veía era que había incluido entre sus especialidades la «investigación de antecedentes personales y laborales», y eso era justo lo que necesitaba. También le gustó que especificara su tarifa por hora, porque la mayoría no lo hacían. Aunque al principio Noah pensó que sesenta dólares la hora era una tarifa alta, era inferior a la que daban en otras webs. En un impulso decidió averiguar algo más.

La web de Roberta Hinkle invitaba a los usuarios a llamarla o ponerse en contacto con ella por correo electrónico si necesitaban más información. Como eran más de las once de la noche, Noah optó por el correo. Para facilitar el contacto había que rellenar un formulario con el nombre, la dirección de correo electrónico y el tipo de investigación que se buscaba. Al lado de su nombre, Noah puso el título de «doctor». En la sección de tipo de investigación, explicó el tema de tal modo que sonara como si fuera un colectivo: «Estamos interesados en una comprobación de antecedentes completa y estrictamente confidencial de una anestesista que forma parte de nuestro personal: la doctora Ava London. Necesitamos conocer más detalles de su formación profesional, así como de sus estudios anteriores. Se valorará cualquier información disponible, incluidos los factores psicosociales. La doctora London se crio en Lubbock, fue a la facultad de medicina de la Universidad de Brazos y se formó en el hospital de la misma universidad, pero en la actualidad trabaja en Boston, Massachusetts».

En la sección del formulario titulada «Forma de pago» Noah escribió: «PayPal» para que fuera todo más fácil. En la sección titulada «Fecha de inicio» escribió: «Lo antes posible, una vez se tome la decisión de realizar la investigación».

Después de pulsar la tecla de envío, Noah sintió un momento de duda similar al que había experimentado tras darse cuenta de que la idea de hackear el sistema informático de la Universidad de Brazos no era una opción. Se había animado demasiado con la idea del detective privado, pero en esos momentos no le quedaba más remedio que sentarse de brazos cruzados y esperar. Se preguntó cuándo le contestaría Roberta Hinkle y se dijo que dependía completamente de su agenda. Si estaba muy ocupada, podría tardar días. Si no, tal vez sabría algo en un plazo de veinticuatro horas. Se preguntó si una detective privada de Lubbock estaría muy ocupada en pleno verano. Por desgracia no había manera de obtener respuestas a sus preguntas. Lo único que podía hacer era llamar al teléfono a Roberta por la mañana.

Como no tenía otra cosa que hacer, Noah decidió entrar en Facebook para ver si Gail Shafter o Melanie Howard, o sea Ava, estaban conectadas. Pero no quería hacerlo como Noah Rothauser. Decidió entonces crearse su propio *alter ego* y lo llamó Butch Cassidy, en honor a una de sus películas antiguas favoritas. Así, si Ava estaba en Facebook, al menos no sabría que estaba comunicándose con él. Sin embargo, cambió enseguida de idea sobre lo de Butch Cassidy. Con lo lista que era Ava, temió que reconociera el nombre y pensara que era demasiada coincidencia, porque habían hablado de películas muchas veces. Así que decidió llamarse Harvey Longfellow, un nombre inventado. Al menos sonaba muy típico de Nueva Inglaterra.

Mientras Noah creaba el perfil de un agente de seguros de

treinta años muy necesitado de amor y que odiaba a los esnobs procedentes de la Liga Ivy, un detalle que pensó que a Ava le gustaría, le llegó un correo. Como no había terminado aún con el perfil de Harvey, cogió el móvil para ver de quién era el correo con la esperanza de que fuera de Roberta Hinkle. Y lo era.

Estimado doctor Rothauser:

Gracias por contactar conmigo para hablar de la posibilidad de contratar mis servicios para realizar una comprobación de antecedentes exhaustiva y confidencial de la doctora Ava London. Si quiere que lleve a cabo la investigación, podría empezar esta misma noche con la consulta de mis fuentes electrónicas. Si conoce alguna fecha relacionada con su vida personal y el nombre del instituto al que asistió, me resultaría muy útil para asegurarme de que estoy investigando a la persona correcta. También me vendría bien cualquier otra información que considere pertinente para ese mismo objetivo.

Atentamente,

ROBERTA HINKLE

Asombrado ante la rapidez de la respuesta de Roberta, Noah minimizó su perfil de Harvey Longfellow y empezó a escribir de inmediato un largo correo para responder al de Roberta.

Estimada señora Hinkle:

Gracias por su rápida respuesta. Esto es lo que sé, aunque puede que las fechas no sean exactas. Nació en 1982. No sé a qué colegio fue, pero creo que asistió al instituto Coronado, donde fue animadora y realizó cursos avanzados de algunas asignaturas. Supongo que acabó el instituto en el 2000. Entre el 2000 y el 2002 trabajó para un dentista que se llamaba Winston Herbert, que después se convirtió en rector de la recién creada facultad de odontología de la Universidad de Brazos. En la Universidad de Brazos estudió un grado combinado de ciencias y medicina durante seis años, de 2002 a 2008, y se especializó en nutrición. Tras graduarse en medicina, hizo la residencia en anestesiología en el Centro Médico de la Universidad de Brazos entre 2008 y 2012. Tras su residencia, le ofrecieron un puesto de anestesista en el Boston Memorial Hospital, donde comenzó a trabajar en 2012. Algunos de estos datos son deducciones, pero deberían acercarse a la realidad. Otros datos que le pueden ser de utilidad: su padre era un ejecutivo del mundo del petróleo que se suicidó cuando ella tenía dieciséis años y estaba en el instituto, y estuvo casada durante poco tiempo con un médico serbio más o menos en el año 2000. Aunque cualquier información que nos pueda proporcionar sobre ella nos vendrá bien, lo que queremos saber específicamente son detalles sobre su formación durante la residencia, cuantos más mejor. Nos interesa en concreto cualquier cosa que sus profesores recuerden sobre ella; nos parece importante a la hora de saber cómo obtuvo las recomendaciones que necesitó para que la contrataran en el Boston Memorial Hospital. Si alguien hace preguntas, puede decir que el jefe de anestesiología del BMH la tiene en muy alta estima. El último dato que le puedo proporcionar es que es muy aficionada a Facebook. Ella reconoce que lo usa a diario, pero nunca con su nombre. Tiene varios alias, por ejemplo Gail Shafter o Melanie Howard. Si necesita una foto reciente de la doctora Ava London, la encontrará en su página de LinkedIn. ¿Le interesaría entonces aceptar este encargo? Tengo que insistir en que la confidencialidad es esencial en este caso.

Atentamente,

DOCTOR NOAH ROTHAUSER

Tras releer el correo y hacer unos cambios mínimos, Noah lo envió. Después volvió al perfil falso que estaba creando para su nueva cuenta de Facebook. Apenas había releído lo que había escrito sobre Harvey Longfellow cuando llegó un segundo correo de Roberta Hinkle.

Doctor Rothauser:

Gracias por la información. Me interesa mucho la investigación que me propone. Le puedo asegurar que la realizaré manteniendo la más estricta confidencialidad, como en todos los trabajos que hago. Usted me dirá cuándo quiere que empiece.

ROBERTA HINKLE

Noah se quedó mirando al techo, intentando decidir qué hacer. Roberta Hinkle le había gustado desde el principio y también le venía bien que estuviera deseando aceptar el caso y que pudiera empezar de inmediato. Obedeciendo al mismo impulso que le había animado a escribir a Roberta, decidió contratarla. Sabía que si cambiaba de idea, a la mañana siguiente podría llamarla y detener la investigación. Contestó a su correo para decirle que adelante. La respuesta de ella llegó casi al momento.

Estimado doctor Rothauser:

Tengo muchas ganas de trabajar en este proyecto y me pondré con él inmediatamente. Le enviaré un correo mañana con los primeros resultados. Este encargo no debería entrañar gran dificultad, porque yo también estudié en la Universidad de Brazos y todavía tengo contactos allí, ya que imparto una clase de introducción en el grado de criminología.

Atentamente,

ROBERTA HINKLE

Impresionado por las rápidas respuestas de Roberta y su aparente profesionalidad, Noah le contestó que estaba deseando recibir ese correo. Y una vez más le recordó que la discreción era fundamental. Ella respondió que lo comprendía perfectamente e hizo hincapié en que la total confidencialidad era parte de su trabajo y que no se preocupara por eso.

Tras el último intercambio de correos con Roberta, Noah intentó completar su perfil falso de Facebook, pero ya no podía concentrarse. No paraba de preguntarse qué encontraría Roberta, aparte de todos los elogios que él esperaba, porque estaba claro que Ava lo había hecho todo muy bien. A pesar de que Roberta había intentado tranquilizarle con el tema de la confidencialidad, le preocupaba que si Roberta hacía preguntas, Ava pudiera llegar a enterarse, y qué podría pasar si eso ocurría. ¿Sospecharía ella que era Noah quien estaba detrás de todo? Lo dudaba, pero nunca se sabe. Durante unos segundos pensó en volver a escribir a la detective y cancelar el trabajo, pero enseguida volvió a cambiar de opinión. Esperaría a ver el correo que le iba a enviar a la mañana siguiente. Esa noche Roberta solo iba a investigar por internet.

En ese momento Noah se dio cuenta de que era más de medianoche. Y lo que era más importante, como tenía la sensación de que había hecho algo potencialmente útil para disipar de una vez por todas sus recelos sobre Ava, estaba convencido de que por fin podría dormir. Apagó el portátil y la luz del salón, empujó el sofá contra la puerta rota para asegurarla de alguna manera y se fue al dormitorio.

33

Martes, 15 de agosto, 14.52 h

Por primera vez en una semana Noah durmió razonablemente bien y se levantó fresco como una rosa. Lo atribuyó al hecho de haber contratado a la detective privada de Lubbock. Eso le daba la sensación de que estaba haciendo algo positivo con el tema de Ava, y no se arrepentía de su decisión. Habría preferido que Ava hubiera respondido a las insistentes preguntas sobre su actuación en las tres muertes, pero era evidente que no quería contestar. Y como no podía hackear el sistema informático de la Universidad de Brazos, esa era la única forma de conseguir respuestas. Lo justificaba diciéndose que, en el fondo, era todo por el bien de Ava. Igual que esperaba que le permitieran reincorporarse después de la reunión de la junta asesora, también tenía la esperanza de que Ava al final aceptara sus sinceras disculpas y se olvidara del pasado. Estaban hechos el uno para el otro y habían intimado demasiado en cuerpo y alma para que todo acabara de otra forma. Y la próxima vez que ella hablara de dejar la anestesia clínica, él quería estar seguro de su competencia.

A las ocho de la mañana Noah se sorprendió saliendo a tomar huevos con beicon a un restaurante de mala muerte. Incluso leyó *The New York Times*, como una persona normal. Y antes de volver a su apartamento, compró pan y embutido para comer después. Su plan era acabar de crear a su *alter ego* Harvey Longfellow y luego meterse en Facebook e intentar que Gail

Shafter o Melanie Howard lo aceptaran como amigo. Esperaba así poder intercambiar unos cuantos mensajes por la noche con una Ava confiada.

Eran las 14.52 cuando un día la mar de agradable empezó a estropearse en el momento en que sonó su móvil sobresaltándole. Noah lo cogió y miró la pantalla deseando que fuera Ava. Pero no. Era la biblioteca del MIT.

—¿Es usted el doctor Rothauser?

—Sí, soy yo.

—Soy Telah Smith. Gertrude Hessen dejó una nota en la que pone que desea saber por qué una copia encuadernada de su tesis ha salido de la sala de las tesis. ¿Sigue interesado en conocer esa información? Porque yo soy la auxiliar de biblioteca responsable de que haya salido de aquí.

—Sí, sigo interesado —contestó Noah, impresionado por que lo hubieran llamado tan pronto.

—Varios agentes del FBI vinieron a la biblioteca y solicitaron ese volumen. Dijeron que lo necesitarían durante poco tiempo y que era parte de una investigación en curso.

Noah se quedó alucinado. No se podía creer lo que estaba oyendo.

—¿El FBI?

—A veces recibimos ese tipo de peticiones —explicó Telah—. Desde que todo está en formato digital son menos frecuentes, pero alguna vez nos las piden.

—¿Tenían una orden? —preguntó Noah.

Se quedó perplejo ante la idea de que el doctor Mason hubiera llegado hasta el extremo de llamar al FBI. Y le desconcertó aún más que el FBI hubiera aceptado investigar algo así.

—No —confesó Telah—. Mencionaron que podían conseguir una orden si era necesario, pero que preferían llevar el caso con discreción porque no era una investigación criminal. Dijeron que, aunque el material estaba disponible en internet, les ayudaría tener una copia en papel para aligerar las cosas, que tendrían mucho cuidado con el volumen y que solo lo necesitarían unos días. Yo hablé con el bibliotecario jefe, y él autorizó que lo sacaran durante una semana, ya que la biblioteca ha mantenido siempre una buena relación con el FBI. Los dos agentes fueron muy amables. Eran jóvenes, simpáticos y bastante guapos. —Telah rio—. Sé que no suena muy profesional, pero su visita fue una agradable manera de romper con la rutina de por aquí.

—Gracias por informarme —respondió Noah, sin saber muy bien qué decir.

Cuando colgó, se quedó mirando por la ventana durante varios minutos, totalmente desconcertado por que el FBI estuviera implicado. No pudo evitar que ese descubrimiento inesperado le pusiera nervioso y eso acabó con el optimismo que había sentido durante los últimos días de cara a la reunión con la junta asesora. Que el FBI estuviera investigando el caso le daba a la acusación de haber estimado unos cuantos datos una importancia que no tenía.

En medio de esa reciente confusión, el teléfono de Noah sonó de nuevo para indicar que le había llegado un correo. Intentó calmarse y vio que era de Roberta Hinkle. Esperando que fueran noticias más tranquilizadoras, abrió el correo en el portátil. Y sus esperanzas no tardaron en hacerse añicos.

Estimado doctor Rothauser:

Las cosas no me han resultado tan fáciles como suponía. Primero, no había ninguna Ava London en la clase del 2000 del instituto Coronado. De hecho, no hubo ninguna chica con el nombre de Ava London en ese instituto entre 1955 y 2005. Luego pasé a buscar el nombre en los otros institutos de Lubbock y comprobé que tampoco había ninguna Ava London en el mismo intervalo de tiempo. Después empecé a buscar en los institutos del área metropolitana circundante. Hay institutos en la mayoría de los pueblos más grandes. Tras un considerable esfuerzo, encontré a una Ava London en la clase del 2000 del instituto Brownfield, un lugar que está a una hora en coche de Lubbock. Al parecer era una animadora muy popular, asistió a varias clases avanzadas y siempre estaba en el cuadro de honor. También era miembro del consejo estudiantil y su padre fue un ejecutivo del petróleo que se suicidó, así que parece que es la misma Ava London que usted me ha pedido que investigue. En este momento estoy en la biblioteca pública Kendrick de Brownfield mirando el anuario del año 2000 del instituto, donde hay bastantes fotografías de Ava London que coinciden con la foto de la doctora Ava London de su página de LinkedIn. Pero ha surgido un problema importante e inesperado que usted debería saber, sobre todo si quiere que continúe con la investigación.

Respetuosamente,

ROBERTA HINKLE

Noah sacudió la cabeza frustrado y se preguntó por qué Roberta no le había contado sin más cuál era el problema. Mientras escribía una respuesta pidiéndole que se lo dijera, intentó imaginarse qué habría descubierto la detective. Fuera lo que fuese, debía de ser sorprendente y desagradable. Roberta respondió enseguida con otro correo:

Doctor Rothauser:

He destapado una grave complicación con la historia de la vida de Ava London. Creo que sería mejor que habláramos en persona, porque todo esto es bastante extraño.

Respetuosamente,

ROBERTA HINKLE

Noah cogió su teléfono y llamó al número del móvil de Roberta. Esperó impaciente a que sonara. Le fastidiaba que la detective retrasara intencionadamente el momento de decirle lo que había averiguado. Incluso cuando le contestó, no se lo dijo de inmediato, sino que le pidió que esperara un momento a que saliera de la biblioteca. Mientras esperaba, Noah, ansioso, empezó a tamborilear con los dedos en su mesa plegable.

—Vale, ya estoy fuera —dijo Roberta por fin. Tenía una voz agradable con un leve acento que le recordó a la de Ava—. Discúlpeme si ha sonado todo muy misterioso. El problema es este: todo lo que me dijo sobre el paso de Ava por el instituto era cierto, excepto por el hecho de que fue al instituto Brownfield y no al Coronado. Pero lo más importante es que no llegó a graduarse.

—¿Perdón? —preguntó Noah. No podía haber oído bien.

—Ava London se suicidó en su último año de instituto, justo doce meses después de que lo hiciera su padre. Utilizó la misma arma y lo hizo de la misma forma y en la misma habitación de la casa. Tras descubrir este hecho inesperado al ver un obituario en el anuario del instituto, regresé y busqué el número del periódico local que se publicó la semana siguiente del suceso. Había infinidad de artículos, porque la tragedia fue un episodio que causó una gran conmoción y entristeció a todo el pueblo, y desencadenó una investigación por parte de las autoridades. Tanto el padre como la hija eran personas muy populares en el lugar. Aunque no llegaron a culpar ni a detener a nadie por la tragedia, muchos creyeron que el suicidio de Ava pudo haber sido consecuencia de uno de los primeros casos de ciberacoso. Todavía no se llamaba así, claro, pero lo que describen es eso. Se barajaron los nombres de al menos tres compañeras de clase de Ava y se creyó que había más implicadas. Los nombres de esas tres compañeras eran: Connie Dugan, Cynthia Sanchez y Gail Shafter.

Durante casi un minuto ni Roberta ni Noah dijeron nada. Noah se quedó alucinado por segunda vez en menos de una hora, e incluso más que al enterarse de que el FBI era el responsable de que su tesis hubiera acabado en manos del doctor Mason. Fue Roberta la que rompió el silencio tras darle a Noah un tiempo para digerir lo que acababa de decirle.

—¿Quiere que continúe con mis investigaciones?

—Déjelo por ahora —pidió Noah—. Necesito asimilar esta extraña revelación. La volveré a llamar.

Tras colgar el teléfono, Noah se levantó para pasear por la habitación, intentando asimilar lo que acababa de saber. Como la habitación tenía un tamaño tan reducido, le faltaba espacio. Tras cuatro pasos, tenía que dar la vuelta. Pero necesitaba moverse. Durante unos minutos estuvo caminando arriba y abajo y fantaseando con ir a ver a Ava esa tarde, cuando ella volviera del hospital, para decirle que había descubierto que Ava London era el verdadero *alter ego*, y no Gail Shafter. Pero descartó la idea porque solo respondía a una infantil necesidad de venganza por el hecho de que ella había estado guardándose un secreto mucho más raro que sus estimaciones para poder entregar la tesis a tiempo. Además, no sabía con seguridad si ella había tenido algo que ver con el lío por lo de su tesis.

Al final volvió a coger el móvil con la intención de hablar otra vez con Roberta Hinkle. Pero no era posible en ese momento. En su pantalla apareció un mensaje de ella:

Voy de vuelta a Lubbock y la cobertura en el camino es mala. Si no puede contactar conmigo, déjeme un mensaje en el buzón de voz y yo lo llamaré. O escríbame un correo. Roberta.

Noah respondió por correo electrónico:

Señora Hinkle:

A pesar de este sorprendente vuelco de la historia, me gustaría que siguiera investigando la formación profesional de la doctora Ava London en la Universidad de Brazos. Y teniendo en cuenta lo que ha descubierto, también me gustaría que comprobara si en los juzgados de Lubbock o alrededores consta algún registro a nombre de Ava London alrededor del año 2000. Y mi última petición: ¿podría enviarme alguna foto de Ava London y Gail Shafter del anuario del instituto Brownfield del 2000?

Muy agradecido,

DOCTOR ROTHAUSER

Tras enviar el correo, Noah se quedó mirando el ordenador mientras se preguntaba qué podría descubrir sobre Ava utilizando su acceso como jefe de residentes del BMH. Como técnicamente seguía siendo miembro del personal de cirugía, a pesar de su suspensión, su puesto le daba acceso a una amplia colección de bases de datos del BMH, puede que incluso a la información de los empleados. De repente pensó que sería irónico que, después de haber pensado en hackear la Universidad de Brazos, pudiera de hecho acceder de forma totalmente legal al expediente que tenía el BMH de Ava y a lo mejor también ver qué miembro del departamento de anestesiología de la Universidad de Brazos le había escrito las cartas de recomendación y hasta leerlas.

Tras introducir algunos datos y hacer varios clics, entró en el sistema del BMH. Unos momentos después estaba a punto de acceder a los expedientes de los empleados, pero dudó. Por lo que sabía de ordenadores, tenía claro que el del BMH registraría todo lo que hiciera mientras estaba conectado. Era el procedimiento estándar. Su preocupación era que alguien, sabiendo que estaba suspendido, hubiera hecho gestiones para que, si usaba el sistema, saltara una alarma. En tal caso, podría dar una mala imagen de él de cara a su próxima reunión con la junta asesora, si se sabía que había estado husmeando en los expedientes de los empleados. No sería tan malo como hackear el sistema de la Universidad de Brazos, pero casi.

—¡Mierda! —exclamó Noah en voz alta.

Era frustrante sentirse atado de pies y manos cada vez que se le ocurría intentar algo. Cuando estaba cerrando su sesión en el sistema del BMH, oyó el pitido de su teléfono que le indicaba que acababa de recibir un mensaje. Rápidamente abrió su correo en el portátil y vio que era de Roberta Hinkle. Sin embargo, cuando iba a abrir el mensaje, se dio cuenta de que estaba marcado como leído antes de que le hubiera dado tiempo a pincharlo. Noah se quedó mirando confuso el lugar donde había estado el puntito azul. Comprobó la hora del correo. Como sospechaba, acababa de llegar, así que era imposible que ya lo hubiera leído. Y entonces, de repente, el puntito azul volvió a aparecer.

Un escalofrío le recorrió la columna. Apartó las manos del teclado sin desviar la vista del puntito azul. Giró lentamente el portátil a un lado y después al otro, mirando las ranuras de expansión. No vio nada, pero eso no sirvió para calmar sus miedos. Sabiendo lo que sabía de ordenadores, comprendió de inmediato que habían hackeado su portátil, tal vez con un software espía y un registrador de pulsaciones. Alguien había leído el correo que acababa de entrar en su bandeja, lo que significaba que también habría leído los que él enviaba. Alguien lo estaba espiando, vigilando digitalmente. ¿Podría eso tener algo que ver con los dos hombres que se habían estado turnando para seguirlo? En su mente tenía clara la imagen del afroamericano al que había plantado cara. Entonces Noah recordó que la bibliotecaria del MIT había descrito a los agentes que habían ido a por la tesis de Noah como dos hombres atractivos. ¿Podrían ser los mismos hombres que lo seguían? Y si lo eran, ¿por qué estaría siguiéndolo el FBI? Si es que eran del FBI...

Si alguien estaba monitorizando el uso que hacía de su ordenador en tiempo real, era un alivio no haber intentado ver el expediente de Ava que tenía el hospital. Al momento se dio cuenta de que el día anterior no habían entrado en su casa para robarle unas monedas y un frasco de Percocet, sino para instalar un virus espía en su ordenador. Al instante, Noah alargó la mano y pulsó el botón para apagar el maldito portátil. Se levantó y fue hasta la ventana. No podía evitar preocuparse de que quienquiera que hubiera entrado en su apartamento estuviera cerca, observándolo desde el punto de vista físico además del digital. Había unas cuantas furgonetas aparcadas en doble fila en Revere Street. Con lo llena que estaba siempre Beacon Hill, electricistas, fontaneros y otros profesionales lo tenían difícil para ejercer sus oficios. Nunca había sitio para aparcar. Así que tampoco había razón para sospechar que alguna de esas furgonetas estuviera allí con malas intenciones, pero todo era posible.

Noah sintió que lo invadía la paranoia y fue consciente, con gran pesar, de su total y absoluta vulnerabilidad. Volvió a pasársele por la cabeza que tal vez el hospital estaba detrás de todos esos chanchullos con el fin de reforzar lo que tenían contra él, pero rechazó la idea porque era muy poco realista. Una posible infracción ética leve en una tesis que se hizo una década antes no justificaba una vigilancia continua y posiblemente ilegal. Noah pensó que tenía que ser algo más grande, más siniestro, pero ¿qué? No se le ocurrió nada, aparte de haber cuestionando la competencia de Ava, y enfadado en consecuencia a su jefe del lobby. Pero eso le pareció ridículo y rocambolesco. Incluso le entró la risa ante la idea de que al Consejo de Suplementos Nutricionales pudieran haberle molestado las preguntas de Noah sobre las habilidades de Ava con un laringoscopio de última generación. Era absurdo.

Pero había una cosa de la que Noah estaba seguro: no quería seguir siendo un blanco fácil ahí sentado, en su solitario apartamento y con la puerta reventada. Cualquiera podía entrar cuando le diera la gana solo con darle un buen empujón a la puerta. Además, si habían hackeado su ordenador, y estaba seguro al noventa y nueve por ciento de que así era, el apartamento entero podía estar vigilado también. Alguien podría estar observando todos sus movimientos, literalmente. Con esa idea en la cabeza, echó un vistazo a la habitación, consciente de lo pequeña que podía ser una cámara de vídeo panorámica e inalámbrica y lo fácil que era esconderla.

Tras tomar la decisión repentina de salir de allí, se levantó y fue a su dormitorio. Sacó una mochila del armario y metió un poco de ropa y artículos de aseo. Después se puso su uniforme blanco del hospital, el que solía llevar como residente de cirugía. Aunque no había pensado en todas las repercusiones potenciales, su plan inmediato era ir al hospital y atrincherarse en la zona de guardias, donde había una sala y muchos dormitorios. No sabía cuánto tiempo podría permanecer allí, con lo que correrían los cotilleos por el hospital, pero consideró que se sentiría más seguro en ese lugar que en su apartamento.

Cogió su teléfono. Ya llevaba la tableta del hospital en el bolsillo de la chaqueta. Dejó el portátil sobre la mesita plegable y se molestó en alinearlo como hacía siempre. Incluso abrió un poco la tapa, para saber si alguien lo había tocado cuando volviera.

Tras un último vistazo mientras pensaba qué más debería llevarse, salió al rellano. Entonces se le ocurrió ingeniar algo para saber si alguien abría la puerta mientras él no estaba, pero se dijo que estaba siendo demasiado melodramático; lo del ordenador era suficiente. De hecho, había sido la manipulación del portátil lo que le había alterado. Eso sugería sofisticación.

Cerró la puerta del apartamento con cuidado para no estropearla más. La hendidura del marco no se veía si no te fijabas bien, porque lo peor estaba por dentro. Con la mochila al hombro, bajó las escaleras precipitadamente. Redujo el ritmo cuando estaba llegando casi al final y ya veía Revere Street a través de los pequeños paneles decorativos de cristal de la parte superior de la puerta. Por ahí solo llegaba a ver el coche que estaba aparcado justo delante de su edificio. No vio ningún peatón, lo que le preocupó. A esa hora de una tarde de verano solía haber gente por todo Beacon Hill.

Bajó las escaleras que quedaban y abrió la puerta. Una mujer joven con vaqueros rotos y un top atado al cuello apareció ante sus ojos a menos de dos metros, bajando por la calle. Miró a Noah con cierto recelo, como si se preguntara por qué estaba ahí parado, con la puerta abierta. Al instante desapareció.

Desde la perspectiva de Noah, ver a la mujer fue tranquilizador. Pero seguía sintiéndose bastante inquieto. Dejó la puerta del edificio entornada y descendió los tres escalones bajo la marquesina. Su intención era mirar a ambos lados de la calle. Como era una calle de un solo sentido que subía por la colina, Noah miró primero en esa dirección. Lo que vio no le animó mucho. Tres edificios más allá había una furgoneta Ford negra de último modelo, con dos hombres en los asientos delanteros. No parecía la típica furgoneta de mantenimiento. Era demasiado nueva y brillante y tenía una matrícula de fuera del estado. Y lo peor de todo fue que, en cuanto Noah apareció, arrancó con un chirrido de ruedas y avanzó a toda velocidad hacia donde estaba él.

Asustado y nervioso como estaba, Noah reaccionó por impulso. Un segundo después estaba otra vez en el interior del edificio, cerraba la puerta de un portazo, echaba el pestillo y subía las escaleras a la carrera. Oyó que la furgoneta Ford frenaba con otro chirrido de neumáticos, lo que solo sirvió para aumentar su pánico. No se molestó en usar la llave para abrir su puerta; la cruzó tras darle un empujón con el hombro. La cerró de un portazo y colocó el sofá delante. Sabía que eso no evitaría que alguien entrara, pero al menos ralentizaría su avance.

Sin dudarlo un segundo, corrió hasta su dormitorio, fue directo a la ventana y la abrió. Al cabo de un momento estaba en el exterior, en la desvencijada escalera de incendios. Bajó los estrechos escalones de metal hasta llegar al diminuto patio del edificio. Tiró su mochila por encima de la destartalada valla, después la escaló y saltó al patio de los vecinos. Hizo lo mismo con la sucesión de vallas en mal estado que rodeaban los patios diminutos de toda la manzana de edificios de cuatro o cinco plantas que flanqueaban Revere Street, la adyacente Grove Street y la paralela Phillips Street. Aunque Noah nunca había estado en el patio, había visto buena parte de él desde la ventana de su dormitorio a lo largo de los años, y contaba con que hubiera alguna salida con acceso a Phillips Street por alguna parte.

El avance no era fácil. No solo por las vallas deterioradas, que eran difíciles de escalar, sino también porque muchos patios estaban llenos de todo tipo de basura: cochecitos de bebé, colchones y neumáticos viejos. En un punto tuvo que bajar como pudo por un trecho de precipicio rocoso, porque Phillips Street estaba en una colina bastante más baja que Revere Street. Al final logró llegar a Phillips Street a través de un callejón estrecho paralelo a un edificio que era parte de la ruta turística Black Heritage Tour en el tramo que recorría Beacon Hill.

Unos cuantos transeúntes que pasaban por Phillips Street miraron a Noah con cara rara, pero ninguno dijo nada, ni se mostró alarmado. Noah supuso que su uniforme de médico disipaba las sospechas de que fuera un ladrón, pero para cuando terminó su tortuoso paseo por los patios, sus pantalones blancos y la bata no estaban en muy buen estado y había perdido los bolígrafos que normalmente llevaba en el bolsillo de la pechera.

No había ninguna furgoneta Ford de último modelo a la vista, así que Noah bajó corriendo hasta Cambridge Street. Después giró hacia el este, en dirección al mar y el complejo del BMH. Redujo el paso e intentó parecer tranquilo, aunque no lo estaba. No dejaba de mirar atrás y adelante en busca de una furgoneta Ford nueva o de sus perseguidores.

Tras varias manzanas, Noah se detuvo para quitarse la mochila, sacudirse la ropa y ajustarse la corbata con la intención de parecer un poco más presentable. Quince minutos después cruzó la entrada de vehículos circular que llevaba a la entrada principal del Stanhope Pavilion y sintió que se le aceleraba el pulso. Delante estaba el mostrador de seguridad del BMH. Aunque Noah conocía de vista a muchos de los guardias de seguridad y ellos a él también, le preocupaba que ya hubiera corrido la voz sobre su suspensión y le pararan, sobre todo porque iba un poco desaliñado, y eso podía levantar sospechas.

Mostró su identificación del hospital como hacía siempre, aunque sin establecer contacto visual con nadie, y pasó junto al mostrador de seguridad caminando a paso ligero, fingiendo que tenía prisa. Esperaba que en cualquier momento alguien dijera su nombre, pero eso no ocurrió. Aliviado, empezó a subir por la primera escalera que encontró; no se atrevía a utilizar el ascensor.

Al entrar en las espaciosas instalaciones de la zona de guardias, que a esa hora del día estaba vacía, Noah fue primero a la lavandería y se cogió unos pantalones y una bata limpios. Después escribió su nombre en la lista para indicar que iba a ocupar un dormitorio de la docena que había disponibles y cogió la llave correspondiente. Antes de entrar en la habitación, fue a su taquilla. Todos los residentes del BMH tenían una taquilla en la que guardaban los abrigos gruesos en invierno y también sus objetos personales.

Las habitaciones eran espartanas y no tenían ventanas, pero eran perfectas para poder dormir unas horas, muy necesarias, durante las noches con mucho ajetreo. El mobiliario consistía en una cama individual, una cómoda y un escritorio con un monitor del hospital. Había un pequeño baño con ducha junto a la habitación. Las toallas y las sábanas se cambiaban todos los días.

Noah se sintió como en casa en el acto. Durante los últimos cinco años había utilizado esas habitaciones mucho más que nadie, simplemente porque pasaba más tiempo en el hospital que los demás. En las ocasiones en que había dormido allí, nunca habían estado todos los dormitorios ocupados, y por eso pensó que nadie tenía por qué enterarse de su presencia. No sabía durante cuánto tiempo podría mantener la situación, pero no quería volver a su apartamento hasta que estuviera todo solucionado.

Se puso la ropa limpia y miró su teléfono para ver si Roberta Hinkle le había contestado. Tenía un correo suyo.

Doctor Rothauser:

He recibido su último correo y estaré encantada
de seguir investigando a la doctora Ava London. Iré
a la Universidad de Brazos mañana. No creo que surjan
problemas de ahora en adelante ni que me lleve mucho
tiempo enterarme de algo allí, porque tengo contactos
en administración. También comprobaré si existe algún
registro en los juzgados como me ha pedido. Y en cuanto
a las fotos que me ha solicitado: ¿las necesita con urgencia
o puede esperar hasta que tenga otro momento libre
para desplazarme de nuevo a Brownfield? Usted dirá.
Si no hay cambios, volveré a escribirle pronto.

Respetuosamente,

ROBERTA HINKLE

Noah respondió enseguida:

Estimada señora Hinkle:

Gracias por sus esfuerzos. No hay prisa para lo de
las fotos, pero estamos interesados en verlas en cuanto
pueda volver a Brownfield. Tampoco hay prisa con
el tema de los registros del juzgado. Nos interesa mucho
más lo que pueda averiguar en el Centro Médico de la
Universidad de Brazos. Una vez más, debo recordarle
que la confidencialidad es fundamental. Esperamos
sus noticias. Nos vendría bien que nos pusiera al día
de sus progresos a lo largo de la tarde de mañana.

Atentamente,

DOCTOR NOAH ROTHAUSER

Una vez enviado el correo, su mente se centró en Ava. La echaba de menos, a ella y a la relación que tenían, a pesar de su enfado por cómo se había comportado ella. Si hubiera podido resistir la tentación de cotillear en su ordenador esa noche, en ese momento estaría con ella cómodamente en su bonita casa, y no en el funcional «Ritz BMH», como los residentes llamaban en broma a ese alojamiento.

34

Miércoles, 16 de agosto, 1.37 h

El brillante jet privado Citation X se acercó a la zona que había delante de la sección de aviación general del aeropuerto Preston Smith de Lubbock, Texas. El vuelo lo había fletado ABC Security y había salido de Bedford, Massachusetts, poco después de las nueve de la noche del martes. Los pasajeros, Keyon Dexter y George Marlowe, habían aprovechado el trayecto para hacer las averiguaciones necesarias sobre la detective privada Roberta Hinkle. Su supervisor les había informado de que la consideraban una amenaza de primer orden y por eso se requería un vuelo nocturno.

Roberta Hinkle vivía en una casa pequeña de estilo ranchero al oeste del pueblo y justo al lado de la circunvalación. Su principal especialidad como detective privada eran las disputas domésticas y las investigaciones de infidelidades, lo que seguramente le habría creado muchos enemigos, o eso creían Keyon y George, y ese detalle les proporcionaba una tapadera muy útil para lo que estaban a punto de hacer. También estaba divorciada, lo que aumentaba las posibilidades de que estuviera sola. El único inconveniente era que tenía una hija de once años. Tanto Keyon como George estaban preocupados por si la niña suponía un problema, en caso de que estuviera despierta. Aunque los dos estaban emocionalmente acostumbrados a la naturaleza de su trabajo, todavía tenían reparos con respecto a algunas cosas.

En cuanto el copiloto abrió la puerta del avión y bajó la escalerilla, Keyon y George desembarcaron. Unos minutos después estaban en camino en un Chevrolet Suburban alquilado que a petición de ABC Security les había estado esperando. A los quince minutos de aterrizar, los hombres ya iban hacia el sur por la Interestatal 27, en dirección al centro de la pueblo.

George iba conduciendo y se puso de mal humor cuando se dio cuenta de que Keyon se había quedado dormido casi al instante, con el respaldo del asiento tumbado al máximo. Con mala leche, George dio un volantazo e hizo una ese con el coche, que produjo una sacudida lo bastante fuerte para que Keyon se despertara.

—Pero ¿qué coño pasa? —preguntó Keyon. Se agarró al reposabrazos para sujetarse, aunque con el cinturón de seguridad habría bastado.

—Creo que era un armadillo —dijo George fingiendo, y miró por el espejo retrovisor—. No sé si le he dado o no.

Keyon se dio la vuelta para echar un vistazo. No se veía nada en la carretera. Volvió a mirar a George.

—¿Me estás vacilando o qué?

George rio.

—Bueno, tal vez no era un armadillo. Sería un coyote o cualquier otro animal que corretee por este sitio dejado de la mano de Dios. —La tierra era desértica y plana como una tortita. Solo sobresalía algún que otro matorral. Le recordaba a algunas partes de Irak, y ese recuerdo no era nada agradable—. Pero me gustaría señalar que este es un trabajo de dos.

—Vale, vale —gruñó Keyon que había recibido el mensaje. Levantó el respaldo de su asiento e inspiró hondo varias veces.

—¿Sabes? —dijo George—. Estoy muy cabreado porque no nos dieron la aprobación para librarnos de Rothauser en cuanto lo suspendieron. Creía que el plan era ese, no solo mantenerlo bajo vigilancia. Con su forma de actuar, habría sido fácil que pareciera un suicidio. Supe que iba a causarnos problemas desde el primer momento.

—A mí me fastidia que se nos escapara —comentó Keyon—. Me pregunto qué fue lo que le asustó.

—Quién sabe —repuso George.

—No se me ocurrió que pudiera haber una salida por ese laberinto de patios traseros que no diera a Revere Street.

—Obviamente él estaba mejor informado que nosotros —contestó George—. Y era imposible adivinar que iba a salir huyendo. Aunque podría ser peor. Al menos sabemos dónde demonios está, gracias a que tenemos pinchado su teléfono.

—Pero mientras esté en el hospital, lo único que podemos hacer es esperar a que salga al mundo real.

—Me sorprende que haya ido al hospital, teniendo en cuenta que está suspendido —comentó George—. Ahí no durará más que una noche o dos. La administración del hospital no lo va a tolerar. Creí que iría a un hotel o a casa de algún amigo.

—Yo también —reconoció Keyon—. Pero ese empollón tiene carácter. Tuvo las pelotas de enfrentarse a mí cuando pasé por su lado el otro día. Incluso me agarró del brazo.

—Me pregunto qué demonios lo habrá llevado a contratar a una detective privado —dijo George.

—Ni idea —contestó Keyon—. Ese tipo es imprevisible. Y cuanto más esperemos, más problemas causará. Llegados a este punto, hay que neutralizarlo cuanto antes.

—Creo que deberíamos comentárselo a los de arriba. Tal vez ellos no se dan cuenta y por eso nos han tenido haciendo el tonto por ahí esta última semana.

—Supongo que al final sí se han dado cuenta —apuntó Keyon—. Es la única explicación para que hayan aceptado gastar un montón de pasta en alquilar un jet. Quieren que volvamos a Boston esta noche. Si no, nos habrían enviado de vuelta por la mañana en un vuelo comercial.

—¿Cuánto crees que nos llevará este trabajo?

—Si todo sale bien, no deberíamos tardar mucho, una hora como máximo.

—Estamos llegando a la circunvalación 289 —comentó

George—. Se supone que tenemos que seguir hacia el oeste, ¿no?

—Sí —confirmó Keyon mirando Google Maps en su teléfono—. Y después a la derecha por la Ruta 62 y ya casi habremos llegado.

35

Miércoles, 16 de agosto, 9.00 h

Acurrucado en el dormitorio de la zona de guardias que tan bien conocía y con la sensación de estar a salvo, Noah durmió como un bebé. La noche anterior había permanecido en la habitación y había evitado la sala por miedo a encontrarse con otros residentes de cirugía que, sin duda, le habrían preguntado qué estaba haciendo allí. Estaba seguro de que serían comprensivos y no contarían nada, pero empezarían los cotilleos y se extenderían por el hospital como un brote de gripe, así que sus superiores acabarían enterándose. Al final fue el hambre lo que lo obligó a salir para hacer una breve visita a la cafetería. Eran más de las once de la noche y creyó que estaría casi desierta. Pero tuvo la mala suerte de encontrar allí al doctor Bert Shriver, el jefe de residentes de guardia, que se estaba tomando una cena tardía tras haber estado atrapado en una operación hasta tan tarde.

Bert sabía lo de la suspensión de Noah y, en cuanto se enteró, expresó sus esperanzas de que le permitieran reincorporarse tras la reunión con la Junta Asesora de Residentes Quirúrgicos. Como Noah sabía que Bert formaba parte de la junta, aprovechó la oportunidad para aclararle algunos detalles que Bert no conocía, porque los rumores que había oído procedían del doctor Mason. Bert tenía la equivocada impresión de que era ya un hecho probado que Noah se había inventado los datos de su tesis. Cuando Bert supo la verdad de boca de Noah, prometió que se la contaría a los demás miembros de la junta de residentes.

Cuando le preguntó por qué estaba en la cafetería del hospital tan tarde, Noah admitió que iba a pasar la noche en el dormitorio de guardia porque alguien había entrado por la fuerza en su apartamento. Bert también vivía en Beacon Hill, en un edificio donde la mayoría de los inquilinos eran estudiantes y con un casero igualmente ausente, por lo que comprendió enseguida por qué Noah se sentía vulnerable.

Aunque Noah le había pedido a Bert que guardara el secreto de que estaba en la habitación de guardia, sabía que solo era cuestión de tiempo que se corriera la voz. Por eso lo primero que hizo esa mañana fue llamar a su casero y exigirle que cambiara la puerta de su apartamento y que le advirtiera a la mujer del piso de arriba que dejara de darle llaves del portal a cualquiera.

A las nueve y media de la mañana Noah ya estaba preparado para probar suerte y entrar otra vez en la cafetería del hospital pasando desapercibido. Cuando estaba a punto de salir de su escondite, sonó su móvil. Era un número desconocido, pero reconoció el prefijo 806, que correspondía a la zona donde vivía Roberta Hinkle. Pensando que podría ser ella, contestó.

—¿Es usted el doctor Noah Rothauser?

—Sí —respondió Noah, y sintió una súbita inquietud, aunque no sabía por qué.

—Soy el detective Jonathan Moore, de la sección de delitos contra las personas del departamento de policía de Lubbock, Texas. Necesitaría hacerle unas preguntas sobre una investigación en curso. ¿Es buen momento?

—Supongo que sí —contestó Noah.

Su instinto le dijo que no se esperara nada positivo de esa llamada repentina: si era la policía, no podían ser buenas noticias.

—Lo primero y más importante es que necesito que me confirme que usted contrató a Roberta Hinkle para realizar una investigación.

—¿Por qué necesita esa confirmación? —preguntó Noah, vacilante. Esa no era la confidencialidad que esperaba que mantuviera la detective.

—Su número ha aparecido en el registro de llamadas de Roberta Hinkle —explicó el inspector Moore—. Estamos llamando a todos sus clientes. Usted es el único de fuera de Lubbock.

—Sí, contraté a la señora Hinkle —reconoció Noah a regañadientes.

No sabía de qué iba aquello. Su preocupación más inmediata fue que tuviera algo que ver con el hospital, su suspensión y el hackeo de su ordenador. Quien hackeó su ordenador habría leído su intercambio de correos con la detective privada.

—¿Su interés en contratar los servicios de Roberta Hinkle tenía relación con algún asunto matrimonial o doméstico? —preguntó el inspector Moore.

—No, en absoluto —respondió Noah al momento. Esa pregunta lo pilló por sorpresa—. ¿Está bien la señora Hinkle?

—Normalmente, soy yo quien hace las preguntas —repuso muy serio el inspector Moore—. ¿Podría decirme qué tipo de trabajo de investigación estaba haciendo Roberta Hinkle para usted? Antes de que me conteste, déjeme recordarle que podría pedir una orden para obligarle a revelar ese dato, pero me ahorrará tiempo y esfuerzo si coopera. En caso contrario, tal vez tendría que personarse en Lubbock.

—Era tan solo una investigación de antecedentes personales y laborales —contestó Noah sin vacilar. Estaba empezando a pensar que esa llamada inesperada no tenía nada que ver con el BMH.

—¿Sabía usted que la principal especialidad de Roberta Hinkle eran los temas matrimoniales y domésticos?

—No —reconoció Noah—. Ella especificaba en su web que hacía investigaciones de antecedentes y eso era lo que yo necesitaba. También decía que se graduó en la Universidad de Brazos, que era un detalle que me convenía, ya que la empleada a la que quería investigar también fue a esa universidad.

—¿Encontró usted a Roberta Hinkle por internet?

—Sí —contestó Noah—. Y nos comunicamos primero por correo electrónico y después hablamos varias veces por teléfono.

—¿Vio alguna vez a Roberta Hinkle en persona?

—No.

—¿En qué hospital trabaja usted?

—En el Boston Memorial. Soy jefe de residentes de cirugía.

—En su respuesta no incluyó a propósito el detalle de que en ese momento estaba suspendido.

—Está bien —dijo el inspector Moore—. Gracias por su tiempo y cooperación. Y un consejo: será mejor que se busque otro detective privado local para su investigación de antecedentes.

—¿Por qué? —quiso saber Noah.

—Roberta fue víctima de un homicidio anoche —contestó el inspector Moore—. Creemos que ha sido cosa del cónyuge de uno de sus casos de disputas matrimoniales. Tenía órdenes de alejamiento permanentes para varios, que sepamos.

36

Miércoles, 16 de agosto, 9.21 h

Noah dejó el teléfono muy despacio sobre la funcional mesa de formica y se quedó mirándolo como si el aparato tuviera la culpa de que le hubieran dado una noticia tan impactante como esa. Se le olvidó de repente que tenía hambre. La idea de que la detective privada que había contratado justo el día anterior hubiera sido asesinada le parecía demasiada coincidencia. Al mismo tiempo, reconoció que estaba sufriendo una cierta paranoia comprensible, debido a todo lo que estaba pasando en su vida, y que eso le inducía a pensar que aquel nuevo suceso tenía algo que ver con él.

Se recuperó un poco tras respirar hondo varias veces, se levantó de la mesa y fue tambaleándose hasta el pequeño baño para echarse un poco de agua fría en la cara. Después se apoyó en el borde del lavabo y se miró en el espejo. Lo que no dejaba de darle vueltas en la cabeza era que quienquiera que hubiera entrado en su apartamento y hackeado su ordenador sabría que él había contratado a Roberta Hinkle. ¿Podría esa persona ser la responsable de la prematura muerte de la detective? Si lo era, entonces Noah también sería indirectamente responsable.

Se estremeció y apartó la vista de su reflejo. Esa idea era horrible, y supo que tenía que recuperar el control. Todos esos pensamientos no eran más que conjeturas locas y paranoicas. Comprendía que, desde aquel terrible día en el despacho del doctor Hernandez, su mente había estado funcionando a mil revoluciones y en ese momento estaba desbocada, como un tren fuera de control.

Volvió a mirarse en el espejo, se peinó con los dedos y se ajustó la corbata mientras intentaba organizar sus pensamientos. Al volver a su dormitorio, se sentó en la silla frente al escritorio. Incluso llegó a coger el teléfono con intención de volver a llamar al inspector Moore para informarle de que temía que él pudiera tener algo que ver, pero se contuvo. Implicarse a sí mismo le habría colocado en el centro de una investigación de asesinato cuando de hecho no había ni la más mínima prueba. Y esa situación tendría efectos serios e imprevistos sobre su vida, que ya no iba del todo bien. Ante la inminente reunión de la junta asesora para determinar si anulaban su suspensión por una infracción ética, lo último que necesitaba era verse implicado en una investigación de homicidio, aunque solo fuera tangencialmente.

Noah lanzó el teléfono contra la mesa como si quemara. Sin embargo, el susto que se llevó al darse cuenta de que había estado a punto de hacerse mucho daño causó el inesperado efecto de calmarlo, y entonces pudo pensar con mayor claridad. Seguro que la muerte de Roberta Hinkle tenía que ver con alguna de sus investigaciones de asuntos matrimoniales, como creía el inspector de Lubbock, sobre todo porque ya había solicitado órdenes de alejamiento. Encontrar al asesino sería solo cuestión de tiempo.

Una vez recuperado cierto control sobre su mente, Noah volvió a darle vueltas al tema de que habían entrado en su apartamento, no para robar, sino al parecer para hackear su ordenador. ¿Por qué y quién lo habría hecho? Era descabellado pensar que quizá había sido alguien del hospital. ¿Y por qué lo seguían? ¿Por qué y hasta qué punto estaba implicado el FBI?

Lo único que podía aglutinar aspectos tan dispares, sobre todo si incluía en la lista el asesinato de Roberta Hinkle, era el crimen organizado. Por ridícula que fuera la idea, tenía algún tipo de relación extraña con el otro trabajo de Ava, el que hacía para el lobby del Consejo de Suplementos Nutricionales. Noah había bromeado a menudo a lo largo de los años con otros colegas residentes sobre las similitudes entre el crimen organizado y la industria de los suplementos nutricionales, ya que ambos operaban más o menos a la vista de todos y generaban toneladas de dinero robando al público mientras dejaban con un palmo de narices a las autoridades. La única diferencia era que el crimen organizado robaba al público en sentido literal mientras que la industria de los suplementos nutricionales lo hacía en sentido figurado.

Como acostumbraba a hacer a veces cuando necesitaba pensar, Noah se levantó y empezó a caminar arriba y abajo por la habitación. Daba vueltas a una creencia suya, que había manifestado en varias ocasiones, sobre que la industria de los suplementos nutricionales debía de ver a la doctora Ava London como un regalo del cielo. No podía tener mejor cualificación para su tarea en el lobby. Teniendo en cuenta su titulación, su inteligencia, su atractivo y su personalidad abierta, contaba con una credibilidad y una efectividad muy importantes y a buen seguro sin parangón. A Noah no le sorprendía que le pagaran tan bien como parecía.

De repente a Noah se le ocurrió una idea insólita y se quedó parado en medio de la habitación: era comprensible que el Consejo de Suplementos Nutricionales intentara proteger a cualquier precio el bienestar y la reputación de Ava. Quizá incluso lo hacían sin que ella lo supiera. El hecho de haber cuestionado su competencia ¿podría ser el origen de todo ese jaleo? Si era así, se trataba de una reacción exagerada, porque Noah de hecho la consideraba una anestesista estupenda. Solo tenía alguna que otra duda...

Se puso otra vez a deambular por la habitación mientras sus pensamientos tomaban otra dirección. Si lo que estaba pensando era cierto, tal vez la reacción del CSN, más que exagerada, era una indicación de que había algún problema con la formación de Ava. No se le ocurría cuál, porque cualquier irregularidad habría salido a la luz cuando el departamento de anestesiología del BMH lo revisó todo antes de contratarla. Aun así, tenía cierto sentido.

Noah se detuvo de nuevo cuando se le ocurrió la idea de contratar a otro detective privado en Lubbock. «¿Por qué no?», pensó. Podría servir para descartar algo que preocupaba al CSN, pero que no tenía ninguna base. Ava había demostrado ampliamente sus conocimientos llevando un montón de casos de anestesia sin incidencias, excepto esos tres desafortunados episodios.

Cogió su teléfono con la idea de buscar de nuevo en Google «detectives privados en Lubbock» para contratar a otro, pero vaciló. Al pensar que estaba bajo vigilancia, posiblemente del FBI, una organización más que solvente en el mundo cibernético, y no de un aficionado al que se le había ocurrido meterle un software espía y un registrador de pulsaciones en el portátil, se dijo que no debería realizar ninguna actividad electrónica, ni siquiera con su teléfono. También estaba el problema de que, si había sido él quien había puesto a Roberta Hinkle en peligro, no quería que se repitiera esa situación. Y sabiendo lo que sabía sobre la habilidad de las autoridades para pinchar teléfonos y conocer una ubicación gracias a la triangulación de varias torres de comunicaciones, decidió quitar la batería a su móvil; sabía que apagarlo no era suficiente.

En vez de contratar a otro detective, se lo ocurrió una idea que dos minutos antes no se le habría siquiera pasado por la cabeza: debería viajar en secreto a Lubbock; así resolvería varios problemas de un tiro. No sabía cuánto tiempo podría quedarse en la zona de guardias, y marcharse a Texas por un tiempo le solucionaba ese problema. Si todavía lo seguían y continuaba bajo amenaza, salir de la ciudad era, sin duda, lo más recomendable. Y él estaba mucho mejor preparado que cualquier detective para comprobar la formación de Ava. Bastaba con entrar en la clínica de la Universidad de Brazos y charlar con unos cuantos colegas residentes, tal vez incluso dejar caer que estaba buscando una beca. Utilizando a los residentes como contactos, estaba seguro de que podría hablar con los profesores, sobre todo si eran relativamente jóvenes. Tras cualquier programa de residencia, siempre quedaban unos cuantos que se incorporaban al personal, como planeaba hacer Noah en el BMH, de modo que incluso tenía posibilidades de encontrar a algún compañero de Ava. En cuanto a los pasos a seguir, pensó que empezaría por Brownfield e iría a echar un vistazo al anuario del año 2000 del instituto.

Con un objetivo y un destino en la vida, Noah metió todas sus cosas en la mochila, y dejó su bata blanca y la tableta en la taquilla. Después fue al cajero del hospital y sacó varios miles de dólares. Con efectivo en mano, fue hasta la entrada principal del Stanhope Pavilion. Como no quería utilizar su teléfono móvil y le había quitado la batería para inutilizarlo, no podía pedir un coche de Uber o Lyft. Tampoco quería ponerse en la cola de los taxis, porque tendría que esperar su turno de pie en la calle. Lo que tenía en mente era esperar a que se detuviera un taxi para dejar a algún pasajero y entonces salir a toda prisa del hospital y meterse en él corriendo. Eso no le iba a gustar nada a los taxistas que aguardaban su turno en la cola, ni al portero ni a la gente que esperaba, pero a Noah no le importaba. Quería asegurarse de que no lo seguían y decidió que cuanto menos se expusiera en el exterior, mejor. Aunque no había visto a sus seguidores desde el lunes, no quería arriesgarse.

37

Miércoles, 16 de agosto, 9.58 h

—¡Oye, despierta! —gritó Keyon dando un palmotazo en el hombro a George.

Keyon había perdido cuando tiraron una moneda al aire para ver quién hacía la primera guardia. George y él estaban dentro de la furgoneta Ford, estacionada con el motor al ralentí en una zona de aparcamiento enfrente de la entrada principal del Boston Memorial Hospital. Habían llegado al aeropuerto Bedford justo después de las ocho de esa mañana y desde allí habían ido directamente al BMH, tras una breve parada en su oficina, en el Old City Hall Building. Al poco de ganar tras tirar la moneda al aire, George se quedó dormido en el asiento del acompañante. Aunque los dos habían podido dormir unas horas en el avión, estaban agotados.

—¿Lo has visto? —preguntó George mientras se incorporaba y parpadeaba bajo la brillante luz de la mañana. Intentó fijar la vista en la entrada del hospital. Había mucha actividad, con coches que llegaban y gente que entraba y salía.

—No lo sé —admitió Keyon mirando por el espejo retrovisor para hacer un cambio de sentido—. Me ha parecido verlo de refilón. Quienquiera que sea ha salido del hospital como si acabara de robar un banco y se ha metido en ese taxi blanco que acaba de arrancar.

—¿No crees que uno de los dos debería quedarse aquí por si no era él? —preguntó George.

—¡No! —exclamó Keyon sin dudar—. Tenía que ser él. ¿Quién iba a salir del hospital de esa forma?

—Tienes razón —reconoció George—. Eso significa que nos ha calado.

—Eso ya lo sabíamos.

Keyon cambió de sentido y aceleró detrás del taxi, que ya estaba lejos. Esperaba no perderlo de vista.

—¿Ha utilizado su teléfono? —preguntó George mientras levantaba el respaldo de su asiento.

—Tuvo una llamada entrante, pero él no ha llamado a nadie. Y no tengo ubicación del GPS, lo que significa que ha sido lo bastante listo para quitarle la batería.

—Eso no es buena señal —reconoció George—. Si lo perdemos, nos va a costar encontrarlo sin la ayuda de su móvil.

—Como si yo no lo supiera —comentó Keyon.

—Que no te pille ese semáforo —le advirtió George. Justo delante de ellos, el semáforo acababa de ponerse en ámbar.

—¿Qué te crees, que nací ayer? —preguntó Keyon con sorna.

En vez de reducir la velocidad, aceleró. Cuando entraron en el cruce, la luz ya estaba roja.

Conduciendo con la agresividad típica de Boston, Keyon consiguió recortar un poco la distancia que los separaba del taxi, y al ver la dirección que estaba tomando, supusieron que iba hacia el Callahan Tunnel para pasar el este de Boston.

—No me gusta —comentó George—. ¿Crees que se dirige al aeropuerto Logan? Si va hacia allí, pues vaya ironía que huya de la ciudad justo cuando nos han dado permiso para ir a por él.

—Me temo que no hay mucho más en el este de Boston —contestó Keyon.

Para cuando salieron del Callahan Tunnel, Keyon había conseguido que entre ellos y el taxi ya solo quedaran cuatro coches. Unos minutos después, el taxi se colocó a la derecha para coger la salida que llevaba al aeropuerto Logan.

—Mierda —exclamó George—. Esto es lo peor que podía pasar. Ahora tenemos que enterarnos de adónde demonios va, porque aquí no podemos hacer nada, con toda esa seguridad.

—Pues eso es cosa tuya —dijo Keyon, y sonrió para sus adentros.

Si antes se había lamentado por haber perdido cuando tiraron la moneda al aire, porque le tocaba el primer turno de guardia, en ese momento se alegraba: George tendría que ocuparse del trabajo de campo.

El taxi entró en la terminal A y se dirigió a la zona de desembarque de pasajeros. La furgoneta Ford estaba justo detrás, pero aparcó tras una cola de limusinas. Tras comprobar que era Noah el que iba en el taxi, George se bajó del coche a toda prisa.

—Mantendremos contacto por radio —dijo antes de cerrar la puerta con un portazo.

—Roger —lo llamó Keyon—. Buena suerte.

George no se dio la vuelta para mirarlo. Solo le mostró a Keyon el dedo pulgar levantado por encima del hombro.

38

Miércoles, 16 de agosto, 19.25 h

Noah se subió a un Ford Fusion de alquiler y arrancó el motor. Después escribió «Centro Médico de la Universidad de Brazos» en el GPS. Aunque pretendía empezar su investigación en Brownfield por la mañana, como todavía había luz y era bastante pronto pensó que le vendría bien echarle un vistazo al complejo hospitalario de Brazos, para reconocer un poco el terreno.

Le había llevado mucho más tiempo del que esperaba llegar a Lubbock, Texas, principalmente porque no había vuelo sin escalas, ni siquiera uno directo. Primero fue a preguntar al mostrador de Delta con la idea de volar vía Atlanta, pero se enteró de que el trayecto más corto lo hacía la compañía American y que había que hacer escala en su aeropuerto principal, Dallas.

Como tuvo que esperar casi una hora en Dallas, Noah aprovechó para comer y buscar un hotel donde alojarse en Lubbock. Se decidió por el Embassy Suites, porque tenía un centro de negocios con ordenadores a disposición de los clientes. Noah siempre había sabido que dependía de los aparatos electrónicos, pero no era consciente de hasta qué punto. Necesitaba acceso a internet para sus investigaciones.

Tuvo mucho tiempo para pensar en la precipitada decisión de hacer ese viaje. Cuanto más lo pensaba, más adecuado le parecía por muchas razones, aunque la principal seguía siendo que él era la persona más indicada para esa tarea. Un detective privado habría podido descubrir información sobre la formación de Ava, pero no los detalles que Noah buscaba.

La primera impresión que tuvo Noah de la zona de Lubbock fue más o menos la que se había imaginado. Hacía calor, pero era un clima seco, así que resultaba menos agobiante que el de Boston en esa época del año. Mientras miraba el terreno llano y desértico se preguntó si podría vivir en un lugar así, acostumbrado como estaba a las colinas y a la frondosa vegetación.

Conducir allí era fácil, en comparación con su limitada experiencia en Boston. No solo había menos tráfico, sino que además los otros conductores parecían amables, y eso sí que era una gran diferencia. Siguiendo las claras instrucciones del GPS, Noah no tardó en llegar al campus del centro médico. A diferencia del BMH, todos los edificios eran modernos, parecían diseñados por los mismos arquitectos y se veían bastante nuevos. Había mucho ladrillo rojo y cristal tintado de color bronce. El principal edificio del hospital solo tenía cinco plantas de altura, nada que ver con el Stanhope Pavilion.

Si pensarlo, Noah siguió los carteles que llevaban a urgencias. Había unas cuantas ambulancias vacías aparcadas junto a una zona de carga, pero no se veía a nadie. Aparcó el coche de alquiler en una plaza de la zona de visitantes y pensó si sería mejor entrar en ese momento o esperar a que el hospital estuviera en pleno apogeo, como había planeado originalmente. Obedeciendo al mismo impulso que le había llevado hasta el aparcamiento de urgencias, Noah salió del coche. Si las cosas estaban tranquilas, como parecía, sería un buen momento para tener una primera conversación con el residente de cirugía que estuviera en urgencias, pensó. Conocer algún nombre podría facilitarle mucho las cosas al día siguiente, cuando el hospital estuviera en plena actividad.

La zona de urgencias estaba tan tranquila como el exterior. Solo había cinco personas en la sala de espera, mirando sus teléfonos, hojeando revistas o leyendo periódicos. La actividad se centraba tras el mostrador de recepción, donde un montón de enfermeras, auxiliares y unos cuantos residentes estaban de cháchara la mar de relajados. Noah se acercó mientras se preguntaba cuándo había visto las urgencias del BMH así de tranquilas por última vez.

—Disculpe —le dijo Noah a la encargada de admisiones cuando lo saludó—. Soy residente de cirugía en Boston y me gustaría hablar con alguien sobre las becas de este hospital. ¿Hay algún residente de cirugía que pueda hablar conmigo?

—No sé —contestó la mujer. Parecía un poco descolocada ante aquella inesperada petición—. Espere que pregunte a los médicos.

Cinco minutos después, Noah estaba en la cafetería del hospital con un médico argentino, residente de cirugía de tercer año, el doctor Ricardo Labat, que se había quedado muy impresionado al saber que Noah se estaba formando en el BMH. El doctor Labat era un hombre guapo y agradable con un acento cautivador. Noah le comentó que se veía muy tranquila la zona de urgencias. Ricardo respondió que en Lubbock no faltaban camas de hospital porque tenían la clínica del Texas Tech, el hospital Metodista y el Convenant, entre otros hospitales, todos con una alta capacidad y servicios de urgencias.

—¿Y qué tal es el departamento de anestesiología aquí? —preguntó Noah de pasada.

—Hasta donde yo sé, está bien considerado —contestó Ricardo.

—Me gustaría hablar con algún residente de ese departamento —pidió Noah.

—Puedo subir a la zona de quirófanos y ver si hay algún residente de guardia libre —se ofreció Ricardo—. Pero lo dudo. Me consta que están operando varios casos urgentes.

—No hay problema —contestó Noah—. Volveré mañana. Pero quiero preguntarte algo más. Tenemos una anestesista en nuestro equipo que se formó aquí. Terminó hace unos cinco años. La doctora Ava London. ¿Te suena? Fue directa de aquí al BMH, así que supongo que se haría bastante famosa.

—Nunca he oído ese nombre —reconoció Ricardo—. Pero no me sorprende. Toda esta universidad, incluido el centro médico, ha crecido muy rápido y hay residentes de todo el mundo. La formación es excelente, según mi criterio, y por eso estoy aquí. El año pasado uno de los residentes de cirugía fue al Johns Hopkins con una beca y el año anterior uno fue a Stanford y otro al Columbia-Presbyterian.

—Es impresionante —dijo Noah, y lo decía en serio.

—Puedo subir a preguntar, si quieres, a ver si alguno de los anestesistas la recuerda.

—No hace falta, pero gracias de todas formas. Ya preguntaré mañana.

Quince minutos después Noah estaba otra vez en su coche de alquiler poniendo en el GPS la dirección de su hotel. La breve conversación con el doctor Labat lo había animado. Saber que otros residentes habían salido de allí hacía poco para ir a otros hospitales de prestigio sugería que el salto de Ava de Brazos al BMH no era tan excepcional. Al parecer estaba en lo cierto al creer que su formación había sido del todo satisfactoria.

Su habitación era tan común como Noah esperaba y mucho más espaciosa y lujosa de lo que necesitaba. Tras una ducha rápida, se fue al centro de negocios para utilizar el ordenador. Quería mirar la web del departamento de anestesiología de la Universidad de Brazos para obtener los nombres de los profesores que llevaban allí más de cinco años. También quería sacar los nombres de los residentes actuales. Cuanta más información tuviera, más útil sería su visita.

Noah estaba a punto de cerrar la web cuando se le ocurrió mirar si había alguna fotografía de los residentes actuales. Había una, de un grupo que le impresionó por lo cosmopolita. Después se fijó en otra cosa interesante: había fotos de los residentes desde el primer año del programa. Noah seleccionó las del 2012, el año que Ava había terminado, y empezó a buscarla. Al principio no la encontró, pero al final la vio. Estaba en la fila de atrás, mirando a la cámara, entre dos colegas masculinos bastante más grandes que ella. A ojos de Noah, estaba exactamente igual que en la actualidad, aunque tenía el pelo bastante más rubio.

Noah cerró el ordenador y salió del centro de negocios. Su plan era volver a su habitación e intentar dormir. Con lo nervioso que estaba, sabía que le iba a costar, sobre todo en un entorno que no conocía. En muchos aspectos Noah era un animal de costumbres. Incluso cuando se quedaba en el alojamiento de guardia del hospital, siempre dormía en la misma habitación. Como no tenía muchas ganas de pasarse horas dando vueltas en la cama y dejándose llevar por sus paranoias, decidió ir al bar del hotel a tomarse una cerveza. Era algo extraordinario en él, pero las circunstancias tampoco es que fueran ordinarias. Por eso pensó que algo de distracción y un poco de alcohol le ayudarían a calmar los nervios.

39

—Hace poco más de veinticuatro horas, nunca había oído hablar de Lubbock, Texas, y ya he venido dos veces —se quejó Keyon.

—Quién lo habría imaginado —comentó George.

ABC Security había vuelto a fletar el mismo avión Citation X en el que los dos habían hecho el viaje de ida y vuelta el día anterior, y acababan de aterrizar en el aeropuerto Preston Smith. El segundo viaje respondía a una urgencia tan crítica como el primero: tenían que ocuparse del doctor Noah Rothauser de inmediato.

La mañana anterior, en cuanto George se enteró de que Noah había salido de Boston en avión de camino a Dallas, Texas, supuso que su destino final tenía que ser Lubbock. Volvió corriendo a la furgoneta junto a Keyon y ambos llamaron enseguida a su supervisor en la oficina central para darle las sorprendentes e inquietantes noticias. Al principio sintieron cierta satisfacción personal, porque llevaban informando sobre Noah durante una semana sin conseguir que les dieran la aprobación para ocuparse de él. Pero la satisfacción les duró poco, porque les ordenaron volver a Lubbock y hacer lo que fuera necesario. El único problema era que los pilotos que trabajaban para ABC Security tenían que someterse a las pruebas obligatorias de la Administración de Aviación Federal para controlar la fatiga. Y todavía sufrieron un retraso mayor, porque se produjo un leve problema mecánico en el avión que hubo que reparar. El resultado fue que Keyon y George no salieron de Bedford, Massachusetts, hasta poco después de las dos de la madrugada.

Sin embargo, le sacaron partido al retraso, porque aprovecharon para dormir, que les hacía mucha falta, y para utilizar los recursos de la oficina de Boston para localizar al doctor Noah Rothauser en la habitación 504 del hotel Embassy Suites. También se valieron de ese tiempo y ese equipamiento para preparar un carnet de conducir falso de Massachusetts con la fotografía de George.

De nuevo había un Chevrolet Suburban esperándolos en la terminal de aviación general, y a los veinte minutos de aterrizar ya estaban en la interestatal, en dirección a Lubbock.

—De día este sitio está igual que de noche —comentó Keyon mirando hacia el amplio horizonte. Era él quien iba al volante.

—Esto es tan llano como algunas zonas de Irak —apuntó George.

—No me lo recuerdes —respondió Keyon.

Llegaron al hotel antes de las siete de la mañana. No había actividad en el aparcamiento. George aparcó lo más cerca posible de la entrada y metió la llave bajo la visera por si uno de ellos tenía que irse sin el otro. Antes de salir del coche, los dos comprobaron sus respectivas armas: la Smith and Wesson de George y la Beretta de Keyon.

—¿Listo? —preguntó George.

—Vamos —contestó Keyon.

Caminaron rápido, pero no demasiado, para evitar llamar la atención. Había una cola de cuatro taxis esperando, con los cuatro taxistas tomando café dentro de sus respectivos vehículos. En el interior del edificio, la zona de la recepción estaba desierta; solo había una persona de pie ante el mostrador, a la que estaba atendiendo un único empleado del hotel. George y Keyon se acercaron y esperaron haciendo cola.

Vestidos con su traje y corbata habitual, Keyon y George confiaban en no llamar la atención. No eran más que dos ejecutivos de viaje, como tantos otros, entre ellos el hombre que tenían delante.

—¿Puedo ayudarles en algo? —preguntó el empleado del hotel con amabilidad cuando llegó su turno.

—Sí, por favor —contestó George con una sonrisa—. Me he dejado la tarjeta para abrir dentro de la habitación. Me llamo Noah Rothauser y estoy en la habitación cinco, cero, cuatro.

—No hay problema —aseguró el empleado—. ¿Le importaría enseñarme su documentación?

—Claro —respondió George. Sacó su cartera y le dio el carnet de conducir falso.

El empleado del hotel lo miró un instante y se lo devolvió. Metió una tarjeta en blanco en la ranura correspondiente, la sacó y, tras teclear algo en el ordenador, le dio la tarjeta de acceso.

—Muchas gracias —dijo George con la llave en la mano.

George y Keyon fueron hasta los ascensores charlando entre ellos, con la intención de que los escuchara el empleado de detrás del mostrador. Se subieron a uno de los ascensores, que estaba esperando. Keyon pulsó el botón con el número cinco. Un momento después se cerró la puerta y el ascensor empezó a subir.

—Hasta ahora parece que todo va bien —comentó Keyon—. Fácil y sin contratiempos.

George asintió, pero no dijo nada. Siempre estaba más nervioso que Keyon y permanecía tenso hasta que empezaba la acción. No le había costado participar en el engaño, pero ahora que estaban solos, prefería concentrarse en lo que iba a pasar en los diez minutos siguientes y prepararse para cualquier contingencia.

Cuando llegaron a la quinta planta, salieron al pasillo principal que iba de lado a lado del edificio. Vieron que había unas escaleras de salida en cada extremo, que podrían resultar fundamentales si había algún problema. No se veía a nadie por allí.

413

Se miraron sin decir nada, fueron hasta la habitación 504 y tomaron posiciones a ambos lados de la puerta. Tras volver a comprobar las armas que llevaban en la funda bajo el brazo, Keyon se inclinó hacia delante y apoyó la oreja contra el panel superior de la puerta. Escuchó durante un segundo y después levantó la mano con el pulgar levantado.

George echó una última mirada a ambos lados del pasillo y luego insertó la tarjeta de acceso. Se oyó un suave clic y apareció una lucecita verde encima del picaporte. Tras intercambiar un último asentimiento entre ambos, George abrió la puerta y entraron de golpe en la habitación pistola en mano.

Esperaban encontrarse a Noah en la cama, pero estaba vacía. Comunicándose mediante gestos, Keyon señaló la puerta del baño cerrada. George asintió y repitieron la misma maniobra que habían utilizado para entrar por la puerta exterior. Se quedaron sorprendidos y consternados al encontrar el baño oscuro y vacío.

—¡Mierda! —exclamó Keyon.

—Ya me parecía a mí que estaba saliendo todo demasiado bien —comentó George—. El cabrón deber de haber bajado a desayunar.

Los dos hombres volvieron a guardar las armas en sus fundas.

Regresaron a la habitación. Keyon cerró la puerta principal, que habían dejado abierta tras su entrada precipitada. George se sentó en una butaca junto a la ventana. Keyon se tumbó en la enorme cama de matrimonio, tras echar el edredón sobre las almohadas, y colocó las manos cómodamente tras la cabeza. Pensaron que era mejor esperar a que Noah volviera que ir a buscarlo al comedor.

—¿Cuánto tiempo crees que deberíamos esperar? —preguntó George cuando habían pasado apenas unos minutos—. No me gusta esto. Ese tío ya podría estar causando problemas.

—Démosle treinta minutos —propuso Keyon—. Si no aparece, uno de los dos que baje al comedor a reconocer el terreno.

—Tal vez deberíamos informar a la oficina central de que ha

surgido una complicación —sugirió George—. Mantener ese avión esperando en el aeropuerto cuesta una fortuna.

—Vamos a dejarlo durante media hora —contestó Keyon—. Si no aparece, pasaremos al plan B.

—¿Y cuál es el plan B?

—No tengo ni idea —dijo Keyon con una carcajada—. Supongo que tendremos que ir al Centro Médico de la Universidad de Brazos, ya que sabemos que por ahí pasará seguro, a no ser que ya esté allí, cosa que dudo. Y siempre podemos esperar a que utilice su teléfono y nos proporcione una ubicación.

40

Jueves, 17 de agosto, 9.05 h

Noah pagó la cuenta y salió a la soleada calle de Brownfield, Texas. La temperatura había subido considerablemente desde que entró en el restaurante.

Había dormido mal la noche anterior, a pesar de las dos cervezas que se tomó en el bar. El problema era que no podía evitar que su mente dejara de darle vueltas a lo que podría descubrir al día siguiente, primero en Brownfield y después en el Centro Médico de la Universidad de Brazos. Su intuición le decía que sería algo importante, y esperaba que fuera también positivo, pero le preocupaba que no lo fuera.

A las cinco y media se rindió, dejó de intentar dormir y se levantó. Algo le había despertado a eso de las cinco. Tras una ducha, salió a buscar el coche alquilado y a las seis y media ya iba de camino a Brownfield. Aunque había puesto «biblioteca pública Kendrick» en el GPS, no lo necesitaba porque el camino era todo recto, dirección sudeste, por la Ruta 62, que iba a parar a la circunvalación de Lubbock, muy cerca de donde estaba su hotel.

Noah muy pocas veces había conducido por una carretera tan recta y llana, que cruzaba un paisaje árido y de un rojo casi iridiscente. Había varios pueblos por el camino, y cuando llegó a Brownfield vio que era mucho más pequeño de lo que se esperaba. La Ruta 62, que después cambiaba de nombre para llamarse Lubbock Road y una vez dentro del pueblo pasaba a llamarse South First Street, le llevó al mismísimo centro. La biblioteca Kendrick estaba en una calle perpendicular.

Noah aparcó delante de la biblioteca y se fijó en que su coche era el único que había por allí, lo que debería haberle servido para darse cuenta de que tal vez era un poco temprano. Sin embargo, se había quedado demasiado perplejo al ver la biblioteca, cuya apariencia resultaba inclasificable. Se trataba de una estructura independiente de una sola planta de ladrillo rojo, con el tejado a dos aguas acabado en punta y varias ventanas abuhardilladas puramente decorativas. Al salir del coche, Noah se quedó tan impactado por el aspecto del edificio que hasta que llegó a la puerta principal de la biblioteca no se dio cuenta de que estaba cerrada y no abrían hasta las nueve de la mañana.

Al mirar la hora y ver que tenía tiempo de sobra, recorrió el pueblo en coche. Pasó por delante del instituto al que había asistido Ava cuando era supuestamente Gail Shafter. Cerca encontró una cafetería que parecía agradable para desayunar. Como tenía que ocupar una hora y media entró, se tomó unas tortitas y café y le echó un vistazo al semanario local *The Brownfield Gazette*.

Cuando volvió a la biblioteca, Noah fue directo al mostrador. La mujer de mediana edad que había detrás era la viva imagen de la bibliotecaria que recordaba de cuando era niño, en la biblioteca de su ciudad natal: una mujer austera, pulcra y que le daba un poco de miedo. A pesar de las similitudes en apariencia, la bibliotecaria de Brownfield fue extraordinariamente amable y le señaló una sala al fondo, a la que llamó «sala de lectura», donde podría encontrar los anuarios del instituto de Brownfield. Incluso se ofreció a acompañarlo.

—Seguro que los encuentro, gracias —contestó Noah.

En el centro de la sala de lectura había una estantería baja con volúmenes por ambos lados que contenía los anuarios de los últimos cincuenta años del instituto Brownfield. Noah cogió el volumen del año 2000 y se sentó frente a la mesa de roble.

Lo primero que miró fue la foto de Ava. Se sorprendió, porque la mujer que se veía en la foto en blanco y negro se parecía a la Ava que conocía, con el pelo rubio con mechones más claros, unos dientes muy blancos, la nariz pequeña y bien esculpida y la mandíbula fuerte. También tenía la mirada confiada de Ava. Debajo de la foto había una impresionante lista de actividades —entre ellas, capitana de las animadoras, miembro del consejo estudiantil, actriz en la obra de fin de curso— y de un montón de clubes. Debajo había un breve obituario que mencionaba que había muerto el 14 de abril de 2000.

Los ojos de Noah volvieron a estudiar la foto. Tuvo que reconocer que esa chica tenía un parecido sorprendente con Ava, pero no estaba seguro de que hubiera podido reconocerla si no hubiera estado el nombre en el pie de foto. De todos modos no le extrañó, porque por su experiencia sabía que era difícil que alguien se pareciera a su foto del instituto.

Siguió mirando y encontró la foto de Gail Shafter. Las facciones en general no eran muy distintas, aunque la nariz de Gail era más larga y parecía un poco aguileña, y el pelo era, sin duda, castaño con solo unos pocos mechones más rubios. Sí que era muy similar la manera de mirar de la chica, directamente a la cámara y con una evidente confianza en sí misma, aunque la de Gail bordeaba casi el descaro. La mayor diferencia entre las dos chicas era la total ausencia de actividades sociales debajo del nombre de Gail.

Noah sacó el teléfono móvil de su mochila y le puso la batería solo el tiempo suficiente para sacar un par de fotos de las dos mujeres. Le había pedido a Roberta Hinkle que se las mandara y ya las tenía. Cuando volvió a dejar el anuario en la estantería, todavía pensando en la detective privada, se preguntó qué diría el inspector Moore si supiera que Noah estaba en la zona. No fue un pensamiento agradable y lo apartó de su cabeza inmediatamente. No quería recordar el prematuro final de Roberta Hinkle.

Noah volvió al mostrador y le preguntó a la bibliotecaria dónde podía encontrar números antiguos de *The Brownfield Gazette*. Ella le dijo que volviera a la sala de lectura y mirara en las estanterías de la pared más cercana. Dijo que había volúmenes encuadernados con todos los números del periódico desde el año en que se fundó.

Noah solo necesitó un minuto para encontrar el volumen correcto, el que contenía los números del 17 de abril de 2000 y del 24 de abril de 2000. Lo cogió y fue al mismo asiento que antes. Por lo que veía, él era el único visitante de la biblioteca.

Como mencionó Roberta Hinkle en su correo electrónico, había muchos artículos sobre el suicidio de Ava London, que se produjo casi un año después del de su padre. Pronto le quedó claro a Noah que tanto el padre como la hija eran verdaderas celebridades locales; el padre era un filántropo muy activo en la ciudad, y la hija, una adolescente muy popular, capitana de las animadoras y la reina del baile. Las noticias también contaban que los dos estaban muy unidos tras la muerte de la madre/esposa, a causa de cáncer de mama, dos años antes.

Lo que a Noah le pareció más interesante de todo lo que leyó fue el papel que, según los periodistas, habían tenido las redes sociales a la hora de empujar a Ava London a seguir los pasos de su padre. Se citaban numerosos correos, mensajes y grupos de chats en los que la culpaban del suicidio de su padre y le sugerían que hiciera lo mismo que él. Los autores más asiduos en este implacable acoso progresivo eran Connie Dugan, Cynthia Sanchez y Gail Shafter, como le había comentado Roberta Hinkle en su correo, aunque también había otras personas, sobre todo en los grupos de chats. Un artículo afirmaba que Ava London se había deprimido tanto al leer todos esos mensajes en las redes que dejó de ir al instituto una semana antes de su suicidio. Los dos portales de redes sociales implicados eran Six-Degrees y AOL Instant Messenger.

Noah podía imaginarse el trauma que habría supuesto para ese pueblo tan pequeño la trágica pérdida de dos miembros populares de la comunidad. Y Noah no olvidaba el detalle de que en la actualidad el pasatiempo favorito de Ava eran las redes sociales. Cuando las cosas volvieran a la normalidad, o casi, hablaría con ella de ese tema, lo tenía claro. Y como consideraba a Ava una persona generosa, pensó que debía darle el beneficio de la duda y escuchar su versión de la historia. Desde luego, la situación era de lo más extraña.

Al fijarse en que había un índice al final de cada volumen, Noah volvió a la estantería y sacó el correspondiente a 2002. En el índice encontró referencias a muchos artículos sobre el doctor Winston Herbert, el dentista para el que Ava dijo que había trabajado tras el instituto. Noah ojeó los artículos y confirmó que el doctor Winston Herbert había sido reclutado para poner en marcha la facultad de odontología de la Universidad de Brazos, como Ava le había contado. Al ver confirmada esa información, Noah se animó. Quería creer a Ava a pesar del extraño asunto del cambio de nombre.

Tras devolver los dos volúmenes a la estantería y darle las gracias a la bibliotecaria, Noah salió al calor de pleno verano en el oeste de Texas. Tenía que ir a otro sitio en Brownfield antes de volver al Centro Médico de la Universidad de Brazos, y ese lugar era el juzgado del condado de Terry.

—Su teléfono estuvo encendido el tiempo suficiente para darnos una localización aproximada —dijo Keyon mirando la pantalla de su portátil—. Esas son las buenas noticias. Las malas son que ya lo ha vuelto a apagar, porque no tengo su ubicación actual. Al menos sabemos que está en Brownfield. ¿Qué te parece? Solo hay una carretera entre Brownfield y Lubbock, y sabemos que conduce un Ford Fusion gris.

—¿Qué dice Google Maps de la distancia que hay hasta Brownfield? —preguntó George—. ¿Cuánto se tarda en llegar?

—Más o menos una hora desde donde estamos ahora mismo —contestó Keyon, y apartó el portátil.

—Me parece que deberíamos quedarnos aquí y esperar —repuso George—. Si intentamos ir a Brownfield, aunque ese parezca un lugar más seguro para llevar a cabo lo que tenemos que hacer, nos arriesgamos a que ya se haya ido cuando lleguemos.

Esa mañana, tras darse cuenta de que Noah Rothauser no estaba en su hotel, Keyon y George habían estado debatiendo qué hacer a continuación. Al final decidieron ir al centro médico y buscaron el coche de Noah en el aparcamiento. Al no encontrar ningún Ford Fusion gris respiraron aliviados. Aparcaron en un lugar desde donde tenían a la vista al mismo tiempo la puerta principal y la entrada del aparcamiento y esperaron a que Noah Rothauser apareciera. Dejaron el motor al ralentí para que funcionara el aire acondicionado.

—Creo que tienes razón —admitió Keyon.

Abatió el respaldo de su asiento y volvió a poner los pies en el salpicadero, donde los tenía cuando oyó la alerta que indicaba que Noah había encendido su teléfono. Por la parte derecha del Suburban veía la puerta principal del hospital, que estaba bastante concurrido, con gente que entraba y salía todo el rato.

Desde el asiento del conductor y por la ventanilla lateral, George tenía una clara visión de la entrada del aparcamiento. Aunque estaba casi lleno, no había tanta actividad como cuando llegaron, un poco antes de las ocho de la mañana. Estaba claro que la gente que entraba a trabajar ya había llegado y que la que salía se había ido. Era la hora tranquila de la mañana.

—¿Deberíamos decirle a Hank lo que está pasando? —preguntó Keyon.

Hank Anderson era el supervisor de Keyon y George. Trabajaba directamente a las órdenes de Morton Colman, el consejero delegado de ABC Security.

—No —dijo George—. Ya le hemos avisado de que hemos tenido un problema para establecer contacto. Nos llamará si quiere que le pongamos al día.

El juzgado del condado de Terry le recordó a Noah su instituto. Era un edificio de tres plantas construido con ladrillo amarillo y con unas columnas adosadas a la fachada sobre la entrada principal. A diferencia de lo que se había encontrado las pocas veces que había tenido que ir a alguna oficina gubernamental en Boston, le pareció que la gente que trabajaba en el juzgado de Brownfield era amable y estaba más que dispuesta a ayudar. Noah quería saber si existía un registro oficial del cambio de nombre legal de Gail Shafter. No tardó demasiado en averiguarlo: no existía ningún registro de ese cambio.

Regresó al coche de alquiler y tuvo que recular y coger otra vez la Ruta 62 en dirección a Lubbock para ir al Centro Médico de la Universidad de Brazos. Sentía que estaba haciendo muchos progresos, pero sabía que todavía le quedaba lo más difícil. Su plan era entrar en el hospital y pedir que llamaran al doctor Labat. Si el argentino no estaba en quirófano, sería el más indicado para presentarle a alguno de los residentes de anestesiología, pensó Noah.

41

Cuando Noah cruzó la entrada del complejo hospitalario, dejó a mano derecha la salida que llevaba a urgencias. El pórtico del hospital y su enorme aparcamiento estaban a la izquierda. Cuando entró en el aparcamiento, casi lleno, Noah redujo la velocidad para buscar una plaza vacía. Había unas cuantas personas yendo y viniendo del hospital. Un poco más adelante vio a una mujer con un niño pequeño entre dos coches. Noah paró. Como creía, la mujer estaba a punto de irse porque abrió la puerta de atrás de uno de los coches y colocó al niño en el asiento de atrás. Después bordeó el vehículo para dirigirse al asiento del conductor.

Noah puso el intermitente para indicar que tenía intención de quedarse con esa plaza cuando la mujer se fuera. Y lo hizo porque por el espejo retrovisor vio un enorme Suburban negro que se acercaba despacio a donde estaba él y supuso que también estaba buscando sitio para aparcar. La plaza que se iba a quedar libre estaba muy cerca de la entrada del hospital y Noah quería que quedara claro que estaba esperando para aparcar en ella.

En cuanto la mujer dio marcha atrás y pasó junto a Noah de camino a la salida del aparcamiento, él aparcó el Ford Fusion en la plaza que ella acababa de dejar.

Pero cuando apagó el motor notó algo extraño. El Suburban

negro que había visto detrás de él había avanzado y se había detenido justo detrás de su coche, bloqueándole la salida. Noah se volvió, confuso, preguntándose por qué ese vehículo se había parado ahí. Pensó que podía tratarse de un ataque de furia mal dirigida por parte del conductor del otro coche al creer que le había quitado el aparcamiento, pues le habían contado que en Boston en ocasiones pasaban cosas así. Pero lo que vio le heló la sangre en las venas. Un hombre salió del lado del acompañante antes incluso de que el vehículo llegara a parar del todo y bordeó corriendo la parte de atrás. Noah lo reconoció en cuanto lo vio. Era el afroamericano que lo había estado siguiendo por todo Boston. Al instante, del asiento del conductor saltó un hombre que Noah supuso que sería el caucásico. Ambos se dirigían hacia el coche de Noah, el afroamericano por el lado del conductor y su compañero por el del acompañante.

Noah reaccionó automáticamente y apretó el seguro de la puerta para comprobar que estaba cerrada. Después cogió el teléfono con dedos temblorosos e intentó ponerle la batería. No cruzó ni la más mínima duda por su mente. Tenía que llamar al 911.

—¡Abra la puerta! —le gritó uno de los hombres—. ¡FBI! —Y uno de los dos dio varios golpes en el techo del coche.

Noah se volvió y miró a la cara del afroamericano, que había pegado una placa del FBI a la ventanilla del coche. Luego miró al lado opuesto y comprobó que el caucásico estaba haciendo lo mismo. Pensó que si se trataba de las fuerzas de la ley no tenía elección y estiró el brazo para coger la manilla de la puerta, pero entonces oyó que su teléfono pitaba para indicar que estaba encendido.

Volvió a mirar al afroamericano y dudó. Había una expresión de furia en esa cara que no parecía apropiada para la situación. Por eso, en vez de abrir la puerta, Noah se apresuró a marcar el 911 en su teléfono.

Antes de que Noah terminara de marcar los tres números, se oyó el ruido de un cristal al hacerse añicos y una lluvia de esquirlas le arañó un lado de la cara. Al levantar la vista vio que el afroamericano estaba utilizando la culata de su pistola automática para destrozar la ventanilla del lado del conductor. Por suerte, la ventanilla estaba resistiendo, pero no iba a aguantar mucho. Desesperado, Noah inclinó el torso hacia la derecha para sacar la pierna izquierda de debajo del volante. Colocó el pie contra la puerta a la vez que levantaba el seguro y a continuación estiró la pierna con todas sus fuerzas. La puerta golpeó al afroamericano y lo empotró por momentos contra el coche de al lado.

Noah salió del coche al instante. Su única esperanza era llegar hasta el hospital y que el personal de seguridad se ocupara de esos dos hombres, tanto si eran agentes del FBI como si no. Pero no llegó muy lejos. Aunque el afroamericano se había quedado momentáneamente aturdido, Noah se dio cuenta de que se había recuperado lo bastante como para sujetarlo por la camisa, lo que le ralentizó lo justo para que el caucásico tuviera tiempo de dar la vuelta al coche por detrás y unirse a la melé, y a continuación agarrarle el cuello con la mano derecha y el brazo con la izquierda. A pesar de los intentos de Noah por liberarse, el hombre consiguió tumbarlo boca abajo sobre el asfalto caliente y polvoriento.

Noah quiso gritar para pedir ayuda, pero una mano le tapaba la boca con fuerza y le impedía abrir la mandíbula. Entonces le obligaron a poner las manos a la espalda y le pusieron unas esposas en las muñecas. Al cabo de un instante sintió algo punzante y ardiente en las nalgas, acompañado de un dolor localizado. Como médico que era, supo que le habían inyectado algo. A los pocos segundos se sintió como si estuviera en caída libre y después llegó la oscuridad.

—¡Mierda! —exclamó Keyon con los dientes apretados—. Sí que ha dado guerra...

George y él sujetaron a Noah poniéndole las manos bajo las

axilas y lo levantaron. Cuando estuvo de pie, se dirigieron al Suburban. Keyon caminaba raro, con las piernas muy separadas, porque Noah, con su jugarreta, le había estampado la puerta en los testículos. Noah estaba semiinconsciente por el potente tranquilizante que le habían administrado y se habría caído redondo al suelo si no lo estuvieran sujetando. Unas cuantas personas que entraban o salían del hospital se habían parado a contemplar el espectáculo, que había terminado en un abrir y cerrar de ojos. Estaban atónitas. Todo había ocurrido de repente en un pispás.

—¡FBI! —gritó George enseñando su placa falsa para que todo el mundo la viera—. Lo tenemos todo bajo control. Disculpen el alboroto. Este hombre está en busca y captura en media docena de estados.

Llegaron al Suburban y Keyon y George metieron rápidamente a Noah en el asiento de atrás y le pusieron el cinturón de seguridad. A Noah se le cayó la cabeza hacia delante.

—¿Crees que es una buena idea mantenerlo erguido? —preguntó George.

—¿Y cómo quieres que lo sepa? —gruñó Keyon.

—Le hemos metido una dosis suficiente para tumbarlo. ¿Cómo afectará a su tensión arterial?

—Está bien —dijo Keyon con resignación.

Apartó la parte del cinturón que le sujetaba el hombro y la pasó por encima de la cabeza de Noah, pero dejó la que le rodeaba la cintura. Noah cayó hacia un lado.

—¿Satisfecho?

—Oye, que los dos sabemos que si entregamos esta mercancía en mal estado, es muy probable que nos quedemos sin trabajo.

42

Jueves, 17 de agosto, 22.38 h

Poco a poco Noah fue consciente de lo que le rodeaba, justo lo contrario de lo que le había pasado cuando perdió la consciencia esa mañana, casi doce horas antes, aunque no se daría cuenta hasta más tarde. Lo primero que notó fue que estaba sobre una superficie mucho más cómoda que el asfalto sobre el que se encontraba cuando se le apagaron las luces. Con la mano izquierda comprobó que era una cama. La mano derecha la tenía esposada por encima de la cabeza, y cuando intentó moverla, lo que la sujetaba se le clavó en la muñeca. Quiso abrir los ojos, pero los párpados se negaron a obedecerlo, incluso cuando trató de utilizar los músculos de la frente como ayuda adicional.

Se obligó a calmarse y a relajarse y respiró hondo varias veces. Fue una buena estrategia. Al momento los ojos se abrieron solos y apareció ante ellos un techo de yeso. Al levantar la cabeza vio un dormitorio largo y estrecho que estaba decorado con gusto, con cortinas de cretona y un papel con estampado de flores en las paredes. Enseguida se dio cuenta de que no estaba solo. Había un hombre con traje oscuro sentado en una butaca cercana, con la cara oculta tras un periódico.

Noah miró por encima de su cabeza y vio que tenía la muñeca unida al cabecero metálico mediante un par de esposas. Poco a poco su mente se iba aclarando. Advirtió que seguía llevando la ropa que se había puesto esa mañana y entonces recordó dónde había estado. «Dios mío, estoy en Texas», pensó. Después, como una avalancha de malos recuerdos, volvieron a su cabeza los detalles del aterrador episodio en el que el Suburban negro le bloqueaba el paso, los hombres le enseñaban unas placas del FBI a través de las ventanillas y luego hacían añicos el cristal, y él intentaba huir en vano. Fue como revivir una pesadilla.

Con cierto esfuerzo, Noah trató de cambiar de posición, lo que provocó que las esposas repiquetearan contra el cabecero metálico. Al oír el ruido, el hombre de la butaca bajó el periódico. Noah lo reconoció: era el afroamericano, que dejó el periódico a un lado y se puso de pie. Sin embargo, no dijo nada. Se limitó a salir de la habitación.

—¡Oye! —gritó Noah—. ¡Vuelve! ¿Dónde estoy? ¿De verdad eres del FBI?

En su situación, que ese hombre lo ignorara fue peor que un insulto. Si era del FBI, ¿qué demonios hacía Noah esposado en un dormitorio de lujo?

Cuando el afroamericano lo dejó solo, Noah intentó sentarse sacando las piernas por el lado derecho de la cama, pero notó que se mareaba y tuvo que volver a tumbarse y subir los pies a la cama. Cerró los ojos y esperó que se le pasara el mareo.

—Por fin has decidido despertar y unirte a nosotros —dijo con preocupación una voz femenina que le resultaba familiar—. Me alegro. Estaba un poco preocupada porque te administraron una dosis demasiado alta.

En estado de shock y con miedo a estar alucinando, Noah abrió los ojos como platos. Al lado de su cama, con las manos en las caderas, estaba la doctora Ava London. Noah se la quedó mirando, esperando que se desvaneciera como una aparición, pero no lo hizo. Tras ella apareció el afroamericano, y su presencia le confirmó que no estaba alucinando.

—¿Qué haces tú aquí? —logró preguntar Noah.

Ava rio con esa risa suya tan luminosa.

—¿Y dónde te crees tú que es «aquí»?

—En algún lugar de Lubbock, en Texas —respondió Noah.

Ava volvió a reír. Era una risa natural y espontánea.

—Siento decepcionarte, pero no estamos en Lubbock. Estamos en Boston. En mi casa, para ser más precisos. En una de mis habitaciones de invitados, donde has estado durmiendo bajo el efecto del tranquilizante.

Noah vio que el afroamericano estaba a un lado, un poco apartado.

—¿Y ese hombre quién es? —preguntó Noah.

—Es Keyon Dexter —explicó Ava señalando por encima del hombro.

—¿Y trabaja para ti?

Ava rio una vez más.

—No, no trabaja para mí.

—¿Es del FBI? —insistió Noah.

—No lo creo —respondió Ava. Se volvió hacia Keyon y preguntó—: No eres del FBI, ¿verdad?

—No, señora —contestó Keyon con educación.

—Pero ¿qué demonios está pasando? —exigió saber Noah.

—Te diré lo que está pasando —dijo Ava con voz seria, aunque era una seriedad fingida, como demostraba la sonrisa que lucía al mismo tiempo. Sacudió un dedo señalando a Noah como si fuera un niño travieso—. Has estado causando muchos problemas y nos has quitado el sueño a mí y a unas cuantas personas más. Por suerte, eso ya ha pasado a la historia. —Su sonrisa se amplió—. Tenemos que hablar para aclarar unas cuantas cosas.

Noah estuvo a punto de dejarse llevar por el sarcasmo, pero se mordió la lengua cuando le vino a la mente todo lo que le había pasado durante la semana anterior, sobre todo la prematura muerte de Roberta Hinkle. Tiró de las esposas, que resonaron contra el cabecero.

—¿Por qué estoy esposado?

—No lo sé —reconoció Ava. Miró a Keyon—. ¿Por qué lleva esposas?

—No quiso cooperar cuando estábamos en Lubbock —contestó Keyon, evasivo.

—Bien, pues quítaselas —ordenó Ava.

—¿Está segura, señora? —preguntó Keyon—. George y yo creemos que existe riesgo de fuga y, por lo que hemos visto, suele oponer mucha resistencia.

—¡Que se las quites! —insistió Ava.

Keyon obedeció y volvió al lugar que había ocupado antes, allí cerca, por si era necesario.

Noah se sentó en la cama y se frotó la muñeca magullada. Por un momento se notó mareado, pero se le pasó rápido. Le tranquilizó ver que el afroamericano cumplía las órdenes de Ava.

—¿Qué tal te encuentras? —añadió ella, amable—. Por lo que me han dicho, te pusieron más midazolam de lo que sugerí y además te administraron una segunda dosis unas horas después.

—¿Que tú lo sugeriste? —preguntó Noah enfadado—. ¡Así que eres tú la que está detrás de todo esto!

—¡Escúchame! —repuso Ava poniéndose seria—. Si no fuera por mis esfuerzos, no sé en qué estado te encontrarías ahora mismo, pero seguro que no estarías sentado en mi habitación de invitados. Así que no me juzgues antes de oír toda la historia. Como ya te he dicho, tenemos que hablar.

—¿Y él tiene que estar aquí? —preguntó Noah señalando con la barbilla a Keyon. La mera presencia de ese hombre le ponía los nervios de punta, tanto si obedecía a Ava como si no.

Ava se encogió de hombros.

—Por mí no. —Se volvió hacia Keyon—. Creo que deberías esperar en el pasillo.

—Sí, señora —respondió Keyon. Y desapareció al instante.

—¿Contento? —dijo Ava.

—¡Guárdate ese sarcasmo! —exclamó Noah—. ¿Cómo demonios he acabado aquí?

—Después de que Keyon y George se toparan contigo en Lubbock, te invitaron amablemente a subir a un jet privado que les estaba esperando.

—¿Que me invitaron? —Noah casi escupió—. Ja. Me sacaron a rastras de un coche de alquiler después de reventar una ventanilla. ¿Y qué demonios le ha pasado al coche de alquiler? Dios...

—Eres increíble. ¿De verdad te preocupa un coche de alquiler?

—Lo alquilé yo —contestó él—. La compañía de alquiler tiene mis datos y mi carnet de conducir.

—¡Dios santo! —exclamó Ava—. Mira que eres compulsivo...

Sin previo aviso llamó a Keyon, que entró en la habitación en un abrir y cerrar de ojos. Por su expresión, quedó claro que el hombre se temía lo peor.

—Keyon —dijo Ava exasperada—, ¿qué habéis hecho con el coche de alquiler del doctor Rothauser?

—Hank Anderson se ocupó de él —contestó Keyon—. Lo ha organizado todo para que un agente vaya a recogerlo y lo devuelva. El agente también se ocupará de abonar los desperfectos.

—Gracias, Keyon. Eso es todo.

—Muy bien, señora —respondió Keyon, y se llevó la mano derecha a la frente a modo de saludo.

—¿Satisfecho? —preguntó Ava mirando otra vez a Noah.

—¿Quién es Hank Anderson? —quiso saber Noah.

—El superior inmediato de Keyon y George.

—Esta conversación no hace más que ir en círculos —se quejó Noah—. ¿Y quiénes son exactamente Keyon Dexter y George como se apellide?

—George Marlowe —puntualizó Ava—. Ya lo habías visto por aquí. Te dije que George era mi entrenador personal. En realidad es de seguridad, pero es tan aficionado al deporte como yo, así que nos venía bien entrenar juntos.

Noah asintió. De pronto, su mente asoció al hombre que había conocido como el entrenador personal de Ava con el caucásico que lo había estado siguiendo y lo había atacado en Lubbock. De hecho, las pocas veces que había visto bien la cara del hombre había tenido la sensación de que le sonaba de algo.

—Keyon y George trabajan para una compañía de seguridad que se llama ABC Security —explicó Ava—. Una de las condiciones de mi trabajo para el Consejo de Suplementos Nutricionales fue que tenía que aceptar desde el primer día a Keyon y George como mis... —buscó la palabra adecuada— guardaespaldas o vigilantes. O como mis niñeras, si quieres ser peyorativo. Al principio apenas los veía, pero eso ha ido cambiando durante el último año más o menos, cuando lo de las redes sociales se me fue de las manos.

—¿Y qué demonios significa eso? —exigió saber Noah. Aunque su cabeza se iba aclarando, se sentía como si flotara, como si estuviera soñando—. ¿Cómo te ayudan ellos con lo de las redes sociales? —Esa idea le parecía absurda.

—Ha habido unos cuantos incidentes relacionados con un grave acoso cibernético a mis *alter egos*, sobre todo a uno, Teresa Puksar. Keyon y George se ocuparon del tema antes de que yo me viera directamente implicada. En realidad, no sé lo que hicieron, pero solucionaron eso, y también cualquier problema futuro, asegurándose de que dispongo de un encriptado adecuado. Y ahora que el problema con el doctor Mason se ha calmado y tú has vuelto al redil, supongo que los veré muy poco.

—¿Qué quieres decir con que yo he vuelto al redil? —preguntó Noah, alterado.

—De eso es de lo que tenemos que hablar —apuntó Ava—. Pero antes, ¿qué tal te encuentras? De salud, me refiero.

—Bastante bien, supongo —contestó Noah obligándose a calmarse, con las emociones a flor de piel—. Al sentarme me he mareado un poco, pero ya se me ha pasado. El principal problema es que noto la cabeza completamente aturdida.

—Deja que compruebe las constantes otra vez —dijo Ava—. Te pusieron una dosis muy alta de midazolam. Me sorprende que la amnesia anterógrada no sea peor. —Le cogió la muñeca derecha para tomarle el pulso. Después le puso el tensiómetro y cogió un estetoscopio de una mesita junto a la cama.

Noah la miró. Ava estaba concentrada y evitaba mirarle a los ojos mientras le colocaba el manguito en el brazo, lo inflaba y después lo desinflaba de forma gradual. Acabó enseguida.

—Tus constantes están bien. Intenta levantarte, a ver qué tal. —Extendió una mano, agarró la de Noah y tiró de él para que saliera de la cama—. ¿Bien? —le preguntó cuando estuvo en pie.

—Bien —contestó Noah, aunque se tambaleaba un poco—. Al menos no estoy mareado.

—Por ahora estás bien, entonces. ¿Quieres ir al baño? Debes de tener la vejiga a punto de reventar.

—Ahora que lo dices, sí —admitió Noah.

Hasta ese momento no se le había pasado por la cabeza, pero al comentarlo ella se dio cuenta de que sí tenía cierta urgencia.

En el baño, con Ava esperando al otro lado de la puerta mientras él orinaba, la mente de Noah empezó a ir cada vez más rápido. Aunque recordaba que lo habían tirado al suelo en el aparcamiento del centro médico, no se acordaba de nada más, y le desconcertaba no haber sido consciente de que lo llevaban de vuelta a Boston y después a casa de Ava. Era como si todo el viaje a Lubbock hubiera sido un sueño. Pero había una cosa que sabía con seguridad: sus sospechas de que el CSN estaba protegiendo con todos sus recursos a Ava se habían confirmado. Incluso habían utilizado un jet privado para llevarlo a Boston, y no podía ni imaginarse cuánto podía haber costado eso.

—La razón por la que te he puesto en ese dormitorio es que está en la misma planta que el estudio —explicó Ava cuando él abrió la puerta.

Noah salió del baño agarrándose al marco de la puerta para sostenerse.

—Si quieres podemos ir a hablar allí —prosiguió Ava—. Te resultará más cómodo y ya lo conoces. También he pedido que te traigan comida y bebida de la cocina, por si tienes hambre. ¿Qué te parece?

Noah tenía tantos pensamientos dándole vueltas en la cabeza que no fue capaz de poner ninguna objeción. No tenía ni idea de qué hora era, aunque a través de las ventanas había visto que estaba oscuro. Ava lo llevó hasta el estudio. En el pasillo vio a Keyon y a George. Se apartaron obedientemente cuando Noah y Ava pasaron. Noah miró de refilón sus caras, impresionado ante su despreocupación. Estaba claro que eran profesionales. Y esta vez sí que reconoció a George como el supuesto entrenador personal de la doctora London.

Ava ayudó a Noah a sentarse en su butaca habitual y le dejó cerca un plato con unos sándwiches pequeños como de aperitivo, agua y una Coca Cola Light. También había un plato con patatas fritas de bolsa.

—Te puedo traer vino —ofreció Ava mientras observaba a Noah, que había cogido uno de los sándwiches.

—Esto está bien —contestó Noah.

Tras un par de mordiscos, se sirvió un poco de Coca Cola Light en un vaso con hielo. Pensó que la cafeína le ayudaría a aclarar sus pensamientos, y además tenía la boca seca. No le apetecía vino.

Keyon y George los habían seguido hasta el estudio sin decir una palabra y estaban de pie a un lado, apoyados en una estantería que iba del suelo al techo. Los dos tenían los brazos cruzados sobre el pecho y la misma actitud pacífica, tranquila y controlada que les había visto en el pasillo.

—¿Esos matones tienen que estar aquí todo el rato? —preguntó Noah, lo bastante alto para que ellos lo oyeran.

—Supongo que no —admitió Ava—. Aunque ellos conocen todos los detalles de este asunto, porque han sido los principales investigadores. Pero si has de estar más cómodo, puedo pedirles que esperen abajo.

—Pues sí que estaría más cómodo —contestó él sin vacilar.

—¿Os importa, chicos? —dijo Ava dirigiéndose a Keyon y a George—. Si os preocupa que se escape, ¿por qué no esperáis junto a la puerta principal?

—Sí, señora —respondió Keyon.

Sin decir ni media palabra, abandonaron el estudio y se oyeron sus pasos al bajar las escaleras.

—Está bien —dijo Ava, y se sentó en su butaca de siempre—. Terminemos con esto de una vez.

—Por mí estupendo —soltó Noah—. ¿Qué demonios está ocurriendo?

—Cálmate —pidió Ava—. No olvides que el causante de este lío has sido tú y solo tú.

Noah rio burlón.

—Dudo mucho que ese sea el caso —replicó. Según se le iba aclarando la mente, crecía su irritación. Y también sus miedos—. Pero antes de nada, quiero saber si tus amigos del CSN tienen algo que ver con el asesinato de Lubbock. No consigo quitármelo de la cabeza.

—Yo no sé nada de ningún asesinato —dijo Ava—. ¿El asesinato de quién?

—Contraté a una detective privada que encontré por internet. Se llamaba Roberta Hinkle. Justo la noche después de que la contratara, la mataron en su casa, supuestamente el amante descontento de alguna de sus clientas. Su especialidad era la investigación de asuntos domésticos.

—¿Por qué demonios contrataste a una detective privada especializada en asuntos domésticos? —quiso saber Ava.

—No sabía que esa era su especialidad —repuso Noah contrariado—. En su web no lo decía. La contraté para una investigación de antecedentes.

—¿Para investigarme a mí?

—Sí —reconoció Noah.

Había llegado el momento de decir la verdad. Esperaba que ella se indignara pero, para su sorpresa, esa no fue su reacción.

—Yo no sé nada de ningún asesinato —repitió Ava con calma—, aunque te diré una cosa: que una detective privada haya metido sus narices en mis negocios en este momento concreto habrá cabreado mucho a mis jefes del CSN y los habrá puesto muy nerviosos, como mínimo.

—¿Estás sugiriendo que el CSN ha tenido algo que ver?

Noah se quedó horrorizado ante las posibles implicaciones, porque eso significaría que indirectamente él era responsable de la muerte de la mujer.

—Directamente seguro que no —aclaró Ava—. El CSN no haría nada ilegal. Pero ABC Security sí lo haría; ellos son otra cuestión. ¿Te acuerdas de Blackwater, la compañía de seguridad que trabajaba en Irak durante la guerra?

—Creo que sí. —Noah no tenía ni idea de adónde quería llegar Ava.

—Creo que ABC Security es una organización similar, pero no lo sé a ciencia cierta. Lo que sí sé es que este es un momento muy delicado para la CSN, y que lo último que querrían es que mi credibilidad se viera cuestionada de alguna manera. Ahora mismo soy la pieza clave del lobby del CSN para tratar con unos cuantos congresistas y senadores que están a punto de enmendar o revocar la Ley de Salud y Educación sobre Suplementos Dietéticos de 1994. ¿Te acuerdas de ese artículo que iba a salir en *Los anales de la medicina interna* en el que se incluía un estudio a fondo que criticaba la industria de los suplementos nutricionales? Hablamos de él un día en mi cocina.

—Sí, creo que lo recuerdo —dijo Noah.

—Tuvo un gran impacto y provocó que un buen número de legisladores expresaran sus reservas sobre esa ley. Yo soy la única persona que ha logrado convencerlos de que den marcha atrás. Ergo, es un momento verdaderamente crítico para la CSN, porque necesitan asegurarse de que cualquier legislación sobre la industria deje fuera a la FDA. Esa es la razón por la que tengo que pasar tanto tiempo en Washington. Soy quien se ocupa del control de daños.

Noah miró a Ava mientras su mente, aún drogada, intentaba digerir la información que estaba oyendo y empezaba a unir los puntos confirmando sus peores miedos. Tal vez existía una razón secreta para poner en entredicho la profundidad o la calidad de la formación en anestesiología de Ava, que el CSN conocía y que no quería que saliera a la luz. Justo esa era la razón por la que él había contratado a Roberta Hinkle.

Como si le hubiera leído la mente, Ava quitó los pies de la otomana y se sentó en ella para estar más cerca de Noah. Se inclinó hacia él y bajó la voz, sin duda, para evitar que la oyeran los hombres de abajo.

—Antes de contártelo todo, quiero preguntarte qué encontró tu detective privada para que se te ocurriera de repente viajar a Lubbock.

Noah sintió que se ponía tenso. Habían llegado a un punto crítico, una encrucijada, el momento de la verdad. Aunque le ponía nervioso que Keyon y George estuvieran en la casa, ya que dejaban claro que Ava jugaba con ventaja por estar en su terreno, pensó que era el momento de tirarse a la piscina, hubiera o no agua y al margen de cuáles fueran las consecuencias.

43

Jueves, 17 de agosto, 23.15 h

Noah se preguntó por dónde debía empezar. Decidió presentarle la información en el orden en que él la había ido descubriendo y se preparó para lo que estuviera por venir.

—Le dije a la señora Hinkle que habías ido al instituto Coronado de Lubbock —comenzó a relatar— y que terminaste tus estudios allí en el 2000, así que ella empezó a investigar por ahí. Sorprendentemente no encontró a ninguna Ava London en el instituto Coronado en los últimos cincuenta años.

Noah hizo una pausa y observó la reacción de Ava. Esperaba que fuera una mezcla de ira y de actitud a la defensiva, porque la había pillado en una flagrante mentira, pero ella asintió y punto, como si se esperara lo que Noah acababa de decir y no le preocupara lo más mínimo.

—La detective privada decidió por su cuenta buscar a Ava London en otros institutos de la zona de Lubbock —prosiguió Noah, sin dar crédito a la falta de respuesta de Ava. Nunca iba a dejar de sorprenderlo. Eso no era más que otra capa de la cebolla—. Y después de una intensa búsqueda, la señora Hinkle por fin encontró algo. Una Ava London había ido al instituto Brownfield, en un pequeño pueblo con ese mismo nombre que está a unos sesenta y cinco kilómetros al sudeste de Lubbock.

Ava volvió a asentir.

—¿Eso es todo? —preguntó cuando Noah hizo una segunda pausa.

—No, no es todo —contestó Noah—. Ava London estaba en la clase del año 2000, pero no llegó a terminar el instituto. Se suicidó una noche de viernes, el 14 de abril de 2000. Fue casi un año después de que se suicidara su padre, y lo hizo con la misma arma y en la misma habitación. Tras el suceso, se creyó que Ava había sufrido acoso en las redes sociales tras la muerte de su padre y que la habían empujado a hacer lo mismo que él. Al parecer fue uno de los primeros casos de ciberacoso.

—Una detective privada de lo más competente —comentó Ava casi sin emoción.

—La señora Hinkle no me dio todos esos detalles —explicó Noah—. Leí varios artículos que se publicaron en *The Brownfield Gazette* tras el suceso. La noticia conmocionó Brownfield.

—Pero seguro que la detective descubrió unos cuantos cotilleos —aventuró Ava casi burlándose.

—Sí —contestó Noah—. Descubrió que había una Gail Shafter en la clase de Ava London. Yo le había dicho que utilizabas ese apodo en Facebook.

—Muy interesante —dijo Ava con una media sonrisa—. ¿Y qué más?

—Eso es todo. La señora Hinkle planeaba ir a la Centro Médico de la Universidad de Brazos ayer para continuar su investigación, pero antes de que pudiera hacerlo, la asesinaron en su casa. Lo que me preocupa y me horroriza es que no sea una mera coincidencia el hecho de que haya ocurrido justo en ese momento.

—Me temo que estoy de acuerdo contigo —reconoció Ava, que se había puesto seria—. Es demasiada coincidencia.

Noah se estremeció y se quedó mirando a Ava. Se topaba con una nueva sorpresa. Para su total consternación, ella estaba confirmando sus peores miedos: indirectamente, él había tenido algo que ver con la muerte de Roberta Hinkle.

—¿Quién eres tú? —preguntó Noah con un aire existencialista.

439

—Soy Ava London —afirmó Ava sin dudar ni un segundo, tras recuperar el aplomo—. Y hasta tal punto me he convertido en Ava London que a veces se me olvida que no he sido esa persona siempre. Por ejemplo, muchas veces me creo de verdad que mi padre se suicidó. Es como lo que dijiste aquella noche cuando hablamos de que la gente en las redes sociales a veces confunde lo verdadero con lo que se ha inventado para que su vida parezca y suene mejor.

—¿Y qué pasa con el suicidio de Ava London? —quiso saber Noah—. ¿Cómo explicas eso?

Le costaba entender cómo era posible que la Ava que conocía se mostrara tan indiferente ante la historia que estaba contando, sobre todo si ella había tomado parte en el ciberacoso.

—Como es obvio, he cambiado la historia en ese aspecto —aclaró Ava—. Me imagino que a ti te parecerá muy desconcertante todo esto, pero entiende que yo siempre estuve celosa de Ava London y que siempre quise ser ella. Su muerte me dio la oportunidad, y el hecho de que yo necesitara una nueva identidad fue el estímulo. Y fue fácil. Nos parecíamos mucho, aunque ella era más guapa. Bastó con una sencilla rinoplastia, una operación que de todas formas siempre había querido hacerme, un cambio de color de pelo y unos cuantos formularios en el juzgado del condado de Lubbock para que todo fuera legal.

—¿Por qué no hiciste el papeleo en Brownfield? —preguntó Noah. No se le había ocurrido ir a preguntar por ese registro al juzgado de Lubbock.

—No creo que en Brownfield me lo hubieran permitido —explicó Ava—. Si quieres cambiarte el nombre, las autoridades desaconsejan, y a veces incluso prohíben, que te pongas el de gente conocida, y Ava era muy famosa en Brownfield.

—Has dicho que necesitabas una nueva identidad. No lo entiendo. ¿Por qué?

—Mi antigua identidad era un lastre —dijo Ava—. Cuando me mudé a Lubbock con mi jefe, el dentista, y me di cuenta de lo que podía hacer la educación por una persona, necesitaba un nuevo comienzo. Convertirme en Ava London fue ese comienzo. Ella tenía una visión diferente de la vida y otro expediente académico. Ava habría ido a la universidad y habría llegado a ser algo más que la ayudante de un dentista. Habría sido, como mínimo, la propia dentista.

—En los artículos que leí en *The Brownfield Gazette* te acusaban a ti, cuando todavía eras Gail Shafter, y a otras dos compañeras de clase de haber sido las que acosaron a Ava London tras el suicidio de su padre a través de AOL Instant Messaging y las que la animaron a imitarlo. ¿Es eso verdad?

—Puede que sí, a cierto nivel —admitió Ava—. Pero había muchas chicas que estaban celosas de Ava London, y ella era una esnob de pies a cabeza. En aquel momento lo que me repugnaba a mí, y a un buen número de compañeras de clase, era que ella utilizaba el suicidio de su padre en su beneficio, para conseguir más elogios y un estatus mejor porque se suponía que estaba sufriendo, la pobrecita. Nos daba asco a todas y yo no tenía miedo de decírselo a las claras. Pero nunca la animé a que se suicidara. —Tras una pausa, Ava añadió—: Ella y yo habíamos sido amigas, o al menos todo lo amiga que se podía ser de la chica más popular de la clase que nunca estaba satisfecha con su estatus. Sin embargo, cuando fui sincera con ella y le dije lo que pensaba de su forma de sacar provecho del suicidio de su padre, ella me condenó al ostracismo y me acosó cuanto pudo acusándome de ser una zorra. Es más. Durante mi primer año de instituto, tuve que soportar tal acoso en internet que no pude ir a clase durante una semana, y Ava London y dos de sus mejores amigas fueron las culpables. —Ava sacudió la cabeza—. Crecer se está volviendo cada vez más difícil con las redes sociales, que no paran de proporcionar comunicación instantánea. Y me parece que es más difícil para las chicas que para los chicos, con todos esos mensajes confusos que recibimos sobre sexo. Si no cedes, eres una mojigata. Si cedes, eres una zorra. Y yo no era una zorra. Solo tuve un novio en el instituto y no duró mucho.

—Así que no acosaste a Ava para que siguiera los pasos de su padre...

—No, nunca, pero sí que le dije bien claro que estaba intentando beneficiarse de esa tragedia.

—¿Y por qué no me contaste lo del cambio de identidad, con lo que habíamos intimado? —quiso saber Noah.

—No lo sé. Puede que te sorprenda, pero no pienso en ello a menudo. Me he adaptado a mi nueva realidad y la prefiero a la antigua. Igual te lo habría contado en algún momento. O tal vez no. No me parece tan importante. Y hablando de temas importantes, hay uno mucho más serio que quiero hablar contigo.

Ava pegó la otomana en la que estaba sentada a la butaca de Noah para poder bajar aún más la voz.

—Antes de comentarte nada, quiero que sepas que me gustas, Noah Rothauser. Me gustas mucho y te respeto, por eso nos hemos llevado tan bien hasta ahora, y espero que nuestra relación continúe y tal vez incluso prospere. Creo que estamos hechos el uno para el otro, pero si va a pasar algo o no, depende completamente de tu cooperación.

—¿Cooperación en qué? —preguntó Noah vacilante.

—En unirte al equipo —contestó Ava—. Mi equipo. Aparte de mi interés personal en ti, creo que podrías ser de gran ayuda para el CSN. Tú y yo, los dos juntos. Piensa que no he parado de hacer presión a tu favor. Es un poco irónico, intentar presionar a un grupo de presión. Pero he tenido éxito, y la prueba es que estás aquí sentado en este momento en vez de haber desaparecido sin dejar rastro, y eso que habría sido fácil porque nadie sabía ni que habías ido a Lubbock ni por qué.

Un escalofrío le recorrió la espalda a Noah y se puso tenso.

—Me costó un montón convencerlos de que te trajeran de vuelta a Boston para poder tener esta charla —aseguró Ava—. Hasta les amenacé con no hacer varios viajes a Washington que ya estaban previstos para conseguirlo. Ahora me gustaría recordarte la metáfora que utilizaste la primera noche que viniste a mi casa para planificar la sesión inicial de la M&M, cuando nos describiste como «dos gotas de agua». ¿Te acuerdas?

—Claro que me acuerdo —dijo Noah—. Fue cuando me enteré de cuánto nos parecíamos en lo referente a nuestro compromiso total con la medicina y a nuestras respectivas especialidades.

—Por desgracia, diría que la metáfora no es tan cierta como yo creía —comentó Ava.

—¿Qué quieres decir con eso? —preguntó Noah. Sabía por intuición que Ava iba a decir algo que no le iba a gustar.

—Como creía que estabas tan comprometido con la cirugía como yo con la anestesia, estaba segura de que si te suspendían de tu puesto de jefe de residentes, estarías tan obsesionado con conseguir que te permitieran reincorporarte que no tendrías ni tiempo ni energía para causar problemas a los demás. Y con «los demás» quiero decir a mí.

De repente una sensación de ira y de traición inundaron el cerebro de Noah. Miró a Ava perplejo.

—¿Me estás diciendo que has sido tú la responsable de mi suspensión?

—Indirectamente —reconoció Ava—. Lo único que hice fue decirle a mis niñeras, Keyon y George, que habías amañado o inventado los datos de tu tesis. También les dije que el doctor Mason estaba deseando que te despidieran. Con esa información y sus considerables recursos, lograron que te suspendieran temporalmente.

Noah sintió que enrojecía. Creer que alguien en quien confiaba y a quien estaba tan unido le había fallado era demasiado para él.

—Veo que estás disgustado —continuó Ava en el mismo tono que había estado manteniendo todo el rato—. Pero antes de que te dejes llevar por un paroxismo de justa indignación, quiero decirte que no estaba del todo convencida de que dejaras de causar problemas con todos esos recelos sobre mi competencia, ni siquiera después de que te suspendieran. Y por eso, que conste, animé a Keyon y a George a utilizar todo el poder de investigación de la ABC Security para rebuscar en tu pasado. Es fascinante lo que han encontrado. Al parecer, tú, el doctor Noah Rothauser, como la mayoría de la gente, tienes unos cuantos secretos que no casan con el personaje que finges ser en la actualidad, que tiene mucho más que ver con un *alter ego* de Facebook de lo que nos has hecho creer. ¿Quién es el auténtico Noah Rothauser?

La cara de Noah perdió el color al instante. Necesitó un momento para organizar sus pensamientos.

—¿Te puedo hacer una pregunta? —dijo con voz titubeante.

—Claro.

—¿Por qué el CSN y tú estáis tan en contra de que compruebe tu formación? En un principio solo estaba interesado en saber de cuántos casos te habías ocupado cuando eras residente y de qué tipo eran. Tan solo intentaba averiguar eso cuando utilicé tu ordenador.

—El CSN no quiere que se cuestione mi formación porque yo les dejé muy claro que no quería que nadie la cuestionara —afirmó Ava—. Tan simple como eso.

—¿Y sabe el CSN por qué?

—No, no lo sabe —confesó Ava—. Y ahora es mi turno de hacerte una pregunta. ¿Por qué te preocupa tanto mi formación, si mis resultados en los exámenes de especialización en anestesiología, tanto en los orales como en los escritos, han sido brillantes y, como me has recordado varias veces, he llevado a cabo más de tres mil casos en el BMH sin que haya habido ningún problema?

—Pues sobre todo porque no puedo dejar de preguntarme por esas tres muertes y porque desde un punto de vista ético me siento obligado a comprobarlo todo. Ya te lo dije.

—Y yo te expliqué ampliamente que tus preocupaciones eran infundadas en los tres casos. ¿Qué más? Pongamos las cartas boca arriba.

—Vale, también me extrañó tu sintaxis en las notas sobre la

anestesia —confesó Noah, y se sintió avergonzado por sacar a colación un tema tan insignificante, aunque no dejaba de molestarle, como una piedra en el zapato—. Utilizas menos acrónimos y más superlativos que otros médicos.

—Ese es un detalle absurdo —repuso Ava—. Como mucho, es esnobismo médico puro y duro. Yo escribo las notas como se escriben en el Centro Médico de la Universidad de Brazos de Lubbock, Texas. ¿Qué más?

—Me sorprende que no tengas buenos amigos en el hospital —añadió Noah—. Mantienes a todo el mundo a distancia y por lo visto prefieres las redes sociales a la interacción cara a cara. ¿Por qué? Me resulta extraño, porque te considero una persona agradable y cariñosa. No tiene sentido, sobre todo con esa capacidad tuya para captar a la gente tan bien.

—¿Qué es esto? ¿El cazo diciéndole a la sartén «Apártate que me tiznas»? En esencia tú eres igual. Acuérdate: dos gotas de agua. Tal vez tú parezcas más amistoso con todo el mundo que yo a nivel superficial, pero no tienes amigos íntimos, a excepción de una supuesta novia que no conoce nadie y que decidió que necesitaba más en una relación de lo que tú le dabas. En cuanto a las redes sociales, creo que si no estás muy enganchado es porque no tienes tiempo, al menos hasta que termines la residencia. Cuando la acabes, el *gamer* que hay en tu interior va a recuperar su espacio, y ahora mismo no hay mejor juego en internet que las redes sociales.

»La realidad es que los dos somos producto de la nueva era digital, en la que la verdad y la intimidad son cada vez menos importantes. Gracias a la ubicuidad de las redes sociales en todas sus formas, todos nos estamos volviendo narcisistas, tal vez no de un modo tan evidente como tu amigo el Salvaje Bill Mason, pero todos buscamos la reafirmación constante, y es por eso por lo que tú trabajas tanto y a mí me encanta la anestesia. Todo el mundo se ha convertido en una elaborada fusión de lo real y lo virtual, incluidos tú y yo.

Noah miró a Ava. Antes había tenido un mal presentimiento

sobre la dirección que estaba tomando esa extraña conversación digresiva, pero de repente estaba seguro de hacia dónde iba y un miedo profundo y atávico se extendió por su cuerpo. Le inquietaba darse cuenta de que era ella la que tenía el control y no él. Ella conocía sus propios secretos, todos, y al parecer también unos cuantos de él.

—La creciente popularidad de Facebook y otras redes sociales es un presagio del futuro —continuó Ava tras una pausa por si Noah quería decir algo. Sin embargo, él permaneció en silencio—. La gente puede ser lo que quiera ser gracias a la tecnología, y los que mejor lo hagan, como tú y como yo, prosperarán a pesar de su pasado.

Ava dejó de hablar otra vez. Esta vez estaba decidida a esperar una respuesta por parte de Noah. La expresión de su cara, esa media sonrisa satisfecha de quien ejerce el control, contrastaba mucho con la mueca tensa, ansiosa y con los labios apretados de Noah.

Noah apartó la vista un momento. La seguridad en sí misma de Ava y su aparente diversión resultaban irritantes, porque él se consideraba la parte ofendida y creía que ella debía tratarlo como tal, en vez de jugar con él, como uno de sus gatos con un ratoncito. Cuando volvió a mirarla, una vez más tomó la decisión de que había llegado el momento de ir a por todas. Lo que no se esperaba era otra sorpresa y un shock aún mayor.

44

Viernes, 18 de agosto, 12.05 h

—Dejemos de marear la perdiz —dijo Noah malhumorado—. Quiero que me digas sin tapujos por qué eres tan reservada con respecto a tu formación en anestesiología.

—Es fácil —contestó Ava con una amplia sonrisa—. No quiero que la gente compruebe mi formación en anestesiología porque no la hice.

Noah se quedó boquiabierto. Volvió a mirar a Ava, pero esta vez con una incredulidad total.

—Creo que deberías explicarme qué quieres decir con eso.

—Soy lo que se llama vulgarmente una charlatana de feria moderna, que no tiene nada que ver con lo que fue ese personaje en el pasado —empezó a explicar Ava—. Y no estoy hablando del tipo de charlatán en el que se está convirtiendo todo el mundo por decir cuatro mentirijillas en las redes sociales. Estoy hablando de ser una charlatana en toda la extensión del término, una impostora, solo que de otra índole. Yo soy una impostora de lo más competente.

—¿Y qué parte de tu formación en anestesiología no hiciste? —preguntó Noah vacilando.

—Ninguna —reconoció Ava.

—Me parece que no te estoy entendiendo —repuso Noah, atónito

—Deja que te lo explique. Te acordarás de que te dije que había estado administrando anestesias bajo la supuesta supervisión de mi jefe, el dentista, que no me supervisaba demasiado. Eso fue lo que me hizo interesarme por la ciencia de la farmacología y los gases anestésicos. Cuando nos fuimos al Centro Médico de la Universidad de Brazos empecé a ir a algunas clases, incluso asistí a conferencias de anestesiología que ofrecía la universidad. Mi jefe me animó mucho. Así que empecé a leer sobre ese campo en internet, lo que resultó ser más útil que las clases, porque tengo mejor retentiva cuando leo y leía a una velocidad mayor que la de mis profesores hablando. La información que encontré me resultó fascinante. También me impresionó el sueldo y el respecto que la gente tenía por los anestesistas, y quise lo mismo para mí. Bueno, de hecho estaba haciendo más o menos lo mismo, solo que en la consulta de un dentista, como ayudante, en vez de en un quirófano. Y lo estaba haciendo sin el fabuloso equipo que hay en los quirófanos y sin el apoyo de enfermeras y residentes.

—A ver si lo he entendido bien —la interrumpió Noah con una incredulidad creciente—. ¿Nunca hiciste la residencia en anestesiología?

—No. No me hizo falta —afirmó Ava.

—¿Y los exámenes de especialización en anestesiología? —preguntó Noah con la boca aún más abierta—. ¿No los hiciste?

—¡Oh, sí, claro! Los hice y los aprobé sin problema. Incluso me lo pasé bien, porque fue una forma de reivindicar todo el esfuerzo que había hecho para prepararlos.

—Pero para presentarse a esos exámenes hay que haber pasado antes por la residencia —balbuceó Noah.

—Es un requisito habitual —reconoció Ava—. Pero en mi caso fue diferente. Decidí saltarme la parte de la residencia porque la consideré innecesaria e incluso una explotación. Desde mi punto de vista, la residencia solo es una forma de tener a gente administrando anestesias durante tres o cuatro años pagándoles una miseria en comparación con lo que el hospital cobra por el servicio. Y la supervisión que se supone que te proporcionan durante ese tiempo no es para tanto.

—¿Y cómo conseguiste que te permitieran hacer los exámenes? —preguntó Noah. Estaba atónico y llegó a pensar que Ava le estaba engañando y jugando con él.

—Fue bastante fácil. El punto crítico fue pasar de Brownfield a Lubbock, cuando mi jefe dentista se convirtió en el decano de la nueva facultad de odontología. Como miembro fundador de la universidad, figuraba como administrador en el sistema del Centro Médico de la Universidad de Brazos. Con su usuario yo tenía acceso a todo. Y gracias a mis habilidades informáticas, no fue difícil crear todo un expediente para Ava London similar al de otros residentes de anestesiología, con sus notas, sus evaluaciones y sus cartas de recomendación. Lo que me ayudó un montón fue que toda la universidad y el centro médico estuvieran creciendo en progresión geométrica. Siempre estaba todo lleno de personal nuevo y se subían al sistema perfiles y expedientes todos los días. También fue útil que prácticamente no existiera un cortafuegos. Hasta tal punto que quizá podría haberlo hecho incluso sin el usuario de mi jefe. Pero el usuario me lo facilitó todo. Incluso pegué fotos mías junto a los auténticos residentes en los años adecuados.

Noah se dio cuenta de que estaba asintiendo. Recordaba haber visto la foto de Ava con los residentes de 2012. Por increíble que pudiera parecer, estaba empezando a pensar que decía la verdad.

—¿Y el cambio de nombre? —preguntó Noah—. ¿Cuándo lo hiciste?

—No lo hice hasta que tuve que presentarme al examen para obtener la licencia médica. En ese punto necesitaba una nueva identidad. Eso fue antes de hacer los exámenes de especialización en anestesiología.

—Así que hay gente que cree que Gail Shafter todavía existe —aventuró Noah.

—Oh, claro. Esa era la clave —confirmó Ava—. Sobre todo que lo creyera mi antiguo jefe, el doctor Winston Herbert, que sigue siendo el decano de la facultad de odontología de la Universidad de Brazos. Por eso mantengo la página de Facebook con ese nombre. Hoy por hoy Gail está trabajando para un dentista inventado de Davenport, en Iowa. Creo que a estas alturas ya podría acabar con ella, pero ¿por qué iba a hacerlo? Disfruto viendo el contraste entre mi antigua vida y la nueva. Me hace apreciar continuamente lo que he conseguido.

—¡Dios mío! —exclamó Noah. La cabeza le daba vueltas—. ¿Y quién hizo la carrera de medicina, Gail o Ava?

Ava rio. Se estaba divirtiendo de lo lindo.

—Ava, claro.

Aunque a Noah le sorprendió ese dato, reconoció que no había razón para sorprenderse.

—En otras palabras, que tampoco fuiste a la facultad de medicina.

—Claro que no —reconoció Ava—. A ninguna universidad, a decir verdad. Eso habría sido una pérdida de tiempo aún mayor que la residencia en anestesiología. Yo quería ser anestesista. No quería perder el tiempo sacándome un título genérico de artes liberales, y menos uno de los que vosotros, los de la Ivy League, consideráis adecuados.

—Con eso me estás diciendo que ni siquiera eres médico —dijo Noah.

—Eso solo es una cuestión de definiciones —replicó Ava—. Sí que hice el examen para obtener la licencia, como te he dicho, y saqué muy buena nota, un percentil del noventa y cinco por ciento, porque me rompí los cuernos estudiando. Según el estado de Massachusetts, soy médico. Tengo mi licencia de médico. Ellos dicen que yo soy médico. Yo me siento médico y actúo como médico. Tengo los conocimientos de un médico. Así que soy médico.

—¿Y tu especialidad en nutrición?

—Inventada también. En cierto momento me di cuenta de que tal vez me vendría bien. Me limité a leer sobre el tema en internet.

Noah cerró los ojos y se pasó la mano por el pelo. Era todo tan increíble que le costaba asimilarlo.

—No sé si me creo todo lo que me estás contando —murmuró.

—¡Despierta, amigo! —exclamó Ava—. ¡Entra en la era digital del siglo XXI! Las bases del conocimiento han cambiado. Ya no las guardan bajo llave las sociedades profesionales, unas más secretas y restringidas que otras. El conocimiento sobre casi todo está disponible en internet, al alcance de cualquiera, no solo de los pocos que tienen la suerte, por la razón que sea, de ir a unas universidades concretas. Incluso la experiencia y la pericia médica profesional se pueden adquirir en centros de simulación, con maniquíes dirigidos por ordenador que en muchos aspectos son mejores que el mundo real. Con los maniquíes un estudiante puede repetir un problema una y otra vez hasta que aprende a solucionarlo y lo automatiza, por ejemplo, cómo se trata una hipertermia maligna. La mayoría de los anestesistas nunca han tenido un caso de estos. Yo he tratado siete, para ser exactos. Seis con el simulador y uno en la vida real.

—¿Utilizaste de verdad un centro de simulación? —preguntó Noah. Aunque era una afirmación más que una pregunta.

—Claro que sí —afirmó Ava—. No sabes cuánto. Pocos meses después de llegar al Centro Médico de la Universidad de Brazos, empecé el camino para convertirme en anestesista utilizando los simuladores casi cada noche, cuando los estudiantes de medicina y los residentes se habían ido a dormir. Todas las noches, religiosamente. Incluso empecé a escribir programas y a corregir errores en el sistema, porque de inicio tenía cantidad de virus. Pero fue una forma estupenda de aprender, mucho mejor que la metodología estándar. Es más bien un crimen que no se haya cambiado la manera de enseñar medicina en los últimos cien años y que todavía se aferre a un paradigma que se estableció en 1910, por Dios. Es casi increíble, porque todo lo demás en nuestra cultura y tecnología ha cambiado de manera drástica. ¿No te parece vergonzoso que la formación médica sea la más obsoleta de todas las disciplinas pedagógicas?

—No lo he pensado mucho, supongo —reconoció Noah.

—Bueno, pues yo sí. ¿De verdad se necesitan cuatro años de universidad para convertirse en un médico maravilloso? ¡No! Tal vez sí la necesitaban en 1910, pero ahora no. Quizá es que creen que así tendrán una vida más rica, pero incluso eso se puede cuestionar. ¿De verdad se necesitan cuatro años de facultad de medicina para ser un médico estupendo? No lo creo. Tal vez en 1910 sí, y eso que la mayoría de las facultades de medicina eran fábricas de títulos privadas y con ánimo de lucro y además eran una burla. ¿La gente necesita de verdad investigar durante un par de años? Otra vez no, a menos que elijan dirigir su carrera hacia la investigación. Si no, es como andar sobre las aguas sin mojarse. Y la prueba de todo esto es que yo soy una anestesista muy buena, y que he llevado más de tres mil casos y he supervisado a residentes y enfermeras de anestesia.

»Sé que tienes tus dudas sobre las tres muertes que he tenido recientemente. Y créeme, me han preocupado a mí más que a nadie, porque han sido las primeras y espero que las últimas. Pero quiero que te quedes tranquilo, porque no se han producido porque yo no haya hecho la residencia en anestesiología. Con respecto a Bruce Vincent, los dos sabemos que fue el terco del doctor Mason, su colega, y el paciente quienes cometieron el error. En el caso de Gibson, el problema fue esa regla del departamento que dice que puedo supervisar dos casos de anestesia con residentes al mismo tiempo y el hecho de que el residente no esperara a que yo estuviera en el quirófano, sino que empezara mientras yo estaba ocupada en otra parte. Tampoco ayudó que por un fallo técnico el sistema informático creara dos historiales, uno en el que constaba el problema del cuello del paciente y otro en el que no, que fue el que recibió el residente. Y el caso de hipertermia maligna no se podía haber llevado mejor, a pesar del resultado. Cuando revisaron el caso esa fue la conclusión. Y puedo decirte que la mayoría de los anestesistas del BMH nunca han atendido un caso de hipertermia maligna, ni en la vida real ni en el mundo virtual. No dudo que supieran atenderlo, pero si estuviera en juego mi vida, preferiría ser yo la encargada del caso y no ellos, porque yo tengo experiencia. En cuanto a por qué la enfermera del quirófano te dijo que no apagué el gas de inmediato, no tengo ni idea, porque yo eso lo hago automáticamente. Tal vez le fastidia que yo sea la anestesista y ella la enfermera, o quizá es porque yo soy más joven y más atractiva, quién sabe. —Ava levantó ambas manos como si se rindiera y se echó hacia atrás en el asiento—. Eso es todo. Toda la historia, y tú eres la única persona que la conoce. —Bajó las manos despacio, observando a Noah con actitud expectante.

—¿Y por qué me cuentas todo esto? —preguntó Noah—. ¿Por qué me pasas a mí esa carga?

—Por dos razones —contestó Ava—. Primera, para salvarte el pellejo, y segunda, para salvar tu carrera. El CSN cree que eres una importante amenaza para mí y ha compartido esa opinión con ABC Security. Ya te puedes imaginar lo que eso puede suponer... La segunda razón es que me gustas y que somos en muchos aspectos «dos gotas de agua». Y eso es un cumplido. Me gusta estar contigo. Si quieres saber la verdad, al principio solo te veía como una forma de quitarme de encima el problema con el doctor Mason sin tener que implicar a ABC Security. Pero eso fue antes de conocerte mejor.

—A mí también me gusta estar contigo —admitió Noah—, pero...

—No hay peros que valgan —interrumpió Ava—. Tienes que dejar las cosas como están. Yo me he arriesgado por ti. Sé que, desde tu punto de vista, he llegado hasta donde estoy ahora siguiendo un camino con el que no estás de acuerdo. Pero comprende que yo soy el futuro. La formación médica va a cambiar drásticamente en los próximos cinco o diez años. Tiene que cambiar. Me ha llevado diez años llegar a donde estoy porque he tenido que trabajar para mantenerme mientras lo hacía, pero si no hubiera tenido que trabajar, me habría llevado la mitad. Es inevitable que pronto, para convertirse en especialista, por ejemplo en anestesiología, se tarde seis años o menos desde el fin del instituto hasta el examen de especialidad, en vez de los doce que se necesitan ahora. Los costes del sistema sanitario tienen que reducirse, y parte de esos costes provienen de la formación de médicos como los anestesistas. Esto se parece más bien a un negocio, aunque no queramos admitirlo.

—No creo que pueda hacer lo que me dices —confesó Noah—. Como médico de verdad, me temo que tengo la responsabilidad ética de sacar a la luz que eres una impostora. Lo siento. Quizá tengas razón sobre la formación médica. Tal vez se ha quedado obsoleta como dices, pero no creo que yo pueda ser el juez y el jurado en este tema.

—Siento que me digas eso. Si me denuncias, yo tendré que hacer lo mismo contigo.

—¿A qué te refieres? —preguntó Noah titubeante. Los miedos que había sentido antes volvieron en tromba.

—Ya te he comentado hace unos minutos que Keyon y George, utilizando todo el poder de investigación de ABC Security, han destapado unos cuantos secretos tuyos que, sin duda, son más dañinos que haber amañado unos datos para una tesis. ¿Quieres saber lo que han descubierto?

Noah asintió, aunque a regañadientes.

—Lo primero y más importante es que han confirmado que tu padre no murió de un ataque al corazón, sino que está en la cárcel y que se va a quedar allí mucho mucho tiempo, quizá de por vida, por tráfico de drogas, intento de asesinato, blanqueo de capitales y otra serie de asuntillos que suponen un impresionante currículum delictivo. Se llama Peter Forrester y tú te llamabas Peter Forrester Junior hasta que te lo cambiaste legalmente por Noah Rothauser. Rothauser era el apellido de soltera de tu madre. Me gusta Noah, por la conexión bíblica. ¿Quieres que siga?

Noah no se movió, ni siquiera parpadeó, pero aparecieron gotas de sudor en su frente como prueba de su turbación interna.

—Me tomaré tu silencio como un sí. También han confirmado que a ti también te detuvieron junto a tu padre, cuando tenías catorce años, por ayudarlo en alguna de sus actividades, y que fuiste a la cárcel de Carolina del Sur un tiempo, pero como delincuente juvenil, porque se determinó que hubo cierta coacción por su parte. También sabemos que te soltaron a la edad de dieciocho años y que tus antecedentes penales quedaron borrados. Por desgracia para ti y por suerte para nosotros, en la era digital nada desaparece del todo. En el pasado, se arrancaba literalmente una página del registro del tribunal y se tiraba a la basura. Hoy día no hay manera de borrar de forma definitiva un registro y los investigadores de ABC Security, sobre todo Keyon y George, lo encontraron todo. Hay algunos aspectos encomiables en tu pasado, como que en la cárcel te sacaste el título de educación secundaria, incluso recibiste algunas clases avanzadas como prueba de que estabas rehabilitado, para gran satisfacción del personal de prisiones. También es impresionante que el alcaide, al saber que querías convertirte en médico, hiciera todo lo que estuvo en su mano para que te aceptaran en la Universidad de Columbia.

—Mis antecedentes están borrados de manera oficial —replicó Noah cuando por fin pudo hablar—. No puedes utilizarlos contra mí.

—Eso es correcto hasta cierto punto —objetó Ava, elevando las comisuras de la boca hasta componer una leve sonrisa de autosuficiencia—. Pero hay un problemilla con la presuposición de sinceridad. Cuando rellenaste el formulario de la DEA para la obtención de tu licencia, en el apartado en el que hay que responder a la pregunta de si has estado alguna vez en la cárcel por algún delito, tú deberías haber marcado la casilla del sí. Y en el espacio correspondiente de la parte de atrás del formulario deberías haber explicado que fuiste un delincuente juvenil y que tus antecedentes están borrados. Sería interesante informar a la DEA de ese asunto y ver qué dicen, sobre todo porque tu delito juvenil tenía que ver con el tráfico de drogas. La opinión de los abogados es que perderías la licencia de la DEA y en consecuencia te resultaría del todo imposible ejercer como médico. También sería interesante saber cómo reaccionaría la Junta Asesora de Residentes, que va a evaluar tu suspensión, si se enterara de que has mentido en el formulario de la DEA, algo que es mucho más grave que amañar temporalmente los datos de una tesis.

—No pueden utilizar unos antecedentes borrados contra mí —repitió Noah, aunque sin convicción en la voz.

—La tarea de la Junta Asesora de Residentes es decidir sobre las cuestiones éticas —recordó Ava—. Pero no discutamos por ese detalle, porque hay más cosas. También hemos comprobado que tu madre está en una residencia para enfermos de Alzheimer. Y descubrimos que tienes una hermana con una anomalía cromosómica, que también está en una residencia especializada. Nos consta que tuviste que alargar tu carrera en la facultad de medicina y tardaste seis años porque tenías dificultades financieras para manteneros a tu madre, a tu hermana y a ti, y eso es muy noble. Sin embargo, como trabajaste en la administración de la facultad de medicina, es obvio que tenías un acceso especial al sistema informático de la facultad, algo similar a lo que me pasó a mí con el sistema de la Universidad de Brazos. Y como somos «dos gotas de agua» y sé que compartimos habilidades informáticas, le recomendé a Keyon y a George que hicieran un análisis forense de tu expediente. Lo que encontraron no fue determinante, si bien sugería que tal vez se había producido alguna alteración. Lo que quiero decir es que a estas alturas no sabemos con seguridad si modificaste tu expediente de cara a la solicitud de residencia en el BMH, y que se precisaría un análisis más a fondo para estar seguros. Pero ese es otro tema en el que eres muy vulnerable.

Ava hizo una pausa e inspiró hondo sin dejar de observar a Noah. Esperaba ver alguna reacción, pero él se la quedó mirando sin más, con la respiración acelerada.

—Veo que estás agobiado y no te faltan razones —continuó Ava—. Así que hablemos sobre cómo resolver esto. Tú quieres ser uno de los mejores cirujanos del mundo y has trabajado mucho para conseguirlo. Yo quiero hacer lo mismo en el campo de la anestesiología y también he trabajado duro, aunque mi trayectoria sea diferente. La razón por la que he pedido que te traigan aquí y te he confiado todos estos secretos que nadie más sabe es que veo más similitudes que diferencias entre nosotros y que me gustas. Te he contado todo esto porque hay una solución. Mi intención ha sido crear un duelo a tres bandas, lo que significa que hay tres individuos que se apuntan con un arma entre sí: tú, yo y el CSN. La única forma de resolver esto y que todos ganemos es que las tres partes acepten el *statu quo* y bajen las armas. Si no, perdemos todos.

—Cada vez que hablas, me encuentro con una nueva sorpresa —reconoció Noah—. ¿Por qué crees que el CSN te está apuntando a ti con un arma? Eres su asesora predilecta.

—Si tú haces público que soy una impostora, ya no seré su predilecta, sino su enemiga.

—¿El CSN no tiene ni idea de que eres una impostora? —preguntó Noah, de nuevo perplejo.

—Claro que no.

—¿Y cómo es que tú estás apuntando al CSN?

—Eso es fácil. Yo podría anular en cualquier momento lo que ya he conseguido para evitar que enmienden la Ley de Salud y Educación sobre Suplementos Dietéticos de 1994. Y además, con los años he aprendido suficiente sobre la industria de los suplementos para desacreditarla con buenos argumentos.

Se produjo otro silencio mientras Noah intentaba contextualizar todo lo que había oído durante la última media hora.

—Y entonces ¿qué quieres que haga? —dijo al final con voz apagada.

—Nada —contestó Ava con una sonrisa. Tenía claro que estaban progresando—. Es esencial que no hagas nada, pero debes ser convincente a la hora de no hacer nada. El CSN tiene que estar absolutamente seguro de que no vas a intentar desacreditarme de ninguna forma. Como ya has deducido, están encantados conmigo. Es obvio. Basta con ver esta casa, el Mercedes, el ordenador y todos mis juguetitos y el estilo de vida que llevo. Por supuesto, sería aún mejor y más convincente si aceptaras ayudar a la causa.

—Espero que eso no signifique apoyar a la industria de los suplementos nutricionales —repuso Noah.

—Eso es exactamente lo que quiero decir —soltó Ava con una risita—. ¡Baja de las alturas, doctor Rothauser! La industria está intentando limpiar su imagen de varias maneras. No todas las empresas del sector son malas; como en todo, incluido el mundo de los médicos y los hospitales, hay buenas y malas. Las malas son muy malas, sobre todo las que traen todos sus productos de China y de la India, exageran los beneficios para la salud que aportan y, en realidad, les importa un bledo. Pero si colaboras, podrías ejercer una presión positiva y efectiva desde dentro para cambiar la forma de actuar de las malas empresas de tal modo que moderen sus absurdas afirmaciones sobre la salud y se hagan responsables de la mierda venenosa que hay en los frascos que anuncian y venden. De verdad que hay empresas buenas que se preocupan por sus productos y que venden vitaminas y otros productos similares legales, y que son muy conscientes de que las otras empresas son las responsables del daño y de la mala publicidad que se les hace a todas. La realidad es que tú podrías hacer mucho más bien desde dentro que intentando luchar contra los molinos desde fuera. —Ava hizo una pausa, consciente de que se había dejado llevar un poco—. ¿Cómo lo ves? —preguntó al final con una voz más tranquila.

—Lo de apoyar a la industria tengo que pensármelo —reconoció Noah.

—Vale, piénsatelo. Pero si tienes tan claro como dices el tema de la industria de los suplementos nutricionales, esta podría ser tu oportunidad de hacer algo positivo. La industria no va a cambiar por sí sola. El problema es que, igual que el resto de las industrias de la salud, hay demasiado dinero en juego y tiene a muchos políticos comprados. Solo un apunte para terminar: imagínate la potencial remuneración que recibirás del CSN con todos esos títulos tuyos de la prestigiosa Liga Ivy. Con ese dinero podrías saldar fácilmente tu deuda de estudios y ocuparte de los cuidados de tu madre y de tu hermana. ¿Qué tiene eso de malo?

Epílogo

Vestido con la única chaqueta y corbata que tenía, Noah cruzó la puerta giratoria de la entrada del Stanhope Building. Por fin, tras varias semanas de tormento, preocupado por si su residencia de cirugía terminaría de forma prematura, estaba seguro de que lo iban a readmitir. El día anterior había tenido lugar la temida reunión con la Junta Asesora de Residentes Quirúrgicos, pero había ido mejor de lo que esperaba. Había habido ocho miembros presentes, entre ellos el director del programa, el doctor Cantor, y los dos directores adjuntos, el doctor Mason y el doctor Hiroshi, además de cinco residentes de cirugía que habían sido elegidos como representantes de cada uno de los cinco años del programa. El asiento de Noah estaba vacío por razones obvias. Él había formado parte de la junta todos los años que había sido residente.

Aunque Noah estaba nervioso al principio, por las preguntas que formularon los miembros de la junta, pronto le quedó claro que su abogado, John Cavendish, había explicado de forma convincente que él no se había inventado los datos de su tesis, sino que había hecho una estimación conservadora de los resultados del experimento final y que después los había reemplazado por los datos reales en cuanto los tuvo, con la sola intención de incluir su tesis en su solicitud de residencia en el hospital. Al final de la reunión, comunicaron a Noah que la junta

461

iba a someter su caso a votación y que volviera veinticuatro horas después para conocer el resultado.

Lo único que le sorprendió de la reunión, que duró una hora, fue el silencio total del doctor Mason. Aunque Keyon y George le habían dicho que habían descubierto una información potencialmente comprometida sobre el doctor Mason y que habían hablado con él, Noah solo podía esperar lo peor de quien había sido desde siempre su enemigo. No había sabido a qué se debía su silencio hasta la noche anterior, en casa de Ava.

Mientras cenaban con vistas al jardín, ella le contó que Keyon y George habían descubierto que, a lo largo de los años, el doctor Mason había convertido en costumbre pedir regalos cada vez más extravagantes a jeques árabes de los Emiratos Árabes y de Arabia Saudí, a cambio del privilegio de que los recibiera en consulta de forma periódica, algo importante en pacientes de cáncer de páncreas. Al principio esos regalos eran sobre todo cuantiosas contribuciones para sus investigaciones o para los proyectos de construcción del hospital, pero después, desde hacía unos siete años, esos regalos se habían vuelto más personales. Uno de ellos había sido su adorado y extravagante Ferrari rojo.

Tras consultar con varios asesores fiscales, Keyon y George llegaron a la conclusión de que, desde el punto de vista de la Hacienda Pública, esos regalos debían considerarse parte de los ingresos, ya que, al ser requisito necesario para asegurarse una cita, eran parte de los honorarios profesionales y no una donación voluntaria. Como la suma en cuestión suponía más del 25 por ciento del salario académico del doctor Mason, sobre esos regalos se cernía el espectro del delito de fraude fiscal, que incluso podía suponer pena de cárcel. Keyon y George habían compartido esa información con el doctor Mason y le habían aconsejado que lo mejor para él sería cortar de raíz su continuo acoso al doctor Noah Rothauser.

Noah cogió uno de los ascensores del Stanhope hasta el tercer piso. Una vez allí recorrió la suntuosa alfombra hasta las puertas dobles de caoba de la sala de reuniones del hospital, donde se había celebrado la reunión de la junta asesora el día anterior. Avisó de su llegada a la secretaria del director del hospital, que estaba allí mismo junto a su mesa, y se sentó en la sala de espera de administración. Eran las 13.58 h. Noah quería llegar justo a la hora, ni muy pronto ni muy tarde, así que se alegró de haber sido tan puntual. Aunque era optimista en cuanto a esa reunión, una vez allí, esperando a que lo recibieran, notó esa extraña ansiedad que siempre sentía cuando se veía obligado a presentarse ante cualquier figura de autoridad. Nervioso, se puso a hojear una revista que había cogido de una mesita baja que tenía delante.

Tras la cena de la noche anterior y las revelaciones sobre el fraude fiscal del doctor Mason, Noah y Ava se habían retirado al estudio. Él se había quedado en casa de Ava toda la semana y por las noches se iban al estudio para continuar sus conversaciones. La noche anterior, justo cuando estaban a punto de irse a la cama, Noah había hablado de cierta condición que quería comentar con ella, relacionada con sus niñeras. Después de explicarle lo que tenía en mente, Ava le había respondido que quería pensarlo, aunque media hora más tarde había accedido a regañadientes.

—Ya puede pasar —le anunció la secretaria a Noah cinco minutos después, interrumpiendo sus pensamientos.

Noah se puso de pie, se ajustó la corbata, respiró hondo y fue hacia las enormes e imponentes puertas de la sala de reuniones. Tras otra mínima pausa para respirar hondo de nuevo, entró. Se sorprendió un poco porque sentados frente a la enorme mesa solo estaban el doctor Cantor, el doctor Mason y el doctor Hiroshi. No estaba presente ninguno de sus colegas residentes. A Noah se le paró el corazón. Tal vez su optimismo había sido prematuro. Cerró la puerta y fue hasta el extremo más cercano de la larga mesa. Los tres profesores, que formaban el comité ejecutivo de la junta asesora, estaban en el extremo opuesto.

—Gracias por venir de nuevo —dijo el doctor Cantor—. Siéntese, por favor.

—Prefiero quedarme de pie —contestó Noah.

Miró a los tres hombres, uno por uno. El doctor Mason evitó el contacto visual y fijó la vista en sus manos, que mantenía unidas sobre la mesa delante de él.

—La junta asesora ha decidido por unanimidad, con tan solo una abstención —anunció el doctor Cantor formalmente—, que sea readmitido como jefe de residentes.

Noah sintió un alivio tan repentino que tuvo que agarrarse al respaldo de una silla que tenía delante para sostenerse.

—No obstante —continuó el doctor Cantor—, queremos asegurarnos de que comprende la importancia que nosotros, como formadores médicos, le damos a la ética en nuestra profesión. Queremos tener la certeza de que, para usted, el propio interés no puede justificar una falta de ética, es más...

Noah ya no estaba escuchando al doctor Cantor. Estaba perdido en sus pensamientos y planeando ir en persona a los quirófanos para repasar la lista de intervenciones de la mañana y asegurarse de que la asignación de residentes en cualidad de ayudantes era la adecuada. Después haría la ronda por la unidad de cuidados intensivos de cirugía para familiarizarse con los casos. Y luego pasaría por la planta de cirugía para hacer lo mismo. Tenía un montón de trabajo que hacer para recuperar el ritmo...

—Doctor Rothauser —lo interpeló el doctor Cantor—. Responda a la pregunta, por favor.

—Disculpe —respondió Noah, claramente azorado—. Estoy tan contento de que me hayan readmitido que ya estaba pensando en todo lo que tengo que hacer nada más reincorporarme. No he oído su pregunta. ¿Me la podría repetir?

—La pregunta es: ¿hay alguna otra cuestión ética de la que quiera informar a la junta? El problema con su tesis nos sorprendió a todos porque apareció sin previo aviso, y no nos gustan las sorpresas, sobre todo si tienen que ver con el jefe de residentes, a quien estamos considerando ofrecerle una plaza fija entre nuestro personal.

Noah se quedó mirando al director del programa, con la mente hecha un lío de repente. Quería decir muchas cosas, pero cómo. Quería explicar lo difícil que era encontrarse en un callejón sin salida con una industria que odiaba y una mujer a la que creía que amaba. La verdad era que estaba atrapado entre el pasado y el futuro, entre la ética de la vieja escuela y la nueva realidad de un mundo tecnológico y conectado que no dejaba de expandirse, donde lo real y lo virtual se mezclaban.

—¿Y bien? —insistió el doctor Cantor.

—No sé —dijo Noah balbuceando.

—¡Doctor Rothauser! —exclamó el doctor Cantor—. Esa no es la respuesta que estamos esperando. ¿Qué quiere decir con que no sabe?

Noah suspiró muy fuerte, y sonó como si fuera un globo desinflándose.

—Tal vez debería sentarme.

De repente le parecía que le flaqueaban las piernas. Sacó la silla que tenía delante y se dejó caer. Tras inspirar hondo, levantó la vista, y se fijó en que el doctor Mason le estaba mirando con la misma intensidad que los otros, pero con una leve sonrisa impaciente. Noah era consciente de que el tiempo pasaba y que cada segundo solo servía para empeorar aún más las cosas. Debería haber dicho que no al instante y haber acabado con todo, pero no podía. La pregunta le había pillado completamente desprevenido, había desbaratado el precario equilibrio mental que había estado intentando mantener a toda costa y lo había sumido en la confusión.

—¡Doctor Rothauser! —insistió el doctor Cantor—. ¡Explíquese!

Noah carraspeó mientras luchaba por recuperar el control, cuando una idea surgió entre la niebla de su turbado cerebro.

—Toda esta situación de la tesis me sorprendió a mí también —dijo vacilante, pero ganando confianza poco a poco— y ha resucitado un antiguo miedo que me ha perseguido desde que era adolescente, el miedo a que algo inesperado me impidiera convertirme en el mejor cirujano que mis capacidades me permitan ser. Nunca pensé que lo que hice con mi tesis pudiera suponer un problema ético, pero ahora veo que puede verse de esa manera y pido disculpas por no haber eliminado cualquier duda posible *motu proprio*. Teniendo eso en cuenta, creo que hay algo más que supone un claro problema ético y que debería revelar para evitar cualquier confusión posible.

—Por favor, doctor Rothauser —lo animó el doctor Cantor algo dudoso, cada vez más preocupado y abatido. No se esperaba una respuesta positiva a una pregunta que consideraba un mero formalismo.

—Una vez compré un trabajo por internet y, tras retocarlo, lo presenté como si fuera mío. Sé que eso no está bien, pero fue justo al principio de mi primer año de universidad y estaba sometido a mucha presión para sacar buenas notas.

La cara del doctor Cantor, que se había endurecido considerablemente porque se esperaba lo peor, se suavizó. Era evidente que se sentía aliviado ante la nimia confesión de Noah.

—¿Eso es todo? —preguntó más tranquilo—. ¿Que al principio de sus estudios universitarios compró un trabajo por internet?

—Correcto —admitió Noah—. Los demás también lo hacían, pero sé que eso no es excusa.

Tras una rápida mirada tranquilizadora a sus colegas, que al parecer se sentían tan aliviados como él, el doctor Cantor adoptó una sonrisa comprensiva y condescendiente.

—Gracias por su sinceridad, doctor Rothauser. Aunque no podemos aprobar el plagio a ningún nivel, creo que todos somos capaces de comprender que en su caso se debió a esa competitividad que todos hemos experimentado al principio de nuestras largas carreras. —Volvió a mirar a los miembros de la junta para asegurarse de que también hablaba por ellos.

El doctor Hiroshi asintió con la cabeza para demostrar que estaba de acuerdo.

—¿Algún otro tema, aparte de ese trabajo de su primer año, doctor Rothauser? —preguntó el doctor Cantor centrando su atención en Noah.

—Eso es todo —dijo Noah.

—Bien —concluyó el doctor Cantor con una expresión satisfecha. Después se acomodó en la silla, extendió los brazos y apoyó las palmas en la mesa—. Vale más dejar las cosas claras. Gracias y bienvenido por su regreso. Puedo decirle, y sé que mis colegas están de acuerdo conmigo, que sus servicios se han echado mucho de menos.

—Gracias, doctor Cantor —respondió Noah mientras se ponía de pie, un poco inseguro.

Le echó un rápido vistazo al doctor Mason. Entendió en el acto que su eterno enemigo no compartía la satisfacción del doctor Cantor, aunque dadas las circunstancias se mantuvo en silencio.

Sin mediar palabra y sin siquiera echar un vistazo a los directores del programa de residentes, Noah se dirigió a la puerta. Tenía las piernas como gelatina. Se sintió como si hubiera esquivado un tren a toda velocidad, pero necesitaba hacer algo para controlar la ansiedad que le había provocado la inesperada pregunta abierta sobre ética que le había hecho el doctor Cantor. Por suerte, conocía el antídoto para eso. Fue directo al quirófano, como había planeado, y se volcó en el trabajo.

15.10 h

Un camión blindado Lenco BearCat de ocho toneladas, negro e intimidante, con POLICÍA DE BOSTON escrito en la parte de atrás, se subió sobre la acera de School Street, en el centro de Boston, y se detuvo con un chirrido de ruedas. Para gran sorpresa de varias docenas de turistas que paseaban por la plaza delante del renovado Old City Hall Building, del vehículo salieron, de una forma muy bien sincronizada y claramente ensayada, seis agentes de los SWAT de la policía de Boston armados hasta los dientes, algunos con metralletas Colt CAR-15, y fueron corriendo hasta la entrada del ornamentado edificio victoriano. A pesar del calor de agosto, llevaban ropa de combate negra y de manga larga, cascos militares y chalecos antibalas con munición adicional, granadas aturdidoras y pistolas Taser. Todos los miembros del equipo, menos uno, llevaban pasamontañas negros, lo que les daba un aspecto aún más siniestro.

No dudaron ni un segundo, ni intercambiaron ninguna palabra entre ellos. No las necesitaban. La operación estaba planeada hasta el último detalle y cada uno conocía su posición y lo que tenía que hacer. El primer oficial llegó a la puerta principal del edificio y la abrió para que los demás entraran. Él los siguió inmediatamente.

Como ya habían apagado por control remoto los ascensores, corrieron hacia la escalera principal y entraron en el hueco a la carrera. Una vez allí, subieron los escalones rápido y al mismo ritmo, como un grupo de bailarines de movimientos precisos. Salieron del hueco de la escalera en la cuarta planta, uno detrás de otro, y formaron una fila ante la entrada de las oficinas de ABC Security. Al instante, el segundo oficial le quitó al primer oficial un ariete Thor Hammer que llevaba colgado a la espalda y se apartó a un lado. El oficial con el Thor Hammer se colocó junto a la puerta y, sin dudar un segundo, cogió impulso con el pesado ariete y lo estrelló con toda su fuerza contra la puerta, junto al picaporte. Con un crujido sorprendentemente fuerte la puerta se rompió, lo que permitió que los dos siguientes de la fila entraran en la oficina, con las metralletas Colt en la mano y los dedos en los gatillos mientras gritaban: «Policía. Tenemos una orden de arresto». El primer hombre fue a situarse en el lado derecho de la habitación, su área de concentración, y el segundo se dirigió hacia la izquierda, para realizar la entrada dinámica clásica de los SWAT. Otros dos oficiales entraron detrás de los dos primeros sujetando las Glock automáticas por delante de ellos con ambas manos.

Había tres personas en la sala, completamente atónitas. George Marlowe estaba sentado en el sofá a la derecha de la entrada utilizando un portátil. Keyon Dexter estaba de pie junto a la ventana mirando hacia el cementerio de Kings Chapel con las manos en los bolsillos. Los dos se habían quitado las americanas y tenían las mangas arremangadas. Charlene Washington, una trabajadora temporal, estaba junto a su mesa a la izquierda.

—¡Al suelo! —gritó el primer agente que entró en la habitación, sin dejar de apuntar a George con su Colt. Sabía que el segundo hombre que había entrado estaba haciendo lo mismo con Keyon—. ¡Al suelo! ¡Ahora! ¡Todos! ¡Las manos a la vista!

George y Keyon se recuperaron rápido y sus mentes militares altamente entrenadas entraron en el bucle OODA: «Observar, orientarse, decidir y actuar». Pero no les sirvió de nada. El segundo que perdieron calibrando la situación les dejó sin tiempo para actuar. Levantaron las manos con resignación y obedecieron las repetidas órdenes de que se tiraran al suelo. Con Charlene todo fue diferente. Se quedó petrificada en el sitio, paralizada por el miedo, sin poder apartar la vista del cañón de la Glock.

Los dos agentes que habían roto la puerta, que fueron los últimos en entrar, se acercaron y esposaron a Keyon y a George, que estaban tumbados boca abajo. Cuando las manos de los detenidos estuvieron bien sujetas, los mismos dos policías les quitaron las armas que llevaban en las fundas y les sacaron del bolsillo los teléfonos móviles y las placas falsas del FBI. Hecho esto, tiraron de los dos hombres para que se pusieran de pie. Nadie dijo nada. En ese momento los policías que tenían el dedo en el gatillo de las metralletas Colt lo apartaron y bajaron las armas.

El comandante del equipo de arrestos de alto riesgo, que era la primera persona que había entrado en la habitación, dio un paso adelante. También era el único que no llevaba un pasamontañas negro. Tras pasarle su metralleta Colt a un colega, sacó una tarjeta muy gastada de unos cinco por diez centímetros donde constaban los derechos Miranda. Se acercó a Keyon Dexter, se dirigió a él por su nombre completo y le informó de que estaba detenido por el asesinato de Roberta Hinkle en Lubbock, Texas, por secuestro y por usurpación de funciones públicas de un agente federal. Después pasó a George Marlowe y repitió las mismas acusaciones. Cuando acabó, les leyó a ambos sus derechos.

El líder del equipo de los SWAT dio un paso atrás y se quedó callado a propósito, con la mirada fija en los dos hombres esposados. Muchas veces, en los arrestos, los detenidos decían cosas incriminatorias. Era una reacción normal ante el estrés de la situación, incluso aunque ya les hubieran informado de que tenían derecho a permanecer en silencio. Pero esta vez no iba a ocurrir. Keyon y George eran profesionales y estaban entrenados para no hablar. Sabían muy bien que ABC Security pondría a su disposición unos abogados formidables en cuestión de horas en cuanto tuvieran noticia de su arresto. No les intimidaba que les detuvieran, porque estaban seguros de que pronto saldrían bajo fianza.

Nota del autor

La profesión médica siempre ha tenido un problema con los impostores y ha habido un buen número de casos terribles en los que esos farsantes, tras asumir la identidad de un médico de verdad que había muerto o se había mudado a otro estado, llegaban a cometer verdaderos asesinatos de los que se acababan librando. Ahora que el mundo está envuelto en la era digital, la situación está empeorando y acelerándose por culpa de la vulnerabilidad de las bases de datos, que hace posible engordar un currículum o incluso crear uno completamente nuevo. Esos hackeos acaban con la antigua necesidad del robo de identidad. Y para agravar el problema, el conocimiento profesional especializado está disponible de un modo fácil en internet, y también el potencial formativo de los programas de realidad virtual combinados con esos modernos sistemas de simulación que consisten en maniquíes muy realistas y controlados por ordenador que imitan con mucha precisión la patofisiología humana y su respuesta al tratamiento. La consecuencia es que la diferencia entre un médico y un «no médico» motivado, en términos de conocimiento básico aparente y pericia, se va reduciendo de manera progresiva y la línea entre el doctor real y el falso queda difuminada.

El origen del término «charlatán de feria» se remonta al siglo XVI y viene del francés. En un inicio se refería simplemente a un curandero, aunque su significado luego se amplió y llegó a incluir a todo tipo de impostores. Hoy el término está adquiriendo nuevos significados y relevancia. Con la explosión de las redes sociales por todo el mundo (en la actualidad solo Facebook cuenta con un número de usuarios que se acerca a los dos mil millones) y la estimación de que más del 75 por ciento de la gente que utiliza Facebook miente para «maquillar la realidad», nos encontramos con una gran cantidad de nuevos impostores en mayor o menor medida. De hecho, ser un impostor a algún nivel se está convirtiendo en la norma. Se estima que entre el 5 y el 10 por ciento de las cuentas de los casi dos mil millones de usuarios son de *alter egos* o del todo falsas, perfiles de impostores cibernéticos. Algunos creen que el porcentaje es mucho mayor. Por supuesto, a nadie le sorprenderá esta situación si pensamos en los atractivos que ofrece. Los psicólogos consideran que las redes sociales son un patio de recreo virtual para una cultura que se está volviendo cada vez más narcisista. La inherente falta de las restricciones sociales comunes en las interacciones cara a cara crea un anonimato disociativo en el que no hay represalias significativas y ofrece potencialmente al mismo tiempo reafirmación y gratificación ilimitadas y continuas. La gente puede ser quien quiera ser y decir lo que le dé la gana por la razón que sea, y eso tiene consecuencias inofensivas, o no tanto, que les afectan incluso a sí mismos. Es un valiente «mundo feliz» y evoluciona con rapidez.

Los miembros de la profesión médica no son una excepción en cuanto al uso de las redes sociales, entre ellas Facebook, Twitter, Instagram, Snapchat, varios portales de citas y otros sitios similares. Ellos también son presas de sus encantos y sus escollos. Las encuestas demuestran que más del 90 por ciento de los médicos las utilizan por razones personales y un porcentaje menor por cuestiones profesionales. Ese uso personal ha tenido sus consecuencias. Más del 90 por ciento de los consejos médicos estatales han recibido quejas por algunas conductas inapropiadas en internet de algunos médicos cuando utilizaban las redes sociales e incluso se han impuesto medidas disciplinarias.

Como la sociedad en general, la profesión médica se encuentra en un estado de cambio rápido debido a la transformación digital y a las tecnologías asociadas. Ya no son los médicos la principal fuente de información sanitaria para el público; ahora ese papel se lo está disputando internet. Dentro de pocos años todo el paradigma de la práctica de la medicina cambiará para pasar de los cuidados de los enfermos centrados en los hospitales, que empezaron a ponerse en práctica en el siglo xix, a unos cuidados preventivos personalizados y centrados en el paciente, que se organizarán alrededor de una vigilancia continua en tiempo real y unos algoritmos de tratamiento, y se llevarán a cabo sobre todo en casa, en el lugar de trabajo y en centros ambulatorios, y no en los caros y peligrosos hospitales. En respuesta a este terremoto, que se producirá en parte debido a los desorbitados costes del cuidado médico, la formación médica tendrá que cambiar drásticamente para seguir resultando relevante, sobre todo porque se trata de una de las pedagogías profesionales más conservadoras. El camino actual, caro, largo y muy competitivo, que incluye cuatro años de universidad, cuatro años de facultad de medicina y hasta siete años de residencia hospitalaria, que se instituyó en 1910 y que no ha cambiado mucho desde entonces, va a sufrir una actualización radical. La novela *Impostores* apunta la necesidad de ese cambio. Y, sin querer dramatizar, en la historia subyace la pregunta: ¿su médico habrá recibido de verdad esa formación de la que tanto presume con todos esos títulos colgados en la pared, todos ellos fácilmente falsificables?

Bibliografía

Asch, David A. y Weinstein, Debra F., «Innovation in Medical Education», *The New England Journal of Medicine*, 371, 2014, pp. 794-795.

Diller, Vivian, «Social Media: A Narcissist's Virtual Playground», *The Huffington Post*, 23 de marzo de 2015.

Offit, Paul, «How Lobbyists Will Keep You Hooked on Vitamins», *The Daily Beast*, 21 de diciembre de 2013.

Sales, Nancy Jo, *American Girls: Social Media and the Secret Lives of Teenagers*, Nueva York, Vintage (reimpresión), 2016.

Sass, Erik, «People Believe Their Own Lies on Social Media», *MediaPost*, 29 de diciembre de 2014.

«You're Losing Your Rights to Buy Natural Vitamins», vídeo presentado por Mel Gibson, YouTube, 1993.